Alleine bist du nie

Die Autorin

Clare Mackintosh arbeitete zwölf Jahre bei der britischen Polizei und brachte es bis zum CID. Doch dann musste sie feststellen, dass sie ihre eigenen Kinder kaum sah und sie sich außerdem nach neuen beruflichen Herausforderungen sehnte. Also begann sie für diverse Zeitungen zu schreiben und arbeitete an ihrem ersten Roman, der 2015 erschien. *MEINE SEELE SO KALT* wurde sensationell erfolgreich und verkaufte sich bis heute weltweit über eine Million Mal. Zusammen mit ihrem Mann und ihren drei Kindern lebt sie in Wales.

Clare Mackintosh

Alleine bist du nie

Psychothriller

Aus dem britischen Englisch von
Sabine Schilasky

Weltbild

Die englische Originalausgabe erschien 2016 unter dem Titel *I SEE YOU*
bei Sphere, an Imprint of Little, Brown Book Group, London.

Besuchen Sie uns im Internet:
www.weltbild.de

Genehmigte Lizenzausgabe für Weltbild GmbH & Co. KG,
Werner-von-Siemens-Straße 1, 86159 Augsburg
Copyright der Originalausgabe © 2016 by Clare Mackintosh
Copyright der deutschsprachigen Ausgabe © 2017 by Bastei Lübbe AG, Köln
Übersetzung: Sabine Schilasky
Umschlaggestaltung: Johannes Frick, Neusäß
Umschlagmotiv: © Johannes Frick unter Verwendung von Motiven
von iStockphoto (© RapidEye, © shapecharge, © enjoynz, © keport)
Satz: Datagroup int. SRL, Timisoara
Druck und Bindung: CPI Moravia Books s.r.o., Pohorelice
Printed in the EU
ISBN 978-3-96377-694-6

2024 2023 2022 2021
Die letzte Jahreszahl gibt die aktuelle Lizenzausgabe an.

Für meine Eltern,
die mir so viel beigebracht haben.

Du tust jeden Tag das Gleiche.
Du weißt genau, wohin du willst.
Ich auch.
Denn alleine bist du nie.

1

Der Mann hinter mir steht nahe genug, dass sein Atem mich feucht im Nacken trifft. Ich bewege mich wenige Zentimeter nach vorn, sodass ich gegen einen grauen Regenmantel stoße, der nach nassem Hund riecht. Es kommt einem vor, als hätte es den ganzen November noch nicht aufgehört zu regnen. Dünne Dampfschwaden steigen von den warmen, zusammengedrängten Körpern um mich herum auf. Die Kante einer Aktentasche schneidet mir in den Oberschenkel. Als die Bahn durch eine Kurve rumpelt, werde ich einzig von den Menschen um mich herum aufrecht gehalten und muss mich kurz an dem grauen Mantelrücken abstützen. In Tower Hill speit der Wagen ein Dutzend Pendler aus und schluckt weitere zwei Dutzend, die allesamt dringend nach Hause ins Wochenende wollen.

»Nutzen Sie bitte den gesamten Wagen!«, fordert eine Lautsprecheransage.

Keiner rührt sich.

Der graue Mantel vor mir ist weg, und ich rücke auf seinen Platz, wo ich endlich die Haltestange erreiche und mir nicht mehr die DNA eines Fremden in den Nacken geblasen wird. Meine Handtasche ist nach hinten gerutscht, und ich ziehe sie wieder nach vorn. Zwei japanische Touristen tragen gewaltige Rucksäcke vor ihren Bäuchen, die so viel Raum wie zwei weitere Leute einnehmen. Eine Frau auf der anderen Seite des Wagens bemerkt, dass ich zu den beiden blicke. Sie sieht mich an und zieht eine Grimasse, um ihre

Solidarität zu bekunden. Ich halte den Augenkontakt nur flüchtig, bevor ich zu Boden blicke. Die Schuhe um mich herum variieren: große, blanke Herrenschuhe unter Nadelstreifenaufschlägen; bunte Damenpumps mit zehenquetschenden Spitzen. Und mittendrin eine blickdichte schwarze Feinstrumpfhose, die in grellweiße Turnschuhe mündet. Die Trägerin kann ich nicht sehen. Ich stelle sie mir aber in den Zwanzigern vor, mit einem Paar hochhackiger Ersatzschuhe in einer geräumigen Handtasche oder in einer Schublade im Büro.

Ich habe noch nie tagsüber hohe Schuhe angezogen. Schließlich war ich kaum aus meinen Clark's-Schnürschuhen raus, als ich mit Justin schwanger wurde, und in der Kassenschlange bei Tesco oder mit einem Kleinkind auf der Straße bieten sich hohe Absätze weniger an. Mittlerweile bin ich zu alt, um mich in solche Dinger zu quälen. Eine Stunde Bahnfahrt zur Arbeit, eine Stunde zurück nach Hause, dazwischen defekte Rolltreppen, die es zu erklimmen gilt, und Buggys und Räder, die einem über die Füße rollen. Und wofür? Für acht Stunden hinter einem Schreibtisch. Da spare ich mir meine schicken Schuhe für Feiertage und Urlaub auf. Ich kleide mich freiwillig uniform: schwarze Hosen und eine Auswahl an Stretch-Tops, die nicht gebügelt werden müssen und gerade schick genug sind, um als Bürokleidung durchzugehen. In der untersten Schublade meines Schreibtisches ist eine Strickjacke für besonders geschäftige Tage, wenn dauernd die Tür aufgeht und die Wärme drinnen mit jedem potenziellen Klienten schwindet.

Die Bahn hält, und ich drängle mich hinaus. Von hier

aus nehme ich die S-Bahn. Die ist zwar auch oft voll, aber ich mag sie lieber. Unter der Erde fühle ich mich einfach nicht wohl, kann nicht richtig atmen. Mein Traum wäre eine Arbeitsstelle, die ich zu Fuß erreichen kann, aber das wird ein Traum bleiben. Die einzigen lohnenden Jobs befinden sich in Zone eins, die einzigen bezahlbaren Hypotheken in Zone vier.

Ich muss auf meine Bahn warten und nehme mir eine Ausgabe der *London Gazette* aus dem Gestell neben dem Fahrkartenautomaten. Die Schlagzeilen sind dem Datum – Freitag, der 13. November – entsprechend düster. Die Polizei hat wieder mal einen Terroranschlag verhindert, und auf den ersten drei Seiten häufen sich Bilder von Sprengstoff, den sie in einer Wohnung in Nordlondon beschlagnahmt haben. Ich blättere durch die Fotos von bärtigen Männern, während ich zu dem Riss im Belag des Bahnsteigs gehe, wo sich die Wagentür öffnen wird. Von dieser Position aus kann ich direkt zu meinem bevorzugten Platz gelangen, bevor sich der Wagen füllt: am Ende der Reihe, wo ich mich an die Glasabtrennung lehnen kann. Der Rest des Wagens füllt sich schnell, und ich sehe zu den Leuten, die noch stehen, wobei mich eine beschämende Erleichterung überkommt, weil keiner von ihnen alt oder offensichtlich schwanger ist. Trotz der flachen Schuhe tun mir die Füße weh, da ich fast den ganzen Tag an den Aktenschränken gestanden habe. Eigentlich ist die Ablage nicht meine Aufgabe. Dafür ist ein junges Mädchen eingestellt, das die Immobilien-Exposés kopiert und die Dokumente in die Ordner sortiert; aber sie ist für zwei Wochen auf Mallorca, und wie ich heute festgestellt habe, kann sie seit Wochen keine Ablage mehr gemacht haben. Ich fand Wohn- zwischen Gewerbeimmobilien, Mietverträge zwischen Verkäufen. Und ich war so blöd, es zu erwähnen.

»Dann sortieren Sie das mal lieber, Zoe«, sagte Graham. So kam es, dass ich, statt Besichtigungstermine abzusprechen, im zugigen Korridor vor Grahams Büro stand und wünschte, ich hätte den Mund gehalten. Der Job bei Hallow & Reed ist nicht schlecht. Früher war ich einen Tag pro Woche dort, um die Buchhaltung zu machen. Dann ging die Büroleiterin in den Mutterschutz, und Graham bat mich einzuspringen. Ich bin Buchhalterin, keine Sekretärin, aber die Bezahlung war anständig, und da ich gerade einige Mandanten verloren hatte, ergriff ich die Chance. Mittlerweile sind drei Jahre vergangen, und ich bin immer noch dort.

Bis Canada Water hat sich die Bahn merklich geleert, und die einzigen Leute, die noch stehen, tun es freiwillig. Der Mann neben mir sitzt so breitbeinig da, dass ich meine Beine zur Seite lehnen muss, und als ich zur gegenüberliegenden Reihe sehe, bemerke ich, dass zwei andere Männer genauso sitzen. Machen die das mit Absicht? Oder ist es eine Art angeborener Drang, sich größer als andere zu machen? Die Frau direkt vor mir bewegt ihre Einkaufstasche, und ich höre das unverkennbare Klimpern von Flaschen. Wein vermutlich. Ich hoffe, Simon hat nicht vergessen, Wein in den Kühlschrank zu stellen. Es war eine lange Woche, und ich möchte mich nur noch aufs Sofa legen und fernsehen.

In der *London Gazette* bin ich auf einer Seite angekommen, auf der sich ein früherer *X-Factor*-Finalist über den

»Stress des Berühmtseins«, beklagt, gefolgt von einer Diskussion über den gesetzlichen Schutz der Privatsphäre, die einen Großteil der Seite einnimmt. Ich lese, ohne den Text richtig aufzunehmen. Vielmehr sehe ich die Bilder an und überfliege die Schlagzeilen, um zumindest halbwegs auf dem Laufenden zu sein. Ich erinnere mich nicht, wann ich das letzte Mal eine Zeitung von vorn bis hinten gelesen oder die Nachrichten von Anfang bis Ende gesehen habe. Meistens sehe ich morgens Bruchstücke von Sky News beim Frühstück oder lese die Schlagzeilen bei anderen mit.

Der Zug hält zwischen Sydenham und Crystal Palace. Von weiter vorn im Wagen höre ich ein frustriertes Stöhnen, aber ich sehe nicht nach, von wem es kommt. Es ist schon dunkel, und als ich zum Fenster blicke, ist da nur mein Spiegelbild, blass und verzerrt vom Regen. Ich nehme meine Brille ab und reibe die Druckstellen an meiner Nase. Aus den Lautsprechern erklingt eine solch verknackste und verrauschte Ansage, die überdies mit einem derart starken Akzent durchgegeben wird, dass unklar ist, was gesagt wurde. Es könnte alles sein – von einem Signalausfall bis hin zu einer Leiche auf den Gleisen.

Ich hoffe, dass es keine Leiche ist, und denke an mein Glas Wein und Simon, der mir die Füße massiert. Prompt bekomme ich ein schlechtes Gewissen, weil mein erster Gedanke meinem eigenen Wohl gilt und nicht irgendeinem verzweifelten Selbstmörder. Nein, sicher ist es keine Leiche. Leichen fallen montags morgens an, nicht freitags abends, wenn die Arbeit glorreiche drei Tage entfernt ist.

Es gibt ein lautes Knirschen, dann Stille. Was immer der Verspätungsgrund ist, es wird eine Weile dauern.

»Das ist kein gutes Zeichen«, sagt der Mann neben mir.

Ich gebe ein neutrales »Hmm« von mir und blättere weiter in meiner Zeitung. Sport interessiert mich nicht, und danach kommen hauptsächlich Anzeigen und Theaterkritiken. Wenn das so weitergeht, werde ich nicht vor sieben zu Hause sein. Das heißt, dass wir eher etwas Einfaches essen werden, nicht das Brathähnchen, das ich geplant hatte. Unter der Woche kocht Simon, und ich übernehme es freitags und an den Wochenenden. Da würde er es auch machen, wenn ich ihn bitte, aber das kann ich unmöglich annehmen. Es käme mir falsch vor, wenn er uns – meine Kinder – jeden Abend bekocht. Vielleicht hole ich auf dem Weg auch ein Takeaway.

Ich überfliege den Wirtschaftsteil und sehe mir das Kreuzworträtsel an, habe jedoch keinen Stift bei mir. Also lese ich die Anzeigen, ob ich vielleicht einen Job für Katie entdecke – oder für mich, obwohl mir klar ist, dass ich Hallow & Reed niemals verlassen werde. Sie zahlen gut, und ich weiß, was ich tue, inzwischen jedenfalls. Abgesehen von meinem Boss ist der Job perfekt. Die Kunden sind größtenteils nett, normalerweise Start-ups, die Büroräume suchen, oder bereits etablierte Firmen, die sich vergrößern wollen. Viele Wohnimmobilien vermakeln wir nicht, ausgenommen die Wohnungen über den Läden für Erstkäufer und Leute, die sich verkleinern wollen oder müssen. Mir begegnen relativ viele frisch Getrennte, und manchmal, wenn mir danach ist, sage ich ihnen, dass ich weiß, was sie durchmachen.

»Wie sind Sie damit klargekommen?«, fragen die Frauen dann immer.

»Es war das Beste, was ich je getan habe«, antworte ich, denn das wollen sie hören.

Ich finde keine Jobs für eine neunzehnjährige Möchtegernschauspielerin, aber ich knicke die Ecke einer Seite ein, auf der eine Büroleiterin gesucht wird. Es schadet ja nicht zu wissen, was sich sonst noch bietet. Für einen Moment male ich mir aus, wie ich in Graham Hallows Büro spaziere, ihm meine Kündigung reiche und ihm sage, dass ich es mir eben nicht gefallen lasse, wie ein Fußabtreter behandelt zu werden. Dann sehe ich das Gehaltsangebot in der Anzeige und erinnere mich, wie mühsam ich mich in eine Position hochgearbeitet habe, von der ich tatsächlich leben kann. Und wie heißt es noch so schön? Hat man die Wahl, entscheidet man sich lieber für das Übel, das man kennt.

Auf den letzten Seiten der *Gazette* sind nur noch amtliche Forderungsanzeigen und Finanzwerbung. Die Kreditanzeigen meide ich absichtlich – bei diesen Zinssätzen müsste man entweder irre oder verzweifelt sein. Also sehe ich mir die Kontaktanzeigen ganz unten an.

Verheiratete Frau sucht diskrete Abwechslung.
Für Bilder SMS an ANGEL 69998 schicken.

Ich rümpfe die Nase – eher über die astronomischen Preise pro SMS als über die angebotenen Dienste. Wer bin ich, dass ich verurteilen könnte, was andere Leute tun? Ich will schon weiterblättern und doch die Ergebnisse des gestrigen Fußballspiels studieren, als mir eine Anzeige direkt unter »Angel« auffällt.

Für einen Moment denke ich, dass meine Augen über-
müdet sein müssen. Ich blinzle, doch das ändert nichts.

Mich beschäftigt das, was ich sehe, so sehr, dass ich gar
nicht merke, wie die Bahn wieder anfährt. Weshalb ich bei
dem Ruck prompt zur Seite kippe und unwillkürlich eine
Hand ausstrecke, die auf dem Schenkel meines Nachbarn
landet.

»Entschuldigung!«

»Schon gut, kein Problem.« Er lächelt mich an, und ich
zwinge mich, das Lächeln zu erwidern. Pochenden Herzens
starre ich auf die Anzeige. Sie enthält dieselben Hinweise
auf die SMS-Kosten wie die anderen, und oben steht eine
0255-Nummer. Es ist auch eine Webadresse angegeben:
www.findtheone.com. Finde die Eine? Aber was mich am
meisten erschüttert, ist das Foto. Es ist eine Nahaufnahme
vom Gesicht, aber man kann noch blondes Haar und den
Ausschnitt eines schwarzen Trägertops sehen. Die Frau ist
älter als die anderen, die hier ihre Waren anbieten, auch
wenn das Bild viel zu körnig ist, um das Alter genau zu
schätzen.

Muss ich sowieso nicht, weil ich weiß, wie alt sie ist. Vierzig.
Denn die Frau in der Anzeige bin ich.

2

Kelly Swift stand in der Mitte des Central-Line-Wagens und lehnte sich zur Seite, um die Kurvenbewegung des Zugs auszugleichen. Zwei Jugendliche – nicht älter als vierzehn oder fünfzehn – stiegen an der Bond Street zu und fluchten um die Wette. Für die außerschulischen Club-Veranstaltungen waren sie zu spät dran, und draußen war es bereits dunkel. Kelly hoffte, dass sie auf dem Heimweg waren, nicht für den Abend loszogen, denn dafür waren sie definitiv zu jung.

»Scheißpsycho!« Der Junge blickte auf und wurde verlegen, als er Kelly sah. Vermutlich hatte sie die gleiche Miene aufgesetzt wie ihre Mutter früher so oft. Die Teenager verstummten, wurden sehr rot und drehten sich weg, in Richtung der zugleitenden Türen. Tja, dachte Kelly. Wahrscheinlich war sie sogar alt genug, um die Mutter der beiden zu sein. Sie zählte von dreißig rückwärts und stellte sich vor, wie es sein musste, einen vierzehnjährigen Sohn zu haben. Mehrere ihrer alten Schuldfreundinnen hatten Kinder, die fast genauso alt waren. Auf Kellys Facebook-Seite tauchten immer wieder Fotos von stolzen Familien auf, und sie hatte sogar schon Freundschaftsanfragen von einigen der Kinder bekommen – eine todsichere Methode, um sich richtig alt zu fühlen.

Kelly bemerkte den Blick einer Frau gegenüber, die einen roten Mantel trug. Die Frau nickte ihr zu, als wolle sie ihr gratulieren, diese Wirkung auf die Jugendlichen zu haben.

Kelly erwiderte den Blick lächelnd. »Einen guten Tag gehabt?«

»Jetzt ist er besser, weil er vorbei ist«, antwortete die Frau. »Auf ins Wochenende, was?«

»Ich arbeite und habe erst am Dienstag frei.« Und selbst da nur einen Tag, dachte sie und stöhnte innerlich. Die Frau wirkte entsetzt, doch Kelly zuckte mit den Schultern. »Einer muss es ja machen, nicht?«

»Ja, ist wohl so.« Als der Zug zum Oxford Circus hin verlangsamte, schritt die Frau auf die Türen zu. »Hoffentlich wird es ruhig für Sie.«

Ein frommer Wunsch, der sich jetzt bestimmt nicht erfüllen würde. Kelly sah auf ihre Uhr. Noch neun Stationen bis Stratford: ihren Kram abliefern, dann zurück. Zu Hause gegen acht, vielleicht halb neun, und um sieben Uhr morgen früh wieder im Dienst. Sie gähnte, wobei sie sich nicht mal die Hand vor den Mund hielt, und fragte sich, ob sie etwas zu essen im Haus hatte. Kelly teilte sich ein Haus in der Nähe von Elephant and Castle mit drei Mitbewohnerinnen, deren volle Namen sie nur von den Mietschecks kannte, die monatlich zur Abholung an der Pinnwand vorne steckten. Das Wohnzimmer hatte der Vermieter ebenfalls zu einem Schlafzimmer umgebaut, um seine Einnahmen zu maximieren, sodass einzig die kleine Küche als Gemeinschaftsraum blieb. Darin fanden nur zwei Stühle Platz, aber die Arbeitszeiten ihrer Mitbewohnerinnen hatten zur Folge, dass sie manchmal tagelang keine von ihnen sah. Die Frau mit dem größten Schlafzimmer, Dawn, war Krankenschwester. Sie war jünger als Kelly, jedoch sehr viel häuslicher, und stellte ihr hin und wieder etwas Gekochtes neben die Mikrowelle, mit einem leuchtend pinken Post-it versehen: *Bedien dich!* Bei dem Gedanken an Essen grummelte Kellys Magen, und wieder sah sie auf die Uhr. Nachmittags war mehr los gewesen, als sie erwartet hatte; nächste Woche müsste sie einige Überstunden einlegen, sonst würde sie den Berg niemals abgearbeitet bekommen.

Eine Handvoll Geschäftsleute stieg ein. Auf den ersten Blick sahen sie mit ihren kurzen Haaren, den dunklen Anzügen und den Aktentaschen fast identisch aus. Aber der Teufel steckt im Detail, schoss es ihr durch den Kopf. Sie registrierte das ausgeblichene Nadelstreifenmuster, den Titel des Buches, das achtlos in eine Tasche gestopft war, die Brille mit dem Metallgestell, bei dem ein Bügel verbogen war, und das braune Lederarmband der Uhr, das unter einer weißen Baumwollmanschette hervorlugte. All die Eigenheiten, die sie aus einer Reihe nahezu identischer Männer heraushoben. Kelly beobachtete sie unverhohlen. Sie übte bloß, sagte sie sich, und ihr war egal, dass einer von ihnen aufsah und ihren kühlen Blick bemerkte. Eigentlich rechnete sie damit, dass er wieder wegsehen würde, doch stattdessen zwinkerte er ihr zu und lächelte selbstbewusst. Ihr Blick wanderte zu seiner linken Hand. Verheiratet. Weiß, gut gebaut, circa einen Meter neunzig groß mit dunklen Bartstoppeln an Kinn und Wangen, die vor einigen Stunden noch nicht dort gewesen sein dürften. Ein vergessenes gelbes Reinigungsetikett blitzte innen an seinem Mantel hervor. So gerade, wie er dastand, war er vermutlich früher beim Militär gewesen. Alles in allem hatte er nichts Auffälliges, dennoch würde sie ihn wiedererkennen, sollten sie sich noch einmal über den Weg laufen.

Zufrieden richtete sie ihre Aufmerksamkeit auf die nächsten Fahrgäste, die in Holborn zustiegen und zu den letzten freien Sitzplätzen strebten. Fast jeder hatte ein Smartphone in der Hand, war in ein Spiel vertieft, hörte Musik oder umklammerte das kleine Gerät, als sei es mit seiner Hand verwachsen. Am Ende des Wagens hielt jemand sein Telefon in die Höhe, und instinktiv wandte Kelly das Gesicht ab. Sicher ein Tourist, der Eindrücke aus der Londoner U-Bahn festhalten wollte. Die Vorstellung, als Hintergrund für die Urlaubsfotos anderer Leute zu fungieren, war allerdings schlicht zu schräg.

Bei der nächsten Bewegung spürte Kelly, wie ihre Schulter schmerzte – an der Stelle, an der sie gegen die Mauer geprallt war, als sie in Marble Arch eine Kurve zur Rolltreppe zu eng genommen hatte. Sie war Sekunden zu spät dran gewesen, und es nervte, dass sie sich ganz umsonst einen Bluterguss am Oberarm zugezogen hatte. Nächstes Mal würde sie schneller sein.

Der Zug fuhr in die Station Liverpool Street ein, wo eine Menschentraube ungeduldig auf dem Bahnsteig darauf wartete, dass die Türen aufgingen.

Kellys Puls beschleunigte sich.

Da, mitten in der Menge und halb versteckt in seiner zu großen Jeans, der Kapuzenjacke und der Baseballkappe, war Carl. Sofort zu erkennen und – so dringend sie auch nach Hause wollte – unmöglich zu ignorieren. So, wie er sich in die Menge duckte, war offensichtlich, dass er sie einen Moment früher gesehen haben musste und ebenso wenig begeistert von dieser Begegnung war. Jetzt musste sie schnell sein.

Kelly sprang aus dem Wagen, als die Türen schon zischend hinter ihr zuglitten. Zuerst dachte sie, sie hätte ihn verloren, aber dann entdeckte sie seine Baseballkappe ungefähr zehn Meter weiter vorn. Er lief nicht, bewegte sich aber zügig durch die Masse der Leute, die vom Bahnsteig nach oben gingen.

Wenn Kelly eines in den letzten zehn Jahren bei der U-Bahn gelernt hatte, dann war es, dass einen Höflichkeit keinen Schritt weiterbrachte.

»Vorsicht!«, rief sie, lief los und drängte sich zwischen zwei japanischen Touristen mit Rollkoffern durch. »Aus dem Weg!« Sie mochte ihn heute Morgen verloren und sich dabei einen blauen Fleck an der Schulter eingefangen haben, aber nochmal würde sie ihn nicht davonkommen lassen. Flüchtig dachte sie an das Abendessen, auf das sie gehofft hatte, und überschlug, dass dies hier ihren Tag um mindestens zwei Stunden verlängern dürfte. Aber es nützte ja nichts. Und sie könnte sich auf dem Heimweg noch einen Kebab besorgen.

Carl lief die Rolltreppe hinauf. Anfängerfehler, wie Kelly wusste, die stattdessen die Treppe nahm. Dort waren weniger Touristen, denen man ausweichen musste, und man war schneller, weil das ungleichmäßige Geruckel des Rolltreppenmechanismus wegfiel. Allerdings brannten ihre Muskeln, als sie auf einer Höhe mit Carl war. Er warf ihr einen Blick über die linke Schulter zu, als sie oben waren, und schwenkte nach rechts. Oh verflucht nochmal, Carl, dachte sie. Ich hätte längst Dienstschluss!

Mit einem letzten Sprint holte sie ihn ein, als er gerade über die Ticketsperre setzen wollte, packte mit der linken

Hand seine Jacke und zog mit der rechten seinen Arm auf den Rücken. Carl unternahm einen halbherzigen Versuch sich loszureißen, was sie vorübergehend aus dem Gleichgewicht brachte, sodass ihre Mütze zu Boden fiel. Während sie mit Carl beschäftigt war, nahm sie aus dem Augenwinkel wahr, wie jemand die Mütze aufhob. Hoffentlich würde er nicht damit wegrennen. Sie hatte sowieso schon Stress mit der Materialstelle, weil sie neulich bei einem Gerangel ihren Schlagstock eingebüßt hatte – und sie brauchte wirklich nicht noch einen Anpfiff.

»Nicht eingehaltene Termine mit dem Bewährungshelfer«, sagte sie, wobei ihre Worte von schnappenden Atemzügen akzentuiert wurden, denn in der dicken Schutzweste fiel ihr das Luftholen schwer. Sie griff an ihren Gürtel, löste die Handschellen, legte sie Carl an und testete, ob sie richtig fest saßen. »Das war's, Freundchen.«

3

Ich sehe dich. Aber du siehst mich nicht. Du bist in dein Buch vertieft; ein Taschenbuch mit einer jungen Frau in einem roten Kleid auf dem Cover. Ich kann den Titel nicht lesen, aber das macht nichts; die sind alle gleich. Wenn es kein Junge-trifft-Mädchen ist, ist es Junge-stalkt-Mädchen. Junge-tötet-Mädchen. Welche Ironie!

Beim nächsten Halt nutze ich den Schwall neu Zusteigender als Vorwand, näher zu dir zu rücken. Du hältst dich an einer Schlaufe in der Mitte des Wagens fest und liest einhändig, blätterst geübt mit dem Daumen um. Wir sind uns so nahe, dass sich unsere Mäntel berühren, und ich kann die Vanille-Basis deines Parfums riechen; dieser Duft wird längst verflogen sein, wenn du von der Arbeit kommst. Manche Frauen verschwinden in der Mittagspause auf dem Klo, wo sie ihr Make-up auffrischen und sich neu Parfum aufsprühen. Du nicht. Wenn ich dich nach der Arbeit sehe, ist die dunkelgraue Schminke auf deinen Lidern zu müden Schatten unter den Augen geronnen; die Farbe auf deinen Lippen hat sich auf unzählige Tassen Kaffee übertragen.

Aber hübsch bist du, sogar nach einem langen Tag. Das will eine Menge heißen. Nicht dass es immer um Schönheit geht; manchmal sind es exotische Züge oder große Brüste oder lange Beine. Manchmal sind es Klasse und Eleganz – maßgeschneiderte dunkelblaue Hosen und hohe hellbraune Schuhe – und manchmal ist es ordinär. Nuttig sogar. Vielfalt ist wichtig. Selbst das beste Essen wird langweilig, wenn man es dauernd isst.

Deine Handtasche ist überdurchschnittlich groß. Normaler-weise trägst du sie über der Schulter, aber wenn die Bahn voll ist – wie immer, wenn du unterwegs bist –, stellst du sie auf den Boden zwischen deine Beine. Sie ist ein wenig aufgeklafft, sodass ich hineinsehen kann. Ein Portemonnaie aus weichem braunen Kalbsleder mit einer vergoldeten Schließe. Eine Bürste, in deren Borsten blonde Haare verfangen sind. Eine sorgsam zusammengerollte Einkaufstasche. Ein Paar Lederhandschuhe. Zwei oder drei braune Umschläge, alle aufgerissen und mit-samt Inhalt in die Tasche gestopft: Die Post, die du nach dem Frühstück von der Fußmatte aufgesammelt und auf dem Bahnsteig durchgesehen hast, während du auf deinen ersten Zug wartetest. Ich recke den Kopf ein wenig, damit ich sehen kann, was auf dem obersten Umschlag steht.

Jetzt kenne ich also deinen Namen.

Nicht dass es eine Rolle spielt. Du und ich werden nicht die Art Beziehung haben, bei der Namen nötig sind.

Ich ziehe mein Telefon hervor und wische nach oben, um die Kamera einzuschalten. Dann drehe ich mich zu dir und zoome mit Daumen und Zeigefinger, bis nur noch dein Gesicht im Bild ist. Sollte mich irgendwer bemerken, würde derjenige bloß denken, dass ich eine Aufzeichnung von meiner Fahrt bei Instagram oder Twitter hochlade. Hashtag Selfie.

Ein leises Klicken, und du bist mein.

Als der Zug in eine Kurve geht, lässt du die Halteschlaufe los und bückst dich zu deiner Tasche, immer noch auf dein Buch konzentriert. Wüsste ich es nicht besser, würde ich denken, dass du meinen Blick gesehen hast und deine Sachen außer Sicht-weite bringst. Aber das ist es nicht. Die Kurve bedeutet schlicht, dass wir uns deiner Station nähern.

Du genießt dieses Buch. Sonst hörst du schon viel früher auf zu lesen; wenn du ein Kapitelende erreichst, schiebst du die Postkarte zwischen die Seiten, die du als Lesezeichen benutzt. Heute liest du sogar noch, als der Zug in den Bahnhof einfährt. Sogar als du dich zu den Türen durchdrängelst, wobei du ein Dutzend Mal »Verzeihung« und »Entschuldigung«, murmelst. Du liest immer noch, als du zum Ausgang gehst, und blickst nur sehr flüchtig auf, damit du niemanden anrempelst.

Immer noch liest du.

Und immer noch beobachte ich.

4

Crystal Palace ist die Endstation. Andernfalls wäre ich vielleicht auf meinem Platz geblieben und hätte weiter die Anzeige angestarrt in der Hoffnung, ihr einen Sinn abringen zu können. So bin ich die Letzte, die aussteigt.

Der Regen ist zu einem Nieseln abgeflaut, trotzdem bin ich kaum aus dem Bahnhof, da ist die Zeitung durchgeweicht und hinterlässt Spuren von Druckerschwärze an meinen Fingern. Es ist schon dunkel, aber die Straßenlaternen sind eingeschaltet, und die Neonschilder über zig Takeaways und Handy-Läden in der Anerley Road lassen mich alles klar und deutlich sehen. Grellbunte Lichterketten baumeln zwischen den Laternenpfählen, in Vorbereitung für das große Anschalten durch einen Z-Promi am Wochenende. Für mich ist es zu mild – und zu früh –, um schon an Weihnachten zu denken.

Ich starre weiter auf die Anzeige, als ich nach Hause gehe, und nehme den Regen kaum wahr, der mir die Ponyfransen an die Stirn klebt. Vielleicht bin ich das gar nicht. Vielleicht habe ich eine Doppelgängerin. Ich bin wohl kaum die erste Wahl für eine Sex-Hotline: Man sollte meinen, dass sie sich eine Jüngere, Attraktivere aussuchen, keine Frau in mittleren Jahren mit zwei erwachsenen Kindern und einem kleinen Ersatzreifen um die Hüften. Fast muss ich laut lachen. Ich weiß, dass in diesem Markt alles vertreten ist, auch wenn mein Typ Frau eher in einer der Nischen gefragt sein dürfte.

Zwischen dem polnischen Supermarkt und dem Schlüsseldienst ist Melissas Café. Eines von Melissas Cafés, korrigiere ich mich. Das andere ist in einer Seitenstraße von Covent Garden, wo die Stammkunden schlauerweise vorher telefonisch ihre Mittags-Sandwiches bestellen, um nicht anstehen zu müssen, und die Touristen an der Tür zögern und überlegen, ob ein Panini die Wartezeit lohnt. Man sollte meinen, dass ein Café in Covent Garden eine Gelddruckmaschine ist, aber die hohen Mieten dort bedeuten, dass Melissa seit fünf Jahren kämpft, um in die schwarzen Zahlen zu kommen. Dieses Café hier hingegen, mit den schäbigen Wänden und den eher schlichten Leuten in der Gegend, ist eine Goldgrube. Und das seit Jahren, lange bevor Melissa übernahm und ihren Namen über der Tür anbrachte. Es ist einer dieser Geheimtipps, die man manchmal in Stadtführern sieht. *Das beste Frühstück in Südlondon,* steht in dem fotokopierten Artikel, der an die Tür geklebt ist.

Ich bleibe eine Weile auf der gegenüberliegenden Straßenseite, damit ich hinübersehen kann, ohne bemerkt zu werden. Die Fensterränder sind von innen beschlagen, wie auf einem dieser weichgezeichneten Fotos aus den 1980ern. In der Mitte, hinterm Tresen, wischt ein Mann eine Acrylglasvitrine von innen aus. Er trägt eine halbgefaltete Schürze um die Hüfte gebunden – Pariser Kellnerstil – und mit dem schwarzen T-Shirt und dem dunklen, Gerade-aufgestanden-Look seiner Frisur wirkt er viel zu cool, um in einem Café zu arbeiten. Sieht er gut aus? Ich bin natürlich voreingenommen, aber ich denke, schon.

Nun überquere ich die Straße und achte auf Radfahrer,

als mich ein Busfahrer hinüberwinkt. Eine Glocke über der Café-Tür bimmelt, und Justin sieht auf.

»Alles klar, Mum?«

»Hi, Schatz.« Ich blicke mich nach Melissa um. »Bist du allein hier?«

»Sie ist in Covent Garden. Der Manager da ist krank, also musste sie hin, und ich habe hier übernommen.« Sein Tonfall ist lässig, daher versuche ich, genauso zu reagieren, obwohl ich mächtig stolz bin. Ich habe immer gewusst, dass Justin ein guter Junge ist. Er brauchte bloß jemanden, der ihm eine Chance gab. »Wenn du fünf Minuten wartest«, sagt er und spült seinen Lappen in dem Edelstahlwaschbecken aus, »komme ich mit dir nach Hause.«

»Ich wollte unterwegs irgendwas zum Abendessen kaufen. Die Fritteuse ist vermutlich schon aus, oder?«

»Ich habe sie eben erst ausgeschaltet. Es würde nicht lange dauern, ein paar Pommes frites zu machen. Und es sind noch Würste da, die morgen wegmüssten. Melissa macht es nichts aus, wenn wir die mitnehmen.«

»Ich bezahle sie aber«, sage ich, weil ich nicht möchte, dass Justin sich von seiner vorübergehenden Position als Manager allzu sehr hinreißen lässt.

»Ihr macht das wirklich nichts.«

»Ich bezahle«, wiederhole ich entschieden und nehme mein Portemonnaie aus der Tasche. Dann sehe ich auf die Tafel und rechne den Preis für viermal Würstchen und Pommes frites aus. Justin hat recht – Melissa hätte uns das Essen bestimmt gerne gegeben, wenn sie hier gewesen wäre. Aber das ist sie nicht, und in unserer Familie bezahlen wir für das, was wir uns nehmen.

Die Läden und Büros werden weniger, je weiter wir uns vom Bahnhof entfernen. Stattdessen nehmen die Reihenhäuser zu, die jeweils in Zwölfergruppen zusammenstehen. Viele sind mit grauen Metall-Fensterläden verrammelt, was bedeutet, dass sie gepfändet wurden. Rote und orangene Flammen-Graffiti prangen an den Haustüren. Unsere Häuserreihe sieht nicht anders aus. Bei dem Haus drei Türen weiter fehlen Dachziegel, und dicke Sperrholzplatten sind vor die Fenster genagelt. Die vermieteten Häuser erkennt man an den verstopften Regenrinnen und den fleckigen Fassaden. Nur die beiden Häuser am Ende der Reihe sind im Privatbesitz: Melissa und Neil haben das begehrte Endhaus, meines ist gleich daneben.

Justin kramt in seinem Rucksack nach den Schlüsseln, und ich stehe für einen Moment auf dem Gehweg vor dem Zaun. Er begrenzt, was man sehr großzügig unseren Vorgarten nennen könnte. Unkraut linst durch den nassen Kies, und der einzige Schmuck ist eine solarbetriebene Lampe in Form einer altmodischen Laterne, die dumpfes gelbes Licht verströmt. Melissas Garten ist auch mit Kies ausgeschüttet, aber bei ihr ist nirgends Unkraut zu sehen, und zu beiden Seiten ihrer Haustür stehen Buchsbäume in Töpfen, die zu perfekten Spiralen gestutzt sind. Unter dem Erkerfenster sind die Backsteine ein bisschen heller als an der übrigen Fassade. Dort hatte Neil eine Graffiti-Schmiererei von jemandem abgeschrubbt, der immer noch verbohrt genug war, gegen gemischtrassige Ehen zu sein.

In unserem Wohnzimmer hat keiner die Vorhänge zugezogen, sodass ich Katie sehe, die sich am Esstisch die Fingernägel lackiert. Früher habe ich darauf bestanden, dass wir uns zum Essen alle gemeinsam an den Tisch setzen; ich habe es geliebt, mir von den Kindern erzählen zu lassen, wie es in der Schule war. Anfangs, als wir hier neu eingezogen waren, war es die eine Zeit am Tag, in der ich das Gefühl hatte, wir kämen prima ohne Matt zurecht – die kleine, dreiköpfige Familieneinheit, zu einem Mahl um sechs Uhr abends am Tisch versammelt.

Trotz der Schmierschicht am Fenster, die sich in der Nähe einer vielbefahrenen Straße automatisch einstellt, erkenne ich, dass Katie sich Platz für ihr Maniküre-Set freigeräumt hat zwischen den Zeitschriften, dem Stapel Rechnungen und dem Wäschekorb. Letzterer hat sich irgendwie den Esstisch als natürlichen Lebensraum erwählt. Hin und wieder räume ich alles weg, damit wir sonntags mittags zusammen essen können, doch es dauert nie lange, bis uns eine schleichende Flut von Papieren, Wäsche und leeren Einkaufstüten zurück vor den Fernseher mit dem Essen auf dem Schoß verbannt.

Justin öffnet die Tür, und mir fällt ein, wie es war, als die Kinder noch klein waren und angeflitzt kamen, um mich zu begrüßen, als wäre ich Monate fort gewesen statt acht Stunden zum Regalauffüllen bei Tesco. Als sie ein bisschen größer waren, holte ich sie nach der Arbeit im Nachbarhaus ab und bedankte mich bei Melissa, dass sie auf die zwei aufgepasst hatte. Zwar beteuerten die Kinder damals, sie bräuchten niemanden mehr, der sie nach der Schule betreut, aber insgeheim fanden sie es klasse.

»Hallo?«, rufe ich. Simon kommt mit einem Glas Wein aus der Küche. Er reicht es mir, küsst mich auf den Mund und legt einen Arm um meine Taille, um mich dann dicht an sich zu ziehen. Ich gebe ihm die Plastiktüte mit dem Essen aus Melissas Café.

»Nehmt euch ein Zimmer, ihr zwei.« Katie kommt aus dem Wohnzimmer, die Finger gespreizt in die Luft gestreckt. »Was gibt's heute Abend?« Simon lässt mich los und trägt die Tüte in die Küche.

»Würstchen und Pommes.«

Sie rümpft die Nase, und ich komme ihr zuvor, ehe sie anfangen kann, über Kalorien zu jammern. »Es ist noch Salat im Kühlschrank. Den kannst du dazu essen.«

»Damit wirst du deine fetten Knöchel auch nicht los«, sagt Justin. Katie versetzt ihm einen leichten Schlag, als er an ihr vorbeiläuft und die Treppe hinauf sprintet, zwei Stufen auf einmal nehmend.

»Werdet endlich erwachsen, ihr zwei.« Katie ist neunzehn und winzig. Sie passt locker in Größe 34, und es ist nichts mehr von dem Babyspeck übrig, den sie noch bis vor wenigen Jahren hatte. Mit ihren Knöcheln ist erst recht nichts verkehrt. Ich will sie in die Arme nehmen, doch mir fällt ihr Nagellack ein, also küsse ich sie stattdessen auf die Wange. »Tut mir leid, Schatz, aber ich bin erledigt. Und ab und zu ein bisschen Fast Food wird dir nicht schaden.«

»Wie war dein Tag?«, fragt Simon. Er folgt mir ins Wohnzimmer, wo ich auf das Sofa sinke, einen kurzen Moment die Augen schließe und seufze, als ich mich entspanne.

»Ganz okay, abgesehen davon, dass Graham mich verdonnert hat, die Ablage zu machen.«

»Das ist nicht dein Job«, sagt Katie.

»Genauso wenig wie das Klo putzen, und rate mal, was ich gestern machen musste.«

»Uärgs. Der Typ ist so ein Arschloch.«

»Du darfst dir das nicht gefallen lassen.« Simon setzt sich neben mich. »Du musst dich beschweren.«

»Bei wem? Ihm gehört der Laden.« Graham Hallow gehört zu jener Sorte Männer, die ihr Ego aufblähen, indem sie die Leute um sich herum kleinmachen. Ich weiß das, und deshalb stört es mich nicht. Meistens jedenfalls nicht.

Um das Thema zu wechseln, nehme ich die *London Gazette* vom Couchtisch, wo ich sie vorhin fallen gelassen habe. Sie ist noch feucht, aber ich falte sie so, dass die Anzeigen und die Werbung für Escortservices oben sind.

»Mum! Wieso siehst du dir denn die Escort-Anzeigen an?«, fragt Katie lachend. Sie hat die zweite Nagellackschicht aufgetragen und schraubt vorsichtig das Fläschchen zu, ehe sie an den Tisch zurückgeht, um die Hände unter eine Ultraviolett-Lampe zu halten, damit der Lack fest wird.

»Vielleicht überlegt sie, Simon gegen ein jüngeres Modell auszutauschen«, sagt Justin, der ins Wohnzimmer kommt. Er hat das schwarze T-Shirt und die Jeans ausgezogen, die er zur Arbeit trägt, und stattdessen eine graue Jogginghose und ein Sweatshirt an. In einer Hand hat er sein Telefon, in der anderen einen gehäuft vollen Teller mit Wurst und Pommes frites.

»Das ist nicht witzig«, sagt Simon und nimmt mir die Zeitung ab. »Aber im Ernst, warum siehst du dir die Anzeigen an?« Er runzelt die Stirn, und ich sehe, wie ein Schatten über sein Gesicht huscht. Ich werfe Justin einen verärgerten Blick zu. Simon ist vierzehn Jahre älter als ich, auch wenn ich manchmal vor dem Spiegel denke, dass ich ihn allmählich einhole. Da sind Falten um meine Augen, die ich in den Dreißigern noch nicht hatte, und die Haut an meinem

Hals wird faltig. Ich habe kein Problem mit dem Altersunterschied zwischen uns, doch Simon erwähnt ihn häufiger, daher weiß ich, dass er ihm sehr wohl zu schaffen macht. Justin weiß es ebenfalls und nutzt jede Gelegenheit, Salz in die Wunde zu streuen. Ob diese Angriffe allerdings auf Simon oder mich abzielen, kann ich nicht genau sagen.

»Findet ihr nicht, dass die aussieht wie ich?« Ich zeige auf die Anzeige unten, direkt unter Angels »reifem« Service. Justin beugt sich über Simons Schulter, und Katie zieht die Hände unter der Lampe vor, um einen besseren Blickwinkel zu bekommen. Eine Sekunde lang starren wir alle stumm auf die Anzeige.

»Nein«, sagte Justin im selben Moment, in dem Katie sagt: »Ein bisschen.«

»Du hast eine Brille, Mum.«

»Die trage ich nicht immer«, entgegne ich. »Manchmal habe ich Kontaktlinsen drin.« Obwohl ich mich nicht erinnere, wann ich die zum letzten Mal benutzt habe. Mich stört es nicht, eine Brille zu brauchen, und die jetzige mag ich. Das dicke schwarze Gestell lässt mich sehr viel intellektueller aussehen, als ich bin.

»Vielleicht erlaubt sich jemand einen Scherz«, sagt Simon. »›www.findtheone.com‹ – könnte dich jemand aus Spaß bei einer Dating-Agentur angemeldet haben?«

»Wer würde das machen?« Ich sehe zu den Kindern, ob sie eventuell einen Blick wechseln, aber Katie wirkt so verwirrt wie ich, und Justin isst seine Pommes.

»Hast du die Nummer angerufen?«, fragt Simon.

»Für ein Pfund fünfzig die Minute? Du machst wohl Witze.«

»Oder bist du es doch?«, fragt Katie. Ihre Augen blitzen. »Du weißt schon, ein bisschen Taschengeld nebenbei verdienen? Na los, Mum, uns kannst du es doch verraten.«

Das mulmige Gefühl, das ich seit der Entdeckung der Anzeige habe, ebbt langsam ab, und ich lache. »Ich wüsste nicht, wer ein Pfund fünfzig die Minute für mich bezahlen würde, Schatz. Aber die sieht wie ich aus, oder? Ich habe mich ganz schön erschrocken.«

Simon zieht sein Handy aus der Tasche und zuckt mit den Schultern. »Es wird jemand sein, der sich eine Geburtstagsüberraschung für dich ausgedacht hat, jede Wette.« Er stellt das Telefon auf Lautsprecher und tippt die Nummer ein. Es kommt mir lächerlich vor, wie wir alle um die *London Gazette* versammelt sind und eine Sex-Hotline anrufen.

»Die Nummer, die Sie gewählt haben, ist nicht bekannt.«

Mir wird bewusst, dass ich den Atem angehalten habe.

»Na, das war es dann«, sagt Simon und gibt mir die Zeitung.

»Aber was macht mein Foto da?«, frage ich. Mein Geburtstag ist noch lange hin, und mir fällt niemand ein, der es witzig fände, mich bei so einem Dating-Dienst anzumelden. Ich überlege, ob es jemand ist, der Simon nicht mag und für Probleme zwischen uns sorgen will? Matt? Den Gedanken verwerfe ich sofort wieder.

Unwillkürlich drücke ich Simons Schulter, obgleich ihn die Anzeige gar nicht zu verstören scheint.

»Mum, die sieht überhaupt nicht wie du aus. Das ist irgendeine alte Kuh mit ausgewachsener Blondierung«, sagt Justin.

In diesem Satz ist ein Kompliment versteckt, denke ich.

»Jus hat recht, Mum.« Katie sieht wieder zur Anzeige. »Sie sieht dir ähnlich, aber viele Leute ähneln anderen. Bei der Arbeit ist ein Mädchen, das haargenau aussieht wie Adele.«

»Ja, kann sein.« Ich sehe ein letztes Mal die Anzeige an. Die Frau auf dem Foto blickt nicht direkt in die Kamera, und die Auflösung ist so schlecht, dass mich wundert, wie sie für eine Anzeige ausgesucht werden konnte. Dann gebe ich Katie die Zeitung. »Pack die bitte zum Altpapier, Schatz, und hol uns was zu essen.«

»Meine Nägel!«, ruft sie.

»Meine Füße«, erwidere ich.

»Ich mach schon«, sagt Justin. Er stellt seinen Teller auf den Couchtisch und steht auf. Simon und ich wechseln einen verwunderten Blick, und Justin verdreht die Augen. »Was? Ihr tut ja so, als würde ich hier nie helfen.«

Simon stößt ein kurzes Lachen aus. »Und was willst du uns damit sagen?«

»Ach, leck mich, Simon. Dann hol dir doch selbst dein Essen.«

»Hört auf, alle beide«, gehe ich dazwischen. »Gott, manchmal weiß man nicht, wer hier das Kind ist.«

»Das meine ich ja. Er ist nicht ...«, beginnt Justin, verstummt jedoch, als er meinen Gesichtsausdruck sieht. Wir essen vor dem Fernseher, zanken uns um die Fernbedienung, und ich blicke zu Simon. Er zwinkert mir zu: ein privater Moment inmitten des chaotischen Lebens mit zwei erwachsenen Kindern.

Als die Teller bis auf einen Fettfilm leer sind, zieht Katie ihre Jacke an.

»Willst du jetzt noch weg?«, frage ich. »Es ist schon nach neun.«

Sie wirft mir einen vernichtenden Blick zu. »Es ist Freitagabend, Mum.«

»Wo willst du hin?«

»In die Stadt.« Sie bemerkt meine Miene. »Ich teile mir mit Sophia ein Taxi. Das ist nicht anders, als würde ich von einer Spätschicht nach Hause kommen.«

Ich will erwidern, dass es sehr wohl anders ist. Dass der schwarze Rock und das weiße Top, die Katie zum Kellnern trägt, weit weniger gewagt sind als das hautenge Kleid, das sie jetzt anhat. Dass sie mit ihrem Pferdeschwanz frisch und unschuldig wirkt, mit diesem Look jetzt hingegen zerzaust und sexy. Ich möchte ihr sagen, dass sie zu sehr geschminkt ist, dass ihre Absätze zu hoch und ihre Fingernägel zu rot sind.

Natürlich sage ich das alles nicht. Schließlich war ich auch mal neunzehn, und ich bin schon lange genug Mutter, um zu wissen, wann ich meine Gedanken für mich behalte.

»Viel Spaß.« Aber so ganz kann ich es doch nicht lassen. »Sei vorsichtig. Bleibt zusammen, und halte immer die Hand über deinen Drink.«

Katie küsst mich auf die Stirn und dreht sich zu Simon. »Rede mal mit ihr, ja?«, sagt sie und nickt in meine Richtung. Aber sie grinst und zwinkert mir zu, ehe sie zur Tür hinaus, tänzelt. »Seid ja artig, ihr zwei«, ruft sie. »Und falls ihr nicht artig sein könnt, seid vorsichtig!«

»Ich kann nicht anders«, sage ich, als sie weg ist. »Ich mache mir Sorgen um sie.«

»Weiß ich, aber sie ist vernünftig.« Simon drückt mein

Knie. »Sie kommt nach der Mutter.« Er sieht zu Justin, der ausgestreckt auf dem Sofa liegt und sein Telefon dicht vors Gesicht hält. »Willst du nicht mehr weg?«

»Pleite«, antwortet Justin, ohne den Blick von dem winzigen Bildschirm zu nehmen. Ich erkenne die blauen und weißen Kästchen eines Chats, doch die Schrift ist viel zu klein, als dass ich sie auf die Entfernung entziffern könnte. Ein Streifen rote Boxershorts trennt Justins Jogginghose von dem Sweatshirt, dessen Kapuze er aufgesetzt hat, obwohl er drinnen ist.

»Bezahlt Melissa dich nicht immer freitags?«

»Sie hat gesagt, dass sie mir das Geld am Wochenende vorbeibringt.«

Als Justin im Frühsommer im Café anfing, hatte ich schon fast die Hoffnung aufgegeben, dass er jemals einen neuen Job finden würde. Er hatte ein paar Vorstellungsgespräche – eines in einem Plattenladen, das andere bei Boots – aber in dem Moment, in dem sie von dem aktenkundigen Ladendiebstahl erfuhren, war es das.

»Kann man verstehen«, war damals Simons Kommentar. »Kein Arbeitgeber will riskieren, jemanden einzustellen, der in die Kasse langen könnte.«

»Da war er vierzehn!«, verteidigte ich ihn sofort. »Außerdem musste er eine Menge durchmachen: Erst die Scheidung, dann der Schulwechsel. Er ist j a wohl kaum ein Krimineller!«

»Trotzdem.«

Ich ließ es gut sein, denn ich wollte mich nicht mit Simon streiten. Auf dem Papier war Justin nicht einstellbar, aber wenn man ihn kannte ... Also ging ich zu Melissa.

»Lieferungen«, schlug ich vor. »Prospekte verteilen. Irgend-was.«

Justin war nie der lernbegierige Typ. Er las nicht so gerne wie die anderen Kinder in der Grundschule. Bis er acht war, beherrschte er nicht mal das Abc. Mit den Jahren wurde es zunehmend schwieriger, ihn überhaupt in die Schule zu be-kommen; die Unterführung und das Einkaufszentrum reiz-ten ihn mehr als das Klassenzimmer. Er schloss die Schule mit einem GCSE in Informatik und einer Verwarnung we-gen Ladendiebstahls ab. Bis dahin hatten die Lehrer begriff-fen, dass er Legastheniker war, aber da war es natürlich zu spät, noch etwas zu tun.

Bei dem Gespräch damals sah Melissa mich nachdenk-lich an, und ich fragte mich, ob ich unsere Freundschaft vielleicht gerade überstrapazierte.

»Er kann im Café arbeiten.«

Mir fehlten die Worte. »Danke« kam mir völlig unange-messen vor.

»Mindestlohn«, sagte Melissa sachlich, »und erst mal eine Probezeit. Montags bis freitags, abwechselnd Früh- und Spätschicht. Ab und zu auch an den Wochenenden.«

»Du hast einiges gut bei mir.«

Sie winkte ab. »Wozu sind Freunde da?«

»Vielleicht könntest du anfangen, deiner Mutter Miete zu zahlen, wo du jetzt einen Job hast«, sagt Simon. Ich sehe ihn streng an. Eigentlich mischt Simon sich nie in die Erzie-hung ein. Das war von Anfang an klar, und wir mussten gar nicht darüber reden. Die Kinder waren achtzehn und vier-zehn, als ich Simon kennenlernte, also fast erwachsen, auch wenn sie sich nicht so benahmen. Sie brauchten keinen neuen Dad, und zum Glück versuchte Simon auch nie, einer zu sein.

»Katie fragst du nicht nach Miete.«

»Sie ist jünger als du. Du bist zweiundzwanzig, Justin, alt genug, um auf eigenen Beinen zu stehen.«

Justin schwingt die Beine zur Seite und steht auf, was sehr geschmeidig aussieht. »Du hast vielleicht mal Nerven! Wie wäre es, wenn du anfängst, Miete zu bezahlen, bevor du mir erzählst, was ich machen soll?«

Ich hasse das. Zwei Menschen, die ich liebe, gehen sich gegenseitig an die Gurgel.

»Justin, rede nicht so mit Simon.« Dass ich Partei ergreife, geschieht nicht bewusst, doch sobald ich es ausspreche, sehe ich Justins Blick. Als hätte ich ihn verraten. »Er schlägt es nur vor. Und ich will keine Miete von dir.« Würde ich nie, und mir ist egal, ob mich andere deshalb für zu weich halten. Ich bleibe dabei. Sicher könnte ich Justin einen winzigen Betrag für Kost und Logis abknöpfen, und er hätte immer noch so gut wie nichts. Wie soll er denn da leben, geschweige denn etwas für später zurücklegen? Ich war jünger als Katie, als ich nur mit einem Koffer voller Kleidung und einem wachsenden Bauch von zu Hause wegging, während mir die Vorwürfe meiner Eltern noch in den Ohren klingelten. Für meine Kinder wünsche ich mir etwas anderes.

Simon gibt keine Ruhe. »Suchst du eigentlich nach Arbeit? Das Café ist ja gut und schön, aber wenn du dir ein Auto kaufen willst, eine eigene Wohnung mieten, brauchst du mehr als das, was Melissa dir bezahlen kann.«

Ich verstehe nicht, was in ihn gefahren ist. Wir sind nicht reich, klar, aber es geht uns doch ganz gut. Wir müssen den Kindern kein Geld abnehmen.

»Dad hat gesagt, dass er mir Geld für einen Wagen leiht, wenn ich die Führerscheinprüfung bestanden habe.«

Ich fühle, wie sich Simon neben mir verkrampft. Das tut er jedes Mal, wenn Matt erwähnt wird. In manchen Momenten ist diese Reaktion ärgerlich, aber meistens wird mir davon wohlig warm. Ich glaube nicht, dass Matt jemals der Gedanke kam, jemand anders könnte mich attraktiv finden. Und mir gefällt, dass Simon mich genug mag, um eifersüchtig zu sein.

»Das ist nett von deinem Dad«, sage ich hastig. Meine Loyalität gegenüber Justin bewegt mich, etwas zu sagen – irgendwas –, um ihm beizustehen. »Vielleicht solltest du dir mal überlegen, später noch einen Taxischein zu machen.«

»Ich fahre doch nicht den Rest meines Lebens in einem Taxi rum, Mum.«

Justin und ich waren uns so nahe, als er noch jünger war; aber er hat mir nie richtig vergeben, dass ich Matt verließ. Ich denke, das wäre anders, wenn er die ganze Geschichte kennen würde, doch ich will nicht, dass die Kinder schlecht von ihrem Dad denken. Sie sollen nicht so verletzt werden wie ich.

Die Frau, mit der Matt geschlafen hatte, lag altersmäßig exakt zwischen Katie und mir. Komisch, auf was für Details ich fixiert bin. Ich habe sie nie gesehen, was mich früher aber nicht von quälenden Gedanken abhielt, wie sie wohl aussah. Ich stellte mir die Hände meines Mannes auf ihrem dreiundzwanzigjährigen, dehnungsstreifenfreien Körper vor.

»Tja, man kann sich eben nicht alles immer aussuchen«, sagt Simon. »Und das ist ein guter Job.«

Ich sehe ihn verwundert an. Sonst ist er immer schnell bei der Hand, wenn es darum geht, Matts mangelnden Ehrgeiz zu kritisieren. Teils bin ich genervt, weil ich mich genau erinnere, dass er Taxifahren mal als »Sackgasse« bezeichnet hat. Matt war am College und hat Bautechnik studiert. Das änderte sich schlagartig, als meine Regel so lange ausblieb, dass es nur eines bedeuten konnte. Noch am selben Tag gab Matt das Studium auf und suchte sich einen Job. Es war reine Knochenarbeit auf dem Bau, aber sie wurde nicht schlecht bezahlt. Nach der Heirat machte er seinen Taxischein, und seine Eltern gaben uns als verspätetes Hochzeitsgeschenk Geld für sein erstes Taxi.

»Das Café ist doch erst mal gut«, sage ich. »Und das Richtige wird sich schon noch finden. Da bin ich sicher.«

Justin gibt ein undefinierbares Schnauben von sich und verlässt das Zimmer. Er geht nach oben, und ich höre sein Bett knarzen, also nimmt er seine übliche Position ein: bäuchlings und den Kopf aufgestützt, damit er den Monitor seines Laptops sehen kann.

»Wenn das so weitergeht, wohnt er mit dreißig noch hier.«

»Ich will doch nur, dass er glücklich ist.«

»Er ist glücklich«, sagt Simon. »Und das auf deine Kosten.«

Ich verkneife mir die Erwiderung, die mir auf der Zunge liegt, denn sie wäre unfair. Immerhin habe ich gesagt, dass ich keine Miete von Simon will. Wir haben uns deshalb sogar gestritten, aber ich weigere mich, Miete von ihm anzunehmen. Wir teilen uns die Kosten fürs Essen sowie die Nebenkosten, und er lädt mich dauernd zum Essen oder auf Reisen ein – die Kinder auch. Er ist total großzügig. Wir haben ein gemeinsames Konto und uns noch nie Gedanken darüber gemacht, wer was bezahlt.

Aber das Haus gehört mir.

Als ich Matt heiratete, war das Geld richtig knapp. Er arbeitete nachts, ich saß von acht bis vier an der Kasse bei Tesco. So schafften wir es, bis Justin eingeschult wurde. Als Katie kam, war es leichter. Matt hatte mehr Arbeit, als er bewältigen konnte, und nach und nach konnten wir uns einige Extras leisten – mal essen gehen; sogar einen Sommerurlaub.

Dann trennten wir uns, und ich musste wieder von vorne beginnen. Keiner von uns konnte sich leisten, das Haus allein zu halten, und es dauerte Jahre, bis ich genug für die Anzahlung auf dieses Haus zusammenhatte. Deshalb schwor ich mir, mich nie wieder von einem Mann abhängig zu machen.

Wohlgemerkt: Ich schwor mir auch, mich nie wieder zu verlieben, und das ist jetzt das Ergebnis.

Simon küsst mich, eine Hand an meinem Kinn, dann in meinem Nacken. Selbst jetzt, nach einem sehr langen Tag, riecht er sauber, nach Rasierschaum und Aftershave. Ich fühle, wie mich die vertraute Hitze durchfährt, als er mein Haar um seine Hand wickelt und sanft daran zieht, sodass ich den Kopf hebe und er meinen Hals küssen kann. »Wollen wir früher schlafen gehen?«, flüstert er.

»Ich bin gleich oben.«

Ich staple die Teller zusammen, bringe sie in die Küche und lade sie in den Geschirrspüler. Aus dem Altpapierbehälter starrt mich die Frau in der Anzeige an. Ich schalte das Licht in der Küche aus und schüttle den Kopf, um den blöden Gedanken loszuwerden. Natürlich bin ich das nicht. Was hätte denn ein Foto von mir in einer Zeitung zu suchen?

5

Kelly zog das Gummiband vom Handgelenk und versuchte, ihr dunkles Haar zu einem Pferdeschwanz zu binden. Inzwischen bereute sie den spontanen Friseurbesuch im August, als sie nach zwei Wochen Hitze entschieden hatte, dass hüftlanges Haar einfach zu umständlich war. Jetzt ließen sich die gekürzten Strähnen kaum noch zusammenbinden. Prompt fielen zwei davon wieder nach vorne. Letztlich hatte es zwei Stunden gedauert, Carl Bayliss einzuliefern, nachdem festgestellt wurde, dass er im Zusammenhang mit ein paar Diebstählen sowie Verstoß gegen die Bewährungsauflagen gesucht wurde. Kelly gähnte. Ihren Hungerpunkt hatte sie so gut wie überwunden, trotzdem ging sie in die Küche und blickte sich hoffnungsvoll um – für alle Fälle. Nichts. Sie hätte doch unterwegs einen Kebab kaufen sollen. Nun machte sie sich etwas Toast und nahm ihn mit in ihr Zimmer im Erdgeschoss. Es war ein großer quadratischer Raum mit einer hohen Decke. Von der Bildleiste aufwärts waren die Wände weiß gestrichen, darunter hatte sich Kelly für einen hellen Grauton entschieden. Außerdem hatte sie den Teppichboden, der seine besten Zeiten hinter sich hatte, mit zwei großen Läufern bedeckt, die sie bei einer Auktion erstanden hatte. Der Rest des Zimmers – das Bett, der Schreibtisch sowie der rote Sessel, in dem sie nun saß – war ausnahmslos von Ikea. Die modernen Konturen standen im Kontrast zu dem geschwungenen Erkerfenster, unter dem sich das Bett befand.

Sie blätterte durch die *Metro,* die sie auf dem Rückweg mitgenommen hatte. Viele ihrer Kollegen sahen nie in die Lokalzeitungen – *schlimm genug, dass wir den Abschaum bei der Arbeit sehen müssen; da will ich den nicht noch mit mir nach Hause tragen –,* aber sie war in puncto Nachrichten unersättlich. Auf ihrem iPhone gingen immerzu die neuesten Meldungen ein, und wenn sie ihre Eltern besuchte, die nach der Pensionierung von London nach Kent gezogen waren, stürzte sie sich auf das Dorfblatt, um über Komitees zu lesen, die noch Mitglieder suchten, oder die Beschwerden über Müll und Hundekot auf den Straßen zu studieren.

Nun fand sie auf Seite fünf, wonach sie suchte. Gleich eine Doppelseite war fett mit »U-Bahn-Kriminalität nimmt zu« überschrieben: *Stadtverwaltung beauftragt eine Untersuchung zu Straftaten im öffentlichen Personennahverkehr, nachdem vermehrt sexuelle Belästigungen, brutale Angriffe und Diebstähle angezeigt wurden.*

Der Artikel eröffnete mit einem Absatz, der entsetzliche Kriminalstatistiken zitierte – die allein können einen schon davon abhalten, je wieder U-Bahn zu fahren, dachte Kelly –, bevor es mit einer Reihe von Fallschilderungen weiterging, um die häufigsten Straftaten in Londons Verkehrsnetz zu illustrieren. Kelly sah zu dem Abschnitt über brutale Angriffe, wo das Foto eines jungen Mannes abgedruckt war, der ein unmissverständliches Muster seitlich ins Haar rasiert trug. Das rechte Auge des Teenagers war so heftig zugeschwollen, dass er entstellt aussah.

Der Angriff auf Kyle Matthews war brutal und geschah vollkommen grundlos, lautete die Bildunterschrift. Das sollte man lieber nicht blind glauben, fand Kelly. Sicher, sie kannte Kyle nicht, sehr wohl aber das Symbol an seinem Kopf, und »vollkommen grundlos« war gemeinhin nicht die Formulierung, die einem bei Trägern solch eines Zeichens in den Sinn kam. Dennoch sollte sie ihn nicht vorverurteilen.

Das Foto in dem Abschnitt zum Thema »sexuelle Übergriffe« war schattig, sodass man gerade noch das Profil einer Frau ausmachen konnte. »Archivbild« stand unter dem Foto. »Name geändert.«

Unwillkürlich erschien ein anderer Zeitungsartikel vor Kellys geistigem Auge: eine andere Stadt, eine andere Frau, die gleiche Schlagzeile.

Sie schluckte, wandte sich der letzten Fallstudie zu und grinste über die Grimasse der Frau auf dem Foto.

»Sie verlangen doch wohl nicht, dass ich ein *Daily-Mail*-Gesicht mache, oder?«, hatte Cathy Tanning den Fotografen gefragt.

»Selbstverständlich nicht«, hatte er munter geantwortet. »Ich will, dass Sie ein trauriges *Metro*-Gesicht ziehen, mit einem Anflug von Wut. Nehmen Sie die Handtasche auf den Schoß und versuchen Sie sich vorzustellen, dass Sie nach Hause kommen und Ihren Mann im Bett mit der Fensterputzerin erwischen.«

Der Pressesprecher der British Transport Police war verhindert gewesen, weshalb Kelly sich bereit erklärte, bei Cathys Interview dabei zu sein, was Cathy sofort annahm.

»Sie waren super«, sagte sie zu Kelly, »und das ist das Mindeste, was ich tun kann.«

»Sparen Sie sich das Lob auf, bis wir den Kerl gefunden

haben, der Ihre Schlüssel geklaut hat«, hatte Kelly erwidert, auch wenn sie wusste, dass die Chancen sehr schlecht standen. Sie war am Ende einer einmonatigen Versetzung zur Diebstahlseinheit, der Dip Squad, als der Auftrag kam, und sie hatte Cathy Tanning auf Anhieb gemocht.

»Es ist meine Schuld«, hatte die Frau gesagt, sobald Kelly sich vorgestellt hatte. »Ich arbeite so lange, und die Fahrt nach Hause dauert so ewig, da nicke ich schon mal ein. Aber ich hätte nie gedacht, dass jemand das so fies ausnutzt.«

Kelly fand, dass Cathy Tanning noch Glück gehabt hatte. Der Dieb hatte ihre Handtasche durchwühlt, während Cathy tief und fest schlafend an der Wand lehnte, konnte ihr Portemonnaie in der seitlichen Reißverschlusstasche jedoch nicht finden, ebenso wenig wie ihr Handy, das in einer anderen Seitentasche steckte. Stattdessen hatte er ihre Schlüssel geklaut.

»Es ist nicht Ihre Schuld«, hatte Kelly ihr versichert. »Es ist Ihr gutes Recht, auf der Fahrt nach Hause kurz einzunicken.« Kelly hatte die Anzeige ausgefüllt und sich die Aufzeichnungen der Sicherheitskameras vorgenommen. Als sie später den Anruf von der Pressestelle bekam, schien Cathy die offensichtliche Wahl für einen Beitrag über U-Bahn-Kriminalität. Kelly sah nach, ob sie in dem Artikel erwähnt wurde, und tatsächlich hatte man sie zitiert, sie allerdings als DC statt als PC angegeben – was einigen Leuten bei der Arbeit vermutlich sauer aufstieß.

»Cathy ist nur eine von Hunderten Pendlern und Touristen, die jedes Jahr Opfer von Taschendieben werden. Wir möchten die Fahrgäste bitten, besonders aufmerksam zu sein und Ver-

dächtiges unverzüglich bei einem Beamten der British Transport Police zu melden.«

Sorgfältig schnitt Kelly den Artikel für Cathy aus und schickte ihr eine SMS, um sich nochmals für ihre Hilfe zu bedanken. Ihr Arbeitstelefon war in ihrem Schließfach auf dem Revier, doch sie hatte Cathy ihre Privatnummer für eventuelle Notfälle gegeben.

Kelly war noch halb in Berufskleidung – dunkelblauer Fleecepulli über einer weißen Bluse, aber ohne Krawatte und Schulterklappen. Nun bückte sie sich, um ihre Stiefel aufzuschnüren. Einige ihrer alten Schulfreunde trafen sich heute Abend und hatten gefragt, ob sie auch kommen wollte. Aber sie musste morgen um fünf raus, und an einem Freitagabend nüchtern durch die Pubs zu ziehen machte keinen Spaß. Toast, Netflix, Tee und Bett, dachte sie. Wenn das nicht fetzte.

Ihr Telefon klingelte, und ihre Stimmung hellte sich auf, als sie den Namen ihrer Schwester auf dem Display las.

»Hey, wie geht es dir? Wir haben ja ewig nichts voneinander gehört!«

»Tut mir leid. Du weißt ja, wie es ist. Hör mal, ich habe das ideale Weihnachtsgeschenk für Mum gefunden, aber das kostet ein bisschen mehr, als wir sonst ausgeben. Willst du dich beteiligen?«

»Sicher. Was ist es?« Kelly streifte erst einen, dann den anderen Stiefel ab und hörte nur halb hin, als ihre Zwillingsschwester ihr die Vase beschrieb, die sie auf einem Kunsthandwerkmarkt entdeckt hatte. Es war erst Mitte November, also noch Wochen hin bis Weihnachten. Kelly vermutete, dass sie das Shopping-Gen nicht geerbt hatte, denn sie schob die Weihnachtseinkäufe immer bis zur letzten Minute auf und genoss insgeheim die fiebrige Hektik, die an Heiligabend im Einkaufszentrum herrschte, wenn abgehetzte Männer in Panik überteuerte Düfte und Dessous kauften.

»Wie geht es den Jungs?«, unterbrach sie, als offensichtlich wurde, dass Lexi im Begriff stand, auch gleich Geschenke für den Rest der Familie vorzuschlagen.

»Denen geht es prima. Na ja, sie sind schon mal anstrengend, klar, aber super. Alfie kommt bestens in der Schule zurecht, und Fergus scheint sich in der Kindertagesstätte sauwohl zu fühlen, so wie seine Klamotten nachmittags immer aussehen.«

Kelly lachte. »Sie fehlen mir.« Lexi und ihr Mann Stuart lebten in St. Albans, und doch sah Kelly sie nicht annähernd so oft, wie sie gerne würde.

»Dann komm vorbei!«

»Mach ich, versprochen, sobald ich freihabe. Ich sehe auf dem Dienstplan nach und schicke dir die Daten. Vielleicht irgendwann an einem Sonntagmittag?« Lexis Zeitmanagement war legendär. »Ich glaube, ich habe Anfang Dezember einige Tage hintereinander frei, falls es euch nichts ausmacht, dass ich auf eurem Sofa schlafe.«

»Klasse! Die Jungs freuen sich riesig, wenn du über Nacht bleibst. Allerdings geht es am dritten nicht – da muss ich zu einem Jahrgangstreffen.«

Das kaum merkliche Zögern und Lexis betont lässiger Tonfall verrieten Kelly, um was für ein Treffen es sich genau handelte und wo es stattfinden würde.

»Ein Jahrgangstreffen in Durham?«

Am anderen Ende war es still, und Kelly stellte sich vor, wie ihre Schwester nickte und ein wenig das Kinn vorschob, wie sie es immer tat, wenn sie mit einer Diskussion rechnete.

»Erstsemester 2005«, sagte Lexi heiter. »Ich bezweifle zwar, dass ich auch nur die Hälfte wiedererkenne, aber ich habe immer noch Kontakt zu Abbie und Dan, und ich treffe mich ab und zu mit Moshy. Man fasst es nicht, dass das schon zehn Jahre her ist! Mir kommt es vor wie zehn Minuten. Obwohl ...«

»Lexi!«

Ihre Schwester verstummte, und Kelly versuchte, die richtigen Worte zu finden.

»Meinst du wirklich, dass das eine gute Idee ist? Wird da nicht ...« Sie kniff die Augen zu und wünschte, sie müsste dieses Gespräch nicht am Telefon führen. »Wird da nicht alles wieder hochkommen?« Sie rückte nach vorn auf die Sesselkante und wartete, dass ihre Schwester etwas sagte. Dabei berührte sie das halbe Herz an der Silberkette um ihren Hals und fragte sich, ob Lexi ihres noch trug. Sie hatten die Ketten in dem Herbst gekauft, bevor sie beide an die Uni gingen, Kelly in Brighton, Lexi in Durham. Es war das erste Mal seit ihrer Geburt, dass sie beide länger als eine oder zwei Nächte getrennt sein würden.

Als Lexi schließlich antwortete, hatte sie wieder diesen beherrschten Tonfall, den sie in solchen Fällen stets benutzte: »Da ist nichts, was wieder hochkommt, Kelly. Was passiert ist, ist passiert. Ich kann es nicht ändern, aber es muss mich nicht bestimmen.« Lexi war von jeher die Ruhige, Sensible gewesen. Theoretisch waren sie als eineiige

Zwillinge identisch, aber andere hatten sie immer mühelos auseinandergehalten. Sie hatten das gleiche etwas kantige Kinn, die gleiche schmale Nase und die gleichen braunen Augen, aber während Lexi ausnahmslos entspannt und umgänglich wirkte, war Kelly gestresst und reizbar. Als Kinder hatten sie oft versucht, die Plätze zu tauschen, doch keiner, der sie kannte, war je darauf hereingefallen.

»Warum sollte ich nicht die guten Zeiten an der Uni feiern?«, fragte Lexi. »Warum sollte ich nicht mit meinen Freunden über den Campus spazieren und mich an die gemeinsamen Abende, die Vorlesungen und unsere albernen Streiche erinnern?«

»Aber ...«

»Nein, Kelly. Wäre ich danach weggegangen, hätte die Uni gewechselt, wie du und Mum es wolltet, hätte er gewonnen. Und wenn ich nicht zu dem Treffen fahre, weil ich mich vor Erinnerungen fürchte, wird er wieder gewinnen.«

Kelly bemerkte, dass sie zitterte. Sie stellte die Füße flach auf, beugte sich vor und drückte den freien Unterarm auf ihre Knie, um sie stillzuhalten. »Ich finde, du bist verrückt. An deiner Stelle würde ich einen Riesenbogen um den Campus machen.«

»Tja, aber du bist nicht ich, oder?« Lexi atmete energisch aus, was ihre Verärgerung kaum vertuschte. »Man könnte fast denken, dass du es warst, der das passiert ist, nicht ich.«

Kelly sagte nichts. Wie sollte sie ihrer Schwester erklären, dass es sich genau so angefühlt hatte, ohne damit anzudeuten, dass ihr Trauma irgendwie genauso schwer wog wie Lexis? Sie erinnerte sich an den Kurs bei einem Arbeitsmediziner an der Polizeihochschule. Dort hatten sie eine

51

Massenkarambolage auf der M25 als Fallstudie analysiert; Dutzende Verletzte, sechs Tote. Wer litt hinterher an posttraumatischer Belastungsstörung, wollte der Kursleiter wissen. Die Autobahnpolizisten, die als Erste vor Ort waren? Der Verkehrspolizist, der die Mutter von zwei toten Kindern informieren musste? Der Lkw-Fahrer, dessen kurze Unkonzentriertheit die Tragödie verursacht hatte?

Keiner von ihnen.

Es war der Police Officer außer Dienst, dessen täglicher Lauf ihn über die Autobahnbrücke führte. Er war Zeuge des Geschehens, meldete es und gab wesentliche Informationen zur Einsatzzentrale durch, konnte jedoch letztlich nichts gegen die Katastrophe tun, die sich unter ihm abspielte. Er war es, der eine PBS entwickelte. Der sich vorwarf, nicht mehr getan zu haben. Der letztlich krankheitsbedingt in den vorzeitigen Ruhestand gehen musste; der sich vollkommen zurückzog. Der unbeteiligte Zuschauer.

»Entschuldige«, sagte Kelly und hörte Lexi seufzen.

»Ist schon okay.«

War es nicht, und das wussten sie beide, aber keiner von ihnen wollte einen Streit. Wenn sie sich das nächste Mal sprachen, würde Lexi über die Planung für Weihnachten reden und Kelly sagen, wie klasse die Arbeit war. Jede von ihnen würde so tun, als sei alles in Ordnung.

Genau wie sie es seit zehn Jahren hielten.

»Was macht die Arbeit?«, fragte Lexi, als hätte sie Kellys Gedanken gelesen.

»Es läuft ganz gut. Wie immer eigentlich.« Sie bemühte sich, zufrieden zu klingen, doch Lexi konnte sie nichts vormachen.

52

»Ach, Kel, du brauchst eine neue Herausforderung. Hast du nochmal daran gedacht, dich für eine Spezialeinheit zu bewerben? Die können dir die alte Geschichte doch nicht ewig nachtragen.«

Da war Kelly weniger sicher. Ihr Fortgang von der Einheit für sexuelle Belästigung bei der British Transport Police vor vier Jahren war abrupt und unschön gewesen. Sie war neun Monate lang krankgeschrieben gewesen, und als sie zurückkam, hieß es, sie würde einen Neustart bekommen, doch de facto war es eine Strafversetzung. Sie hatte sich mit Feuereifer in den Schichtdienst gestürzt und war schnell zu einer der angesehensten Beamten des Neighbourhood Policing Teams geworden, der Inbegriff der »bürgernahen Beamtin«. Sie hatte sich eingeredet, dass sie durch und durch Uniformierte sei, während sie sich in Wahrheit danach gesehnt hatte, wieder ernsthaft ermitteln zu dürfen.

»Die Verhaftung, mit der du gerade in der Zeitung stehst, muss doch etwas bringen«, beharrte Lexi. »Jetzt müssen deine Vorgesetzten doch erkennen, dass du nicht mehr ...« Sie verstummte, weil sie offenbar unsicher war, wie sie die Zeit nennen sollte, in der Kelly krankgeschrieben gewesen war, weil sie schon bei dem Gedanken, die Wohnung verlassen zu müssen, Schweißausbrüche bekam.

»Mir geht es gut, da, wo ich bin«, sagte Kelly knapp. »Ich muss Schluss machen. Es ist jemand an der Tür.«

»Okay, aber komm uns bald besuchen, ja? Versprochen?«

»Versprochen. Bis bald.«

»Ja, bis bald.«

Kelly beendete das Gespräch und seufzte. Sie hatte ihre dreimonatige Versetzung zur Dip Squad so genossen – der

Einheit, die auf die riesige Zahl an Taschendieben in der Londoner U-Bahn spezialisiert war. Dabei ging es ihr nicht um die Vorzüge, zivil zu ermitteln – auch wenn es nach vier Jahren in Uniform schon eine willkommene Abwechslung war –, sondern vielmehr um das Gefühl, tatsächlich etwas zu bewirken; die Verbrechenswelle einzudämmen, die so viele Menschen in der Stadt betraf. Seit Kelly in dem Job war, waren immer mehr Spezialeinheiten eingerichtet worden. Alle ernsten Verbrechen wurden inzwischen von diesen Squads bearbeitet, womit den Neighbourhood Policing Teams kaum mehr blieb, als Ordnungswidrigkeiten und asoziales Verhalten zu ahnden. Kelly war seit einer Woche wieder in Uniform, und abgesehen von Carl Bayliss hatte sie es ausschließlich mit Jugendlichen zu tun gehabt, die ihre Füße auf die U-Bahn-Sitze legten, und den üblichen Betrunkenen an den Wochenenden, die lauthals fluchend durch die Absperrungen stürmten. War sie bereit, wieder zu einer Spezialeinheit zu gehen? Sie glaubte schon, doch als sie ihren Inspector darauf angesprochen hatte, war dessen Antwort kurz und bündig ausgefallen.

»In diesem Job vergessen die Leute nicht so schnell, Kelly. Sie gelten als ein zu hohes Risiko.« Die Versetzung zur Dip Squad war eine Art Trostpreis gewesen, ein Schritt aufwärts vom Schichtdienst, aber mit geringem Risiko, sich emotional hineinzusteigern. Der Inspector hatte ihr einen Gefallen tun wollen, doch letztlich hatte es Kelly nur an alles erinnert, was ihr fehlte.

Lexi hatte recht; sie musste vorankommen.

6

Es ist ungewöhnlich, Katie schon weit vor Mittag zu sehen; die Trinkgelder im Restaurant fallen abends höher aus als mittags, und an ihren freien Tagen ist sie noch nie gern zeitig zu Bett gegangen. Gestern allerdings war sie schon vor zehn oben, und als ich vor dem Schlafengehen nach ihr sah (alte Gewohnheiten sind schwer abzustellen), schlief sie tief und fest. Jetzt, während ich im Bett liege und versuche, ein wenig Enthusiasmus für diesen nassen Montagmorgen aufzubringen, höre ich das Heulen des Boilers, begleitet von einem Klopfgeräusch, von dem ich am Wochenende gehofft hatte, es mir bloß einzubilden.

»Der ist eindeutig nicht in Ordnung.«

Simon gibt einen Laut von sich, der zustimmend sein könnte, schwingt einen Arm über die Decke und will mich näher zu sich ziehen. Ich entwinde mich ihm.

»Wir kommen zu spät zur Arbeit. Ich rufe jemanden an, der sich den Boiler mal ansieht. Der ist definitiv kaputt.«

»Das wird ein Vermögen kosten. Du weißt doch, wie Klempner sind. Die berechnen dir schon die ersten Hundert, ehe sie überhaupt durch die Tür sind.«

»Tja, ich kann das nicht selbst reparieren, und ...« Ich beende den Satz nicht und werfe Simon einen vielsagenden Blick zu.

»Hey, so schlecht bin ich nicht!« Er knufft mich in die Rippen, und ich quieke. Simons völlige Unfähigkeit als Heimwerker wird nur noch von meiner eigenen übertroffen. Das Haus, das Matt und ich damals zusammen kauften, stammte aus einer Zwangsversteigerung – andernfalls hätten wir es uns nie leisten können –, und der Plan war, dass wir es zusammen aufmöbeln würden. Nachdem ich allerdings das zweite Mal eine Wasserleitung angebohrt hatte, erklärte ich mich freiwillig bereit, mich von den elektrischen Geräten fernzuhalten, und Kleinreparaturen im Haus bekamen denselben nervigen Touch wie die Wartung des Taxis oder das Mülltonnenrausstellen. In den Jahren, die ich mit den Kindern allein war, gewöhnte ich mich daran, die meisten Sachen selbst zu machen, aber das Regal im Badezimmer ist schon dreimal runtergekracht, und der Kleiderschrank in Katies Zimmer wackelt bedenklich. Festzustellen, dass Simon in diesen Dingen genauso schlecht ist wie ich, war schon ein ziemlicher Schlag – was ich natürlich nie laut sage.

»Hat es überhaupt Zweck, den Boiler zu reparieren?«, fragt Simon. »Das ganze Badezimmer muss renoviert werden.«

»Na, dazu wird es so bald nicht kommen«, sage ich und denke an die Weihnachtsgeschenke, die demnächst meine Kreditkarte belasten werden. »Wir müssen den Boiler reparieren lassen und mit dem Rest noch ein bisschen weiterleben.« Ich kuschle mich unter die Decke und fühle, wie Simon sich an mich schmiegt, während ich mit einem Auge zur Uhr sehe.

»Das ist rausgeworfenes Geld.« Simon reißt die Bettdecke zurück und tritt sie außer Reichweite, sodass kalte Luft über uns beide hinwegweht. Ich setze mich auf und sehe ihn an.

»Seit wann sorgst du dich um Geld?« Ich bin diejenige, die unsere Ausgaben im Blick behält. Das liegt mir im Blut. Simon hingegen geht so lässig mit Geld um, wie es nur Leute können, die noch nie richtig knapp bei Kasse waren.

»Entschuldige ...«, sagt er und zuckt verlegen mit der Schulter. »Das ist eigentlich deine Rolle. Mir kommt es nur sinnlos vor, etwas zu flicken, das gründlich überholt werden muss. Wie wäre es, wenn ich mir einen Kostenvoranschlag für eine Komplettrenovierung geben lasse?«

Ich male mir das Bad meiner Träume aus, nichts als Edelstahl und weiße Fliesen, wie in dem Hotel in Paris, in das Simon mich zu unserem ersten Jahrestag einlud. »Wir können es uns nicht leisten, Simon, nicht kurz vor Weihnachten.«

»Ich bezahle«, sagt er. Etwas in seinen Augen sagt mir, dass er dieses spontane Angebot bereut, doch er nimmt es nicht zurück. »Du lässt mich nicht beim Abbezahlen der Hypothek helfen, also lass mich dir ein neues Bad kaufen.« Ich frage mich, ob es mit Justins Bemerkungen gestern Abend zusammenhängt. Als ich widersprechen will, hebt Simon eine Hand. »Ich bestehe darauf. Ich sehe mich nach einer anständigen Firma um. Sofern es so eine gibt! Also, los geht's. Ich komme zu spät – und du auch.« Er springt auf. Ich schwinge die Beine vom Bett und schiebe die Füße in meine Fleecepantoffeln. Mein Morgenmantel fühlt sich kalt auf der nackten Haut an, und ich fröstle, als ich nach unten gehe, um den Wasserkocher anzustellen. Biscuit bringt mich fast zum Stolpern, weil er mir immer wieder um die Beine streicht, bis ich ihm endlich Futter gebe.

Ich höre, dass das Heulen der Dusche oben aufhört. Kurz darauf wird die Badezimmertür geöffnet. Es sind Schritte aus dem Flur zu hören, gefolgt von leisen Stimmen, als Katie und Simon sich begegnen. Dann setzt das Heulen wieder ein. Katie ist heute in Eile. Wenn sie sich für einen Abend mit Freunden bereitmacht, kann sie schon mal stundenlang das Bad blockieren – nicht dass Simon sich jemals beschweren würde. Lieber verzichtet er auf die Dusche, bevor er sie hetzt.

»Teenager«, sagte er achselzuckend, als ich Katie mal zurechtwies, weil sie das Bad zu lange in Beschlag nahm. »Und ich brauche ja nicht lange, um mir die Haare zu waschen.« Dabei hatte er sich grinsend über das schüttere graue Haar gestrichen.

»Du bist sehr verständnisvoll«, sagte ich zu ihm. Nach Matts aufbrausendem Temperament war es eine wahre Wohltat, mit jemandem zusammenzuleben, der so tolerant war. Ich habe nie erlebt, wie Simon die Beherrschung verlor, nicht mal, als die Nachbarn zum x-ten Mal klingelten, um sich über Justins laute Musik zu beschweren – die deutlich leiser war als die kreischenden Kinder nebenan. Simon wird schlicht nicht wütend.

Melissa hatte mich skeptisch angesehen, als ich ihr erzählte, dass Simon zehn Jahre allein gelebt hatte, ehe wir uns kennenlernten.

»Was stimmt mit ihm nicht?«

»Da ist nichts! Er hat bisher nur nicht die Richtige gefunden. Und er ist perfekt domestiziert. Er kocht, putzt und bügelt sogar.«

»Dann schick ihn bitte zu mir, wenn du mit ihm durch

bist, ja? Neil kann einen Computer zusammenbauen, aber wie der Staubsauger angeht, ist ihm zu hoch.«

Ich lachte. Schon damals war mir klar, dass ich Simon nirgends hinschicken würde. Ich erinnerte mich an das aufregende Kribbeln, als er mich zum ersten Mal küsste, und den schnellen, linkischen Sex, den wir am Ende jenes ersten Dates hatten. Es war umso aufregender, weil so etwas mir gar nicht ähnlich sah. Das mag ich am liebsten an Simon: Er gibt mir das Gefühl, eine andere zu sein. Keine Mum, nicht Matts Freundin oder Frau. Ich. Zoe Walker. Damals bin ich direkt von meinen Eltern zu Matt gezogen, und als ich mit dreißig wieder Single war, sorgte ich mich ausschließlich darum, dass es den Kindern gutging. Herauszufinden, wer *ich* war, war einfach nicht wichtig. Das änderte sich, als ich Simon kennenlernte.

Ich mache Tee und trage ein Tablett mit vier Bechern nach oben, wo ich zuerst an Justins Tür klopfe und mir vorsichtig einen Weg durch den Krempel auf seinem Fußboden bahne, damit ich ihm den dampfenden Becher neben sein Bett stellen kann.

»Justin, Tee für dich.«

Er regt sich nicht, und ich nehme den Becher von gestern auf, den er allem Anschein nach nicht angerührt hatte. Ich sehe hinunter zu meinem Sohn, dessen Dreitagebart ein sanftes Gesicht mit Kinngrübchen verbirgt. Sein Haar hängt ihm tief ihn die Stirn, und er hat einen Arm zum Kopfteil des Bettes ausgestreckt. »Schatz, es ist fast sieben.« Er stöhnt. Sein Laptop steht aufgeklappt auf dem Nachttisch, und es ist eine Website von einem Musikforum geöffnet – weiße Schrift auf schwarzem Grund, die mir Kopfschmerzen machen würde, sollte ich versuchen, das zu lesen. Links auf dem Monitor sehe ich das Foto, das Justin online benutzt: Sein Gesicht, jedoch fast vollständig verdeckt von der zur Kamera ausgestreckten Hand. Und in der Handfläche steht in schwarzen Lettern sein Username, Game8oy-94.

Zweiundzwanzig, aber irgendwie noch zwölf. Katie hatte es immer so eilig, groß zu werden, konnte es nicht erwarten, Barbie-Puppen und My Little Pony hinter sich zu lassen. Männer hingegen bleiben viel länger Jungen.

Ich muss an das denken, was Simon gesagt hat, und frage mich, ob Justin tatsächlich noch mit dreißig bei mir wohnen wird. Früher konnte ich mir nicht vorstellen, mir je zu wünschen, dass die Kinder ausziehen. Mir gefiel es hier, mit uns dreien, wie wir uns zum Abendessen trafen, ansonsten aber jeder unser eigenes Leben hatten. Katie und ich gingen hin und wieder zusammen weg, und Justin trieb sich in der Küche herum, während ich kochte, stibitzte sich Pommes frites, ehe sie auf die Teller kamen, und erzählte von seinen Tricks bei Grand Theft Auto, die ich nicht verstand. Wie eine WG, log ich mir vor, und erst als Simon einzog, wurde mir bewusst, wie sehr es mir gefehlt hatte, mein Leben wirklich mit jemandem zu teilen.

Justin zieht sich die Decke über den Kopf.

»Du kommst zu spät zur Arbeit«, sage ich. Genau wie ich, denke ich, wenn ich mich nicht beeile.

»Mir geht's nicht gut«, kommt die gedämpfte Antwort. Ich ziehe fest an der Decke.

»Melissa reißt sich für dich ein Bein aus, Justin. Du meldest dich nicht krank, hast du verstanden?« Damit dringe ich zu ihm durch. Er weiß, dass er ohne Melissa keinen Job hätte – und ohne mich übrigens auch nicht, denn ich habe sie darum gebeten.

»Schon gut. Ist ja okay.«

Ich lasse ihn auf der Bettkante sitzend zurück, nur in Boxershorts. Er rauft sich die Haare, sodass sie zu Berge stehen.

Eine Dampfwolke quillt aus der offenen Badezimmertür. Ich klopfe an Katies Tür, und sie ruft, dass ich reinkommen soll. Sie sitzt an ihrem Schreibtisch, den sie als Frisierkommode benutzt, und zieht die Augenbrauen in ihrem ansonsten makellos geschminkten Gesicht dunkel nach. Ihr Haar ist noch von einem Handtuch umwickelt.

»Du bist genial! Den trinke ich, wenn ich mir die Haare mache. Um halb acht los?«

»Willst du noch Toast?«

»Der bläht mich nur auf. Ich esse später was.« Sie bläst mir einen Luftkuss zu und nimmt sich ihren Becher mit dem Aufdruck »Krieg dich ein und guck TOWIE« – wie die Pseudo-Doku-Soap »The Only Way is Essex« überall heißt. Selbst in einem Frottee-Bademantel sieht Katie umwerfend aus. Ich habe keinen Schimmer, von wem sie diese ewig langen Beine geerbt hat, denn auch wenn Matt größer ist als ich, hat er eher eine stämmige Figur.

»Gekauft und bezahlt«, sagte er immer und rieb sich grinsend den Bierbauch. Er könnte sich gar nicht auffälliger von Simon unterscheiden, denn der ist groß und schlank mit langen Beinen, die klasse in einem Anzug und liebenswert komisch in Shorts aussehen.

»Ich wette, der hat sich in seinem Leben noch nie die Hände schmutzig gemacht«, sagte Matt hämisch, nachdem sie sich das erste Mal begegnet waren – unbeholfen an der Tür, als Matt Katie nach Hause brachte.

»Vielleicht musste er das nie«, konterte ich und bereute es sofort. Matt ist nicht blöd. Er mag nicht so gebildet sein wie Simon, aber dumm ist er nicht. Und er hätte zu Ende studiert, wäre ich nicht gewesen.

Ich bringe Simon seinen Tee. Er ist schon angezogen, trägt ein hellblaues Hemd und eine dunkelblaue Anzughose, zu der das Jackett noch im Schrank hängt. Den Schlips lässt er weg, was ein Zugeständnis an den legeren Dresscode beim *Telegraph* ist, aber der Typ für Jeans war er nie. Ich sehe nach der Uhr und schließe mich in der Hoffnung im Bad ein, dass mir die anderen noch etwas warmes Wasser übriggelassen haben. Als ich feststelle, dass sie es nicht haben, dusche ich besonders schnell.

Ich trockne mich gerade ab, als an die Tür geklopft wird.

»Gleich fertig!«

»Ich bin's nur. Ich muss los.«

»Oh!« Ich öffne die Tür, nachdem ich mir das Badelaken umgewickelt habe. »Ich dachte, wir gehen zusammen.«

Simon küsst mich. »Ich hatte versprochen, heute früh zu kommen.«

»Wir sind in zehn Minuten fertig.«

»Tut mir leid, aber ich muss wirklich los. Ich rufe dich nachher an.«

Er geht nach unten, und ich trockne mich fertig ab. Mich ärgert, dass ich enttäuscht bin, weil er nicht mit mir zusammen zur Bahn geht – wie ein Teenager, dem der Freund sein Football-Trikot verweigert.

Früher hat Simon im Schichtdienst gearbeitet, abwechselnd früh und spät in der Nachrichtenredaktion sowie manchmal am Wochenende. Vor einigen Monaten – Anfang August – stellten sie einiges um, und seitdem arbeitet er verlässlich tagsüber von Montag bis Freitag. Ich dachte, er würde sich freuen, doch anstatt die gemeinsamen Abende zu genießen, kommt er deprimiert und mürrisch nach Hause.

»Ich mag keine Veränderungen«, hat er mir erklärt.

»Dann bitte sie doch, dir deine alten Schichten wiederzugeben.«

»So funktioniert das nicht«, sagte er. Vor lauter Verdrossenheit wurde er selbst mir gegenüber kurz angebunden. »Du verstehst das nicht.« Da hat er recht; tue ich nicht. Ebenso wenig, wie ich jetzt verstehe, warum er keine zehn Minuten warten kann, bis Katie und ich fertig sind.

»Viel Glück!«, ruft er Katie zu, während er nach unten geht. »Hau sie aus den Socken!«

»Bist du nervös?«, frage ich auf dem Weg zur Bahn. Katie sagt nichts, was allein schon Antwort genug ist. Unter einem Arm trägt sie die Mappe mit einem Dutzend Fotos von sich in 13x18, die ein kleines Vermögen gekostet haben. Auf jedem trägt sie etwas anderes und zeigt einen anderen Gesichtsausdruck. Und auf allen ist sie wunderschön. Simon hat die Aufnahmen bezahlt – eine Überraschung zu ihrem achtzehnten Geburtstag. Ich glaube, ich habe sie noch nie so glücklich gesehen.

»Ich weiß nicht, ob ich noch ein Nein verkrafte«, sagt sie leise.

Ich seufze. »Es ist eine harte Branche, Katie. Du wirst wohl noch eine Menge Ablehnungen bekommen.«

»Danke. Wie schön zu wissen, dass meine Mutter an mich glaubt.« Sie wirft ihr Haar nach hinten, als würde sie in die entgegengesetzte Richtung verschwinden, müssten wir nicht beide zur Bahn.

»Sei nicht so, Katie. Du weißt, was ich meine.« Ich grüße die Straßenmusikerin am Eingang zur Station Crystal Palace und greife nach einer der Münzen in meiner Manteltasche. Die Musikerin heißt Megan und ist nur wenig älter als Katie. Das weiß ich, weil ich sie mal gefragt habe, und da erklärte sie mir, dass ihre Eltern sie rausgeworfen haben und sie seither bei Bekannten schläft, Straßenmusik macht und sich in Norwood und Brixton bei der Tafel anstellt.

»Kalt heute, was?« Ich werfe zehn Pence in ihren Gitarrenkoffer, wo sie auf einer Hand voll weiterer Münzen landen, und Megan unterbricht kurz ihren Song, um sich zu bedanken, ehe sie an der exakten Stelle weitermacht.

»Mit zehn Pence kommt sie nicht weit, Mum.«

Megans Gesang verebbt, als wir in den Bahnhof gehen.

»Zehn Pence morgens und nochmal zehn, wenn ich zurückkomme, das macht ein Pfund die Woche«, entgegne ich achselzuckend. »Über fünfzig im Jahr.«

»Tja, so gesehen ist es sehr großzügig.«

Katie schweigt einen Moment. »Warum gibst du ihr dann nicht jeden Freitag ein Pfund? Oder ein Bündel Scheine zu Weihnachten?«

Wir ziehen unsere Oyster-Karten durch den Leseschlitz und gehen durch das Drehkreuz zur S-Bahn.

»Weil es sich auf diese Art nicht anfühlt, als würde ich ihr so viel geben«, sage ich zu Katie, obwohl das nicht der Grund ist. Es geht weniger um das Geld als um die freundliche Geste. Und ich möchte jeden Tag ein bisschen freundlich sein.

In Waterloo kämpfen wir uns auf den Bahnsteig und schließen uns der Prozession zur Northern Line an.

»Echt, Mum, ich weiß nicht, wie du das hier jeden Tag aushältst.«

»Man gewöhnt sich dran«, sage ich, dabei ist es eher so, dass man sich damit abfindet. In einer überfüllten, müffelnden Bahn zu stehen gehört nun mal dazu, wenn man in London arbeitet.

»Ich hasse es! Mittwochs und samstags abends ist es schon schlimm genug, aber im Berufsverkehr? Gott, ich würde sterben!«

Katie kellnert in einem Restaurant am Leicester Square. Sie könnte auch einen Job näher bei uns finden, aber ihr gefällt es, im »Herzen« der Stadt zu sein, wie sie es ausdrückt. Tatsächlich meint sie, dass ihre Chancen, einen Filmproduzenten oder Agenten zu treffen, um Covent Garden und Soho herum größer sind als in Forest Hill. Wahrscheinlich hat sie recht, auch wenn sich diesbezüglich in den letzten anderthalb Jahren nichts getan hat.

Heute will Katie allerdings nicht ins Restaurant. Sie hat ein Vorsprechen bei einer der unzähligen Theateragenturen, die sie dann – so hofft sie – in ihre Kartei aufnehmen wird. Ich würde gern so fest an Katie glauben wie sie selbst, aber ich bin realistisch. Ja, sie ist wunderschön, talentiert und eine großartige Schauspielerin, aber sie ist auch eine Neunzehnjährige von einer Gesamtschule in Peckham, und die Chance, dass sie groß rauskommt, ist ungefähr so hoch wie die, dass ich im Lotto gewinne. Und ich spiele nicht mal Lotto.

»Versprich mir, dass du wenigstens mal über den Sekretärinnenkurs nachdenkst, von dem ich dir erzählt habe, falls es nichts wird.«

Katie sieht mich beleidigt an.

»Nur sicherheitshalber, sonst nichts.«

»Danke für deine Aufmunterung, Mum.«

Am Leicester Square herrscht dichtes Gedränge. Wir werden kurz getrennt, während wir zur Ticketsperre gehen, und als ich Katie wiederfinde, drücke ich ihre Hand.

»Ich denke bloß praktisch, das ist alles.«

Sie ist sauer auf mich, und ich kann es ihr nicht verdenken. Warum muss ich ausgerechnet jetzt von dem Kurs anfangen? Ich sehe auf meine Uhr. »Du hast noch eine Dreiviertelstunde. Komm, ich spendiere dir einen Kaffee.«

»Ich wäre jetzt lieber allein.«

Das habe ich verdient, denke ich, doch sie merkt, dass ich gekränkt bin.

»Nur, um nochmal meinen Text durchzugehen.«

»Sicher. Tja, dann viel Glück. Und das meine ich ernst, Katie. Ich hoffe, dass es super läuft.« Ich sehe ihr nach, als sie weggeht, und wünsche mir, ich hätte mich einfach für sie freuen können, ihr Mut machen, so wie Simon, bevor er zur Arbeit verschwand.

»Es hätte nicht geschadet, ein bisschen begeisterter zu sein.« Melissa streicht Margarine auf Brotscheiben und stapelt sie – immer zwei aufeinander, die gefetteten Seiten innen –, sodass sie mittags bereit zum Belegen sind. In der Glasvitrine sind Schalen mit Thunfisch-Mayonnaise, Räucherlachs und geriebenem Käse. Das Café in Covent Garden heißt »Melissa's Too« und ist größer als das in der Anerley Road mit hohen Barhockern zum Fenster hin und fünf oder sechs Tischen mit Metallstühlen, die abends in der Ecke aufeinandergestapelt werden, damit die Putzkraft den Boden wischen kann.

»Sie belügen, meinst du?« Es ist zehn vor neun und das Café leer bis auf Nigel, dessen langer grauer Mantel schmutzig ist. Bei jeder Bewegung schickt Nigel eine Wolke von Körpergeruch durch den Raum. Er sitzt mit einer Kanne Tee auf einem der Barhocker am Fenster, bis Melissa ihn wie jeden Morgen um zehn rausschmeißt, weil er schlecht fürs Geschäft ist, wie sie sagt. Früher saß Nigel draußen auf dem Gehweg vor dem Café, eine Mütze vor sich auf dem Pflaster – bis Melissa Mitleid mit ihm hatte. Sie berechnet ihm fünfzig Pence, zwei Pfund weniger als das kleine Frühstück laut Tafel kostet, und er bekommt einiges für sein Geld.

»Unterstütz sie einfach.«

»Das tue ich doch! Ich habe mir zwei Stunden freigenommen, damit ich mit ihr fahren kann.«

»Weiß sie das?«

Ich schweige. Eigentlich hatte ich vorgehabt, sie nach dem Vorsprechen abzuholen und zu hören, wie es gelaufen ist. Aber Katie hat mir unmissverständlich gesagt, dass sie mich dort nicht sehen will.

»Du solltest ihr Mut machen. Wenn sie irgendwann ein Hollywoodstar wird, möchtest du nicht, dass sie dem

Hello! – Magazin erzählt, ihre Mum hätte nicht an sie geglaubt.«

Ich lache. »Fang du nicht auch noch an! Simon ist überzeugt, dass sie es schafft.«

»Na also«, sagt Melissa, als sei damit alles geklärt. Ihr blaues Haarnetz ist verrutscht, und ich ziehe es für sie wieder nach vorn, damit sie sich nicht erneut die Hände waschen muss. Melissa hat langes dunkles Haar, das sie zu einem scheinbar komplizierten Knoten gebunden trägt. Ich habe jedoch schon gesehen, wie sie ihn innerhalb von Sekunden band. Bei der Arbeit steckt sie einen Stift hinein, was ihr einen irreführenden Boheme-Look verleiht. Heute trägt sie wie so oft Jeans und Halbstiefel zu einer blütenweißen Bluse, deren Ärmel bis zu den Ellbogen aufgekrempelt sind. Ihre Haut ist so blass wie die ihres Mannes dunkel.

»Danke.«

»Andererseits ist Simon auch davon überzeugt, dass er ein Bestsellerautor wird.« Ich grinse, obwohl mir dieser Scherz sofort wie ein Verrat vorkommt.

»Und kommt da auch tatsächliches Schreiben ins Spiel?«

»Oh ja, er schreibt«, sage ich und stelle das Gleichgewicht wieder her, indem ich Simon verteidige. »Er muss natürlich auch sehr viel recherchieren, und das neben dem Job noch zu schaffen ist nicht leicht.«

»Und was schreibt er?«

»Ein Spionage-Thriller, glaube ich. Eher nicht meine Sorte Buch, ich bin mehr für Maeve Binchy zu haben.« Ich habe bisher nichts von Simons Roman gelesen. Er will, dass ich ihn erst sehe, wenn er fertig ist, und das soll mir recht sein, denn mir graut ein bisschen davor. Meine Sorge ist, dass ich nicht weiß, was ich sagen soll; dass ich gar nicht beurteilen kann, ob er gut oder schlecht ist. Sicher wird er gut, denn Simon schreibt wunderbar. Er ist einer der ältesten Journalisten beim *Telegraph,* und er sitzt schon an diesem Buch, solange ich ihn kenne.

Die Tür geht auf, und ein Mann in einem Anzug kommt herein. Er begrüßt Melissa mit Namen, und sie plaudern über das Wetter, während sie seinen Kaffee macht und ungefragt Milch und Zucker hineingibt.

In dem Zeitungsständer an der Wand steckt eine Freitagsausgabe der *Metro,* und ich ziehe sie heraus, als Melissa an der Kasse ist. Derjenige, der sie zuletzt gelesen hat, hatte sie auf der Seite mit der Überschrift »U-Bahn-Kriminalität steigt« gefaltet, und obwohl niemand in der Nähe ist, lege ich automatisch den Arm über meine Handtasche. Ich trage sie schon seit Jahren mit dem Träger diagonal über dem Oberkörper. In der Zeitung ist ein Foto von einem Jungen ungefähr in Justins Alter, dessen Gesicht übel zerschlagen ist, und von einer Frau mit einem offenen Rucksack auf dem Schoß, die aussieht, als wäre sie den Tränen nahe. Ich überfliege den Artikel, aber da steht nichts Neues: Man soll seine Sachen immer dicht bei sich halten und nachts möglichst nicht allein U-Bahn fahren. Dasselbe sage ich Katie immer wieder.

»Justin erzählte, dass deine Managerin gestern krank war«, sage ich, als Melissa und ich wieder unter uns sind.

»Ja, und heute ist sie auch noch krank, daher ...« Sie deutet auf ihr blaues Haarnetz. »Ich wette, Richard Branson hatte solche Probleme nicht, als er sein Imperium aufgebaut hat.«

»Jede Wette, die hatte er doch. Und ich bin nicht sicher, ob man zwei Cafés«, mir fällt Melissas strenger Blick auf, und ich korrigiere mich, »zwei *fantastische* Cafés als ein Imperium bezeichnen kann.«

Melissa wirkt ein bisschen verlegen. »Drei.«

Ich sehe sie fragend an und warte.

»Clerkenwell. Jetzt guck nicht so! Man muss was wagen, wenn man wachsen will.«

»Aber ...« Ich verstumme, ehe ich etwas sage, das sich nie wiedergutmachen lässt. Ein drittes Café aufzumachen, wenn mein zweites vor sich hin dümpelt, würde mir eine Riesenangst machen, aber ich schätze, deshalb ist Melissa selbstständig und ich nicht. Als ich neben Melissa und Neil einzog, war ich noch in dem Buchhaltungskurs vom Erwachsenenbildungsprogramm. In der Schule bin ich unterirdisch in Mathe gewesen, aber Matt nahm die Kinder nur mittwochs nachmittags, womit mir entweder dieser Kurs blieb oder einer in Möbelpolstern; und ich konnte mir schwerlich vorstellen, mir meinen Lebensunterhalt mit dem Beziehen von Sesseln zu verdienen. Melissa war meine erste Mandantin.

»Bisher habe ich meine ganze Buchhaltung selbst gemacht«, sagte sie, als ich ihr von dem Kurs erzählte. »Aber ich habe einen neuen Laden in Covent Garden übernommen, also könnte ich gut Hilfe gebrauchen. Es geht nur um die Löhne und die Kassenbücher, nichts Kompliziertes.« Ich ergriff die Chance. Und obwohl mir schon ein Jahr später ein anderer Mandant – Graham Hallow – eine feste Stelle anbot, mache ich die Buchhaltung für Melissa's und Melissa's Too weiterhin.

»Melissa's Three?«, frage ich jetzt, und sie lacht.

»Und vier und fünf ... immer so weiter!«

Ich fange heute erst mittags an, trotzdem sieht Graham sehr auffällig auf seine Uhr, als ich um elf ins Büro komme.

»Nett von Ihnen, dass Sie heute reinkommen, Zoe.« Wie immer trägt er einen Dreiteiler mit einer echten Taschenuhr in seiner Weste. »Professionalität schafft Vertrauen«, hat er mir mal erklärt, womit er mich vielleicht überzeugen wollte, meine Marks-&-Spencer-Hosen aufzugeben und mich ähnlich altmodisch zu kleiden.

Ich springe nicht darauf an. Meine zwei freien Stunden heute hatte Graham selbst genehmigt und abgezeichnet, bevor ich letzten Freitag ging. »Möchten Sie einen Kaffee?«, frage ich. Ich habe längst gelernt, dass man Graham am besten mundtot macht, indem man immerzu höflich ist.

»Das wäre sehr schön, danke. Hatten Sie ein schönes Wochenende?«

»Ja, war nicht schlecht.« Ich gehe nicht ins Detail, und er fragt nicht. Mein Privatleben behalte ich dieser Tage für mich. Als Simon und ich zusammenkamen, wagte Graham anzudeuten, dass es unangebracht sei, wenn ich mich mit jemandem verabreden würde, den ich durch die Arbeit kennengelernt hätte. Dabei waren schon mehrere Monate vergangen, seit Simon im Büro gewesen war, um sich für einen Artikel nach Gewerbemieten zu erkundigen.

»Aber es wäre nicht unangebracht, mit meinem Chef auszugehen?«, erwiderte ich, verschränkte die Arme und sah ihm direkt in die Augen. Denn sechs Wochen nachdem ich von Matts Affäre erfahren hatte, als ich ein schlotterndes Häufchen Elend war und nicht ein noch aus wusste, hatte Graham Hallow mich eingeladen, und ich hatte ihm einen Korb gegeben.

»Das war, weil ich Mitleid mit Ihnen hatte«, sagte er, als ich ihn all die Jahre später darauf ansprach. »Ich dachte, dass Sie mal aufgemuntert werden müssten.«

»Sicher. Danke.«

»Vielleicht denkt dieser Simon dasselbe.«

Auch nach dem Köder schnappte ich nicht. Ich wusste, dass Simon kein Mitleid mit mir hatte. Er betete mich an, schenkte mir Blumen, führte mich in schöne Restaurants aus und küsste mich auf eine Art, bei der ich weiche Knie bekam. Wir waren erst seit einigen Wochen zusammen, doch ich wusste es. Ich wusste es einfach.

Vielleicht hat Graham damals tatsächlich Mitleid mit mir gehabt, doch so ganz hat er mir bis heute nicht vergeben, dass ich ihn abblitzen ließ. Vorbei waren die Zeiten, in denen ich früher gehen durfte, weil meine Kinder krank waren, oder mir die Zeit nicht abgezogen wurde, wenn die Bahnen Verspätung hatten. Von jenem Moment an nahm Graham es sehr genau, und da ich den Job leider dringend brauche, kann ich mir nicht leisten, gegen die Regeln zu verstoßen.

Graham trinkt seinen Kaffee aus, zieht seinen Mantel über und verschwindet. Es steht nichts im Terminkalender, doch er murmelt etwas von einem Mann, mit dem er wegen eines Hundes reden muss, und ich bin einfach nur froh, allein im Büro zu sein. Für einen Montag ist es außergewöhnlich ruhig, deshalb beginne ich mit dem längst überfälligen Frühjahrsputz, füttere den Aktenvernichter mit Unterlagen und rücke uralte Grünlilien zur Seite, um hinter ihnen Staub zu wischen.

Mein Telefon piept. Es ist eine Textnachricht von Matt.

`KT okay?`

So kürzt er alle Namen ab. Katie ist *KT*, Justin *Jus*, und ich bin nur Zoe, wenn wir uns streiten.

Ich vermute, Simon wäre *Si*, hätten sie die Art von Beziehung.

`Noch nichts gehört`, antworte ich.

`War sie gut drauf?`

Ich überlege kurz. `Optimistisch`, tippe ich.

`Und du? x`

Ich sehe den Kuss und ignoriere ihn. Überhaupt lasse ich die Unterhaltung hier abbrechen und wische weiter Staub. Wenige Minuten später ruft er an.

»Du hast es schon wieder gemacht.«

»Was gemacht?«, frage ich, dabei weiß ich genau, was er meint.

»Du hast ihr noch vor dem Vorsprechen einen Dämpfer verpasst.« Seine Konsonanten sind gedämpft, was an der Zigarette liegen dürfte, die er zwischen den Lippen hat. Und tatsächlich höre ich das metallische Klicken des Feuerzeugs und wie Matt einen langen Zug nimmt. Es ist fast zwanzig Jahre her, seit ich geraucht habe, dennoch fühle ich enormes Verlangen, als er inhaliert.

»Hab ich nicht«, widerspreche ich, doch Matt kennt mich zu gut. »Jedenfalls wollte ich es nicht.«

»Was hast du gesagt?«

»Ich habe nur diesen Sekretärinnenkurs erwähnt, von dem ich dir erzählt habe.«

»Zo...«

»Was? Du hast selbst gesagt, dass das ideal für sie wäre.«

Ich höre Verkehrslärm im Hintergrund. Daran erkenne ich, dass Matt an einem Taxistand parkt und sich draußen an seinen Wagen lehnt.

»Du musst das bei ihr vorsichtig angehen. Wenn man sie zu sehr in eine Richtung schubst, rennt sie umso schneller in die andere.«

»Schauspielen ist kein richtiger Job«, sage ich, weil ich mich so daran gewöhnt habe, mit Matt zu streiten, dass ich es nur schwer ablegen kann. »Sie braucht etwas, auf das sie zurückgreifen kann.«

»Das wird sie schnell genug von alleine begreifen. Und wenn sie das tut, sind wir für sie da.«

Ich beende das Staubwischen im Büro vorn und nehme mir Grahams vor. Sein Schreibtisch ist doppelt so groß wie meiner, aber fast genauso ordentlich. Das ist eine der wenigen Sachen, die wir gemeinsam haben. Parallel zur Schreibtischkante steht ein Tischkalender, und der Motivationsspruch für heute fordert mich auf, etwas zu tun, für das mir mein zukünftiges Ich danken wird. Auf der anderen Schreibtischseite sind drei Ablagekörbe übereinandergestapelt und beschriftet mit *Eingang, Laufend, Post.* Vor ihnen liegt ein Stapel Zeitungen, ganz oben die *London Gazette* von heute.

Nichts Ungewöhnliches. Man müsste schon ziemlich suchen, wollte man ein Büro in London finden, in dem keine *Gazette* herumfliegt. Ich nehme die Zeitung, sage mir, dass ich immer noch aufräume, und sehe, dass die darunter ebenfalls die *London Gazette* ist. Genauso wie die unter ihr und die darunter ebenfalls. Ein Dutzend oder mehr Ausgaben, alle ordentlich aufgestapelt. Ich blicke zur Tür, ehe ich mich in Grahams Ledersessel setze und die oberste Zeitung aufschlage. Die ersten paar Seiten überfliege ich, doch dann kann ich nicht widerstehen, zu den Kleinanzeigen durchzublättern.

Kaum sehe ich sie, wird mein Brustkorb eng, und meine Hände beginnen zu schwitzen. Denn auf der letzten Zeitungsseite in meiner Hand – in einer Zeitung, die mehrere Tage alt ist – ist eine Frau, die ich schon mal gesehen habe.

7

Wir sind alle Gewohnheitstiere.

Sogar du.

Jeden Tag greifst du zum selben Mantel, verlässt das Haus jeden Morgen um dieselbe Zeit. Du hast einen Lieblingsplatz im Bus und in der Bahn, weißt genau, welche Rolltreppe die schnellste ist, welche Ticketsperre du benutzen musst, vor welchem Kiosk die Schlange am kürzesten ist.

Du weißt diese Dinge. Und ich weiß sie auch.

Ich weiß, dass du die gleiche Zeitung im selben Laden kaufst und deine Milch jede Woche am selben Tag. Ich kenne den Weg, auf dem du die Kinder zur Schule bringst; die Abkürzung, die du auf dem Rückweg vom Zumba-Kurs nimmst. Ich kenne die Straße, in der du dich freitags abends nach dem Pub von deinen Freundinnen verabschiedest; und ich weiß, dass du das letzte Stück nach Hause allein gehst. Ich kenne die Fünf-Kilometer-Runde, die du sonntagmorgens läufst, und die exakte Stelle, an der du zum Stretching stehen bleibst.

All diese Dinge weiß ich, weil dir nie der Gedanke kam, dass dich jemand beobachten könnte.

Routine tut dir gut. Sie ist beruhigend.

Routine gibt dir ein Gefühl von Sicherheit.

Routine wird dich umbringen.

8

Kelly war auf dem Weg aus dem Besprechungsraum, als ihr Telefon läutete. *Nummer unterdrückt* bedeutete, dass es höchstwahrscheinlich die Einsatzzentrale war. Sie hielt das Telefon zwischen Ohr und rechter Schulter eingeklemmt, während sie den Reißverschluss ihrer Schutzweste zuzog.

»Kelly Swift.«

»Können Sie einen Anruf von einer Mrs. Zoe Walker annehmen?«, fragte die Stimme. Kelly hörte das Gemurmel anderer Stimmen im Hintergrund; ein Dutzend weiterer Vermittler, die Anrufe annahmen und Aufträge zuteilten. »Sie möchte mit jemandem über einen Diebstahl in der Circle Line reden – irgendwas, das aus einer Tasche geklaut wurde?«

»Dann müssen Sie sie zur Dip Squad durchstellen. Ich bin schon seit einigen Tagen nicht mehr bei der Einheit und wieder beim Neighbourhood Policing Team.«

»Da habe ich es versucht, aber es geht keiner ran. Ihr Name steht noch in dem Bericht, deshalb ...« Die Stimme verebbte, und Kelly seufzte. Der Name Zoe Walker kam ihr nicht bekannt vor. Andererseits hatte sie in den drei Monaten bei der Dip Squad mit so vielen Opfern von gestohlenen Portemonnaies und Brieftaschen zu tun gehabt, dass sie sich unmöglich alle merken konnte.

»Stellen Sie sie durch.«

»Danke.« Die Vermittlung klang erleichtert, und nicht zum ersten Mal war Kelly dankbar, dass sie nicht an vorderster Front arbeitete, gefangen in einem fensterlosen Raum und Zielscheibe der wütenden Anrufe von aufgebrachten Bürgern. Sie hörte ein leises Klicken.

»Hallo? Hallo?« Eine neue Stimme erklang, diesmal weiblich und ungeduldig.

»Hallo, hier ist PC Swift. Wie kann ich Ihnen helfen?«

»Endlich! Man sollte meinen, dass ich versuche, beim MI5 anzurufen.«

»Nicht annähernd so aufregend, bedaure. Wie mir gesagt wurde, möchten Sie über einen Diebstahl in der U-Bahn reden. Was wurde Ihnen gestohlen?«

»Nicht mir«, sagte die Anruferin so langsam und betont, als hätte Kelly Mühe, dem Geschehen zu folgen. »Cathy Tanning. Aus dem Zeitungsartikel.«

Anrufe wie diesen gab es immer wieder, wenn Polizisten in der Presse zitiert wurden. Anrufe von Bürgern, die sich oft um die merkwürdigsten Themen drehten. Als würde man mit der Veröffentlichung des Namens und der Dienstnummer zum Ansprechpartner für jeden.

»Ihr wurden die Schlüssel aus der Tasche gestohlen, als sie auf dem Heimweg in der Bahn eingeschlafen war«, fuhr Mrs. Walker fort. »Nichts sonst, nur die Schlüssel.«

Ja, dachte Kelly. Daran konnte sie sich noch gut erinnern. Solche Formen von Diebstahl machten den Job tatsächlich ungewöhnlich. Anfangs war sie unsicher gewesen, ob der Vorfall ernsthaft als Diebstahl gemeldet werden sollte, doch Cathy hatte darauf beharrt, die Schlüssel nicht verloren zu haben.

»Ich habe sie immer in einem Seitenfach in meiner Tasche«, hatte sie Kelly erzählt. »Da können sie nicht rausgefallen sein.« Das Seitenfach befand sich außen an einer rucksackartigen Handtasche und war mit einem Reißverschluss und einer Lederschnalle gesichert, sodass die Schlüssel nicht rausfallen konnten. Beide Verschlüsse waren geöffnet worden.

In den Aufzeichnungen der Sicherheitskameras war zu sehen gewesen, wie Cathy in Shepherd's Bush in die U-Bahn stieg – mit einer Rucksacktasche, die eindeutig verschlossen war. Als sie in Epping aus der Bahn stieg, hing die Schnalle lose herunter, und die kleine Tasche klaffte ein wenig auf.

Falltechnisch war die Sache unkompliziert. Cathy war die ideale Zeugin: Sie fuhr immer dieselbe Route von der Arbeit nach Hause, wählte sogar immer denselben Wagen der Circle Line und saß möglichst immer auf demselben Platz. Wäre jeder so berechenbar, hatte Kelly gedacht, würde es ihren Job um ein Vielfaches leichter machen. Sie hatte Cathy binnen Minuten in den Aufzeichnungen der Kameras gefunden, doch es war keiner der üblichen Verdächtigen, der sich im Gedränge an sie heranschlich. Die umtriebigsten Straftäter in der U-Bahn waren momentan die Curtis-Jungs, doch die griffen sich Brieftaschen und iPhones, keine Schlüssel.

Als Kelly sich das Bildmaterial von Cathy zur Tatzeit im Zug ansah, hätte sie den Diebstahl sogar fast übersehen.

Cathy hatte geschlafen, den Oberkörper an die Wagenwand gelehnt, die Beine überkreuzt und die Arme schützend um ihre Tasche geschlungen. Kelly war so sehr damit beschäftigt gewesen, die Aufnahmen aus der Bahn nach Jugendlichen mit Kapuzenpullis oder Frauenpaaren mit Kopftüchern und Babys auf den Armen abzusuchen, dass sie fast den Mann ignoriert hätte, der nahe an Cathys Beinen stand. Er passte auch nicht zum Profil des üblichen Taschendiebs, war groß, gut gekleidet und hatte einen grauen Schal zweimal um seinen Hals gewickelt und nach oben gezogen, sodass er seine Ohren und die untere Gesichtspartie bedeckte. Als wäre er noch draußen und müsste den Elementen trotzen. Er stand mit dem Rücken zur Kamera, das Gesicht nach unten geneigt. In einer fließenden Bewegung beugte er sich zu Cathy Tanning und richtete sich gleich wieder auf. Dann verschwand seine rechte Hand so schnell in seiner Jackentasche, dass Kelly nicht erkennen konnte, was er darin hielt.

Hatte er gedacht, dass ein Portemonnaie in der Außentasche steckte? Oder ein Telefon? Ein kurzer Glücksgriff, gefolgt von Enttäuschung, als er feststellen musste, dass er nur ein Schlüsselbund ergattert hatte? Nahm er seine Beute trotzdem mit, weil es zu riskant war, die Schlüssel wieder zurückzustecken, und warf sie auf dem Nachhauseweg irgendwo in einen Mülleimer?

An ihrem letzten Tag bei der Dip Squad hatte Kelly versucht, Cathys Dieb durch das U-Bahn-Netz zu folgen. Leider konnte sie nur eine Frontalaufnahme von ihm finden, die so körnig war, dass es keinen Sinn hätte, sie unter den Mitarbeitern zu verteilen. Er war Asiate; das war das Einzige, was sie mit Sicherheit sagen konnte, und ungefähr einen Meter achtzig groß. Die Sicherheitskameras filmten in Farbe, und die Qualität war beeindruckend – man hätte fast glauben können, dass man einen Nachrichtenbeitrag über Pendler ansah – aber leider garantierten sie keine verlässliche Identifizierung. Was direkt im Bildzentrum war, konnte

80

man deutlich sehen, doch die Straftaten fanden – wie in diesem Fall – zu oft am Rand des Kamerafelds statt. Zoomte man näher heran, verpixelte das Bild, bis alle Details zu einem körnigen Schleier verschwammen. Mit solchen Aufnahmen hatte man nicht den Hauch einer Chance auf eine klare Identifizierung.

»Waren Sie Zeugin des Taschendiebstahls?«, fragte Kelly jetzt und konzentrierte sich wieder auf Zoe Walker. Sicher hätte die Frau sich schon früher gemeldet, wenn sie gesehen hatte, wie es passierte. Aber vielleicht hatte Mrs. Walker auch die Schlüssel gefunden; dann könnte die Spurensicherung sie sich vornehmen.

»Ich habe Informationen für Sie«, sagte Zoe Walker. Sie sprach förmlich und kurz angebunden, fast schon unhöflich. Allerdings war da eine Note von Unsicherheit, also war sie vermutlich nur nervös.

»Und welche?«, fragte Kelly ruhig.

Ihr Sergeant erschien und tippte auf seine Armbanduhr. Kelly zeigte auf ihr Telefon und sagte tonlos: *Eine Minute.*

»Das Opfer, Cathy Tanning. Ihr Foto war in einer Kleinanzeige in der *London Gazette,* direkt bevor ihre Schlüssel gestohlen wurden.«

Kelly setzte sich. Das hatte sie nun wirklich nicht erwartet. »Was für eine Anzeige?«

»Weiß ich nicht genau. Sie ist auf der Seite mit den Anzeigen für Sex-Hotlines und Begleitservices. Und am Freitag habe ich dieselbe Anzeige schon mal gesehen, nur dass in der ein Foto von mir war, glaube ich.«

»Glauben Sie?« Kelly konnte ihre Skepsis nicht verbergen, und sie hörte, wie Zoe Walker zögerte.

81

»Na ja, es sah aus wie ich, nur ohne Brille. Obwohl ich manchmal Kontaktlinsen trage – diese Einmal-Linsen, Sie wissen schon.« Sie seufzte. »Sie glauben mir nicht, oder? Sie halten mich für eine Irre.«

Das kam Kellys Vermutung so nahe, dass sie prompt ein schlechtes Gewissen bekam. »Nein, überhaupt nicht. Ich versuche nur, die Fakten zu klären. Können Sie mir sagen, wann genau Sie diese Anzeigen gesehen haben?« Sie wartete, während Zoe Walker in den Kalender sah, und notierte dann die zwei Daten: Dienstag, 3. November, Cathy Tannings Foto, und Freitag, 13. November, Zoes. »Ich sehe mir das mal an«, versprach Kelly, auch wenn sie keine Ahnung hatte, wann sie die Zeit dazu finden wollte. »Ich kümmere mich darum.«

»Nein.« Paul Powell war unerbittlich. »Sie hatten Ihre drei Monate in Zivil, während wir anderen Ihre Arbeit miterledigen durften. Jetzt machen Sie mal wieder richtige Polizeiarbeit.«

Kelly biss sich auf die Zunge, denn mit Sergeant Powell verdarb man es sich lieber nicht. »Ich möchte doch nur mit Cathy Tanning reden«, sagte sie schließlich und hasste sich für den flehenden Unterton in ihrer Stimme. »Danach bin ich wieder hier.« Nichts war frustrierender als offene Fragen. Und obwohl Zoe Walker bestenfalls schwammig geklungen hatte, nagte etwas an Kelly. Könnte Cathys Foto in den Kleinanzeigen aufgetaucht sein? Könnte es sein, dass sie kein willkürliches Opfer, sondern gezielt ausgespäht worden war? *Per Anzeige gesucht* sogar? Das war schwer vorstellbar.

»Das ist nicht mehr Ihr Job. Wenn es noch etwas zu klären gibt, soll das die Dip Squad übernehmen. Falls Sie nicht ausgelastet sind, sagen Sie mir einfach Bescheid ...« Kelly hob beide Hände. Sie wusste, wann sie es gut sein lassen musste.

Cathy Tanning hatte ein Haus in Epping, nicht weit von der U-Bahn-Station. Als Kelly sich vorhin bei ihr gemeldet hatte, hatte sie sich erfreut angehört und vorgeschlagen, sich nach der Arbeit in einer Weinbar in der Sefton Street zu treffen. Kelly war sofort einverstanden gewesen, denn wenn sie einer Spur in einem Fall folgen wollte, mit dem sie offiziell nichts mehr zu tun hatte, war sie auf sich gestellt.

»Also haben Sie sie nicht gefunden?«, fragte Cathy jetzt. Sie war siebenunddreißig Jahre alt, Ärztin in einer Praxis bei Shepherd's Bush und hatte eine direkte Art, von der Kelly annahm, dass sie einigen Patienten sauer aufstoßen dürfte. Ihr hingegen gefiel das.

»Nein, leider nicht.«

»Schon gut. Ich hatte eigentlich auch nicht damit gerechnet. Aber Sie machen mich neugierig. Was ist das mit der Anzeige?«

Die Empfangssekretärin bei der *Gazette* war überraschend hilfsbereit gewesen und hatte Farbkopien von allen Anzeigenseiten an den Tagen gemailt, die Zoe Walker genannt hatte. Kelly hatte sie sich während der U-Bahn-Fahrt angesehen und schnell das Foto gefunden, auf dem Zoe Walker Cathy wiedererkannt hatte.

Nur wenige Tage vorher war Kelly dabei gewesen, als der Fotograf von *Metro* mehrere Aufnahmen von Cathy gemacht hatte. Da war ihr aufgefallen, wie Cathys Pony nach rechts fiel und sie die Stirn leicht runzelte. Das Foto in der *Gazette* wies tatsächlich eine verblüffende Ähnlichkeit mit ihr auf.

Kelly legte die ausgeschnittene Anzeige vor Cathy auf den Tisch und beobachtete deren Reaktion aufmerksam. Unter dem Foto stand so gut wie nichts, doch die Anzeige war umgeben von Werbung für Escort-Services und Sex-Hotlines, sodass es schien, als würde diese Anzeige für einen ähnlichen Service werben. Betrieben Ärztinnen nebenberuflich Sex-Hotlines? Oder waren als Callgirls unterwegs?

Nach dem Erhalt der Kopien hatte Kelly als Erstes die Internetadresse in ihren Browser getippt – findtheone.com. Die führte sie zu einer leeren Website mit einem weißen Kasten in der Mitte; anscheinend musste man ein Passwort eingeben, um die Seite zu öffnen. Es gab keinerlei Hinweis, um was für eine Website es sich handelte oder wie man an das Passwort gelangte.

Cathys Überraschung war echt. Zunächst blieb sie stumm, dann lachte sie nervös, nahm die Anzeige auf und sah sie sich genauer an. »Die hätten ruhig einen schmeichelhafteren Winkel wählen können, nicht?«

»Dann sind Sie das?«

»Auf jeden Fall ist es mein Wintermantel.«

Das Foto war aus nächster Nähe aufgenommen worden, der Hintergrund dunkel und nicht zu erkennen. Irgendwo drinnen, dachte Kelly, auch wenn sie nicht sagen könnte, warum sie sich dessen so sicher war. Cathy blickte in Richtung der Kamera, aber hatte einen versonnenen Blick, als wäre sie in Gedanken woanders. Die Schulterpartie eines dunkelbraunen Mantels war zu sehen sowie eine pelzumrandete Kapuze hinter ihrem Kopf.

»Haben Sie dieses Bild schon mal gesehen?«

Cathy schüttelte den Kopf. Kelly entging nicht, dass die Ärztin bei aller Selbstsicherheit verstört war.

»Und ich vermute, dass Sie diese Anzeige nicht aufgegeben haben.«

»Ehrlich, die Arbeitsbedingungen beim National Health Service mögen nicht die besten sein, aber noch bin ich nicht so weit, dass ich beruflich umsatteln will.«

»Sind Sie bei irgendeiner Partnervermittlung registriert?«, fragte Kelly. Cathy sah sie grinsend an. »Entschuldigen Sie die Frage, aber ich überlege, ob die Fotos von einer anderen Website kopiert sein könnten.«

»Nein, keine Partnervermittlung«, sagte Cathy. »Ich habe gerade erst eine längere Beziehung hinter mir, und offen gesagt liegt mir derzeit nichts ferner, als mich auf eine neue einzulassen.« Sie legte die Kopie hin, trank einen Schluck Wein und sah Kelly an. »Sagen Sie ehrlich: Muss ich mir Sorgen machen?«

»Weiß ich nicht«, antwortete Kelly wahrheitsgemäß. »Diese Anzeige erschien zwei Tage vor dem Diebstahl Ihrer Schlüssel, und ich habe erst vor wenigen Stunden hiervon erfahren. Die Frau, die das Foto entdeckte – Zoe Walker – glaubt, dass sie ihr eigenes Bild in der *London Gazette* von Freitag gesehen hat.«

»Wurde ihr auch etwas gestohlen?«

»Nein, aber verständlicherweise ist ihr nicht wohl dabei, dass ihr Foto in der Zeitung war.«

»Geht mir genauso.« Cathy stockte, als müsste sie überlegen, ob sie mehr sagen wollte. »Die Sache ist die, Kelly, dass ich in den letzten Tagen schon daran dachte, Sie anzurufen.«

»Und warum haben Sie es nicht?«

Cathy sah Kelly direkt an. »Ich bin Ärztin. Ich beschäftige mich mit Fakten, nicht Fantasien. Ich wollte Sie anrufen, aber ... Ich war mir nicht sicher.«

»Sicher in Bezug auf was?«

Noch eine Pause.

»Ich glaube, dass jemand in meinem Haus gewesen ist, während ich bei der Arbeit war.«

Kelly sagte nichts und wartete, dass Cathy fortfuhr.

»Sicher bin ich mir nicht. Es ist eher ... eher ein Gefühl.« Cathy verdrehte die Augen. »Ich weiß, das wäre vor Gericht völlig wertlos, nicht? Genau deshalb habe ich es nicht gemeldet. Aber als ich neulich von der Arbeit kam, hätte ich schwören können, dass es im Flur nach Aftershave roch, und als ich nach oben ging, um mich umzuziehen, war der Deckel vom Wäschekorb offen.«

»Könnten Sie den offen gelassen haben?«

»Kann sein, ist aber unwahrscheinlich. Ich klappe ihn immer zu, ganz automatisch, wie man das so macht.« Sie verstummte kurz. »Ich glaube, dass etwas von meiner Unterwäsche fehlt.«

»Sie haben doch die Schlösser ausgetauscht, oder nicht?«, fragte Kelly. »Als Sie uns den Diebstahl meldeten, haben Sie gerade auf den Schlüsseldienst gewartet, soweit ich mich erinnere.«

Cathy wurde verlegen. »Ich habe das Schloss vorne in der

Haustür auswechseln lassen, nicht das in der hinteren Tür. Das wären nochmal hundert Pfund gewesen, und ehrlich gesagt hielt ich es für überflüssig. An meinem Schlüsselbund war nichts, das meine Adresse verriet, deshalb kam es mir wie Geldverschwendung vor.«

»Und jetzt ...?« Kelly ließ die Frage unbeendet.

»Jetzt wünsche ich mir, ich hätte doch beide Schlösser ausgetauscht.«

9

Es ist fast drei Uhr nachmittags, als Graham ins Büro zurückkommt.

»Arbeitsessen«, erklärt er, und aus seiner lässigen Haltung schließe ich, dass es zum Essen mindestens ein paar Pints gab.

»Ist es okay, wenn ich eben zur Post gehe?«

»Ja, aber beeilen Sie sich. In einer Stunde habe ich eine Besichtigung.«

Auf meinem Schreibtisch liegt schon alles frankiert und ordentlich zusammengebündelt bereit. Ich stecke die Briefe in einen Stoffbeutel und ziehe meinen Mantel an, während Graham in seinem Büro verschwindet.

Draußen ist es so kalt, dass ich meinen Atem sehen kann, und ich balle die Fäuste in den Taschen, um meine Finger an den Handflächen zu reiben. Ein dumpfes Vibrieren kündigt eine Textnachricht an, aber das Smartphone ist in der Innentasche. Also muss es warten.

Als ich in der Post anstehe, öffne ich den Mantel und hole das Telefon hervor. Die Nachricht ist von PC Kelly Swift.

Können Sie mir bitte so bald wie möglich ein Foto von sich schicken?

Heißt das, sie hat mit Cathy Tanning geredet? Glaubt sie mir? Kaum habe ich die Nachricht gelesen, erscheint die nächste auf dem Display.

Ohne Brille.

Es sind sechs Leute vor mir in der Schlange und nochmal so viele hinter mir.

So bald wie möglich, steht in der SMS von PC Swift. Ich nehme meine Brille ab und suche nach der Kamera in meinem Handy. Es dauert einen Moment, bis mir wieder einfällt, wie ich sie auf mich richte, dann strecke ich den Arm so weit aus, wie ich es in der Schlange wage, ohne dass es zu offensichtlich ist. Der Aufwärtswinkel bewirkt, dass ich drei Kinne und Tränensäcke unter den Augen habe, aber ich knipse trotzdem und möchte im Boden versinken, als mich das laute Klicken verrät. Wie peinlich! Wer macht denn ein Selfie von sich bei der Post? Ich schicke das Bild an PC Swift, und sofort erscheint das Häkchen, dass sie es gesehen hat. Ich stelle mir vor, wie sie mein Foto neben die Anzeige in der *London Gazette* hält, und warte darauf, dass sie mir schreibt, ich würde mir die Ähnlichkeit einbilden. Doch es kommt nichts.

Also schreibe ich an Katie, wie das Vorsprechen war. Sie muss schon seit Stunden wieder draußen sein, und ich weiß, dass sie sich wegen dem, was ich heute Morgen zu ihr gesagt habe, nicht gemeldet hat. Nachdem ich den Text abgeschickt habe, stecke ich das Telefon wieder ein.

Als ich ins Büro zurückkomme, steht Graham an meinem Schreibtisch und wühlt in der obersten Schublade. Er richtet sich abrupt auf. Der Grund für die hässliche Rotfärbung seines Halses ist nicht etwa Schamgefühl, sondern Verärgerung, weil er ertappt wurde.

»Suchen Sie etwas Bestimmtes?« In der obersten Schublade sind nur Umschläge, Stifte und Gummibänder, und ich frage mich, ob er die anderen schon durchsucht hat. In der mittleren sind alte Notizblöcke, chronologisch geordnet, falls ich etwas nachschlagen muss. Die unterste Schublade ist eine Müllhalde: ein Paar Turnschuhe aus der Zeit, als ich dachte, ich könnte noch am Fluss walken, ehe ich zur Bahn gehe; Strumpfhose, Make-up, Tampax. Gern würde ich Graham sagen, dass er die Finger von meinen Sachen lassen soll, aber ich weiß schon, was er dann antworten wird: Es ist seine Firma und sein Schreibtisch mit seinen Schubladen. Wäre Graham Hallow Vermieter, dann der Typ, der ohne anzuklopfen hereinkommt, um die Wohnung zu inspizieren.

»Die Schlüssel zum Tenement House. Sie sind nicht im Kasten.«

Ich gehe hinüber zum Schlüsselkasten, einer Metallbox an der Wand im Korridor, gleich neben dem Aktenschrank. Tenement House ist ein Bürogebäude in einer größeren Anlage namens City Exchange; ich sehe zum »C«-Haken und finde die Schlüssel sofort.

»Ich dachte, Ronan ist für Exchange zuständig.« Ronan ist der neueste in einer langen Reihe von jungen Maklern. Sie sind immer männlich, denn Graham glaubt nicht, dass Frauen verhandeln können. Und alle ähneln sich derart, dass man glauben könnte, sie würden ihre Anzüge einfach an den jeweiligen Nachfolger weitergeben. Lange bleiben sie nie; die Guten verschwinden genauso schnell wie die Schlechten.

Entweder hört Graham mich nicht, oder er ignoriert mich. Jedenfalls nimmt er mir die Schlüssel ab und erinnert mich daran, dass die neuen Mieter vom Churchill Place später noch kommen, um den Vertrag zu unterschreiben. Die Glocke über der Tür bimmelt, als er geht. Er vertraut Ronan nicht, das ist das Problem. Er traut keinem von uns, deshalb sitzt er nicht im Büro, wo er sein sollte, sondern ist draußen unterwegs, kontrolliert jeden und ist allen im Weg.

In der U-Bahn-Station Cannon Street wimmelt es von Anzugträgern. Ich bahne mir meinen Weg über den vollen Bahnsteig, bis ich fast am Tunnel bin. Im ersten Wagen ist es immer leerer als in den anderen, und so steige ich in Whitechapel direkt am Ausgang aus.

Im Zug greife ich nach der *Gazette* von heute, die jemand auf der schmierigen Kante hinter meinem Sitz liegen gelassen hat. Ich blättere gleich zu den letzten Seiten mit den Kleinanzeigen und finde die mit der ungültigen Telefonnummer: *02553463-2478-38-643*. Heute ist die Frau dunkelhaarig, und am unteren Bildrand ist die Andeutung eines großen Busens zu sehen. Die Frau zeigt lächelnd ebenmäßige weiße Zähne. Am Hals trägt sie eine zarte Kette mit einem kleinen silbernen Kreuz.

Weiß sie, dass ihr Foto in den Kleinanzeigen ist?

Ich habe nichts mehr von PC Swift gehört und sage mir, dass das ein gutes, kein beunruhigendes Zeichen ist. Sie hätte mich sofort angerufen, wenn es Grund zur Sorge gäbe. Wie ein Arzt, der einen wegen besorgniserregender Testergebnisse anruft. Keine Nachrichten sind gute Nachrichten, heißt es nicht so? Simon hatte bestimmt recht. Das in der Zeitung war gar nicht mein Foto.

In Whitechapel steige ich in die S-Bahn nach Crystal Palace um. Beim Gehen höre ich Schritte hinter mir. Das ist nicht ungewöhnlich, denn in den Bahnhöfen sind über-all Schritte zu hören. Sie hallen von den Wänden wider, ver-stärkt und gedehnt, bis es klingt, als würden Dutzende Menschen gehen, laufen, mit den Füßen stampfen.

Trotzdem werde ich das Gefühl nicht los, dass an diesen Schritten etwas anders ist.

Dass sie mir folgen.

Mit achtzehn Jahren, ich war noch nicht lange mit Justin schwanger, folgte mir jemand vom Einkaufen nach Hause. Die Schwangerschaft machte mich hypersensibel, und ich vermutete an jeder Ecke Gefahr. Das rissige Pflaster, das mich zum Stolpern brachte; der Radfahrer, der mich ganz sicher anfahren würde. Ich fühlte mich so für das Leben in mir verantwortlich, dass es mir unmöglich schien, die Straße zu überqueren, ohne es in Gefahr zu bringen.

Gegenüber Matts Mum hatte ich darauf bestanden, dass mir Bewegung guttun würde, und war Milch holen gegan-gen. Ich wollte mich wenigstens ein bisschen nützlich ma-chen – als kleiner Dank dafür, dass sie mich aufgenommen hatte. Es war dunkel, und als ich wieder nach Hause ging, bemerkte ich, dass mir jemand folgte. Da war kein Ge-räusch, kein Gefühl, nur die Gewissheit, dass jemand hinter mir war, und, schlimmer noch, dass er sich bemühte, nicht gehört zu werden.

Dieselbe Gewissheit empfinde ich jetzt.

Damals war ich nicht sicher, was ich tun sollte. Ich wech-selte die Straßenseite, und die Person hinter mir tat es eben-falls. Da hörte ich die Schritte, die näher kamen und nicht mehr absichtlich leise waren. Ich drehte mich um und sah einen Mann – eher noch einen Jungen –, nicht viel älter als

Matt. Kapuzenjacke, die Hände tief in den Taschen vergraben, mit einem Schal, der den unteren Teil des Gesichts verdeckte.

Es gab eine Abkürzung zu Matts Haus, einen schmalen Weg, der hinter einer Häuserreihe verlief, kaum mehr als eine Gasse. *Das geht schneller,* beschloss ich. Ich konnte nicht klar denken und wollte einfach nur schnell zu Hause sein.

Als ich um die Ecke war, lief ich los, und der Junge hinter mir lief auch. Ich ließ die Einkaufstasche fallen, sodass der Plastikdeckel der Milchtüte aufplatzte und sich eine riesige weiße Fontäne auf die Pflastersteine ergoss. Sekunden später fiel ich hin, landete auf den Knien und hielt schützend einen Arm vor meinen Bauch.

Es ging alles ganz schnell. Er beugte sich über mich, nur die Augen unverhüllt, und wühlte grob durch meine Taschen. Dann rannte er mit meinem Portemonnaie weg und ließ mich dort zurück.

Die Schritte kommen näher.

Ich beschleunige mein Tempo. Zwar zwinge ich mich, nicht zu laufen, gehe aber so schnell, wie ich kann. Mein unnatürlicher Gang ist nicht richtig ausbalanciert, sodass meine Tasche seitlich schwingt und an meine Hüfte schlägt.

Ein Stück vor mir ist eine Gruppe Mädchen, und ich versuche, sie einzuholen. Unter Leuten bist du sicherer, denke ich. Die Mädchen machen Quatsch, laufen, springen und lachen, aber sie sind nicht bedrohlich. Nicht so wie die Schritte hinter mir, die sich laut und schwer nähern.

»Hey!«, höre ich.

Eine scharfe, raue Männerstimme. Ich ziehe meine Tasche vor mich und halte einen Arm über sie, sodass sie nicht geöffnet werden kann. Dann bekomme ich Panik, dass ich umgerissen werde, wenn mein Verfolger an der Tasche zerrt. Ich denke an den Rat, den ich meinen Kindern immer wieder gebe, dass sie sich lieber ausrauben als verletzen lassen sollen. *Gebt den Leuten, was sie wollen,* sage ich immer. *Nichts ist es wert, dafür verletzt zu werden.*

Jetzt werden die Schritte schneller. Mein Verfolger läuft.

Ich laufe auch, doch meine Panik macht mich tollpatschig, und ich knicke mit dem Fuß um, falle beinahe hin. Dieselbe Stimme ruft wieder, aber mein Puls rauscht so laut in meinen Ohren, dass ich die Worte nicht verstehe. Ich höre nur die Schritte und meinen angestrengten Atem.

Mein Knöchel tut weh. Ich kann nicht laufen, also gebe ich es auf.

Ich gebe auf und drehe mich um.

Es ist ein Junge, neunzehn oder zwanzig, weiß mit Schlabberjeans und Turnschuhen, die auf dem Pflaster wummern.

Ich gebe ihm mein Telefon. Darauf hat er es sicher abgesehen. Und Bargeld. Habe ich Bargeld bei mir?

Ich will den Taschenriemen über meinen Kopf ziehen, aber er verhakt sich in meiner Kapuze. Der Junge ist fast bei mir, grinst, als würde er meine Angst und die Tatsache genießen, dass ich zu sehr zittere, um mich aus dem Lederriemen meiner Tasche zu befreien. Ich kneife die Augen zu. *Tu es einfach. Was du auch vorhast, mach es einfach!*

Seine Turnschuhe knallen aufs Pflaster, schneller, lauter, näher.

An mir vorbei.

Ich öffne die Augen.

»Hey!«, ruft er erneut im Laufen. »Schlampen!« Der Tunnel macht einen Schwenk nach links, und er verschwindet. Das Echo seiner Schritte klingt, als käme er immer noch auf mich zu. Ich zittere weiter, denn mein Körper kann nicht gleich verarbeiten, dass das befürchtete Ereignis nicht eingetreten ist.

Ich höre Rufen. Mit pochendem Knöchel gehe ich weiter. Hinter der Biegung sehe ich ihn wieder. Er ist bei der Mädchengruppe, hat den Arm um eines von ihnen gelegt, und die anderen grinsen. Sie reden alle durcheinander. Ein aufgeregtes Plappern, das zu einem Crescendo hyänenhaften Lachens anschwillt.

Ich werde langsamer. Wegen meines Knöchels und weil ich – obwohl ich erkenne, dass keine Gefahr besteht – nicht an dieser Gang von Jugendlichen vorbeigehen will. Ihretwegen komme ich mir bescheuert vor.

Nicht jeder Schritt folgt dir, sage ich mir. *Nicht jeder, der läuft, jagt dich.*

Als ich in Crystal Palace aussteige, spricht Megan mich an, doch ich reagiere nicht gleich. Ich bin heilfroh, draußen an der Luft zu sein, und wütend auf mich, weil ich wegen nichts ausgeflippt bin. »Entschuldige«, sage ich. »Was hast du gesagt?«

»Ich sagte nur, dass du hoffentlich einen schönen Tag hattest.« Nicht mal ein Dutzend Münzen liegt in ihrem offenen Gitarrenkoffer. Sie hat mir mal erzählt, dass sie die Pfund- und Fünfzig-Pence-Münzen über den Tag immer wieder herausnimmt.

»Die Leute geben mir nichts mehr, wenn sie denken, dass ich genug bekomme«, hat sie erklärt.

»Ganz okay, danke«, antworte ich ihr jetzt. »Bis morgen.«

»Ich werde hier sein!«, sagt sie. Ich finde ihre Verlässlichkeit wohltuend.

Am Ende der Anerley Road gehe ich an unserer offenen Pforte vorbei und durch Melissas. Bevor ich noch klingeln kann, öffnet sich die Haustür, denn ich hatte Melissa auf dem Weg von der Bahn geschrieben.

Zeit für einen Tee?

»Der Wasserkocher ist an«, sagt sie, sobald sie mich sieht.

Auf den ersten Blick ist Melissas und Neils Haus wie meines: die kleine Diele mit der Tür zum Wohnzimmer auf einer Seite, die Treppe gegenüber. Aber da hören die Ähnlichkeiten auch schon auf. Hinten, wo bei mir eine winzige Küche ist, ist hier ein großer offener Anbau zur Seite und zum Garten. Zwei riesige Oberlichter lassen Licht hereinfluten, und doppelte Falttüren verlaufen über die gesamte Hausbreite.

Ich folge Melissa in die Küche, wo Neil am Frühstückstresen sitzt, einen aufgeklappten Laptop vor sich. Melissas Schreibtisch steht am Fenster, und obwohl Neil ein Arbeitszimmer oben hat, ist er oft hier unten bei ihr, wenn er nicht außer Haus arbeitet.

»Hi, Neil.«

»Hey, Zoe. Wie geht's?«

»Nicht schlecht.« Ich zögere, weil ich nicht sicher bin, ob ich das mit den Fotos in der *Gazette* erzählen soll. Ich weiß nicht mal, wie ich es erklären kann. Aber vielleicht hilft es, darüber zu reden. »Allerdings ist etwas Komisches passiert. Ich habe ein Foto in der *London Gazette* gesehen, und die

Frau sah aus wie ich.« Ich lache kurz, aber Melissa unterbricht das Teekochen und sieht mich aufmerksam an. Wir kennen uns zu gut, als dass ich irgendwas vor ihr verbergen könnte.

»Alles in Ordnung?«

»Mir geht es gut. Es war ja bloß ein Foto, sonst nichts. Eine Anzeige für eine Dating-Website oder so. Nur mit meinem Bild, oder zumindest dachte ich das.« Neil sieht verwirrt aus, was ich ihm nicht verdenken kann. Schließlich rede ich wirres Zeug. Ich denke an den Jugendlichen in dem U-Bahn-Tunnel, der seine Freunde einholen wollte, und bin froh, dass keiner meine lächerliche Überreaktion gesehen hat. Habe ich eine Art Midlife-Crisis, oder bekomme ich Panikattacken wegen eingebildeter Gefahren?

»Wann war das?«, fragt Neil.

»Freitagabend.« Ich sehe mich in der Küche um, aber natürlich liegt hier nirgends eine *Gazette*. Bei mir zu Hause ist die Altpapierkiste dauernd voller Zeitungen und Kartons, aber Melissas Altpapier steht nicht offen herum und wird regelmäßig weggebracht. »Es war in den Kleinanzeigen. Nur eine Telefonnummer, eine Webadresse und das Foto.«

»Ein Foto von dir«, sagt Melissa.

Ich zögere wieder. »Na ja, von jemandem, der aussieht wie ich. Simon sagt, dass ich wahrscheinlich eine Doppelgängerin habe.«

Neil lacht. »Aber du würdest doch wohl erkennen, wenn du es bist, oder?«

Ich setze mich zu ihm an den Frühstückstresen, und er klappt seinen Laptop zu und rückt ihn zur Seite, damit er nicht im Weg ist. »Das sollte man meinen, oder? Als ich das

Foto in der U-Bahn sah, war ich überzeugt, dass ich das bin. Aber bis ich zu Hause ankam und es den anderen zeigte, war ich mir nicht mehr so sicher. Ich meine, warum sollte da ein Bild von mir sein?«

»Hast du die Nummer angerufen?«, fragt Melissa. Sie lehnt uns gegenüber an der Kücheninsel und hat den Tee völlig vergessen.

»Die ist nicht in Betrieb, genau wie die Website. Die heißt irgendwas wie ›findtheone.com‹, aber da erscheint nur ein leerer Bildschirm mit einem weißen Kasten in der Mitte.«

»Soll ich mir das mal ansehen?«

Neil macht etwas mit IT. Was genau, weiß ich nicht, obwohl er es mir schon mal sehr ausführlich erklärt hat. Ich schäme mich ein bisschen, weil ich es wieder vergessen habe.

»Nein, ist schon gut, ehrlich. Du hast sicher Wichtigeres zu erledigen.«

»Und wie«, bestätigt Melissa. »Morgen ist er in Cardiff und dann den Rest der Woche im Parlament. Ich kann von Glück reden, wenn wir uns einmal die Woche sehen.«

»Im Parlament? Wow! Wie ist es da?«

»Langweilig.« Neil grinst. »Auf jeden Fall in dem Teil, in dem ich bin. Ich richte ihnen eine neue Firewall ein, also werde ich eher nicht mit Politikern zu tun haben.«

»Sind deine Unterlagen für Oktober fertig?«, frage ich Melissa, denn plötzlich fällt mir wieder ein, warum ich bei ihr vorbeikommen wollte. Sie nickt.

»Auf dem Schreibtisch, gleich obenauf in dem orangenen Ordner.«

Melissas Schreibtisch ist glänzend weiß wie alles in der Küche. Ein riesiger iMac dominiert die Fläche, und auf einem Regal an der Wand sind die Akten für die Cafés. Auf dem Schreibtisch steht ein Stifthalter, den Katie im Werkunterricht in der Schule gemacht hat.

»Ich fasse nicht, dass du den immer noch hast.«

»Ja, selbstverständlich! Ich fand es so süß, dass sie mir den gebastelt hat.«

»Dafür hat sie eine Zwei bekommen«, erinnere ich mich. Als wir neben Melissa und Neil einzogen, waren wir schrecklich knapp bei Kasse. Ich hätte mehr bei Tesco arbeiten können, aber weil die Kinder um drei aus der Schule kamen, ging das schlicht nicht. Bis Melissa einsprang. Zu der Zeit hatte sie nur das eine Café, und das schloss sie nach dem Mittagsgeschäft. Sie holte die Kinder für mich von der Schule ab, nahm sie mit zu sich nach Hause, wo sie fernsahen, während Melissa die Bestellungen für den nächsten Tag machte. Melissa backte mit Katie, Neil zeigte Justin, wie man den Speicherplatz auf einem Mainboard vergrößerte, und ich konnte meine Hypothekenraten bezahlen.

Ich finde ein Bündel Quittungen oben in dem orangenen Ordner, darunter eine gefaltete U-Bahn-Karte und einen Notizblock voller kleiner Zettel, Post-its, mit Melissas sauberer Handschrift.

»Noch mehr Pläne für die Weltherrschaft?«, scherze ich und zeige zum Notizblock. Dabei bemerke ich, wie Neil und Melissa einen Blick wechseln. »Oh, tut mir leid. Nicht witzig?«

»Es ist wegen des neuen Cafés. Neil ist nicht ganz so euphorisch wie ich.«

»Ich habe nichts gegen das Café«, widerspricht Neil. »Aber ich bin nicht begeistert davon, pleite zu sein.«

Melissa verdreht die Augen. »Du bist so risikoscheu.«

»Hört mal, ich lasse den Tee vielleicht ausfallen«, sage ich und greife nach Melissas Unterlagen.

»Nein, bleib!«, erwidert Melissa. »Wir fangen jetzt keinen Ehekrach an, versprochen.«

Ich lache. »Nein, das ist es nicht.« Ist es doch ein bisschen. »Simon will mich heute Abend zum Essen einladen.«

»An einem Wochentag? Was ist der Anlass?«

»Es gibt keinen«, antworte ich grinsend. »Nur ein bisschen Montagabend-Romantik.«

»Ihr zwei seid wie die Teenager.«

»Sie sind noch frisch verliebt«, sagt Neil. »Wir waren auch mal so.« Er zwinkert Melissa zu.

»Ach ja?«

»Warte, bis sie das verflixte siebte Jahr erwischt, Mel. Dann sehen sie im Bett fern und zanken sich, wer die Zahnpastatube offen gelassen hat.«

»Oh, das tun wir schon«, sage ich lachend. »Bis dann.«

Die Haustür ist nicht verschlossen, als ich nach Hause komme, und Simons Jacke hängt unten über dem Treppengeländer. Ich gehe nach oben zum ausgebauten Dachboden und klopfe an die Tür. »Was machst du so früh schon zu Hause?«

»Hey, Schönheit, ich habe dich gar nicht kommen gehört. Wie war dein Tag? Ich konnte mich in der Redaktion nicht konzentrieren, also habe ich mir Arbeit mit nach Hause genommen.« Er steht auf, um mich zu küssen, wobei er achtgibt, sich den Kopf nicht an dem niedrigen Deckenbalken zu stoßen. Den Umbau haben die vorherigen Hausbesitzer gemacht und billig gehalten; sie ließen die ursprünglichen Dachbalken drin, sodass der Raum zwar groß ist, man aber nur in der Mitte aufrecht stehen kann.

Ich sehe zu dem Stapel Papiere, der mir am nächsten ist. Es ist eine getippte Liste mit Namen, unter denen jeweils eine Kurzbio steht.

»Interviews, die ich für einen Beitrag führen muss«, erklärt Simon, rafft die Papiere zusammen und hebt sie auf die andere Seite, damit ich mich auf die Schreibtischkante setzen kann. »Es ist ein Albtraum, die Leute zu erwischen.«

»Mir ist schleierhaft, wie du hier irgendwas findest.« Meine Schubladen bei der Arbeit mögen chaotisch sein, aber die Schreibtischplatte ist fast leer. Ein Foto von den Kindern und eine Grünpflanze stehen neben meinen Eingangskörben, und ich sorge immer dafür, dass alles andere weggeräumt ist, bevor ich gehe. Jeden Tag mache ich vor Feierabend eine Liste, was ich am nächsten Tag erledigen muss; auf der stehen auch Dinge, die ich quasi auf Autopilot tue, wenn ich zur Arbeit komme – die Post öffnen, die Nachrichten auf dem Anrufbeantworter abhören, Tee kochen.

»Geordnetes Chaos.« Er setzt sich auf den Drehstuhl am Schreibtisch und klopft auf sein Knie. Lachend setze ich mich auf seinen Schoß und lege einen Arm um ihn, damit ich nicht zur Seite kippe. Ich küsse ihn und lehne mich entspannt an ihn, bevor ich mich widerwillig von ihm löse.

»Ich habe einen Tisch im Bella Donna reserviert.«

»Fantastisch.«

Ich bin keine anspruchsvolle Frau, verschwende kein Geld für Kleidung und Make-up, und wenn die Kinder sich an meinen Geburtstag erinnern, genügt mir das schon vollkommen. Matt war nie der Herzchen- und Blumentyp, nicht mal, als wir jung waren, und dasselbe galt für mich. Simon lacht über meine zynische Einstellung und sagt, dass er nach und nach meine weichere Seite hervorkitzelt. Er verwöhnt mich, und mir gefällt es. Nach all den Jahren, in denen ich kämpfen musste, um Essen auf den Tisch zu bringen, kommt mir ein Restaurantbesuch immer noch wie purer Luxus vor, aber das Schönste daran ist die gemeinsame Zeit. Nur wir beide.

Ich dusche und wasche mir die Haare, sprühe mir Parfum auf die Handgelenke und reibe sie zusammen, sodass der Duft die Luft um mich herum erfüllt. Dann ziehe ich ein Kleid an, das ich schon länger nicht mehr getragen habe, und freue mich, dass es noch passt. Dazu ziehe ich ein Paar schwarze Wildleder-Pumps aus dem Schuhgewirr unten in meinem Schrank. Als Simon einzog, habe ich meine Sachen zusammengequetscht, um Platz für seine zu machen, trotzdem muss er bis heute einiges oben unterm Dach lagern. Das Haus hat drei Schlafzimmer, nur sind die alle winzig. In Justins steht ein Einzelbett, und in Katies Zimmer nimmt das Doppelbett so viel Platz ein, dass man kaum noch daran vorbeikommt.

Simon wartet im Wohnzimmer auf mich. Er trägt ein Jackett und eine Krawatte und sieht genauso aus wie an dem Tag, als ich ihn zum ersten Mal bei Hallow & Reed sah. Ich erinnere mich, dass er mein höfliches Lächeln sehr viel warmherziger erwiderte.

»Ich komme vom *Telegraph*«, sagte er. »Wir machen einen Beitrag über die steigenden Gewerbemieten, Einzelhändler und kleine Firmen, die durch die hohen Mieten aus den Bestlagen vertrieben werden, solche Sachen. Es wäre großartig, wenn Sie mir erzählen könnten, welche Gewerbeimmobilien Sie zurzeit anbieten.«

Er sah mir in die Augen, und ich verbarg mein Erröten im Aktenschrank, während ich mir mehr Zeit als nötig ließ, um die rund ein Dutzend Angebote zu finden.

»Dieses hier könnte interessant für Sie sein.« Ich setzte mich an meinen Schreibtisch und hielt ein Blatt Papier zwischen uns. »Früher war dort ein kleiner Geschenkartikelladen, aber die Miete wurde erhöht, und nun steht der Laden seit sechs Monaten leer. Nächsten Monat zieht die British Heart Foundation ein.«

»Könnte ich mit dem Vermieter reden?«

»Dessen Kontaktdaten darf ich Ihnen nicht geben. Aber sagen Sie mir Ihre Nummer, und ich gebe sie an ihn weiter.« Wieder spürte ich, wie mir die Röte in die Wangen stieg, obwohl der Vorschlag vollkommen harmlos war. Zwischen uns lag ein Knistern in der Luft, und ich war sicher, dass ich es mir nicht nur einbildete.

Simon schrieb seine Telefonnummer auf, wobei er die Augen ein wenig zusammenkniff. Ich erinnere mich, dass ich mich fragte, ob er normalerweise eine Brille trug und sie aus Eitelkeit oder Vergesslichkeit nicht dabeihatte; da wusste ich ja noch nicht, dass er das immer tat, wenn er sich konzentrierte. Er hatte graues Haar, allerdings nicht ganz so dünn wie heute, vier Jahre später. Er war groß und schlank, sodass er leicht auf den schmalen Stuhl neben meinem

Schreibtisch passte, die Beine lässig an den Knöcheln überkreuzt. Unten an den Ärmeln seines dunkelblauen Anzugs blitzten silberne Manschettenknöpfe hervor.

»Vielen Dank für Ihre Hilfe.«

Er schien es nicht eilig zu haben, wieder zu gehen, und ich wollte auch nicht, dass er ging.

»Ganz und gar nicht. Es hat mich gefreut, Sie kennenzulernen.«

»Nun«, sagte er und sah mich an. »Sie haben meine Nummer ... dürfte ich Ihre haben?« In der Anerley Road winken wir ein Taxi heran, obwohl es nicht weit ist, und ich bemerke den flüchtigen Ausdruck von Erleichterung in Simons Gesicht, als das Taxi anhält und er das Gesicht des Fahrers sieht. Einmal, als wir uns noch nicht lange kannten, sprangen wir in ein Taxi, weil es draußen schüttete und wir uns die Mäntel über die Köpfe hielten. Erst als wir aufblickten, bemerkten wir Matts Gesicht im Rückspiegel. Für einen Moment dachte ich, dass Simon darauf bestehen würde, wieder auszusteigen, aber er blickte stattdessen starr aus dem Seitenfenster. Wir verbrachten die Fahrt schweigend. Nicht mal Matt, der sonst wirklich jedem ein Ohr abkauen konnte, versuchte Smalltalk zu machen.

In dem Restaurant waren wir schon einige Male, und der Besitzer begrüßt uns mit Namen, als wir hereinkommen. Er führt uns zu einer Fensternische und gibt jedem von uns eine Speisekarte, die wir schon auswendig kennen. Dicke Lametta-Strähnen sind an den Bilderrahmen und den Lampen drapiert.

Wir bestellen das Gleiche wie immer – Pizza für Simon, Pasta mit Meeresfrüchten für mich –, und das Essen kommt zu schnell, als dass es frisch zubereitet sein kann.

»Ich habe mir heute Morgen die Kleinanzeigen in der *Gazette* angesehen. Graham hatte einen ganzen Stapel in seinem Büro.«

»Sie haben dich nicht auf Seite drei befördert, oder?« Er schneidet in seine Pizza, und ein bisschen Öl rinnt von dem Belag auf den Teller.

Ich lache. »Dafür dürfte ich wohl kaum die nötigen Vorzüge mitbringen. Nein, die Sache ist die, dass ich die Frau in der Anzeige erkannt habe.«

»Sie erkannt? Heißt das, du kennst sie?«

Ich schüttle den Kopf. »Ich habe nur ihr Foto in einer anderen Zeitung gesehen. Sie war in einem Artikel über U-Bahn-Kriminalität. Das habe ich der Polizei gesagt.« Auch wenn ich mich bemühe, es nicht zu dramatisieren, kippt meine Stimme. »Ich habe Angst, Simon. Was ist, wenn das auf dem Foto am Freitag wirklich ich war?«

»Du warst es wirklich nicht, Zoe.« Simon sieht besorgt aus, allerdings nicht, weil jemand mein Foto in die Zeitung gesetzt hat, sondern weil ich es *glaube*.

»Ich bilde mir das nicht ein.«

»Bist du gestresst? Ist es Graham?«

Er denkt, dass ich verrückt werde, und allmählich fange ich an, ihm zu glauben.

»Die Frau auf dem Bild sah aber wirklich wie ich aus«, sage ich leise.

»Ich weiß.« Er legt sein Besteck hin. »Na gut, sagen wir, das warst du auf dem Foto.«

So geht Simon Probleme an; er reduziert sie, bis nur noch der eigentliche Kern übrig ist. Vor ein paar Jahren gab es einen Einbruch in unserer Straße. Katie war überzeugt, dass sie als Nächstes bei uns einbrechen würden, und konnte nicht mehr schlafen. Und wenn sie einschlief, hatte sie Albträume, wachte schreiend auf und war sicher, dass jemand in ihrem Zimmer war. Ich wusste nicht mehr weiter. Alles hatte ich probiert, sogar bei ihr zu sitzen, bis sie einschlief, als wäre sie wieder ein Kleinkind. Simon wählte einen praktischeren Ansatz. Er fuhr mit ihr zum Baumarkt, wo sie Fensterschlösser, eine Alarmanlage und einen zusätzlichen Riegel für die Gartenpforte kauften. Gemeinsam brachten sie die Sicherungen überall am Haus an. Die Albträume hörten sofort auf.

»Okay«, sage ich. Das Spiel macht mich merkwürdigerweise zuversichtlicher. »Sagen wir, es war wirklich ein Foto von mir.«

»Woher ist es?«

»Weiß ich nicht. Das frage ich mich auch schon die ganze Zeit.«

»Du würdest es doch merken, wenn dich jemand einfach so fotografiert, oder?«

»Vielleicht hat derjenige ein Teleobjektiv benutzt«, sage ich, und mir wird bewusst, wie lachhaft das klingt. Was kommt als Nächstes? Paparazzi vor dem Haus? Mopeds, die an mir vorbeirasen und auf denen sich ein Fotograf weit zur Seite lehnt, um das perfekte Bild für irgendein Revolverblatt zu kriegen? Simon lacht nicht, doch als ich mit einem verlegenen Grinsen andeute, wie absurd ich diese Idee finde, lächelt er.

»Jemand könnte es gestohlen haben«, sagt er ernster.

»Kann sein.« Das kommt mir nicht sehr wahrscheinlich vor.

»Okay, also nehmen wir an, jemand hat dein Foto benutzt, um für seine Firma zu werben.« So über die Anzeige zu reden, ganz vernünftig und sachlich, beruhigt mich, und genau das war Simons Absicht. »Das wäre Identitätsdiebstahl, richtig?«

Ich nicke. Dem Ganzen einen Namen zu geben – noch dazu solch einen vertrauten – macht es unpersönlicher. Bei Hallow & Reed müssen wir so vorsichtig sein, überprüfen alle Dokumente doppelt und akzeptieren nur Originale oder beglaubigte Kopien. Es ist beängstigend leicht, das Foto eines anderen zu nehmen und es als das eigene auszugeben.

Simon bleibt beim Thema. »Bedenke mal Folgendes: Könnte es dir tatsächlich schaden? Mehr als, sagen wir mal, wenn jemand in deinem Namen ein Konto eröffnen oder deine Bankkarte kopieren würde?«

»Es ist unheimlicher.«

Simon greift über den Tisch und legt seine Hände auf meine. »Erinnerst du dich, wie Katie in der Schule dieses Problem mit der Mädchengang hatte?« Ich nicke. Allein bei dem Gedanken werde ich schon wieder wütend. Katie war fünfzehn und wurde von drei Mädchen aus ihrem Jahrgang gemobbt. Sie legten einen Instagram-Account in ihrem Namen an, stellten Fotos von Katies Kopf ein, den sie per Photoshop in diverse Bilder montierten – nackte Frauen, nackte Männer, Comicfiguren. Es war kindischer, blödsinniger Kram, der schon vor Schuljahresende wieder aufhörte, dennoch war Katie verzweifelt.

»Was hast du ihr da gesagt?«

Schall und Rauch, hatte ich zu Katie gesagt. *Ignorier die einfach. Sie können dir nichts tun.*

»Ich würde sagen«, fährt Simon fort, »dass es zwei Möglichkeiten gibt. Entweder war das ein Foto von einer Frau, die dir sehr ähnlich sieht, auch wenn sie nicht annähernd so hübsch ist« – Ich grinse, obwohl das ein kitschiges Kompliment ist –, »oder es ist Identitätsdiebstahl, der zwar ärgerlich ist, aber dir nichts anhaben kann.«

Dagegen fällt mir kein schlüssiges Argument ein. Dann denke ich an Cathy Tanning, und ich ziehe sie wie ein Ass aus dem Ärmel. »Der Frau aus dem Zeitungsartikel wurden in der U-Bahn die Hausschlüssel gestohlen.«

Simon wartet auf eine Erklärung, und er sieht verwirrt aus.

»Das passierte gleich nachdem ihr Bild in der Anzeige auftauchte. Wie das Foto von mir.« Ich korrigiere mich: »Das Foto, das aussieht wie eins von mir.«

»Zufall! Wie viele Leute kennen wir, die in der U-Bahn schon Opfer von Taschendieben geworden sind? Mir ist das auch passiert. Das kommt täglich vor, Zoe.«

»Ja, vermutlich.« Ich weiß, was Simon denkt. Er will Beweise. Er ist Journalist und beschäftigt sich mit Fakten, nicht mit Mutmaßungen und Paranoia.

»Denkst du, die Zeitung würde da nachforschen?«

»Welche Zeitung?« Dann sieht er meinen Gesichtsausdruck. »Meine Zeitung? Der *Telegraph?* Oh nein, Zoe, das denke ich nicht.«

»Warum nicht?«

»Weil es im Grunde keine Story ist. Ich meine, mir ist klar, dass du dich sorgst, und es ist schon eine seltsame Geschichte, aber sie ist nicht nachrichtenwürdig, falls du verstehst. Identitätsdiebstahl ist inzwischen ein alter Hut, um ehrlich zu sein.«

»Du könntest es aber aufgreifen, oder? Herausfinden, wer dahintersteckt?«

»Nein.« Sein strenger Ton beendet die Unterhaltung, und ich wünschte, ich hätte das Thema nie angesprochen. Ich habe die ganze Sache hoffnungslos aufgeblasen und mich selbst dabei halb in den Wahnsinn getrieben. Ich esse ein Stück Knoblauchbrot und schenke mir Wein nach – offenbar habe ich das erste Glas ausgetrunken, ohne es zu merken. Vielleicht sollte ich etwas gegen meine geringe Belastbarkeit tun. Achtsamkeit. Yoga. Ich werde neurotisch, und das Letzte, was ich will, ist, dass meine Beziehung zu Simon beeinträchtigt wird.

»Hat Katie dir von ihrem Vorsprechen erzählt?«, fragt Simon. Ich bin froh, dass er das Thema wechselt, und seinem sanften Tonfall nach nimmt er mir meinen Verfolgungswahn nicht übel.

»Sie hat nicht auf meine Nachrichten reagiert. Ich habe heute Morgen was Blödes gesagt.«

Simon sieht mich fragend an, doch ich gehe nicht näher darauf ein.

»Wann hast du mit ihr geredet?«, frage ich und bemühe mich, nicht verbittert zu klingen. Katies Schweigen ist ganz allein meine Schuld.

»Sie hat mir geschrieben.« Jetzt habe ich ihn in Verlegenheit gebracht, und das muss ich sofort abstellen.

»Ist doch klasse, dass sie es dir erzählen wollte. Ehrlich, ich finde das gut.« Und das meine ich ernst. Bevor Simon einzog, als es zwischen uns schon ernst war, habe ich versucht, ihn immer mal wieder mit den Kindern allein zu lassen. Ich gab vor, irgendwas oben vergessen zu haben, oder

109

ging zur Toilette, obwohl ich nicht musste – immer in der Hoffnung, dass sie alle sich nett unterhalten würden, wenn ich zurückkam. Mich kränkt, dass Katie mir nicht geschrieben hat, aber ich bin froh, dass sie es Simon erzählen wollte.

»Und wie sieht es aus?«

»Viel weiß ich nicht. Die Agentur hat nicht angeboten, sie zu vertreten, aber sie konnte einen nützlichen Kontakt knüpfen. Wie es sich anhört, könnte eine Rolle dabei herausspringen.«

»Das ist großartig!« Ich möchte mein Telefon hervorholen und Katie schreiben, wie stolz ich auf sie bin, zwinge mich aber, noch zu warten. Lieber möchte ich ihr persönlich gratulieren. Also erzähle ich Simon stattdessen von Melissas neuem Café und Neils Vertrag mit dem Parlament. Bis die Nachspeise serviert wird, sind wir schon bei der zweiten Flasche Wein, und ich kichere über Simons Geschichten aus seiner Anfangszeit als Reporter.

Simon bezahlt und gibt ein großzügiges Trinkgeld. Draußen will er wieder ein Taxi heranwinken, doch ich bremse ihn.

»Lass uns zu Fuß gehen.«

»Es kostet keine zehn Pfund.«

»Ich möchte aber gerne gehen.«

Wir gehen los, ich bei Simon eingehakt. Die Taxikosten interessieren mich nicht, aber ich möchte den Abend ein wenig verlängern. An der Kreuzung küsst er mich, und es wird zu einem Kuss, bei dem wir beide nicht beachten, dass das grüne Männchen aufleuchtet und wieder erlischt, sodass wir erneut den Knopf drücken müssen.

Mein Kater weckt mich um sechs Uhr morgens. Ich gehe nach unten, um die Kopfschmerzen mit Wasser und Aspirin zu bekämpfen, und schalte Sky News an, während ich ein Glas aus dem Wasserhahn fülle und gierig trinke. Ich stürze direkt ein zweites Glas herunter und halte mich seitlich an der Spüle fest, weil ich das Gefühl habe zu schwanken. Unter der Woche trinke ich selten Alkohol, und jetzt werde ich auch wieder an den Grund erinnert.

Katies Handtasche liegt auf dem Tisch. Sie war schon im Bett, als Simon und ich gestern Abend nach Hause kamen. Wir mussten beide kichern, weil wir versuchten, die Kinder nicht zu wecken. Neben dem Wasserkocher liegt ein gefaltetes Blatt, auf dem außen »Mum« steht. Ich falte es auseinander. Vor Kopfschmerzen muss ich beim Lesen blinzeln.

Mein erster job! Kann es nicht erwarten, dir alles zu erzählen.
Hab dich lieb xxx

Trotz der Übelkeit lächle ich. Sie hat mir vergeben, und ich nehme mir vor, besonders begeistert zu sein, wenn sie mir alles erzählt. Keine Silbe vom Sekretärinnenkurs oder einer Ausbildung als Rückhalt! Ich frage mich, was für ein Job es ist, ob eine Statistenrolle oder eine richtige. Theater, vermute ich, auch wenn ich mir für einen Augenblick erlaube, von einer Rolle im Fernsehen zu träumen. Einer Rolle in irgendeiner richtig lange laufenden Soap, die jeder kennt.

Die Sky-News-Reporterin, Rachel Lovelock, berichtet von einem Mord: ein weibliches Opfer in Muswell Hill. Vielleicht könnte Katie Moderatorin sein, denke ich. Das Aussehen hat sie jedenfalls. Sie würde sicher nicht Nachrichten sprechen wollen, aber bei einem Musikkanal vielleicht oder einem dieser Magazinformate wie *Loose Women* oder *The One Show.* Ich fülle mir noch ein Glas Wasser ein und lehne mich an die Küchenschränke, um weiter fernzusehen.

Die Bilder wechseln zu Außenaufnahmen; Rachel Lovelock wird von einer Frau in einem dicken Mantel ersetzt, die ernst ins Mikro spricht. Während sie redet, wird ein Foto des Mordopfers eingeblendet. Ihr Name war Tania Beckett, und sie sieht nicht viel älter als Katie aus, obwohl es heißt, dass sie fünfundzwanzig war. Ihr Freund hat die Polizei alarmiert, als sie nach der Arbeit nicht nach Hause kam, und sie wurde spätabends in einem Park gefunden, keine hundert Meter von ihrem Zuhause entfernt.

Vielleicht liegt es an dem Kater und der Tatsache, dass ich noch halb schlafe, aber ich sehe das Foto auf dem Bildschirm eine geschlagene Minute an, ehe ich begreife. Ich sehe das dunkle Haar, das lächelnde Gesicht, die üppige Figur ... und die Halskette mit dem schimmernden silbernen Kreuz.

Dann schnappe ich nach Luft.

Es ist die Frau aus der gestrigen Anzeige.

10

Wie schnell kannst du laufen?

Wenn du unbedingt musst?

In hohen Schuhen und dem Rock von der Arbeit, mit der Tasche, die dir gegen die Hüfte knallt; wie schnell?

Wenn die Bahn gleich fährt und du dringend nach Hause musst, wenn dir nur Sekunden bleiben, runter auf den Bahnsteig zu kommen. Wie schnell kannst du rennen?

Und was, wenn es keine Bahn ist, die du bekommen musst, sondern du um dein Leben läufst?

Wenn du spät von der Arbeit kommst und kein Mensch weit und breit ist. Wenn du dein Telefon nicht aufgeladen hast und keiner weiß, wo du bist. Wenn die Schritte hinter dir näher kommen und du weißt, weil du es jeden Tag erlebst, dass du allein bist. Dass du zwischen Bahnsteig und Ausgang keine Menschenseele siehst.

Wenn du einen fremden Atem in deinem Nacken spürst, die Panik wächst, es dunkel, kalt und nass ist.

Wenn nur ihr beide da seid.

Nur du und der Unbekannte hinter dir.

Der dich jagt.

Wie schnell könntest du dann rennen?

Es ist egal wie schnell.

Denn es gibt immer jemanden, der schneller laufen kann.

11

Da war eine Hand auf Kellys Mund. Sie fühlte, wie sie ihr aufs Gesicht drückte, schmeckte den Schweiß der Finger. Ein schweres Gewicht war auf ihr, und ein Knie drängte ihre Beine auseinander. Sie wollte schreien, aber der Laut blieb in ihrer Kehle stecken, füllte ihren Brustkorb mit Panik. Sie versuchte, sich an ihre Polizeiausbildung zu erinnern, an die Selbstverteidigung, die man ihnen beigebracht hatte. Aber ihr Kopf war leer und ihr Körper erstarrt.

Die Hand rutschte weg, doch die kurze Freiheit währte nicht lange. An ihre Stelle trat ein Mund, und eine Zunge schob sich zwischen ihre Lippen.

Sie hörte sein Atmen – schwer und erregt – und ein rhythmisches Klopfen.

»Kelly!«

Das Klopfen wurde lauter.

»Kelly, alles okay?«

Die Zimmertür ging auf, und das Gewicht verschwand von Kellys Brust. Sie japste nach Luft.

»Du hattest schon wieder einen.«

Kelly strengte sich an, ihre Atmung unter Kontrolle zu bringen. Es war dunkel in ihrem Zimmer, und der Schatten in der offenen Tür wurde vom Flurlicht umrahmt. »Wie spät ist es?«

»Halb drei.«

»O Gott, entschuldige. Habe ich dich geweckt?«

»Ich komme gerade von der Spätschicht. Ist jetzt alles okay?«

»Ja, danke.«

Die Tür schloss sich, und Kelly lag im Dunkeln. Schweiß rann ihr zwischen die Brüste. Zehn Jahre war es her, dass sie Lexis Hand gehalten und zugehört hatte, wie sie der Polizei schilderte, was passiert war. Und später erblickte sie ihre Schwester auf einem Monitor, als die Aussage auf Video aufgezeichnet wurde. Sie sah zu, wie ihre Zwillingsschwester jedes noch so kleine Detail beschrieb, jede erniedrigende, schmerzliche Einzelheit.

»Ich will nicht, dass Mum und Dad das hören«, hatte Lexi gesagt.

Kelly hatte sie Jahre später mal gefragt, ob sie jemals Albträume hätte. Sie hatte es beiläufig angesprochen, als wäre es ihr eben erst eingefallen. Als würde sie selbst nicht mit dem Gewicht eines Mannes auf ihrer Brust aufwachen, mit dem Gefühl seiner Finger in ihr.

»Einmal«, hatte Lexi geantwortet. »Wenige Tage danach. Aber dann nie wieder.«

Ihr Kissen war schweißnass. Kelly warf es auf den Fußboden und legte den Kopf auf das Laken darunter. Heute hatte sie frei. Sie würde Lexi besuchen fahren, vielleicht mit ihr und den Jungs zu Abend essen. Aber zuerst hatte sie noch etwas zu erledigen.

Die Redaktion der *London Gazette* war in Shepherd's Bush, in einem riesigen, aber schlichten Gebäude, in dem mehrere Zeitungen saßen. Kelly zeigte ihren Dienstausweis am Empfang vor und wartete in einem hohen Sessel, der sehr viel bequemer aussah, als er war. Sie ignorierte den Knoten in ihrem Bauch. Dann ermittelte sie eben in ihrer Freizeit.

Es war ja nicht strafbar, unbezahlte Überstunden zu machen – was allerdings nicht mal in ihren eigenen Ohren überzeugend klang. Cathy Tannings Taschendiebstahl fiel nicht mehr in ihre Zuständigkeit, und Kelly hätte diese neue Entwicklung umgehend dem Sergeant der Dip Squad melden müssen.

Was sie auch würde, sobald sie etwas Konkretes melden konnte. Aber die Dip Squad kämpfte genauso mit knappen Ressourcen wie alle anderen Abteilungen. Ohne konkrete Hinweise könnte es Tage dauern, bis sich jemand Cathys Fall erneut ansah. Jemand musste ihn zur Priorität machen.

Drei Monate vor dem Überfall war Lexi bei der Polizei gewesen, um sich beraten zu lassen. Jemand hatte Blumen vor ihrem Wohnheimzimmer abgelegt und Nachrichten in ihrem Postfach unten, die auf ihre Kleidung vom Abend zuvor anspielten.

»Wie es sich anhört, haben Sie einen Verehrer«, hatte der Polizist zu ihr gesagt. Lexi erzählte ihm, dass es ihr unheimlich vorkam. Sie traute sich nicht mal mehr, die Vorhänge in ihrem Zimmer zu öffnen, falls sie jemand beobachtete.

Als persönliche Dinge aus ihrem Zimmer verschwanden, hatte die Polizei jemanden geschickt und eine Diebstahlsanzeige aufgenommen. War Lexi sicher, dass sie die Tür abgeschlossen hatte? Es gab keine Einbruchsspuren. Wie kam Lexi darauf, dass es dieselbe Person war, die auch die Nachrichten schrieb und die Blumen hinlegte? Es gab keinen Beweis für einen Zusammenhang.

Eine Woche später, als sie von einer späten Vorlesung nach Hause ging und Schritte hörte, die zu nahe waren, um zufällig zu sein, hatte sie es nicht gemeldet. Wozu denn?

Als es in der Woche drauf wieder geschah, wusste sie, dass sie zur Polizei gehen sollte. Die Härchen an ihren Armen richteten sich auf, und vor Angst stockte ihr der Atem, denn sie wusste, dass sie es sich nicht einbildete. Sie wurde verfolgt.

Aber es war zu spät. Er hatte sie schon eingeholt.

Kelly dachte an all die Programme zur Verbrechensprävention, die sie in den neun Jahren im Job schon gesehen hatte. Plakataktionen, Flugblätter, Werbung für Angriffsalarmgeräte, Kurse ... Dabei war alles viel simpler; sie mussten einfach nur auf die Opfer hören und ihnen glauben.

»Detective Constable Swift?« Eine Frau kam auf sie zu und neigte den Kopf zur Seite. Kelly verbesserte sie nicht. Sie war in Zivil, da lag die Vermutung nahe, dass sie ein DC war. »Ich bin Tamir Barron und leite die Anzeigenabteilung. Möchten Sie mit nach oben kommen?«

Die Wände im sechsten Stock waren gepflastert mit Werbebildern aus den letzten hundert Jahren, alle in dicken Eichenrahmen. Kelly entdeckte Werbung für Pear's Soap, Brylcreem und Sunny Delight, als Tamir sie durch den mit Teppichboden ausgelegten Korridor zu ihrem Büro führte.

»Ich habe hier die Ergebnisse zu Ihrer E-Mail-Anfrage«, sagte sie, sowie sie saßen. »Allerdings sehe ich da immer noch keinen Zusammenhang. Worum geht es noch gleich bei Ihrer Ermittlung? Raub?«

Es war keine Gewalt angewandt worden, folglich war der Diebstahl von Cathys Schlüsseln kein Raub, was Kelly jedoch für sich behielt. Vermutlich war Tamir kooperationsbereiter, wenn sie von einem ernsten Verbrechen ausging. Und sollte Cathy recht mit der Annahme haben, dass ihr der Täter nach Hause gefolgt war und seitdem ihre Schlüssel

117

nutzte, um sich Zutritt zu ihrem Haus zu verschaffen, dann ging hier etwas weitaus Ernsteres vor. Bei der Vorstellung, dass jemand in Cathys Haus herumschlich, lief Kelly ein Schauer über den Rücken. Was hatte er getan? Ihr Make-up berührt? Ihre Unterwäsche mitgenommen? Cathy glaubte, dass jemand in ihrem Haus gewesen war, als sie in der Praxis war. Aber was war, wenn er nicht nur dann dort gewesen war? Kelly stellte sich vor, wie ein Eindringling mitten in der Nacht durch die Küche schlich, wie er nach oben ging, um an Cathys Bett zu stehen und sie zu betrachten, während sie schlief.

»Das Opfer saß zur Tatzeit in der Central Line«, erklärte sie. »Der Täter verschwand mit ihren Hausschlüsseln, und wir glauben, dass er sich seitdem Zutritt zu ihrem Haus verschafft hat. Das Foto des Opfers erschien zwei Tage vor dem Vorfall im Anzeigenteil Ihrer Zeitung.« Sie hoffte, dass Cathy inzwischen das Schloss an der Hintertür ausgetauscht hatte. Würde das reichen, damit sie sich sicher fühlte? Schätzungsweise nicht.

»Verstehe. Da gibt es nur ein kleines Problem.« Tamir lächelte nach wie vor, doch ihr Blick wanderte zu ihrem Schreibtisch, und sie rückte verlegen auf ihrem Stuhl hin und her. »Bei Hotlines gibt es gewisse Regeln, an die wir uns halten müssen: Die Firmen müssen registriert sein, und wenn sie annoncieren, müssen sie dem veröffentlichenden Organ – in diesem Fall uns – ihre Handelsregisternummer vorlegen. Um ehrlich zu sein, sind wir nicht sonderlich versessen auf Hotline-Werbung. Sie haben sicher gesehen, dass es nur wenige kleine Spalten sind. Diese Inserenten sind das, was ich ein notwendiges Übel nennen würde.«

»Warum notwendig?«, fragte Kelly.

Tamir sah sie an, als läge die Antwort auf der Hand. »Sie zahlen gut. Die meisten dieser Anzeigen – Sex-Hotline, Escort-Service, Partnervermittlung und so weiter – werden inzwischen online geschaltet, aber wir haben immer noch sehr viele Printleser, und Anzeigen finanzieren unsere Printausgaben. Wie Sie sich sicher vorstellen können, gibt es gerade in der Sex-Branche alle möglichen Arten von Missbrauch, deshalb sorgen wir dafür, dass alle bei uns Inserierenden offiziell registriert sind.« Wieder sah sie auf ihren Schreibtisch.

»Aber diese Vorschriften wurden in dem Fall nicht befolgt?«

»Leider nein. Der Kunde trat erstmals Ende September an uns heran und wollte eine tägliche Anzeige über den ganzen Oktober schalten. Kurz vor Monatsende schaltete er ein zweites Anzeigenpaket, und im November genauso. Der Kunde wurde von einem neuen Mitarbeiter betreut, Ben Clarke, und er gab den Auftrag ohne Handelsregisternummer weiter.«

»Das ist nicht erlaubt?«

»Absolut nicht.«

»Kann ich mit Ben sprechen?«

»Ich frage in der Personalabteilung nach seinen Kontaktdaten. Er hat vor ein paar Wochen gekündigt. Wir haben hier bedauerlicherweise eine starke Personalfluktuation.«

»Wie hat der Kunde bezahlt?«, fragte Kelly.

Tamir blickte in ihren Notizblock. »Mit Kreditkarte. Natürlich können wir Ihnen die Daten und die Adresse des Kunden geben, nur brauche ich dann eine offizielle Verfügung zur Datenfreigabe von Ihnen.«

»Selbstverständlich.« Verdammt! Tamir Barron hatte sich so schnell bereit erklärt, Kelly zu empfangen, dass sie gehofft hatte, die Frau würde ihr einfach die Akte geben. Eine Datenfreigabeverfügung verlangte die Unterschrift eines Inspectors, und für die müsste Kelly zugeben, inoffiziell zu ermitteln. »Vielleicht könnten Sie mir erst mal Kopien der Anzeigen geben, sowohl der, die Sie schon veröffentlicht haben, als auch der, die noch erscheinen sollen.« Sie hielt Tamirs Blick so selbstsicher, wie sie irgend konnte.

»Eine Datenfreigabe …«, begann Tamir wieder.

»Ist nötig für persönliche Daten wie Adressen und Kreditkartennummern, das verstehe ich. Aber in diesen Anzeigen finden sich keine persönlichen Daten, oder? Und wir reden hier über eine mögliche Verbrechensserie.« Kellys Herz wummerte so laut in ihrer Brust, dass sie sich fragte, wie Tamir es nicht hören konnte. Brauchte sie für diese Anzeigen auch eine Datenfreigabe? Sie erinnerte sich nicht mehr, und im Geiste drückte sie die Daumen, dass Tamir es ebenfalls nicht wusste.

»Eine Serie? Gab es noch weitere Raube?«

»Mehr kann ich Ihnen leider nicht sagen.« *Datenschutz,* hätte Kelly um ein Haar hinzugefügt.

Es entstand eine Pause.

»Ich besorge Kopien der Anzeigen und lasse sie nach unten zum Empfang schicken. Sie können dort warten.«

»Danke.«

»Ich muss wohl nicht erwähnen, dass wir alle unsere Mitarbeiter nochmal ins Gebet genommen haben, wie wichtig die Einhaltung der Vorschriften ist.«

»Danke. Ich nehme an, dass Sie die restlichen Anzeigen gesperrt haben.«

»Gesperrt?«

»Die Anzeigen, die noch nicht erschienen sind. Die dürfen Sie nicht veröffentlichen. Sie könnten Straftaten begünstigen, Angriffe gegen Frauen.«

»Ich verstehe Sie gut, DC Swift, aber bei allem gebührenden Respekt ist es Ihre Aufgabe, die Öffentlichkeit zu schützen. Unser Job ist es, eine Zeitung zu drucken.«

»Könnten Sie die Veröffentlichung dann für wenige Tage unterbrechen? Nicht ganz und gar, aber ...« Kelly verstummte, denn ihr wurde bewusst, dass sie unprofessionell klang. Sie brauchte einen greifbaren Beweis, dass die Anzeigen mit kriminellen Aktivitäten zusammenhingen. Die Verbindung zwischen Cathy Tannings Schlüsseln und ihrer Anzeige war klar, aber Zoe Walker war bisher noch kein Verbrechensopfer. Das reichte also nicht.

»Ich fürchte, nein. Der Kunde hat im Voraus bezahlt, da bräuchte ich die Genehmigung von meinem Chef, bevor ich den Vertrag kündige. Es sei denn, Sie bringen mir einen Gerichtsbeschluss.«

Tamirs Miene blieb neutral, doch ihr Blick war unerbittlich, und Kelly beschloss, es nicht zu weit zu treiben. Sie erwiderte das höfliche Lächeln.

»Nein, einen Gerichtsbeschluss habe ich nicht. Noch nicht.«

Kaum hatte Kelly geklingelt, hörte sie das aufgeregte Kreischen ihrer Neffen, die herbeigerannt kamen, um sie zu begrüßen. Der fünfjährige Alfie erschien in einem Spiderman-Kostüm, zu dem er einen Wikingerhelm aus Plastik trug. Sein dreijähriger Bruder Fergus tauchte mit nackten Beinen und einem T-Shirt mit seinem Lieblings-Minion auf.

»Was ist das denn?«, fragte Kelly übertrieben erstaunt und sah zu Fergus' Beinen. »Großer-Junge-Hose?« Der Kleine grinste und lüpfte sein T-Shirt, um zu zeigen, dass er keine Windel mehr trug.

»Wir sind noch ganz am Anfang«, sagte Lexi, die hinter den Jungen erschien. Sie hob Fergus hoch und küsste gleichzeitig Kelly auf die Wange. »Also pass lieber auf, wo du hintrittst.«

Lexi und ihr Mann Stuart wohnten in St. Albans, in einer Gegend, wo es von Latte-Macchiato-Müttern mit Edelbuggys nur so wimmelte. Nach dem Grundstudium in Durham hatte Lexi ihren Abschluss als Lehrerin gemacht und einen Job als Geschichtslehrerin an einer örtlichen Gesamtschule gefunden. Dort lernte sie Stuart kennen, den Konrektor, und seitdem waren sie zusammen.

»Wo ist Stu?«

»Elternabend. Ich habe meinen zum Glück schon gestern hinter mich gebracht. Na gut, ihr zwei: Pyjamas an, los!«

»Aber wir wollen mit Tante Kelly spielen!«, beschwerte sich Alfie. Kelly kniete sich hin und nahm ihn in die Arme.

»Weißt du was? Ihr beide zieht euch die Pyjamas an und putzt euch ganz schnell die Zähne, dann legen wir noch eine Kitzelrunde ein. Abgemacht?«

»Abgemacht!« Die Jungen rannten nach oben, und Kelly grinste.

»Ist ja ein Klacks, Kinder zu erziehen.«

»Du würdest anders reden, wärst du vor einer halben Stunde hier gewesen. Der GAU! Okay, die Jungs haben gegessen, also dachte ich, wir bringen sie zu Bett und essen in Ruhe, wenn sie schlafen. Ich habe uns Pilz-Risotto gemacht.«

»Hört sich super an.« Kellys Telefon piepte, und sie sah stirnrunzelnd auf das Display.

»Stimmt was nicht?«

»Entschuldige, das ist die Arbeit. Ich muss nur kurz antworten.« Sie tippte eine Nachricht ein, schickte sie los und sah wieder Lexi an, die alles andere als verzückt wirkte.

»Du bist mit dem Ding verwachsen. Das ist das Problem mit Smartphones – man trägt praktisch das ganze Büro in der Tasche mit sich herum. Da kann man nie abschalten.« Lexi weigerte sich, ein iPhone zu kaufen, und schwor auf die Vorzüge ihres backsteingroßen Nokias, das drei Tage ohne Aufladen durchhielt.

»In dem Job hat man nun mal keine festen Zeiten. Nicht so wie ihr mit Feierabend um drei und den ganzen Sommer frei.« Lexi ließ sich nicht auf die Spitze ein. Kelly las den eingehenden Text und schickte eine Antwort. Sie war bei einer fiesen Schlägerei am Bahnhof Liverpool Street als Erste vor Ort gewesen und hatte Zeugenaussagen aufgenommen, nachdem die Schläger verhaftet worden waren. Eine alte Frau war in den Tumult hineingeraten, und seither hatte Kelly häufiger Kontakt zu deren Tochter, die ihre Mum auf dem Laufenden halten wollte, was den Fall betraf.

»Eigentlich will sie nur von mir hören, dass sie alle weggesperrt worden sind«, sagte Kelly, nachdem sie Lexi die Situation erklärt hatte. »Ihre Tochter sagt, dass sie sich nicht mehr aus dem Haus traut, weil sie Angst hat, dass sie den Typen wiederbegegnet.«

»Und sind sie alle weggesperrt worden?«

Kelly schüttelte den Kopf. »Es waren Jugendliche ohne Vorstrafen. Sie werden höchstens zu gemeinnütziger Arbeit verdonnert. Die offizielle Sicht ist, dass sie für die Frau keine Gefahr darstellen, doch das sieht sie anders.«

»Aber es ist doch nicht deine Aufgabe, sie und ihre Tochter zu betreuen. Gibt es keine Opferbetreuer für so etwas?«

Kelly zwang sich, tief Luft zu holen. »Ich erzähle dir nicht, was dein Job ist, Lex ...«, begann sie, doch ihre Schwester hob beide Hände.

»Okay, ist schon gut. Ich halte mich raus. Aber kannst du nicht bitte mal dein Telefon ausschalten und meine Schwester sein, kein Cop?« Sie sah Kelly flehentlich an, und Kelly bekam ein schlechtes Gewissen.

»Klar.« Sie wollte ihr Telefon wegstecken, als Cathy Tannings Nummer auf dem Display aufleuchtete. Wieder sah sie zu Lexi. »Entschuldige, das ist ...«

»Die Arbeit, verstehe.«

Nein, sie verstand es nicht, dachte Kelly, als sie ins Wohnzimmer ging, um den Anruf anzunehmen. Das tat Lexi nie.

12

Die Polizeistelle in der Cannon Street ist ganz in der Nähe von meinem Büro. Ich muss schon tausendmal an ihr vorbeigekommen sein, ohne es zu bemerken. War ja bisher nie nötig. Trotz der Tabletten morgens sind meine Kopfschmerzen nicht besser geworden. Außerdem tun mir die Knochen weh, was nicht an dem Kater liegt. Ich habe mir irgendwas eingefangen, und schlagartig fühle ich mich noch elender, als hätte allein der Gedanke dem Virus erlaubt, richtig loszulegen.

Meine Handflächen sind klamm an dem Türgriff, und mich überkommt dieser groteske Anflug von Panik, der gesetzestreue Bürger heimsucht, wenn ein Streifenwagen vorbeifährt. Justin hat sich seit Jahren keinen Fehltritt mehr geleistet, doch ich erinnere mich noch klar und deutlich an den ersten Anruf von der Polizei.

Ich weiß nicht, wann Justin mit dem Klauen angefangen hatte, doch ich weiß, dass es nicht das erste Mal war, als er festgenommen wurde. Zuerst stiehlt man doch irgendwelche Kleinigkeiten, oder nicht? Süßigkeiten oder eine CD. Man klaut keine 25er-Packung Rasierklingen, wenn man viel zu jung zum Rasieren ist. Man trägt keine Jacke mit sorgsam eingeschnittenem Futter oben, in dem man die Sachen verschwinden lassen kann. Justin wollte kein Wort zu den anderen sagen. Er gab den Diebstahl zu, verriet aber nicht, für wen er klaute oder was er mit den Rasierklingen wollte. Er kam mit einer Verwarnung davon, die er achselzuckend abtat, als würde es sich um einen Tadel in der Schule handeln.

Matt war wütend. »Das steht jetzt ewig in deiner Akte!«

»Fünf Jahre«, sagte ich und versuchte, mich an das zu erinnern, was sie bei der Polizei gesagt hatten. »Danach wird der Vermerk gelöscht, und er muss es nur noch angeben, wenn ihn ein Arbeitgeber direkt darauf anspricht.« Melissa wusste natürlich schon Bescheid, genauso wie sie von den Schlägereien wusste, in die er geriet, und von der Sorge, die ich um ihn hatte, als ich eine Tüte mit Gras in seinem Zimmer fand.

»Er ist ein Jugendlicher«, hatte sie damals gesagt und mir ein Glas Wein eingeschenkt, das ich dringend brauchte. »Da wächst er wieder raus.« Und das ist er. Oder er wurde besser darin, sich nicht erwischen zu lassen. So oder so hat die Polizei seit seinem neunzehnten Geburtstag nicht mehr bei uns angeklopft. Jetzt sehe ich Justin im Geiste vor mir, wie er eine von Melissas schicken Schürzen trägt, Sandwiches macht und mit Kunden plaudert. Bei dem Bild muss ich lächeln.

Der Diensthabende vorn sitzt hinter einer Glasscheibe, wie man sie von Postschaltern kennt. Er spricht durch einen Schlitz mit mir, der gerade groß genug ist, um Papiere oder kleine Gegenstände hindurchzuschieben.

»Kann ich Ihnen helfen?«, fragt er in einem Tonfall, als wäre es das Letzte, worauf er Lust hat. Von den Kopfschmerzen ist mein Verstand ein bisschen vernebelt, und ich suche nach den richtigen Worten.

»Ich habe Informationen zu einem Mord.«

Der Officer wirkt vage interessiert. »Und weiter?«

Ich schiebe den Zeitungsausschnitt durch den Schlitz, dessen eine Ecke mit einem eingetrockneten Kaugummi verklebt ist. Jemand hat es mit blauem Kugelschreiber bemalt. »Das ist der Bericht über einen Mord in Muswell Hill in der *London Gazette* von heute.«

Er überfliegt den ersten Absatz und bewegt stumm die Lippen. Ein Funkgerät knistert und rauscht neben ihm auf dem Schreibtisch. In der *Gazette* stehen so gut wie keine Einzelheiten. Tania Beckett war Referendarin an einer Grundschule in der Holloway Road. Sie nahm die Northern Line von Archway bis Highgate gegen halb vier nachmittags, dann den 43er-Bus bis Cranley Gardens. *Ich wollte sie an der Bushaltestelle abholen,* wird ihr Freund in dem Artikel zitiert, *aber es hat geregnet, und sie meinte, ich soll lieber zu Hause bleiben. Ich würde alles tun, um die Zeit zurückzudrehen.* Es ist ein Foto von ihm in der Zeitung, wie er den Arm um Tania gelegt hat, und unweigerlich frage ich mich, ob hier ein Mörder zu sehen ist. Das sagen sie doch immer, oder? Die meisten Mordopfer kennen ihre Mörder.

Ich schiebe den zweiten Zeitungsausschnitt durch den Schlitz. »Und das ist eine Anzeige aus der *Gazette* von gestern.« Weiße Punkte tanzen vor meinen Augen, und ich blinzle sie weg. Vorsichtig berühre ich meine Stirn mit den Fingern; sie sind heiß, als ich sie wieder herunternehme.

Der Officer sieht von einem Ausschnitt zum anderen. Er hat das Pokerface von jemandem, der schon alles gesehen hat, und ich rechne schon damit, dass er mir erzählt, ich würde mir die Ähnlichkeit einbilden; dass das dunkelhaarige Mädchen mit dem Kreuz an ihrem Hals nicht die fünfundzwanzigjährige Tania Beckett ist.

Aber das sagt er nicht. Stattdessen nimmt er das Telefon auf und drückt die Null; während er wartet, dass sich jemand meldet, sieht er mich direkt an. Dann sagt er: »Stellst du mich mal bitte zu DI Rampello durch?«

Ich schreibe Graham, dass ich mich mit irgendwas angesteckt habe und nicht zurück zur Arbeit komme. Dann trinke ich lauwarmes Wasser, lehne meinen Kopf an die kühle Wand und warte, dass jemand kommt, um mit mir zu sprechen.

»Entschuldigen Sie«, sagt der Polizist vom Empfang nach einer Stunde. Er hat sich als Derek vorgestellt, aber ihn so anzusprechen, kommt mir zu vertraulich vor. »Ich weiß nicht, warum er so lange braucht.«

»Er« ist Detective Inspector Nick Rampello, der, wie Derek erzählt, von der »North West MIT« herkommen wird. Derek entschuldigte sich gleich für seinen Jargon. »Murder Investigation Team, die Mordkommission. Das ist die Abteilung, die den Tod der jungen Frau untersucht.«

Ich kann nicht aufhören zu zittern. Immer wieder starre ich die beiden Bilder von Tania an und frage mich, was zwischen der Veröffentlichung ihres Fotos in der *Gazette* und dem Fund ihrer Leiche im Park in Muswell Hill geschehen sein mag.

Und ich frage mich auch, ob ich die Nächste bin.

Das am Freitag in der *Gazette* war mein Foto. Ich habe es sofort erkannt, als ich es sah, und ich hätte mich nie davon abbringen lassen dürfen. Wäre ich gleich zur Polizei gegangen, hätte es vielleicht etwas geändert.

Es musste eine Verbindung geben. Tania Beckett wurde vierundzwanzig Stunden nach dem Erscheinen ihrer Anzeige ermordet; bei Cathy Tanning lagen achtundvierzig Stunden zwischen dem Foto und dem Diebstahl ihrer Schlüssel. Es ist fünf Tage her, seit ich mein eigenes Foto gesehen habe; wie lange noch, bis mir etwas passiert?

Ein Mann kommt herein und zeigt seine Führerscheinunterlagen vor.

»Was für eine Zeitverschwendung«, sagt er laut, während der Officer ein Formular ausfüllt. »Ihre und meine Zeit.« Er sieht zu mir, als hoffe er auf Unterstützung, doch ich reagiere genauso wenig wie Derek. Er sieht sich den Führerschein des Mannes an und schreibt einige Daten so langsam ab, dass ich es für Absicht halte. Ich stelle fest, dass ich Derek mag. Als er fertig ist, steckt der Mann seinen Führerschein in die Brieftasche.

»Tausend Dank auch«, sagt er in einem Ton, der vor Sarkasmus trieft. »So verbringe ich meine Mittagspause immer wieder am liebsten.«

Nach ihm kommt eine Frau mit einem schreienden Kleinkind auf dem Arm, die nach dem Weg fragt, dann ein alter Mann, der seine Brieftasche verloren hat. »An der Station Bank hatte ich sie noch«, sagt er, »als ich aus der U-Bahn stieg. Aber irgendwo auf dem Weg zum Fluss ist sie ...« Er blickt sich um, als könne die Brieftasche wie von Zauberhand auf dem Polizeirevier auftauchen. »... ist sie verschwunden.« Ich schließe die Augen und wünsche mir, ich wäre wegen so einer Lappalie hier. Dass ich einfach wieder rausgehen könnte und nichts als leichte Verärgerung empfinden.

Derek notiert sich Namen und Anschrift des Mannes sowie die Beschreibung der Brieftasche. Ich bemühe mich, langsam und tief zu atmen. Würde sich DI Rampello doch nur beeilen!

Der Brieftaschenmann geht, und noch eine Stunde verstreicht. Schließlich greift Derek nach dem Telefon. »Sind Sie unterwegs? Ich meine, sie wartet schon seit heute Mittag hier.« Während er die Antwort anhört, sieht er zu mir, doch ich kann seinen Gesichtsausdruck nicht deuten. »Sicher, ja. Ich sage es ihr.«

»Er kommt nicht, stimmt's?« Ich fühle mich zu krank, um mich über die vergeudete Zeit zu ärgern. Was hätte ich denn stattdessen gemacht? Mehr Arbeit hätte ich sowieso nicht erledigt bekommen.

»Anscheinend halten ihn dringende Ermittlungen auf. Wie Sie sich sicher denken können, ist bei denen eine Menge los. Er lässt Ihnen ausrichten, dass es ihm sehr leidtut und er sich bei Ihnen meldet. Ich gebe ihm Ihre Telefonnummer.« Er sieht mich genauer an. »Sie sehen nicht gut aus, meine Liebe.«

»Alles okay«, sage ich, was eine glatte Lüge ist. Ich rede mir ein, dass ich keine Angst habe, nur krank bin, aber meine Hände zittern, als ich mein Telefon hervorhole und durch die Kontakte scrolle.

»Bist du zufällig in der Nähe der Cannon Street? Mir geht es nicht gut, und ich denke, ich muss nach Hause.«

»Bleib wo du bist, Zo«, sagt Matt sofort. »Ich komme dich abholen.«

Er sagt, dass er gleich um die Ecke ist, doch es vergeht eine halbe Stunde, also stimmte es wohl nicht. Ich fühle mich schlecht, wenn ich an die Einnahmen denke, die ihm meinetwegen verlorengehen. Endlich geht die Tür auf, und beschämt stelle ich fest, dass mir die Tränen kommen, als ich sein vertrautes Gesicht sehe.

»Holen Sie Ihre Frau ab?«, fragt Derek. Mir fehlt die Kraft, ihn zu korrigieren, und Matt ist es egal. »Eine doppelte Dosis heiße Zitrone und ein Tropfen Whisky, das ist es, was sie braucht«, fährt Derek fort. »Hoffentlich geht es Ihnen bald wieder besser, meine Liebe.«

Matt setzt mich in sein Taxi, als sei ich ein zahlender Fahrgast, und dreht die Heizung voll auf. Ich konzentriere mich aufs Atmen und versuche, mein entsetzliches Zittern zu zügeln.

»Seit wann fühlst du dich schon so?«

»Seit heute Morgen. Erst dachte ich, es ist ein Kater, aber so viel habe ich gestern Abend gar nicht getrunken. Dann wurden die Kopfschmerzen schlimmer, und ich fing an, zittrig zu werden.«

»Grippe«, diagnostiziert er, ohne zu zögern. Wie die meisten Taxifahrer, ist auch Matt ein Fachmann für alles. Er beobachtet mich im Rückspiegel, und sein Blick wandert zwischen der Straße und mir hin und her. »Was wolltest du bei der Polizei?«

»Gestern Abend gab es einen Mord. In einem Park nahe Cranley Gardens.«

»Crouch End?«

»Ja. Sie wurde erdrosselt.« Ich erzähle ihm von den Anzeigen in der *London Gazette,* von meinem Foto und dem von Tania Beckett.

»Bist du sicher, dass es dieselbe Frau ist?«

Ich nicke, obwohl er nicht zu mir sieht. Er atmet durch zusammengebissene Zähne ein und schwenkt das Steuer scharf nach links, um durch Einbahnstraßen zu fahren, die so eng sind, dass ich nur die Hand aus dem Fenster strecken müsste, um die Hausmauern zu berühren.

»Wo fahren wir hin?«

»Der Verkehr ist ein Albtraum. Was hat die Polizei gesagt?«

Ich sehe nach draußen, versuche mich zu beruhigen, aber ich bin nicht sicher, wo wir sind. Kinder kommen aus der Schule, manche allein, andere an den Händen ihrer Mütter.

»Sie haben den zuständigen Detective Inspector angerufen, aber er ist nicht gekommen.«

»Typisch.«

»Ich habe Angst, Matt.«

Er sagt nichts. Mit Gefühlen konnte er noch nie gut umgehen.

»Wenn es wirklich mein Foto in der Zeitung war, dann wird mir irgendwas passieren. Etwas Schlimmes.« Mein Hals kratzt, und ein dicker Kloß macht das Schlucken fast unmöglich.

»Denkt die Polizei, dass es einen Zusammenhang zwischen den Anzeigen und diesem Mord gibt?«

Endlich kommen wir aus dem Gewirr winziger Straße, und ich sehe den Kreisverkehr vom South Circular. Wir sind fast zu Hause. Meine Augen brennen so sehr, dass es wehtut, sie offen zu halten. Ich blinzle immer wieder, um sie ein bisschen zu befeuchten.

»Der Polizist schien mich ernst zu nehmen«, sage ich. Es fällt mir schwer, mich auf das zu konzentrieren, was er sagt.

»Aber ich weiß nicht, ob der Detective Inspector das auch tut. Ich habe ihm noch nichts von meinem Foto erzählt. Dazu bin ich nicht gekommen.«

»Was für ein schräger Mist, Zo.«

»Wem sagst du das? Ich dachte zuerst, ich werde irre, als ich das Bild sah. Simon denkt das immer noch.«

Matt sieht mich streng an. »Glaubt er dir nicht?«

Ich könnte mir in den Hintern treten. Als bräuchte Matt noch mehr Munition gegen Simon!

»Er denkt, dass es eine logische Erklärung gibt.«

»Und was denkst du?«

Ich antworte nicht. *Ich denke, dass mich jemand umbringen will.*

Wir halten vor dem Haus, und ich öffne meine Handtasche. »Lass mich dir ein bisschen was bezahlen.«

»Passt schon.«

»Nein, du musst mich nicht gratis fahren, Matt. Das ist nicht fair...«

»Ich will dein Geld nicht, Zo«, fährt er mich an. »Steck es wieder ein.« Dann wird sein Ton sanfter. »Warte, ich helfe dir nach drinnen.«

»Ich komme klar.« Doch als ich aussteige, geben meine Knie nach, und er fängt mich auf, bevor ich hinfalle.

»Sicher doch.« Er nimmt meine Schlüssel, schließt die Haustür auf und zögert.

»Ist okay«, sage ich. »Simon ist bei der Arbeit.« Ich bin zu krank, um mich illoyal zu fühlen. Nachdem ich meine Handtasche und den Mantel übers Geländer gehängt habe, hilft Matt mir nach oben. Dort bleibt er an der Treppe ste-

133

hen, weil er nicht weiß, welches mein Schlafzimmer ist. Ich zeige auf die Tür neben Katies. »Den Rest schaffe ich allein«, sage ich, doch Matt öffnet die Tür und bringt mich hinein.

Er zieht die Tagesdecke auf der linken Seite weg, wo ich immer schlief, als wir verheiratet waren. Jetzt sind Simons Sachen auf dem Nachttisch: sein Buch, eine Ersatzlesebrille, ein kleines Ledertablett für seine Uhr und Kleingeld aus seiner Hosentasche. Falls Matt es bemerkt, erwähnt er es nicht.

Ich lege mich vollständig bekleidet ins Bett.

Simon weckt mich. Draußen ist es dunkel, und er schaltet die Nachttischlampe an. »Du schläfst schon, seit ich nach Hause gekommen bin. Bist du krank?« Er flüstert und hat mein Handy in einer Hand. »Hier ist ein Polizist am Telefon. Was ist los? Ist etwas passiert?« Ich fühle mich heiß und klebrig, und als ich den Kopf hebe, tut es weh. Simon hält das Telefon weg, sodass ich nicht danach greifen kann. »Warum ruft dich die Polizei an?«

»Das erkläre ich dir später.« Meine Stimme versagt bei der letzten Silbe, und ich huste, um sie wieder zu aktivieren. Widerwillig gibt Simon mir das Telefon und setzt sich aufs Bett. Ich bin noch fiebrig, doch es geht mir schon etwas besser, nachdem ich geschlafen habe.

»Hallo«, melde ich mich. »Hier ist Zoe Walker.«

»Mrs. Walker, hier ist DI Rampello von der Mordkommission. Wie ich höre, wollten Sie mich sprechen.«

Er klingt abgelenkt. Gelangweilt oder müde. Oder beides.

»Ja«, sage ich. »Ich bin jetzt zu Hause, falls Sie vorbeikommen wollen.«

Simon hebt die Hände und fragt tonlos: »Was ist passiert?«

Ich schüttle den Kopf und ärgere mich über die Unterbrechung. Der Empfang hier im Haus ist schlecht, und ich will nichts verpassen, was DI Rampello sagt.

»... wohl alles, was ich vorerst brauche.«

»Verzeihung, was haben Sie gesagt?«

»Stimmt es, dass Sie Tania Beckett nicht gekannt haben?«

»Das stimmt, aber ...«

»Dann wissen Sie nicht, ob sie als Escort-Dame gearbeitet oder eine Sex-Hotline betrieben hat?«

»Nein.«

»Okay.« Er ist schroff und spricht schnell, als sei ich nur eine auf einer langen Liste von Leuten, die er heute Abend noch anrufen muss. »Und Tanias Foto war gestern in einer Hotline-Anzeige in der *London Gazette,* in der Ausgabe vom sechzehnten November, ist das richtig?«

»Ja.«

»Und Sie haben sich an uns gewandt, als Sie ihr Foto heute Morgen in den Nachrichten wiedererkannten?«

»Ja.«

»Das ist sehr hilfreich. Vielen Dank für Ihre Zeit.«

»Aber wollen Sie denn nicht mit mir reden? Eine Aussage aufnehmen?«

»Wenn wir noch etwas brauchen, melden wir uns.« Er legt auf, während ich gerade den Mund öffne, um noch etwas zu sagen. Inzwischen wirkt Simon eher sauer als verwirrt.

»Erklärst du mir bitte, was los ist?«

»Es geht um das Mädchen«, antwortete ich. »Die junge

Frau, die ermordet wurde. Das Bild, das ich dir heute Morgen gezeigt habe.«

Sobald der Bericht im Fernsehen zu Ende war, bin ich heute Morgen hochgelaufen und habe Simon wachgerüttelt, um ihm alles zu erzählen. Ich war so aufgeregt, dass ich stammelte.

»Was ist, wenn das alles mit den Anzeigen zu tun hat, Si?«, fragte ich, und meine Stimme kippte. »Was ist, wenn jemand Fotos von Frauen in die Zeitung setzt, die er ermorden will, und ich die Nächste bin?«

Simon nahm mich linkisch in die Arme. »Schatz, meinst du nicht, du übertreibst ein bisschen? Ich habe irgendwo gelesen, dass jedes Jahr hundert Menschen in London ermordet werden. Jedes Jahr! Das sind – wie viel? – ungefähr acht im Monat. Es ist furchtbar, keine Frage, aber das hat nichts mit einem Gratisanzeigenblatt zu tun.«

»Ich gehe heute Mittag zur Polizei«, erwiderte ich. Ihm war deutlich anzusehen, dass er mich für übergeschnappt hielt.

»Hat die Polizei dich ernst genommen?«, fragt er jetzt. Er sitzt am Fußende des Betts und drückt meine Zehen. Ich ziehe den Fuß weg.

»Der Polizist am Empfang war nett. Er hat den zuständigen Detective angerufen, aber der kam nicht, und jetzt sagt er nur, dass sie alles von mir haben, was sie brauchen, und sich wieder melden, falls sie mich nochmal sprechen wollen.« Mir kommen die Tränen. »Aber die wissen noch nichts von den anderen Fotos – von Cathy Tannings und meinem!« Ich fange an zu weinen. Mein Schädel pocht, und ich kann nicht klar denken.

»Schhh.« Simon streicht mir übers Haar und dreht mein Kissen um, damit die kühlere Seite oben ist. »Soll ich die nochmal anrufen?«

»Ich habe nicht mal ihre Nummer. Er hat nur gesagt, dass er von der Mordkommission ist.«

»Die Nummer finde ich schon heraus. Lass mich dir ein paar Tabletten und ein Glas Wasser holen, dann rufe ich da an.« Er geht zur Tür, wo er sich umdreht, als sei ihm erst jetzt etwas aufgefallen. »Warum liegst du auf meiner Seite?«

Ich drücke das Gesicht ins Kissen, damit ich ihn nicht ansehen muss. »Da muss ich im Schlaf hingerückt sein«, murmele ich.

Es ist das Einzige, worüber wir jemals richtig gestritten haben.

»Matt ist Katies und Justins Dad«, erklärte ich immer wieder. »Du kannst nicht erwarten, dass ich ihn nie wiedersehe.«

Doch trotz dieser Erklärung zeigte sich Simon ungewohnt widerwillig: »Mag sein. Aber es besteht kein Grund, dass er ins Haus kommt, oder? Dass er in unserem Wohnzimmer sitzt und Kaffee aus unseren Bechern trinkt.«

Es war kindisch und blöd, aber ich wollte Simon nicht verlieren, und zu der Zeit fühlte es sich wie ein halbwegs fairer Kompromiss an.

»Okay«, stimmte ich zu. »Er kommt nicht ins Haus.«

Als ich die Augen wieder öffne, steht ein Wasserglas auf meinem Nachttisch, und daneben liegt eine kleine Packung mit Tabletten. Ich nehme zwei und stehe auf. Mein Top ist zerknautscht und meine Hose verdreht. Ich ziehe mich aus, nehme mir einen dicken Baumwollpyjama aus der Kommode und ziehe eine große Strickjacke darüber.

Es ist neun Uhr, und unten finde ich die Überreste von etwas, das wie Rindfleischeintopf aussieht. Meine Beine sind noch wacklig, und vom Schlafen fühle ich mich benommen. Ich gehe ins Wohnzimmer, wo Simon, Justin und Katie fernsehen. Keiner spricht, doch es ist ein harmonisches Schweigen, und ich bleibe für einen Moment stehen, um meine Familie zu beobachten. Katie bemerkt mich als Erste.

»Mum! Geht es dir besser?« Sie rückt zur Seite, um mir Platz auf dem Sofa zu machen. Erleichtert setze ich mich zwischen sie und Simon, denn allein der Gang nach unten hat mich geschafft.

»Nicht so richtig. Ich bin total angeschlagen.« So krank habe ich mich seit Jahren nicht gefühlt. Alle meine Knochen tun weh, und meine Haut ist extrem berührungsempfindlich. Außerdem brennen meine Augen, sowie ich sie öffne, und mein Hals ist so wund, dass mir das Sprechen Mühe macht. »Ich glaube, ich habe eine Grippe. Und zwar ernsthaft, keine Erkältung.«

»Armer Schatz.« Simon legt seinen Arm um mich, und ausnahmsweise sagt Katie nichts zu unserer »öffentlichen Zuneigungsbekundung«, wie sie es nennt. Sogar Justin sieht besorgt aus.

»Möchtest du etwas trinken?«, fragt er. Oh Mann, ich muss wirklich krank aussehen!

»Nur ein bisschen Wasser, wenn du so lieb bist.«

»Kein Problem.« Er steht auf, greift in seine Tasche und gibt mir einen Umschlag.

»Was ist das?«, frage ich, öffne den Umschlag und sehe ein dickes Bündel 20-Pfund-Scheine.

»Miete.«

»Was? Das Thema hatten wir doch schon. Ich will keine Miete von dir.«

»Na dann eben für Essen, Strom, was auch immer. Es gehört dir.«

Ich sehe zu Simon, der in letzter Zeit häufiger erwähnte, Justin solle hier nicht für lau wohnen. Er schüttelt den Kopf, um mir zu signalisieren, dass er nichts damit zu tun hat.

»Aber echt anständig von dir, Justin. Gut gemacht, Kumpel.« Es kommt recht gezwungen über Simons Lippen, und Justin quittiert es mit einem verärgerten Blick.

»Ich dachte, du bist blank«, sagt Katie, die unverhohlen nachsieht, wie viele Scheine in dem Umschlag sind. Ich stecke ihn in die Tasche meiner Strickjacke und versuche die Stimme in meinem Kopf nicht zu beachten, die fragen will, woher das Geld stammt.

»Melissa hat mich zum Manager für das Café gemacht, damit sie das neue eröffnen kann«, erklärt Justin, als hätte er meine Gedanken gelesen. »Es ist erst mal nur vorübergehend, aber ich habe eine Gehaltserhöhung bekommen.«

»Das ist ja wunderbar!« Meine Erleichterung, dass mein Sohn weder klaut noch dealt, lässt meine Reaktion übertrieben begeistert ausfallen. Justin zuckt bloß mit den Schultern, als sei es nicht weiter wichtig, und geht in die Küche, um mir Wasser zu holen. »Ich habe ja immer gewusst, dass er nur eine Chance braucht«, flüstere ich Simon zu. »Jemanden, der erkennt, wie verlässlich und fleißig er ist.«

Plötzlich fällt mir ein, dass Justin nicht der Einzige mit Neuigkeiten ist. Ich drehe mich zu Katie um. »Es tut mir sehr leid, dass ich dich nicht mehr unterstützt habe vor dem Vorsprechen, Schatz. Ich fühle mich furchtbar deshalb.«

»O Gott, mach dir jetzt keine Gedanken deswegen, Mum. Du bist krank.«

»Simon hat gesagt, dass es super gelaufen ist.«

Katie strahlt. »Es war fantastisch! Also, diese Agentin hat mich nicht genommen, weil sie schon diverse andere Schauspielerinnen mit meinem *Look* und meinem *Fach* in ihrer Kartei hat – keine Ahnung, was das heißen soll. Aber ich habe mit einem Typen gesprochen, der am Empfang gewartet hat. Er leitet ein Ensemble, und sie arbeiten an einer Produktion von *Was ihr wollt,* und ihre Viola hatte gerade einen Skiunfall. Im Ernst, wie genial ist das denn?«

Ich starre sie wortlos an, weil ich nicht mitkomme. Justin bringt mir ein Glas Wasser. Er muss den Hahn geöffnet und das Glas sofort daruntergehalten haben, statt abzuwarten, denn das Wasser ist trübe und lauwarm. Aber ich trinke es dankbar. Ich würde alles trinken, um das Kratzen im Hals zu lindern.

»Mum, *Was ihr wollt* war das Stück, das wir für die GCSE-Prüfung in Englisch durchgenommen haben. Ich kenne das auswendig! Und er sagt, dass ich wie für die Viola gemacht bin! Ich habe direkt da vorgesprochen – echt, völlig irre – und die Rolle bekommen! Die anderen proben schon seit Wochen, aber ich muss es in zwei Wochen packen.«

Mir schwirrt der Kopf. »Aber wer ist dieser Typ? Weißt du irgendwas über ihn?«

»Er heißt Isaac. Wie sich herausgestellt hat, ist seine Schwester mit Sophia zusammen zur Schule gegangen, also ist er kein Wildfremder. Er hat schon in Edinburgh gearbeitet. Und jetzt kommt das Aufregendste: Sie gehen mit *Was ihr wollt* auf Tour! Er ist unglaublich ehrgeizig und so begabt!«

Ich bemerke noch etwas anderes in Katies Gesicht. Etwas, das nicht mit ihre Freude über die Rolle zu tun hat. »Sieht er gut aus?«

Sie wird rot. »Sehr.«

»Oh, Katie!«

»Was? Mum, es ist alles ganz koscher, versprochen. Ich glaube, du würdest ihn mögen.«

»Gut, dann lad ihn ein.«

Katie schnaubt. »Ich habe ihn gestern erst kennengelernt! Da lade ich ihn garantiert nicht ein, um ihn meiner Mutter vorzustellen.«

»Tja, du gehst jedenfalls nicht auf Tour, ehe ich ihn mir angesehen habe, also ...« Wir sehen einander entschlossen an, bis Simon sich einschaltet.

»Wollen wir darüber reden, wenn es dir besser geht?«

»Mir geht es schon besser«, sage ich. Doch bei aller Entschlossenheit wird mir schwindlig, sodass ich die Augen schließen muss.

»Klar doch. Ab jetzt, ins Bett mit dir.«

Ich erinnere mich an sein Versprechen. »Hast du mit der Polizei gesprochen?«

»Ja, ich habe mit einem der leitenden Ermittler geredet.«

»Rampello?«

»Ich glaube, ja. Ich habe ihm gesagt, dass du dir Sorgen

wegen der Anzeige machst – wegen der mit dem Foto, das dir ein bisschen ähnlich war.«

»Das *war* ich!«

»Und der Mann, mit dem ich geredet habe, sagte, dass er deine Angst gut versteht. Aber im Moment glauben sie nicht, dass der Mord an Tania Beckett in irgendeinem Zusammenhang mit anderen Straftaten steht.«

»Es muss eine Verbindung geben«, beharre ich. »Das kann kein Zufall sein.«

»Du kennst sie nicht mal«, sagt Justin. »Warum regst du dich so auf?«

»Weil sie umgebracht wurde, Justin!« Er reagiert nicht, und ich sehe verzweifelt zu Katie hinüber. »Und weil mein Foto ...«

»Es war nicht dein Foto, Schatz«, unterbricht Simon mich.

»Und weil mein Foto in genau der gleichen Anzeige war wie ihres«, fahre ich hartnäckig fort. »Also ist es ja wohl mein gutes Recht, mich aufzuregen, findet ihr nicht?«

»Bei solchen Anzeigen stehen normalerweise keine teuren Telefonnummern, es sei denn, die Anzeigen sind zwielichtig«, sagt Simon.

»Und was soll das heißen?«

»War sie ein Callgirl?«, fragt Katie.

»Berufsrisiko«, sagt Justin und setzt sich achselzuckend hin, sein Telefon in der Hand.

»In den Nachrichten haben sie gesagt, dass sie Lehrerin war, kein Callgirl.« Ich denke an das Foto von Tania mit ihrem Freund, das sie in der Zeitung abgedruckt haben, und stelle mir die Schlagzeilen zu einem Bericht über meine eigene Ermordung vor. Was für ein Foto würden sie da wohl nehmen? Und würden sie auch meinen Boss fragen, wie ich so war?

»In der Anzeige stand aber nichts von einem Escort-Service, oder?«, fragt Katie.

»Da war eine Internetadresse angegeben.« Ich drücke die Handfläche an die Stirn und versuche mich zu erinnern. »Findtheone.com.«

»Hört sich eher nach einer Partnervermittlung an. Vielleicht wurde sie von jemandem umgebracht, den sie online kennengelernt hat.«

»Ich will, dass du nicht mehr allein weggehst«, sage ich zu Katie, die mich entgeistert anstarrt.

»Wegen eines Mords am anderen Ende von London? Mum, sei nicht albern. Es werden dauernd Leute ermordet.«

»Männer, ja. Jungs in Gangs. Junkies und waghalsige Idioten. Aber keine jungen Frauen, die von der Arbeit nach Hause kommen. Du gehst entweder mit einer Gruppe von Freunden aus oder gar nicht.«

Katie sieht Simon an, aber diesmal unterstützt er mich.

»Wir möchten nur, dass dir nichts passiert, das ist alles.«

»Aber das geht doch gar nicht! Was ist mit der Arbeit? Samstags habe ich erst um halb elf abends Schluss, und jetzt bin ich in *Was ihr wollt,* da werde ich die meisten Abende proben. Mir bleibt gar nichts anderes übrig, als allein nach Hause zu fahren.« Ich will etwas sagen, aber Katie kommt mir zuvor. »Ich bin schon groß, Mum, und ich bin vorsichtig. Du brauchst dir um mich keine Sorgen zu machen.«

Tue ich aber. Ich sorge mich um Katie, weil sie nachts allein von der Arbeit zurückkommt und garantiert nur von Ruhm und roten Teppichen träumt. Ich sorge mich um all die Cathy Tannings und Tania Becketts, die keine Ahnung haben, was das Schicksal für sie bereithält. Und ich sorge mich um mich. Ich weiß nicht, was diese Anzeigen bedeuten oder warum mein Foto in einer von ihnen aufgetaucht ist, aber die Gefahr ist sehr real. Ich kann sie nicht sehen, doch ich fühle sie. Und sie kommt näher.

13

Man kann nie wissen, wo man der Einen begegnet. Vielleicht sitzt sie immer auf dem Fensterplatz in der Bahn, mit der man jeden Morgen fährt. Vielleicht sieht man sie vor sich in der Schlange, wenn man für seinen Kaffee ansteht. Vielleicht überquert man täglich hinter ihr die Straße. Wenn man selbstsicher genug ist, fängt man ein Gespräch mit ihr an. Erst mal über das Wetter und die Bahnen, aber dann, mit der Zeit, tauscht man auch Persönlicheres aus. Das höllische Wochenende, ihr Sklaventreiber von Chef, der Freund, der sie nicht versteht. Man lernt sich kennen, und dann leitet einer von beiden die nächste Stufe ein. Kaffee? Abendessen? Von da an ergibt sich alles von selbst.

Aber was ist, wenn die Eine in dem Wagen hinter dem eigenen sitzt? Wenn sie ihren Kaffee von zu Hause mitbringt, mit dem Fahrrad zur Arbeit fährt? Wenn sie die Treppe nimmt statt der Rolltreppe? Stell dir vor, was dir entgeht, weil du ihr nicht über den Weg läufst.

Ein erstes Date, ein zweites, mehr.

Vielleicht geht es nicht um die Eine; vielleicht willst du etwas Kürzeres. Süßeres. Etwas, das dein Blut zum Kochen und deinen Puls zum Rasen bringt.

Eine Affäre.

Einen One-Night-Stand.

Eine Jagd.

So fing es an. Findtheone.com. Eine Methode, die Londoner Pendler miteinander bekannt zu machen. Eine kleine Start-

hilfe, um Leute zusammenzubringen. Man könnte sagen, dass ich den Job eines Maklers mache, eines Kupplers.

Und das Schöne ist, dass keine von euch überhaupt weiß, dass sie schon eingeplant ist.

14

Vierundzwanzig Stunden bleibe ich im Bett und schlafe viel zwischen kurzen Wachphasen. Am Mittwochnachmittag quäle ich mich zum Arzt, um dort zu erfahren, was ich bereits weiß: Ich habe die Grippe und kann nichts tun, außer Wasser zu trinken, rezeptfreie Mittel zur Linderung der Beschwerden zu nehmen und zu warten, dass es vorübergeht. Simon ist fantastisch. Er kocht für die Kinder, bringt mir Essen, das ich nicht anrühre, und geht Eis kaufen, als ich beschließe, dass es das Einzige ist, was ich überhaupt schlucken kann. Er wäre ein guter werdender Vater, denke ich, als ich mich an meine Schwangerschaft mit Justin erinnere. Damals scheuchte ich einen mürrischen Matt raus in den Schnee, um mir Nachos und Weingummi zu besorgen.

Ich rufe im Büro an und sage Graham, dass ich im Bett bleiben muss. Er ist verblüffend mitfühlend, bis ich ihm erzähle, dass ich die ganze Woche krankgeschrieben bin.

»Können Sie nicht wenigstens morgen kommen? Jo hat frei, und ich brauche hier jemanden am Telefon.«

»Ich versuche es«, sage ich. Am nächsten Morgen schicke ich ihm eine Nachricht. »Tut mir leid, immer noch nicht besser.« Dann schalte ich mein Telefon ab. Es ist Mittag, bevor ich mir zutraue, etwas zu essen. Melissa bringt mir Hühnersuppe aus dem Café, und kaum fange ich zu löffeln an, stelle ich fest, dass ich vollkommen ausgehungert bin.

»Die ist köstlich.« Wir sitzen in meiner Küche an dem winzigen Tisch, der nur für zwei Leute reicht. »Entschuldige die Unordnung.« Der Geschirrspüler muss dringend ausgeräumt werden, was alle anderen bisher ignoriert haben, um stattdessen ihr schmutziges Frühstücksgeschirr in der Spüle zu stapeln. Ein Haufen leerer Verpackungen um den Mülleimer herum sagt mir, dass der gleichfalls voll ist. An dem Kühlschrank sind lauter Familienfotos mit Magneten befestigt, die wir traditionell auf Reisen kaufen; es ist ein fortlaufender Wettbewerb um das kitschigste Souvenir. Derzeit liegt Katie mit einem nickenden Esel aus Benidorm vorne, dessen Sombrero jedes Mal wippt, wenn jemand die Kühlschranktür öffnet.

»Ich finde es gemütlich«, sagt Melissa und lacht, als sie meinen ungläubigen Blick sieht. »Im Ernst! Hier wirkt alles warm und voller Liebe und gemeinsamer Erinnerungen – genau so, wie es bei einer Familie zu Hause sein soll.« Ich suche nach einer Andeutung von Bedauern, kann aber keine erkennen.

Melissa war vierzig, als wir uns kennenlernten – immer noch jung genug, um eine Familie zu gründen –, und ich habe sie damals gefragt, ob Neil und sie Kinder planen würden.

»Kann er nicht.« Sie korrigierte sich sofort. »Nein, das ist unfair. *Wir* können keine bekommen.«

»Das muss hart sein.« Ich war schon so lange Mutter, dass ich mir ein Leben ohne Kinder gar nicht vorstellen konnte.

»Eigentlich nicht. Ich habe es ja immer gewusst. Neil hatte als Kind Leukämie, und durch die Chemo wurde er steril. Also war das in unserem gemeinsamen Leben nie ein Thema. Wir haben andere Dinge gemacht, hatten andere Projekte.« Arbeiten, vermutete ich. Das Geschäft, Urlaubsreisen, ein schönes Haus.

»Für Neil war es schlimmer als für mich«, sagte sie. »Früher hat es ihn regelrecht wütend gemacht – *Warum ich?* und so –, aber heute denken wir kaum noch daran.«

»Wohingegen ich sehr gerne so ein Haus wie eures hätte«, sage ich jetzt. »Nur saubere Flächen und weit und breit keine dreckige Socke in Sicht!«

Sie grinst. »Tja, die Kirschen in Nachbars Garten, nicht wahr? Nicht mehr lange, dann sind Katie und Justin weg, und du putzt in einem leeren Haus herum und wünschst dir, sie wären noch hier.«

»Kann sein. Ah, dabei fällt mir ein, was hast du bloß mit meinem Sohn angestellt?«

Melissa sieht prompt besorgt aus, und ich bereue, einen Scherz versucht zu haben. Deshalb erkläre ich hastig: »Er hat mir am Dienstag Geld für die Miete gegeben, ohne dass ich darum gebeten habe. Wie er sagt, hast du ihn befördert.«

»Ah, das meinst du! Er hat es verdient. Justin leistet tolle Arbeit, und ich brauche einen Manager. Es klappt bestens.«

Dennoch belastet sie etwas. Ich sehe sie an, bis sie den Blick abwendet und durchs Fenster in den ungepflegten Garten sieht.

»Die Gehaltserhöhung«, sagt sie schließlich und dreht den Kopf wieder zu mir. »Die zahle ich bar auf die Hand.« Ich sehe sie verwundert an. Ich bin ihre Freundin, aber ich bin auch Buchhalterin. Vermutlich hätte sie mir gar nichts gesagt, hätte ich nicht Justins Gehaltserhöhung angesprochen.

»Wenn Kunden bar zahlen, wandert das nicht immer durch die Bücher. Ich behalte einen Teil als Notgroschen

149

ein. Der deckt hier und da mal Rechnungen, ohne dass ich zu viel Geld aus dem Geschäft ziehen muss.«

»Verstehe.« Wahrscheinlich sollte ich mit meinem Gewissen ringen, jetzt zum Beispiel, aber so wie ich es sehe, schadet sie damit niemandem. Sie ist kein weltweit agierender Großhändler, der mittels Offshore-Konten Gewerbesteuern umgeht, sondern eine kleine Geschäftsfrau, die sich ebenso abmüht, ihre Brötchen zu verdienen, wie wir anderen auch.

»Übrigens mache ich das nicht aus purem Eigennutz.« Ich sehe ihr an, dass sie bereut, es mir erzählt zu haben. Und jetzt fürchtet sie, dass ich sie deshalb verurteile. »Es bedeutet auch für Justin, dass er nicht gleich über die Hälfte an das Finanzamt verliert. Er kann anfangen, sich etwas beiseitezulegen.«

Mich rührt, dass sie das bedacht hat. »Dann habe ich dir zu verdanken, dass er mir etwas von seiner Gehaltserhöhung als Miete weitergibt?«

»Es kann sein, dass wir das mal kurz angesprochen haben ...« Sie blickt so unschuldig drein, dass ich lachen muss.

»Ah, vielen Dank! Mich freut, dass er endlich ein bisschen erwachsen wird. Hast du Angst, dich könnte jemand bei der Steuerbehörde anschwärzen?«, füge ich hinzu. Für einen Moment spricht die Buchhalterin aus mir. Und darum sollte sich nicht nur Melissa sorgen, denn wenn sie erwischt wird, bin ich mit dran.

»Du bist die Einzige, die es weiß.«

»Was weiß?« Ich grinse. »Okay, ich ziehe mich mal lieber an, denn ich stinke garantiert.« Ich bin immer noch in der Jogginghose und dem T-Shirt, in denen ich letzte Nacht geschlafen habe, und jetzt nehme ich den abgestandenen Geruch von Krankheit wahr. »Nachher lerne ich Katies neuen Freund, Schrägstrich Regisseur kennen. Er holt sie zur Probe ab.«

»Freund?«

»Na ja, sie nennt ihn bisher nicht so, aber ich kenne doch meine Tochter. Obwohl sie ihn erst am Montag kennengelernt hat, schwöre ich, dass ich seither kein Gespräch mit ihr geführt habe, in dem sein Name nicht fiel. Isaac dies, Isaac das. Sie ist ganz schlimm verliebt.« Ich höre die Treppe knarren und verstumme abrupt, bevor Katie in die Küche kommt.

»Wow, was für ein Anblick!«, sagt Melissa, springt auf und umarmt Katie. Meine Tochter trägt eine graue Jeans, die so eng ist, dass sie ebenso gut aufgemalt sein könnte, und ein goldenes Sweatshirt mit Paillettenbesatz, das nach oben rutscht, als sie Melissa umarmt.

»Ist das deine berühmte Hühnersuppe? Gibt es noch etwas davon?«

»Massenhaft. Übrigens habe ich gerade von Isaac gehört ...« Sie betont die Vokale in seinem Namen, und Katie sieht misstrauisch zu mir. Ich schweige.

»Er ist ein fantastischer Regisseur«, sagt Katie nur, und obwohl wir beide warten, rückt sie nicht mehr heraus.

»Und darf ich nach der Bezahlung fragen?« Melissa ist und bleibt Geschäftsfrau. »Mir ist klar, dass Schauspielerei nicht zu den lukrativsten Berufen gehört, aber deckt es wenigstens deine Ausgaben?«

Dass Katie stumm bleibt, sagt mir alles, was ich wissen muss.

»Ach, Katie, ich dachte, das ist ein richtiger *Job*!«

»Ist es auch. Wir werden nach der Tour bezahlt, wenn alle Kartenverkäufe abgerechnet und die Ausgaben beglichen sind.«

»Also eine Gewinnbeteiligung?«, fragt Melissa.

»Genau.«

»Und wenn es keinen Gewinn gibt?«, frage ich.

Katie dreht sich zu mir. »Jetzt fängst du wieder an! Warum sagst du mir nicht einfach, dass ich scheiße bin, Mum? Dass keiner kommen wird, um das Stück zu sehen, und wir alle unser Geld verlieren ...« Sie bricht ab, doch es ist zu spät.

»Welches Geld verlieren? Eine Gewinnbeteiligung verstehe ich ja noch – bis zu einem gewissen Grad –, aber sag mir bitte, dass du einem Typen, den du eben erst kennengelernt hast, kein Geld *gegeben* hast!«

Melissa steht auf. »Ich schätze, das ist mein Stichwort zu verschwinden. Aber Glückwunsch zu der Rolle, Katie.« Sie bedenkt mich mit einem strengen Blick, der heißen soll: *Sei nett zu ihr,* bevor sie geht.

»Welches Geld, Katie?«, hake ich nach.

Sie stellt eine Schale mit Suppe in die Mikrowelle und schaltet sie ein. »Wir teilen uns die Kosten für den Probenraum, sonst nichts. Wir sind eine Kooperative.«

»Nein, das ist Abzocke.«

»Du hast keine Ahnung vom Theater, Mum!«

Inzwischen sind wir beide laut und so darauf versessen, die andere zur Vernunft zu bringen, dass wir nicht hören, wie die Haustür aufgeschlossen wird. Simon kommt früher als sonst zurück, wie schon die ganze Woche, seit ich krank bin.

»Ah, dann geht es dir also besser?«, fragt er, als ich bemerke, dass er im Türrahmen lehnt. Er wirkt auf resignierte Weise amüsiert.

»Ein bisschen«, antworte ich verlegen. Katie stellt ihre Suppenschale auf ein Tablett, um sie mit auf ihr Zimmer zu nehmen. »Wann holt Isaac dich ab?«

»Um fünf. Ich bitte ihn nicht herein, wenn du die Gewinnbeteiligung mit ihm diskutierst.«

»Werde ich nicht, versprochen. Ich möchte ihn nur kennenlernen.«

»Ich habe etwas für dich«, sagt Simon und reicht Katie eine Plastiktüte, in der etwas Kleines, Eckiges ist. Katie stellt ihr Tablett ab. Es ist ein Angriffsalarm – eines dieser Dinger, die ein sirenenartiges Heulen von sich geben, wenn man den Stift herauszieht. »Die hatten sie in dem Eckladen. Ich habe keinen Schimmer, ob sie was taugen, aber ich dachte, du könntest so ein Ding bei dir haben, wenn du von der Bahn nach Hause gehst.«

»Danke«, sage ich. Ich weiß, dass er es gekauft hat, um mich zu beruhigen. Damit ich nicht so nervös bin, wenn Katie spät noch unterwegs ist. Ich versuche, meinen Ausbruch wiedergutzumachen. »Wann geht der Kartenverkauf für *Was ihr wollt* los, Schatz? Denn wir wollen unbedingt in der ersten Reihe sitzen, nicht wahr, Simon?«

»Unbedingt!«, bestätigt er.

Er meint es ernst, und das nicht bloß wegen Katie. Simon mag klassische Musik, Theater und Jazzkonzerte in finsteren Hinterhöfen. Er war verblüfft, dass ich noch nie *The Mousetrap* gesehen hatte, ging mit mir hin und warf mir immer wieder Blicke zu, um zu überprüfen, ob es mir auch Spaß macht. Es war okay, schätze ich, auch wenn mir *Mamma Mia* besser gefallen hat.

»Weiß ich nicht genau. Ich frage mal. Danke.« Das Letzte

153

galt Simon, in dem sie wohl so etwas wie eine verwandte Seele sieht. Gestern Abend hat er mit ihr ihren Text geübt, und die beiden haben über die Symbolik des Stücks diskutiert.

»Siehst du, wie sie ›Verkleidung‹ darstellt und es ›Schalkheit‹ nennt?«, hat Simon gefragt.

»Ja! Und nicht mal am Ende ist die Identität von allen richtig klar.«

Ich sah zu Justin, und es ergab sich ein seltener Moment der gemeinsamen Verständnislosigkeit zwischen uns.

Bei unserer ersten Verabredung hat Simon mir von seinem Plan erzählt, Schriftsteller zu werden.

»Aber das bist du doch schon, oder nicht?« Ich war verwirrt, denn er hatte sich mir ja als Journalist vorgestellt.

Auf meine Frage schüttelte er den Kopf. »Das ist kein richtiges Schreiben. Ich möchte Bücher verfassen.«

»Dann mach das doch.«

»Werde ich auch irgendwann. Wenn ich Zeit habe.«

Also kaufte ich ihm zu Weihnachten ein Moleskine-Notizbuch, dicke, cremeweiße Seiten, in weiches braunes Leder gebunden. »Für dein Buch«, sagte ich verlegen. Wir waren erst seit wenigen Wochen zusammen, und ich hatte qualvolle Tage damit verbracht, zu überlegen, was ich ihm schenken könnte. Er sah mich an, als hätte ich ihm den Mond überreicht.

»Es war nicht das Notizbuch an sich«, erklärte er mir über ein Jahr später, als er eingezogen war und den ersten Entwurf seines Buches zur Hälfte fertig hatte. »Es war die Tatsache, dass du an mich glaubst.«

Katie ist rastlos. Sie hat immer noch die hautenge Jeans und das Pailletten-Sweatshirt an, in denen es ihr irgendwie gelingt, lässig und schillernd zugleich auszusehen. Inzwischen hat sie allerdings noch dunkelroten Lippenstift und schwarzen Eyeliner aufgetragen, der sich an ihren äußeren Augenwinkeln flügelähnlich nach oben zieht.

»Eine Viertelstunde«, zischt sie mir zu, als es klingelt, »dann sind wir weg.« Justin ist noch im Café, und Simon und ich sind im Wohnzimmer, das wir hastig aufgeräumt haben.

Ich höre leise Stimmen im Flur und frage mich, was Katie ihrem neuen Freund, Schrägstrich Regisseur erzählt. *Tut mir leid wegen meiner Mum,* wahrscheinlich. Sie kommen ins Wohnzimmer, und Simon steht auf. Ich sehe auf Anhieb, was Katie so fasziniert: Isaac ist groß und hat pechschwarzes Haar, das oben länger ist als an den Seiten. Der warme Braunton seiner Augen wird durch den etwas dunkleren Teint noch betont. Und das T-Shirt mit V-Ausschnitt unter seiner Lederjacke deutet eine sehr durchtrainierte Brustmuskulatur an. Mit anderen Worten: Isaac ist umwerfend.

Außerdem ist er mindestens dreißig.

Mir wird bewusst, dass mein Mund offen steht, und ich verwandle es in ein »Hallo«.

»Schön, Sie kennenzulernen, Mrs. Walker. Sie haben eine sehr begabte Tochter.«

»Mum meint, dass ich Sekretärin werden soll.«

Ich sehe sie verärgert an. »Ich habe nur vorgeschlagen, dass du einen Kurs machst, für alle Fälle.«

»Ein kluger Rat«, sagt Isaac.

»Meinst du?«, fragt Katie ungläubig.

»Es ist eine harte Branche, und die Kürzungen im Kulturbereich bedeuten, dass es noch heftiger wird.«

»Tja, vielleicht denke ich mal drüber nach.«

Ich überspiele mein überraschtes Schnauben mit Gehüstel, und Katie wirft mir einen vernichtenden Blick zu.

Isaac schüttelt Simon die Hand, der ihm ein Bier anbietet. Doch Isaac sagt, dass er noch fahren muss, und lehnt daher das Angebot dankend ab – immerhin, das muss ich ihm zugutehalten. Er und Katie setzen sich auf die Couch, wobei sie einen gewissen Abstand wahren. Ich suche nach Anzeichen dafür, dass die beiden seit ihrem Treffen vor wenigen Tagen schon mehr als Regisseur und Schauspielerin geworden sind. Aber da sind keine unabsichtlich-absichtlichen Berührungen, und ich überlege, ob Katies Heldenverehrung womöglich eine einseitige Schwärmerei ist. Hoffentlich wird ihr nicht wehgetan.

»Als ich Katie bei der Agentur sah, wusste ich sofort, dass sie ideal für die Viola ist«, erklärt Isaac. »Also habe ich ein Bild von ihr an den Typen geschickt, der den Sebastian spielt. Um zu hören, was er denkt.«

»Du hast ein Foto von mir gemacht? Das hast du gar nicht gesagt! Wie hinterhältig!«

»Mit dem Smartphone. Er hat mir zurückgeschrieben, dass du perfekt aussiehst. Ich hatte dich ja schon sprechen gehört – du hast dich mit dem Mädchen neben dir unterhalten, weißt du noch? Jedenfalls hat mir mein Gefühl ganz klar gesagt, dass du ideal für die Shakespeare-Hauptrolle bist, die ich noch besetzen musste.«

»Ende gut, alles gut«, sagt Simon grinsend.

»Sehr gut!«, sagt Isaac. Er und Katie lachen. Ich ringe mir ein Grinsen ab. Dann sieht Katie auf ihre Uhr.

»Wir müssen los.«

»Nach der Probe bringe ich sie nach Hause, Mrs. Walker. Ich verstehe, dass Sie ein bisschen in Sorge sind, wenn Katie nachts U-Bahn fährt.«

»Das ist sehr nett von Ihnen.«

»Nicht der Rede wert. London ist nicht der sicherste Ort für eine Frau, die alleine unterwegs ist.«

Ich mag ihn nicht.

Matt lachte früher immer, weil ich so schnell über Leute urteilte, aber der erste Eindruck macht eine Menge aus. Ich beobachte Isaac und Katie vom Wohnzimmerfenster aus, als sie die hundert Meter die Straße hinunter zu der Stelle gehen, an der Isaac einen Parkplatz gefunden hatte. Er legt eine Hand unten an Katies Rücken, als sie beim Wagen sind, und lehnt sich vor, um ihr die Beifahrertür zu öffnen. Ich kann nicht mal genau sagen, was ich an ihm nicht mag, doch mein ganzer Körper ist in Alarmbereitschaft.

Vor wenigen Tagen erst hatte ich beschlossen, Katie mehr bei der Erfüllung ihres Traums zu unterstützen; wenn ich jetzt irgendwas gegen Isaac sage, wird sie es als weitere Kritik an ihrer Berufswahl auffassen. Ich kann gar nicht gewinnen. Wenigstens bringt er sie nach Hause. Heute Morgen habe ich im Radio einen Bericht über einen sexuellen Übergriff gehört und mich unweigerlich gefragt, ob das Foto des Opfers vorher in den Kleinanzeigen war. Eigentlich bringt Simon die *Gazette* von der Arbeit mit, aber seit Anfang der Woche tut er das nicht mehr. Natürlich will er, dass ich die Anzeigen vergesse, aber das werde ich nicht. Ich kann es nicht.

Am Freitag begleitet Simon mich zur Arbeit. »Nur für den Fall, dass du noch ein bisschen wacklig auf den Beinen bist«, sagt er, als wir aufwachen. Auf dem ganzen Weg hält er meine Hand. In der District Line entdecke ich eine liegengelassene Ausgabe der *Gazette,* die ich entschlossen ignoriere. Stattdessen lehne ich mich an Simon, das Gesicht an sein Hemd gedrückt, und halte mich an ihm fest, sodass er uns beide ausbalancieren muss, wenn die Bahn vor den Haltestellen abbremst. Wir reden nicht, aber ich höre seinen Herzschlag an meinem Gesicht. Stark und regelmäßig.

Vor Hallow & Reed küsst er mich.

»Jetzt kommst du meinetwegen zu spät zur Arbeit.«

»Ist egal.«

»Gibt es keinen Ärger?«

»Lass das meine Sorge sein. Ist es okay, wenn ich jetzt gehe? Ich kann bleiben, falls du möchtest.« Er zeigt zu dem Coffee-Shop gegenüber, und ich muss grinsen bei der Vorstellung, dass Simon dort den ganzen Tag auf mich wartet – wie der Bodyguard eines Promis.

»Ist schon gut. Ich rufe dich nachher an.«

Wir küssen uns nochmals, und er wartet, bis ich sicher drinnen bin. Dann winkt er mir zu und geht weg in Richtung U-Bahn.

Sobald Graham zu einer Besichtigung verschwindet, schließe ich die »Rightmove«-Liste, die ich aktualisiert habe, und öffne Google. Ich tippe »London Kriminalität« in die Suchmaske ein und klicke den ersten Link an: eine Website, die sich »London 24« nennt und verspricht, stets die neuesten Meldungen über Verbrechen in der Hauptstadt zu bringen.

Teenager in West Dulwich erschossen.

Lebensgefährlich verletzter Mann mit rätselhaften Verbrennungen in Finsbury Park gefunden.

Deshalb lese ich keine Zeitungen. Normalerweise nicht. Ich weiß, dass all diese Sachen passieren, aber ich will nicht darüber nachdenken. Ich will nicht daran denken, dass Justin und Katie in einer Stadt leben, in der eine Messerstecherei kaum noch ein Wimpernzucken auslöst.

Ex-Premier-League-Spieler gesteht Fahren unter Alkohol in Islington.

»Widerwärtiger« Überfall auf Rentnerin, 84, in Enfield.

Ich zucke zusammen, als ich das Foto der vierundachtzigjährigen Margaret Price sehe, die ihre Rente abholen wollte und nie wieder nach Hause zurückkehrte. Dann suche ich nach Tania Beckett. Einer der Zeitungsartikel erwähnt eine Facebook-Seite für Beileidsbekundungen, und ich klicke sie an. *Tania Beckett RIP,* steht dort, und die Seite ist voller emotionaler Nachrichten von Freunden und Angehörigen. In einigen der Beiträge ist Tanias Name hervorgehoben, und mir wird klar, dass das Links zu ihrer Facebook-Seite sind. Ohne nachzudenken, klicke ich ihren Namen an und schnappe nach Luft, als die Seite auf dem Bildschirm erscheint, gefüllt mit Status-Updates.

Noch 135 Tage! lautet Tanias letztes Update, gepostet am Morgen vor ihrem Tod. 135 Tage bis was?

Die Antwort finde ich einige Einträge weiter unten in einem Post mit der Überschrift *Was sagt ihr dazu, Mädels?* Das Foto ist ein Screenshot von einem Mobiltelefon. Oben sehe ich die Batterieanzeige. Auf dem Bild ist ein Modell-kleid für Brautjungfern zu sehen. Drei Frauennamen sind verlinkt.

Tania Beckett starb 135 Tage vor ihrer Hochzeit.

Ich sehe mir Tanias Freundesliste an: Miniaturbilder von jungen Frauen, alle blond und mit weißen Zähnen. Mir fällt eine ältere Frau mit demselben Nachnamen auf.

Alison Becketts Website ist genauso öffentlich wie Tanias, und auf dem Foto erkenne ich gleich, dass sie Tanias Mutter ist. Ihr letzter Facebook-Eintrag ist zwei Tage alt.

Der Himmel hat einen neuen Engel bekommen. Ruhe in Frieden, mein bezauberndes Mädchen. Ruhe sanft.

Ich schließe die Facebook-Seite, weil ich mir wie ein Ein-dringling vorkomme, und denke an Alison und Tania Beckett. Ich stelle mir vor, wie sie gemeinsam die Hochzeit geplant haben, Kleider ausgesucht, Einladungen verschickt. Ich sehe Alison vor mir, zu Hause auf dem dunkelroten Sofa von ihrem Profilbild. Sie nimmt das Telefon auf, hört dem Police Officer zu, begreift aber nicht, was er sagt. Nicht ihre Tochter, nicht Tania. Jetzt fühle ich einen Schmerz in der Brust und weine, auch wenn ich nicht weiß, ob ich um eine junge Frau weine, die mir nie begegnet ist, oder um meine eigene Tochter. Es hätte ebenso gut Katie treffen können.

Mein Blick fällt auf die Visitenkarte, die mit einer Klemme seitlich an meinem schwarzen Brett steckt.

PC Kelly Swift, British Transport Police.

Zumindest hat sie mir zugehört. Ich putze meine Nase, atme tief durch und greife nach dem Telefon.

»PC Swift.«

Im Hintergrund ist Verkehrslärm zu hören und das verklingende Martinshorn eines Krankenwagens. »Hier ist Zoe Walker. Die Kleinanzeigen in der *London Gazette?*«

»Ja, ich erinnere mich. Ich habe leider noch nicht mehr herausgefunden, aber ...«

»Ich schon«, unterbreche ich sie. »Eine Frau aus den Kleinanzeigen wurde ermordet, und es scheint keinen zu interessieren, dass ich die Nächste sein könnte.«

Es folgt eine Pause, dann sagt sie: »Mich interessiert es. Erzählen Sie mir alles, was Sie wissen.«

15

Es wurde Mittag, bis Kelly zurück zum Revier kam und die Nummer von DI Nick Rampello heraussuchen konnte, dem leitenden Ermittler im Fall von Tania Beckett. Zunächst stellte man sie zur Notrufstelle durch, die eigens eingerichtet worden war, damit sich dort Bürger melden konnten, die Informationen zu Tanias Ermordung hatten.

»Wenn Sie mir sagen, was Sie wissen, sorge ich dafür, dass es an das ermittelnde Team weitergegeben wird«, erklärte eine Frau in desinteressiertem Tonfall. Kelly vermutete, dass sie heute schon sehr viele Anrufe entgegengenommen hatte.

»Wenn möglich würde ich lieber mit DI Rampello direkt sprechen. Ich arbeite bei der British Transport Police und denke, dass es einen Zusammenhang zwischen einem meiner Fälle und seiner Ermittlung geben könnte.« Kelly kreuzte die Finger. Es war keine blanke Lüge. Zoe Walker war zu ihr gekommen, und auf dem Fallbericht von Cathy Tanning stand immer noch ihr Name. Ihr Name, ihr Job.

»Ich stelle Sie zum Ermittlungsteam durch.«

Das Telefon klingelte ohne Ende. Kelly wollte es schon aufgeben, als sich eine Frau meldete, die klang, als wäre sie die Treppe hinaufgerannt.

»North West MIT.«

»Kann ich bitte DI Rampello sprechen?«

»Ich sehe mal nach, ob er da ist. Wie ist Ihr Name?« Die Frau redete wie eine BBC-Nachrichtensprecherin, und Kelly versuchte zu erraten, was ihre Rolle bei der Polizei sein mochte. Kelly hatte noch nicht viel mit Murder Investigation Teams zu tun gehabt. Die British Transport Police hatte ihre eigene Mordkommission, bisher hatte es da allerdings kaum Berührungspunkte gegeben. Bei der Metropolitan Police herrschte vermutlich auch ein ganz anderes Tempo. Kelly nannte ihren Namen und ihre Dienstnummer und wartete wieder.

»Rampello.«

Kein BBC-Akzent. Nick Rampellos Stimme war durch und durch London, und er redete schnell, fast schon abgehackt. Kelly ertappte sich dabei, wie sie sich verhaspelte, weil sie bemüht war, genauso schhell zu sein. Ihr war bewusst, dass sie bestenfalls unprofessionell klang, wenn nicht gar inkompetent.

»Was sagten Sie, wo Sie arbeiten?«, unterbrach DI Rampello sie.

»BTP, Sir. Zurzeit bin ich bei der Central Line. Vorletzte Woche hatte ich einen Taschendiebstahl, von dem ich glaube, dass er mit Tania Becketts Ermordung zusammenhängt. Daher würde ich gerne vorbeikommen und das mit Ihnen besprechen.«

»Bei allem Respekt, PC ...« Die Betonung am Ende machte ihren Dienstgrad zu einer Frage.

»Swift. Kelly Swift.«

»Bei allem Respekt, PC Swift, das ist eine Mordermittlung, kein Taschendiebstahl. Tania Beckett war zur Tatzeit nicht mal in der Nähe der Central Line, und alles weist auf einen Einzelfall hin.«

»Ich glaube, dass es einen Zusammenhang gibt, Sir«, sagte Kelly weit überzeugter, als sie war. Sie wappnete sich für Rampellos Widerspruch und war froh, als er sie nicht gleich abschmetterte.

»Haben Sie eine Kopie der Akte zur Hand?«

»Ja, ich …«

»Schicken Sie die her, und wir sehen sie uns an.« Er beschwichtigte sie.

»Sir, ich glaube, dass Ihr Opfer in einer Kleinanzeige in der *London Gazette* war. Stimmt das?«

Es entstand eine Pause.

»Diese Information wurde nicht herausgegeben. Woher haben Sie das?«

»Von einer Bürgerin, die mich kontaktiert hat. Dieselbe Frau, die auch ein Foto vom Opfer des Taschendiebstahls in einer anderen Ausgabe der *Gazette* gesehen hat. Dieselbe Frau, die glaubt, dass ihr eigenes Foto ebenfalls in der Zeitung war.«

Diesmal dauerte das Schweigen noch länger.

»Kommen Sie lieber vorbei.«

Das North West Murder Investigation Team saß in der Balfour Street, unauffällig untergebracht zwischen einer Arbeitsvermittlung und einem Wohnblock mit einem *For Sale*-Schild an einem Fenster im zweiten Stock. Kelly drückte auf den Klingelknopf, der schlicht mit »MIT«, beschriftet war, und drehte sich leicht nach links, sodass sie direkt in die Kamera sah. Sie hob das Kinn ein wenig und hoffte, dass sie nicht so nervös aussah, wie sie sich fühlte. DI Rampello hatte sie für sechs Uhr herbestellt, womit ihr gerade genug Zeit geblieben war, nach Hause zu fahren und sich umzuziehen. Wie hieß es noch immer? Zieh dich für den Job an, den du willst. Kelly wollte, dass DI Rampello sie als ernstzunehmende Polizistin wahrnahm, als jemanden mit wichtigen Informationen für seine Mordermittlung, nicht als uniformierten Durchschnitts-Bobby. Sie drückte nochmals auf die Klingel, was sie umgehend bereute, als sich eine Stimme meldete und mit ungeduldigem Tonfall signalisierte, dass das zweite Läuten überflüssig gewesen war.

»Ja?«

»PC Kelly Swift von der British Transport Police. Ich habe einen Termin mit DI Rampello.«

Mit einem lauten Klicken öffnete sich das Schloss der schweren Tür vor ihr, und Kelly drückte sie nach innen auf, wobei sie ein kurzes Lächeln in Richtung Kamera warf, falls dort noch jemand hinsah. Direkt vor ihr waren die Aufzugtüren, aber sie nahm die Treppe, weil sie nicht genau wusste, in welchem Stock die Abteilung war. Die Doppeltüren in der ersten Etage waren nicht beschriftet, und Kelly blieb kurz stehen. Sie war unsicher, ob sie anklopfen oder einfach hineingehen sollte.

»Suchen Sie den Lagerraum der Mordkommission?«

Kelly erkannte die BBC-Stimme, mit der sie heute telefoniert hatte, und drehte sich um. Vor ihr stand eine Frau mit langem blondem Haar, das von einem schwarzen Stirnband nach hinten gehalten wurde, in einer schmalen Hose und Ballerinas. Sie streckte Kelly die Hand entgegen. »Lucinda. Ich bin Fallanalytikerin hier. Sie sind Kelly, stimmt's?«

Kelly nickte dankbar. »Ja, ich bin mit dem DI verabredet.«

165

Lucinda schob die Tür auf. »Zum Meeting geht es hier durch. Kommen Sie mit, ich bringe Sie hin.«

»Meeting?« Kelly folgte Lucinda durch die Doppeltüren in ein großes Büro mit ungefähr einem Dutzend Schreibtischen. Zu einer Seite ging ein kleineres Einzelbüro ab.

»Das ist das Büro des DCI, aber das benutzt er nie. Er hat nur noch sechs Monate bis zur Pensionierung, und er hat noch so viele Überstunden abzubummeln, dass er praktisch nur noch Teilzeit arbeitet. Aber Diggers ist in Ordnung – wenn er hier ist.«

Bei dem vertrauten Spitznamen merkte Kelly auf. »Meinen Sie zufällig Alan Digby?«

Lucinda wirkte überrascht. »Genau den! Woher kennen Sie ihn?«

»Er war mein DI bei der BTP. Kurz danach wechselte er zur Met, und ich habe gehört, dass er befördert wurde. Er war ein toller Vorgesetzter.«

Lucinda ging voraus durch das große Büro, und Kelly blickte sich aufmerksam um. Obwohl niemand hier war, herrschte diese Atmosphäre hektischer Betriebsamkeit, an die Kelly sich noch gut aus der Zeit bei den richtigen Ermittlern erinnerte. Auf jedem Schreibtisch standen zwei Computerbildschirme, und mindestens drei Telefone klingelten. Das Bimmeln wanderte durch den Raum, als die Gespräche automatisch weitergestellt wurden. Selbst das Klingelgeräusch schien hier dringlicher zu sein, als würden die Telefone den Schlüssel zur Aufklärung des Rätsels kennen, an dem das MIT aktuell arbeitete. Dies hier war es, wofür Kelly Polizistin geworden war, und ein wohliger Energieschwall durchfuhr sie.

»Die laufen aufs Band«, sagte Lucinda, als sie bemerkte, dass Kelly zu einem blinkenden Telefon neben ihnen sah. »Jemand wird später zurückrufen.«

»Wo sind denn alle?«

»Beim Briefing. Der DI will, dass das gesamte Team dabei ist. Er nennt es die NASA-Theorie.«

Kelly sah sie verständnislos an, und Lucinda grinste.

»Na, die Anekdote, wie Präsident Kennedy die NASA besuchte und mit einem der Männer vom Putzteam dort ins Gespräch kam. Er fragte ihn, was sein Job wäre, und der Mann antwortete prompt, ›Ich helfe, einen Mann auf den Mond zu bringen, Mr. President‹. Nicks Theorie ist, dass wir nichts übersehen, wenn das gesamte Team zu den Briefings kommt, einschließlich der Putzkräfte.«

»Ein großartiger Ansatz. Macht es Spaß, für ihn zu arbeiten?« Sie folgte Lucinda zu einer offenen Tür.

»Er ist ein guter Detective«, antwortete Lucinda. Kelly hatte den Eindruck, dass die Analystin ihre Worte mit Bedacht wählte, aber es blieb keine Zeit mehr für weitere Fragen. Sie hatten den Besprechungsraum erreicht, und Lucinda winkte sie durch die offene Tür. »Chef, das ist Kelly Swift von der BTP.«

»Kommen Sie rein. Wir wollen gerade anfangen.«

Kellys Bauch grummelte, und sie war nicht sicher, ob es Nervosität oder Hunger war. Sie stand mit Lucinda hinten im Raum und schaute sich möglichst unauffällig um. DI Rampello hatte nichts von einem Briefing gesagt. Sie hatte damit gerechnet, ihn in seinem Büro zu sprechen, eventuell mit noch jemandem aus seinem Team.

»Na dann, Leute, es geht um die Operation FURNISS.

Ich weiß, dass ihr alle einen langen Tag hattet und manche von euch noch lange nicht fertig sind, also halte ich es so kurz wie möglich.« Der DI sprach genauso schnell wie am Telefon. Es war ein großer Raum, und er gab sich keine besondere Mühe, die Stimme zu heben, sodass Kelly sehr aufmerksam lauschen musste, um alles mitzubekommen. Sie fragte sich, warum er nicht lauter redete. Dann sah sie zu dem Rest des Teams. Alle hörten konzentriert zu, und ihr ging auf, dass es Absicht war – eine kluge Strategie.

»Für diejenigen die neu im Team sind: Tania Becketts Leiche wurde vor vier Tagen in Cranley Gardens, Muswell Hill, gefunden. Und zwar am Montag, dem 16. November, um elf Uhr abends von Geoffrey Skinner, der dort seinen Hund ausführte.« Kelly fragte sich, wie alt DI Rampello sein mochte. Er sah aus wie Anfang dreißig, was jung für einen Inspector war. Seine Statur war kräftig, und er hatte einen leicht mediterranen Einschlag, passend zu seinem Namen, nicht jedoch zu seinem durch und durch britischen Akzent. An Wangen und Kinn zeichneten sich Bartstoppeln ab, und sie bemerkte den Schatten eines Tattoos unter dem Stoff seines Hemds am Unterarm.

Während er sprach, ging der DI vorn im Raum auf und ab und schwenkte die Hand mit den Notizen, in die er bisher noch nicht hineingesehen hatte. »Tania war Hilfslehrerin an der St.-Christopher-Grundschule in Holloway. Sie hätte um halb fünf zu Hause sein müssen, und als sie um zehn immer noch nicht da war, meldete ihr Verlobter, David Parker, sie als vermisst. Beim zuständigen Revier wurde eine Vermisstenmeldung aufgenommen und mit einer niedrigen Gefährdungsstufe versehen.« Kelly war nicht sicher, ob sie sich den leichten Vorwurf in seiner Stimme einbildete. Sie hoffte, dass die Polizisten, die Tanias Vermisstenmeldung aufgenommen hatten, sich keine Schuld an dem gaben, was später passiert war. Dem wenigen zufolge, was sie über den Fall wusste, hätte man den Mord wohl nicht verhindern können.

»Tanias Leiche wurde in einem Bereich des Parks gefunden, in dem viele Bäume stehen und der bekannt dafür ist, dass sich dort Leute zum Gelegenheitssex treffen. Die Spurensicherung fand mehrere benutzte Kondome, deren Verfallszustand nahelegt, dass sie schon einige Wochen alt sind. Tania war vollständig bekleidet bis auf ihre Unterhose, die bisher nicht gefunden wurde. Sie wurde mit dem Riemen ihrer Tasche erdrosselt, und die Autopsie bestätigt Ersticken als Todesursache.«

DI Rampello sah sich im Raum um, und sein Blick verharrte auf einem älteren Mann, der sich auf seinem Stuhl zurücklehnte und die Hände hinterm Kopf verschränkt hatte. »Bob, kannst du uns etwas zu dem Verlobten sagen?«

Bob löste die Hände und setzte sich auf. »Tania Beckett war mit einem siebenundzwanzigjährigen Reifenmonteur namens David Parker verlobt, den wir uns natürlich als Ersten vorgenommen haben. Mr. Parker hat ein wasserdichtes Alibi: Er hat den Abend im Mason's Arms an der Straßenecke verbracht, was die Aufzeichnungen der Sicherheitskameras im Pub wie auch mindestens ein Dutzend Stammkunden bestätigen.«

»Seine Freundin wird vermisst, und er geht in den Pub?«, fragte jemand.

»Parker behauptet, dass er sich zunächst keine Sorgen gemacht habe, erst später am Abend. Er nahm an, dass sie zu einer Freundin gefahren war und vergessen hatte, es ihm zu sagen.«

»Wir sind noch dabei, den Heimweg des Opfers zu rekonstruieren«, sagte DI Rampello. »Die BTP war verblüffend hilfsbereit, was die Aufzeichnungen der Sicherheitskameras angeht« – er blickte sie an, und Kelly spürte, wie ihr die Röte in die Wangen stieg –, »daher wissen wir, dass sie die Northern Line bis Highgate genommen hat. Es gibt eine kleine Lücke, bevor wir Tania wieder sehen, wie sie auf den Bus wartet. Leider kann der Busfahrer nicht bestätigen, ob sie in Cranley Gardens ausstieg oder ob sie allein war. Wir sind dabei, andere Fahrgäste des Busses ausfindig zu machen.«

Wieder warf Nick Rampello ihr einen Blick zu. »Am Dienstag, dem 17. November, meldete sich eine Mrs. Zoe Walker bei uns. Sie gab an, eine auffallende Ähnlichkeit zwischen Tania Beckett und einem Foto aus einer Kleinanzeige in der *London Gazette* festgestellt zu haben.« Er nahm ein A3-Blatt auf, das umgekehrt auf dem Tisch vor ihm lag, und hielt es in die Höhe. Kelly erkannte die Anzeige, auch wenn das Bild durch die Vergrößerung körnig geworden war. »Diese Anzeige erschien zwischen mehreren anderen Werbeanzeigen für eine Vielzahl von«, der DI machte eine kurze Pause, »persönlichen Dienstleistungen.« Er wartete, dass das Lachen abebbte, bevor er fortfuhr: »Einschließlich Sex-Hotlines und Escort-Services. Die Anzeige scheint für vergleichbare Dienste zu werben, obwohl das nicht angegeben ist. Die Telefonnummer ist nicht in Betrieb, und die Website scheint auf den ersten Blick leer zu sein.« Er befestigte das A3-Blatt mit Magneten an dem Whiteboard hinter ihm. »Das Recherche-Team sieht sich Tania Becketts Vergangenheit an, ob es irgendeine Verbindung zur Erotikbranche gab, doch ihre Eltern und ihr Verlobter beteuern, dass es überhaupt nicht zu ihr passen würde. Wir überprüfen auch ihren Computer auf Hinweise, dass sie bei Partnervermittlungsseiten registriert war oder mit Männern kommunizierte, die sie online kennengelernt hatte. Bisher wurde nichts gefunden. Heute Nachmittag ergab sich noch eine weitere Entwicklung.« Abermals sah er zu Kelly. »Möchten Sie sich vielleicht vorstellen?«

Kelly nickte und hoffte, dass sie selbstbewusster aussah, als sie sich fühlte. »Guten Tag und danke, dass ich bei diesem Briefing dabei sein darf. Mein Name ist Kelly Swift, und ich bin BTP-Officer beim Central Line Neighbourhood Policing Team.« Zu spät fiel ihr ein, dass sie Nick Rampello zu verstehen gegeben hatte, sie wäre Detective bei der Dip Squad. Sie bemerkte seine Überraschung und sah schnell weg, um sich auf das Whiteboard zu konzentrieren. »Ich habe heute Morgen mit Zoe Walker gesprochen, der Frau, die DI Rampello eben erwähnte. Sie rief mich erstmals am Montag an, weil sie eine dieser Anzeigen gesehen und die Frau wiedererkannt hatte – ein Opfer bei einer laufenden BTP-Ermittlung.«

»Noch ein Mord?« Die Frage kam von einem dünnen Grauhaarigen, der am Fenster saß. Kelly schüttelte den Kopf.

»Ein Taschendiebstahl. Cathy Tanning schlief in der Central Line ein, und ihr wurden die Schlüssel aus der Handtasche gestohlen, die sie auf ihrem Schoß hielt.«

»Nur die Schlüssel?«

»Zunächst wurde angenommen, dass der Täter es auf etwas anderes abgesehen hatte – ein Handy oder ein Portemonnaie. Das Opfer musste einen Schlüsseldienst rufen, um in ihr Haus zu gelangen, was bedeutete, dass sie das Schloss vorne austauschen ließ, nicht aber das an der Hintertür. Ihre Adresse stand nicht bei den Schlüsseln, und es gab keinen Grund zu der Vermutung, dass der Täter wissen könnte, wo sie wohnt.« Kelly legte eine Pause ein. Ihr Herz raste. Nicht einmal DI Rampello wusste, was sie nun sagen würde. »Ich habe am Montag mit Cathy Tanning gesprochen, und sie ist überzeugt, dass jemand in ihrem Haus war.«

Die Atmosphäre im Raum veränderte sich.

»Ein Einbruch?«, fragte der Grauhaarige.

»Es wurde nichts gestohlen, aber Cathy ist fest überzeugt, dass in ihrer schmutzigen Wäsche gewühlt wurde. Sie tauscht jetzt noch einmal alle Schlösser aus, und ich habe die Sache an die Spurensicherung weitergeleitet, damit sie sich dort umsehen. Zoe Walker, die Frau, die Cathy Tanning in der Anzeige erkannt hat, glaubt außerdem, dass ihr eigenes Foto in einer ähnlichen Anzeige auftauchte, heute genau vor einer Woche.«

»Und ist Zoe Walker ein Verbrechensopfer?«, fragte Lucinda.

»Noch nicht.«

»Danke.« Der DI ließ sich nicht anmerken, ob Kellys Zusatzinformationen von Interesse waren, und lenkte die Aufmerksamkeit wieder zum Mordfall zurück. Auf einmal war Kelly wie erschlagen. »Wir treffen uns hier um acht Uhr morgen früh wieder, aber gehen wir vorher nochmal alles durch. Irgendwelche Erkenntnisse?« Er sah nach links und fragte zügig alle Anwesenden nach Updates. Wie Lucinda bereits angedeutet hatte, wurde niemand ausgelassen. Nachdem jeder die Gelegenheit bekommen hatte, etwas zu sagen, nickte Rampello und raffte seine Notizen zusammen. Das Briefing war zu Ende.

»Ich hoffe, du hast heute Abend nichts vor, Lucinda«, sagte er, als er an der Analystin vorbeikam. Sie lachte und warf Kelly einen verschwörerischen Blick zu.

»Wie gut, dass ich mit dem Job verheiratet bin, nicht?« Sie folgte dem DI.

Kelly wusste nicht, ob sie gehen oder bleiben sollte, deshalb ging sie mit Lucinda. Sie hatte angenommen, dass der DI sein eigenes Büro hätte, aber Nick Rampellos Schreibtisch war einer von denen im großen Büroraum. Einzig der DCI schien ein separates Büro zu haben; dort war die Tür geschlossen, und hinter den Jalousien war alles dunkel.

Nick bedeutete Kelly sich zu setzen. »Ich brauche Verbindungen zwischen diesen Fällen«, sagte er zu Lucinda, die sich bereits Notizen machte. »Kannten die Frauen sich? Haben sie für Sex-Hotlines gearbeitet? Waren sie Callgirls? Was macht Walker beruflich? Überprüf, wo Tanning arbeitet – ist sie Lehrerin, wie Beckett? Sind ihre Kinder an Becketts Schule?« Kelly hörte zu. Zwar wusste sie die Antworten auf einige der Fragen, doch sie hatte das Gefühl, dass eine Unterbrechung nicht gut aufgenommen werden würde. Sie konnte hinterher mit Lucinda reden und ihr alles an Informationen geben, was sie hatte.

Nick fuhr fort: »Sieh nach, ob eine von ihnen Dating-Websites genutzt hat. Ich hatte einen Anruf von

173

Zoe Walkers Lebensgefährten, habe ihn aber noch nicht zurückgerufen. Er hat womöglich herausgefunden, dass sie die Website genutzt hat, und jetzt behauptet sie, nichts davon zu wissen.«

»Sir, sie war bei keiner Dating-Website«, sagte Kelly. »Als sie mich kontaktiert hat, war Zoe sehr verstört.«

»Was eine verständliche Reaktion sein könnte, wenn ein aggressiver Partner entdeckt, dass sie sich mit anderen Leuten verabredet hat«, konterte Nick und wandte sich wieder Lucinda zu. »Sag Bob, er soll sich die Originalakte von der BTP ziehen und durchgehen. Achtet darauf, ob alles gründlich überprüft wurde, und falls nicht, mach es nochmal.«

Kelly holte tief Luft. Es war wenig verwunderlich, dass ein Officer der Metropolitan Police die Arbeit einer anderen Abteilung anzweifelte, aber er hätte wenigstens so anständig sein können, es nicht in ihrer Gegenwart zu tun. »Die Aufzeichnungen der Sicherheitskameras wurden sofort gesichtet«, sagte sie und sah dabei absichtlich Lucinda an, nicht den DI. »Ich kann Ihnen morgen die Kopien schicken, nebst Standaufnahmen des Täters. Angesichts der ursprünglichen Tat hielt ich es nicht für verhältnismäßig, die Spurensicherung nach DNA suchen zu lassen, aber ich vermute, dass es jetzt kein Problem mehr sein dürfte. Die Tasche wurde von der BTP korrekt gesichert, und ich kann veranlassen, dass sie Ihrem Team übergeben wird. Cathy Tanning hat keine Kinder, sie ist keine Lehrerin, und sie hat nie als Callgirl gearbeitet. Dasselbe gilt für Zoe Walker, deren Foto gleichfalls in der *London Gazette* erschien und die verständlicherweise sehr um ihre Sicherheit besorgt ist.« Kelly holte Luft.

»Sind Sie fertig?«, fragte Nick Rampello. Er wartete nicht auf eine Antwort, sondern wandte sich an Lucinda. »Sag mir in einer Stunde Bescheid, wie du vorankommst.«

Lucinda nickte, stand auf und lächelte Kelly zu. »Hat mich gefreut.«

Der DI wartete, bis Lucinda an ihren Schreibtisch gegangen war. Dann verschränkte er die Arme vor der Brust und sah Kelly an. »Ist es eine Angewohnheit von Ihnen, Ranghöhere in ihrer Autorität zu untergraben?«

»Nein, Sir.« *Ist es eine Angewohnheit von Ihnen, die Arbeit anderer Officers abzuwerten?*, hätte sie gerne ergänzt.

Der DI sah aus, als wollte er mehr sagen, aber vielleicht wurde ihm bewusst, dass er nicht Kellys Vorgesetzter war, denn er nahm die Arme herunter und stand auf. »Danke, dass Sie uns über die Verbindung zwischen den Fällen informiert haben. Ich rufe später bei dem Kollegen an und übernehme den Taschendiebstahl. Wir können genauso gut gleich alles in einem Haus bearbeiten, selbst wenn es rein technisch gesehen keine Fallserie ist.«

»Sir?« Kelly holte tief Luft. Sie kannte die Antwort schon, bevor sie fragte, doch sie konnte unmöglich gehen, ohne es versucht zu haben.

»Ja?« Rampello war ungeduldig und in Gedanken eindeutig schon beim nächsten Punkt auf seiner Liste.

»Ich würde gerne weiter am Cathy-Tanning-Fall arbeiten.«

»Bedaure, aber das ist wenig sinnvoll.« Er musste ihr die Enttäuschung angesehen haben und seufzte. »Hören Sie, Sie haben die Verbindung zwischen den beiden Fällen aufgezeigt. Es war richtig von Ihnen, sich bei uns zu melden, und ich bin Ihnen wirklich dankbar, dass Sie zum Briefing gekommen sind. Sie sind nicht mehr im Dienst, oder?« Kelly schüttelte den Kopf. »Aber dieser Fall muss jetzt hier bearbeitet werden. Jede Serie fällt dem Team zu, das die ausschlaggebende Tat untersucht. In diesem Fall ist das der Mord an Tania Beckett, womit die Serie in die Zuständigkeit der MetPol fällt, nicht der British Transport Police. Wie ich bereits klarstellte, lege ich mich vorerst nicht fest, ob wir es mit einer Serie zu tun haben. Aber falls es eine ist, könnte Ihr Taschendiebstahlsopfer knapp einem Mord entkommen sein. Das ist ein Fall für das MIT, nicht für Ihre Dip Squad.«

Dem war nicht zu widersprechen.

»Könnte ich bei Ihnen arbeiten?« Die Worte waren heraus, ehe sie noch einmal nachdenken konnte. »Nur eine vorübergehende Versetzung, meine ich. Ich habe den Cathy-Tanning-Fall bearbeitet, als er hereinkam, und ich kann bei allen Fragen im Zusammenhang mit der U-Bahn helfen. Immerhin kenne ich die wie meine Westentasche, und Sie bräuchten Stunden, um das Filmmaterial durchzugehen.«

Nick Rampello war höflich, aber klar. »Wir haben nicht genug Mittel.« Er lächelte, um seine nächsten Worte abzumildern. »Außerdem habe ich das Gefühl, dass eine Zusammenarbeit mit Ihnen ziemlich anstrengend sein könnte.«

»Ich bin nicht unerfahren, Sir. Ich war vier Jahre in der Einheit für Sexualdelikte bei der BTP. Ich bin eine gute Ermittlerin.«

»Als DC?« Kelly bejahte stumm. »Warum sind Sie dann wieder in Uniform?«

Für einen Moment überlegte Kelly, die Wahrheit zu verdrehen und zu behaupten, dass sie mehr direkte Erfahrun-

gen sammeln wollte oder sich für die Sergeant-Prüfung vor-
bereitete. Aber etwas sagte ihr, dass DI Rampello solch einen Schachzug sofort durchschauen würde.

»Das ist kompliziert.«

Nick Rampello betrachtete sie aufmerksam, und sie hielt
den Atem an, während sie sich fragte, ob er im Begriff war,
seine Meinung zu ändern. Doch er senkte den Blick zu seiner aufgeschlagenen Kladde, was allein schon eine Abfuhr
bedeutete.

»Ich fürchte, auf Kompliziertes stehe ich nicht.«

16

Ich ziehe die graue Decke um meine Schultern. Sie ist aus Wolle und sieht hübsch aus, wenn sie auf dem Sofa liegt, aber jetzt kratzt sie unangenehm im Nacken. Die Lampe gibt ein Brummen von sich, das man bis ins obere Stockwerk hören kann – noch etwas, das dringend repariert werden muss –, und obwohl ich weiß, dass Simon und die Kinder tief und fest schlafen, habe ich sie nicht eingeschaltet. Das Licht von meinem iPad lässt den Rest des Wohnzimmers noch dunkler erscheinen, als er wirklich ist. Draußen pfeift der Wind, und irgendwo klappert eine Gartenpforte. Ich habe versucht zu schlafen, doch bei jedem Geräusch zuckte ich zusammen, also habe ich es schließlich aufgegeben und bin nach unten gegangen.

Jemand hat mich fotografiert und mein Bild in eine Anzeige gestellt.

Es ist alles, was ich an Fakten habe. Aber genau dieser eine Satz geht mir in einer Endlosschleife durch den Kopf.

Jemand hat mich fotografiert.

PC Swift glaubt auch, dass es mein Foto ist. Sie hat gesagt, sie würde sich darum kümmern. Ich wünschte, dass ich ihr vertrauen könnte, aber leider teile ich Simons romantisch verklärtes Bild von den Jungs und Mädchen in Blau nicht. Das Leben war hart, als ich aufgewachsen bin, und bei uns war ein Streifenwagen etwas, vor dem man weglief, selbst wenn wir alle eigentlich nicht wussten, warum.

Ich tippe auf den Bildschirm vor mir. Tania Becketts Facebook-Seite hat einen Link zu einem Blog. Es ist ein Online-Tagebuch, dass Tania und ihre Mutter zusammen geführt haben, eine Art Doku zu den Hochzeitsvorbereitungen. Tania hat viel über praktische Dinge geschrieben: *Sollen wir Mini-Ginflaschen als Gastgeschenke nehmen oder Herzen mit den Namen drauf? Weiße oder gelbe Rosen?* Von Alison gibt es bloß eine Hand voll Einträge, von denen jeder wie ein Brief an ihre Tochter verfasst ist.

Liebes,

noch zehn Monate bis zum großen Tag! Ich kann es kaum glauben. Heute war ich auf dem Dachboden, um nach meinem Schleier zu suchen. Ich erwarte nicht, dass du ihn trägst — die Mode hat sich sehr verändert —, aber ich dachte, dass du vielleicht ein kleines Stück davon in deinen Kleidersaum einhähen lassen möchtest. Etwas Geliehenes. Oben fand ich einen Karton mit all deinen Schulheften, Geburtstagskarten und kleinen Kunstwerken. Früher hast du gelacht, weil ich alles aufbewahre, aber das wirst du verstehen, wenn du selbst Kinder hast. Auch du wirst das erste Paar Schuhe aufheben, damit du eines Tages auf den Dachboden gehen kannst, um deinen Brautschleier zu suchen und darüber zu staunen, dass deine erwachsene Tochter mal so winzige Füße hatte.

Mir verschwimmt die Sicht, und ich blinzle die Tränen fort. Es fühlt sich falsch an weiterzulesen. Ich bekomme Tania und ihre Mum nicht aus dem Kopf. Auf dem Weg nach unten habe ich mich in Katies Zimmer geschlichen, um mich zu vergewissern, dass sie noch da ist, noch lebt. Heute Abend war keine Probe — sie hat ihre normale Samstagabendschicht im Restaurant gearbeitet –, trotzdem brachte Isaac sie nach Hause. Sie gingen am Wohnzimmerfenster vorbei, blieben stehen und küssten sich, bevor ich hörte, wie sich Katies Schlüssel im Schloss drehte.

»Du magst ihn wirklich, was?«, habe ich sie gefragt. Ich rechnete schon mit einer patzigen Abfuhr, doch sie sah mich mit leuchtenden Augen an.

»Ja, wirklich.«

Ich wollte den Moment nicht ruinieren, konnte jedoch den Mund nicht halten. »Er ist einiges älter als du.« Sofort verhärteten sich ihre Züge, und so schnell, wie sie antwortete, musste sie schon mit diesem Thema gerechnet haben.

»Er ist einunddreißig, also zwölf Jahre älter. Simon ist vierundfünfzig, fünfzehn Jahre älter als du.«

»Das ist etwas anderes.«

»Warum? Weil du erwachsen bist?« Fast war ich erleichtert, dass sie es verstand, aber dann sah ich Wut in ihren Augen aufblitzen, und ihr eben noch zuckersüßer Ton wurde schroff. »Das bin ich auch, Mum.«

Sie hatte schon Freunde gehabt, doch dies hier fühlt sich anders an. Ich merke, wie sie mir entgleitet. Eines Tages wird Isaac – oder ein anderer Mann – der Erste sein, an den Katie sich wendet; bei dem sie sich anlehnt, wenn das Leben zu viel wird. Hatte Alison Beckett dasselbe Gefühl gehabt?

Wenn ich über die Hochzeit spreche, sagen mir die Leute, dass ich keine Tochter verliere, schreibt sie in ihrem letzten Tagebucheintrag.

Aber das hat sie. Sie hat ihr Kind verloren.

Ich hole tief Luft. Ich werde meine Tochter nicht verlieren. Und ich lasse nicht zu, dass sie mich verliert. Ich kann nicht tatenlos herumsitzen und hoffen, dass die Polizei diese Geschichte ernst nimmt. Ich muss etwas tun.

Neben mir auf dem Sofa liegen die Kleinanzeigen. Ich habe sie aus der *London Gazette* ausgeschnitten und sorgsam das Datum auf jeder notiert. Es sind achtundzwanzig, die ich einer Kunstinstallation gleich auf dem Sofapolster ausgebreitet habe.

Foto-Quilt von Zoe Walker. Zu solch einer Ausstellung in der Tate Modern würde Simon gehen.

Die letzten Ausgaben habe ich selbst gesammelt, mir jeden Tag eine Zeitung geholt. Die früheren Ausgaben habe ich mir am Freitag direkt bei der *London Gazette* besorgt. Man sollte meinen, dass man einfach zu der Redaktion gehen und sie um frühere Ausgaben bitten kann. Aber natürlich ist es nicht ganz so simpel. Die knöpfen einem sechs Pfund neunundneunzig für jede alte Ausgabe ab. Ich hätte mir die Zeitungen in Grahams Büro kopieren sollen, nur ist mir das leider zu spät eingefallen – da waren sie schon weg. Graham musste sie schon ins Altpapier geworfen haben.

Ich höre ein Knarren oben und erstarre, doch es kommt nichts mehr, also suche ich weiter im Internet. »Ermordete Frauen in London« ergibt zum Glück wenig Treffer, und keines der Fotos passt zu den Anzeigen neben mir. Mir wird schnell klar, dass Schlagzeilen keine große Hilfe sind; Google-Bilder sind weit nützlicher und schneller durchzusehen. Eine Stunde verbringe ich damit, Fotos von Polizisten, Tatorten, weinenden Eltern und ahnungslosen Frauen anzusehen, deren Leben zu früh endete. Keine von ihnen gleicht meinen.

Meinen.

Sie sind alle »meine« geworden, diese Frauen neben mir. Ich frage mich, ob einige von ihnen ihr eigenes Foto gesehen haben; ob sie – wie ich – Angst haben und denken, dass sie beobachtet werden, dass jemand sie verfolgt.

Eine blonde Frau fällt mir auf. Sie trägt Robe und Doktorhut, lächelt in die Kamera, und ich glaube, sie zu erkennen. Wieder sehe ich zu den Anzeigen. Inzwischen sind sie mir alle vertraut, und ich weiß genau, nach welcher Frau ich suche.

Da.

Ist es dieselbe Frau? Ich tippe auf das Bild und lande auf einer Zeitungsseite – ausgerechnet der Website der *London Gazette.*

POLIZEI UNTERSUCHT MORD AN FRAU, DEREN LEICHE IN TURNHAM GREEN GEFUNDEN WURDE.

West London. District Line, denke ich und versuche, mir die Haltestellen ins Gedächtnis zu rufen. Tania wurde am anderen Ende der Stadt ermordet. Könnten die Morde zusammenhängen? Die Frau heißt Laura Keen, und unter dem Artikel sind drei Fotos von ihr. Noch eines bei ihrer Examensfeier, wie sie zwischen einem Paar steht, bei dem es sich um ihre Eltern handeln muss. Das zweite Bild ist weniger gestellt; sie lacht und hält ein Glas in die Kamera. Eine Studentenwohnung, denke ich. Mir fallen die leeren Weinflaschen im Hintergrund und der gemusterte Bettüberwurf auf, der zum Vorhang umfunktioniert wurde. Das letzte Bild sieht wie eine Aufnahme bei der Arbeit aus. Laura trägt Bluse und Blazer, und ihr Haar ist ordentlich nach hinten gebunden. Ich vergrößere das Bild, greife nach der Anzeige und halte sie neben den Bildschirm.

Das ist sie.

Ich zwinge mich, nicht weiter darüber nachzudenken, was das bedeutet. Stattdessen markiere ich die Seite und schicke den Link per E-Mail an meine Büroadresse, damit ich den Artikel dort ausdrucken kann. Dann ändere ich meine Suchanfrage in »Sexuelle Übergriffe auf Frauen in London«, was sich als fruchtloses Unterfangen erweist. Die Bilder sind von Männern, nicht Frauen. Die Opfer werden in den Artikeln weder namentlich genannt noch abgebildet. Es ist fast beschämend, dass mich die Anonymität ärgert, die diese Frauen schützen soll.

Eine Überschrift über einem Bild von einer Sicherheitskamera fällt mir ins Auge: ·

POLIZEI SUCHT PERVERSEN, DER FRÜHMORGENS IN EINER LONDONER U-BAHN FRAU BELÄSTIGTE

Viel steht dort nicht.

Eine 26-Jährige fuhr mit der District Line von Fulham Broadway, als sie unsittlich von einem Mann berührt wurde. Die British Transport Police veröffentlichte im Zuge der Ermittlung eine Sicherheitskamera-Aufnahme. Auf dem Bild ist der Mann zu sehen, der im Zusammenhang mit dem Vorfall gesucht wird.

Ich sehe zu den Anzeigen. »Ist das einer von euch passiert?«, frage ich laut. Das Bild ist absurd schlecht: so verschwommen und verwackelt, dass man nicht mal sagen könnte, welche Haarfarbe der Mann hat. Seine eigene Mutter dürfte Mühe haben, ihn darauf zu erkennen.

Für alle Fälle markiere ich den Artikel trotzdem und starre auf den Bildschirm. Das ist zwecklos. Wie ein Snap-Spiel, bei dem die Hälfte der Karten fehlt. Ich schalte das iPad aus, als ich Schritte auf der Treppe höre. Eilig raffe ich die Fotos zusammen, wobei jedoch mehrere vom Sofa flattern, und als Simon ins Zimmer kommt und sich die Augen reibt, bin ich noch dabei, sie aufzusammeln.

»Als ich aufgewacht bin, warst du nicht da. Was machst du?«

»Ich konnte nicht schlafen.«

Simon sieht zu den Anzeigen in meiner Hand.

»Aus der *London Gazette*.« Ich fange an, sie erneut auf dem Polster neben mir auszulegen. »Jeden Tag eines.«

»Aber was machst du mit denen?«

»Ich versuche herauszubekommen, was mit den Frauen in den Anzeigen passiert ist.« Ich verrate ihm nicht den wahren Grund, warum ich so viele alte Ausgaben der *Gazette* gekauft habe. Denn es laut auszusprechen würde bedeuten, dass es tatsächlich geschehen könnte. Dass ich eines Tages die *Gazette* aufschlage und mir Katie entgegenblickt.

»Aber wir haben die Polizei informiert. Die haben eigene Abteilungen für solche Nachforschungen, und sie können auf alle Fallberichte zugreifen. Falls es eine Serie gibt, finden sie die Verbindung.«

»Wir kennen die Verbindung«, sage ich. »Es sind diese Anzeigen.« Ich klinge trotzig, obwohl ich weiß, dass Simon recht hat. Mein Detektiv-Versuch ist erbärmlich und sinnlos, kostet mich den Schlaf und bringt nichts.

Außer bei Laura Keen, wie mir einfällt.

Ich suche die Anzeige heraus. »Dieses Mädchen«, sage ich, als ich sie Simon reiche. »Sie wurde ermordet.« Ich nehme das iPad und öffne den markierten Link. »Das ist sie, oder?«

Für eine Weile schweigt er und verzieht komisch das Gesicht, während er nachdenkt. »Glaubst du? Könnte sein. Sie hat diesen ›Look‹, den sie jetzt alle haben.«

Ich weiß, was er meint. Lauras Haar ist lang, blond, nach hinten gebürstet und zu einer dichten Mähne toupiert. Ihre Brauen sind dunkel und sorgfältig in Form gezupft, und ihre Haut sieht makellos aus. Sie könnte eines von tausend Mädchen in London sein. Zum Beispiel Tania Beckett. Oder Katie. Aber ich bin sicher, dass sie Laura ist. Sie ist die junge Frau in der Anzeige. Simon gibt mir das iPad zurück.

»Wenn du dir Sorgen machst, geh noch mal zur Polizei«, sagt er. »Aber jetzt komm ins Bett. Es ist drei Uhr morgens, und du brauchst Schlaf. Du erholst dich immer noch von der Grippe.« Widerwillig stecke ich das iPad in die Hülle, sammle erneut die Anzeigen zusammen und lege sie zu dem iPad. Ich bin müde, doch meine Gedanken überschlagen sich.

Es wird hell, als ich endlich einnicke, und als ich gegen zehn wach werde, fühlt sich mein Kopf schwer und träge an. Meine Ohren schrillen, als wäre ich irgendwo gewesen, wo es sehr laut war. Vor Müdigkeit stolpere ich in der Dusche.

Einmal im Monat Sonntagsbraten mit Melissa und Neil zu essen ist eine alte Tradition bei uns. Es begann an jenem Sonntag, als Katie, Justin und ich hier einzogen und Melissa uns zum Mittagessen einlud. Unser Haus stand noch voller

Kartons – einige aus dem Haus, das ich nach der Trennung von Matt gemietet hatte, andere aus einem Lagerraum. Melissas sauberes, weißes Haus schien mir riesig im Vergleich zu unserem.

Seither finden wir uns abwechselnd an Melissas langem, glänzendem Tisch oder meinem Mahagonitisch ein, den ich spottbillig auf dem Bermondsey Market erstand, weil eines der Beine wackelte. Früher machten die Kinder an diesem Tisch ihre Hausaufgaben, und an einem Ende kann man noch die von Justin zerkratzten Stellen sehen, weil er sauer war, dass ich ihn zu seinen Schularbeiten verdonnert hatte.

Heute bin ich mit dem Sonntagsessen dran, und ich schicke Simon los, um Wein zu kaufen, während ich mit dem Gemüse anfange. Katie stibitzt sich ein Stück rohe Karotte, und ich schlage ihre Hand weg. »Räumst du den Tisch frei?«

»Justin ist dran.«

»Oh, ihr seid echt beide schlimm. Dann macht es eben zusammen.« Ich rufe nach Justin und höre eine gedämpfte, unverständliche Antwort aus seinem Zimmer. »Tisch decken!«, rufe ich. Er kommt nach unten, nur in Pyjamahose und mit nacktem Oberkörper. »Es ist Mittag, Justin. Erzähl mir nicht, dass du den ganzen Vormittag verschlafen hast.«

»Reg dich ab, Mum. Ich habe die ganze Woche gearbeitet.«

Ich lasse es gut sein. Er hat wirklich viel gearbeitet und scheint das auch richtig zu genießen. Das kommt dabei heraus, wenn man Leuten ein bisschen Verantwortung gibt. Allerdings dürfte das Geld auf die Hand auch ein Ansporn sein.

Mein Esszimmer ist eigentlich kein Zimmer, sondern

eher eine Nische, die durch einen Rundbogen vom Wohnzimmer getrennt ist. Viele Nachbarn haben dort einen
Durchbruch zur Küche gemacht oder angebaut, wie Melissa
und Neil, aber wir müssen das Essen von der Küche durchs
Wohnzimmer dorthin tragen. Was der Teppich bezeugt.
Dabei ist das große Sonntagsessen der einzige Anlass, zu
dem es sich lohnt, und inzwischen auch der einzige Tag, an
dem wir den Tisch freiräumen.

»Vorsichtig mit den Unterlagen«, sage ich zu Justin, als
ich mit einem Bündel Besteck ins Esszimmer komme und
sehe, wie er einen Stapel Papiere auf das Sideboard wirft.
Obwohl der Esstisch chaotisch aussieht, bemühe ich mich,
bei den Stapeln Ordnung zu halten. Da sind Melissas zwei
Sammlungen von Buchhaltungsbelegen, jeweils mit einem
Stapel Quittungen und Rechnungen, und die Steuerunter-
lagen für Hallow & Reed mit Grahams endlosen Zetteln
für Geschäftsessen und Taxifahrten. »Du musst noch den
Stuhl aus Simons Zimmer holen«, erinnere ich Justin. Er
hält inne und sieht mich an.

»Ist es jetzt Simons Zimmer, ja?«

Vor Simons Einzug hatten wir darüber gesprochen, dass
Justin den ausgebauten Dachboden als Wohnzimmer haben könnte, weil dort Platz war für seine PlayStation und
vielleicht noch eine Schlafcouch. Dann hätte er nicht mehr
mit seinen Freunden in dem kleinen Zimmer hocken müssen.

»Dann eben vom Dach. Du weißt, was ich meine.«

Eigentlich hatte ich nicht geplant, Simon das Dachgeschoss zu überlassen. Als ich den Kindern erklärte, dass er
mit uns zusammenleben wollte, sagte Justin nicht viel dazu.

In meiner Naivität legte ich das als Zustimmung aus. Erst nachdem Simon eingezogen war, gingen die Streitereien los. Simon brachte nicht viele Möbel mit, doch was er hatte, war von guter Qualität. Da schien es unfair, ihm zu sagen, dass kein Platz für die Sachen war. Wir verfrachteten alles unters Dach, solange wir überlegten, was wir damit anfangen sollten. Dann kam ich auf die Idee, dass es gut wäre, wenn Simon etwas Raum für sich hätte. Auf die Weise schufen wir Abstand zwischen Justin und ihm, und die Kinder und ich konnten hin und wieder allein fernsehen.

»Hol einfach den Stuhl, ja?«, bitte ich Justin.

Gestern Abend, als ich mit genug Einkäufen ins Haus kam, um eine Armee satt zu bekommen, teilte Katie mir mit, dass sie nicht zum Mittagessen hier wäre.

»Aber es ist Bratentag!«

Den hatte sie noch nie verpasst, genauso wenig wie Justin – nicht mal als die PlayStation und seine Freunde weit reizvoller wurden als die Familie.

»Ich treffe mich mit Isaac.«

Jetzt passiert es, dachte ich. *Sie verlässt uns.* »Dann lad ihn hierher ein.«

»Zu einem Familienessen?«, Katie schnaubte. »Nein danke, Mum.«

»Melissa und Neil sind doch auch da. Das wird nett.« Sie sah nicht überzeugt aus. »Ich werde ihn auch nicht verhören, Ehrenwort.«

»Na dann«, sagte sie und griff nach ihrem Handy. »Obwohl er nicht wollen wird.«

»Das Fleisch ist köstlich, Mrs. Walker.«

»Nennen Sie mich bitte Zoe«, sage ich zum dritten Mal. *Sie sind mir altersmäßig näher als meiner Tochter,* möchte ich hinzufügen. Isaac sitzt zwischen Katie und Melissa.

»Ein Dorn zwischen zwei Rosen«, hatte er gesagt, als sie sich setzten, und ich war drauf und dran, mir zwei Finger in den Hals zu stecken und Würgegeräusche zu machen wie eine Vierzehnjährige. Fällt Katie ernsthaft auf diesen Schmalz rein? Aber sie sieht ihn an, als wäre er eben vom Catwalk gestiegen.

»Wie laufen die Proben?«, fragt Melissa. Ich werfe ihr einen dankbaren Blick zu. Dass jemand Neues dabei ist, macht die Atmosphäre steif und gekünstelt. Schließlich kann ich nicht unbegrenzt fragen, ob allen die Sauce schmeckt.

»Richtig klasse. Ich staune, wie gut Katie sich eingefügt hat und wie schnell sie aufgeholt hat, wenn man bedenkt, wie spät sie dazugekommen ist. Am nächsten Samstag ist die Kostümprobe, da sollten Sie alle kommen.« Er schwenkt die Gabel in die Runde. »Es ist sehr hilfreich, ein echtes Publikum zu haben.«

»Dann kommen wir gerne«, sagt Simon.

»Dad auch?«, fragt Katie Isaac. Ich spüre eher, als dass ich sehe, wie Simon sich neben mir verkrampft.

»Je mehr, desto besser. Sie müssen mir allerdings allesamt versprechen, nicht dazwischenzurufen.« Er grinst, und wir lachen höflich. Ich kann es kaum erwarten, dass das Essen vorbei ist und Katie mit ihrem Traummann verschwindet, damit ich Melissa fragen kann, was sie von Isaac hält. Sie sieht ihn ein klein wenig amüsiert an, doch ich erkenne nicht, was sie denkt.

»Was macht die Detektivarbeit, Zoe?« Neil ist fasziniert von den Fotos in der *Gazette.* Jedes Mal, wenn wir uns sehen, fragt er mich, ob es Neuigkeiten gibt, ob die Polizei etwas über die Anzeigen herausbekommen hat.

»Detektivarbeit?«

Ich will es Isaac nicht erzählen, aber bevor ich das Thema wechseln kann, verrät Katie ihm alles. Über die Anzeigen, mein Foto und den Mord an Tania Beckett. Mich beunruhigt, wie fasziniert er ist, als ginge es um einen neuen Film oder ein neues Buch, nicht die Realität. Meine Realität.

»Und sie hat sogar noch eine gefunden. Wie heißt die Neue noch, Mum?«

»Laura Keen«, sage ich leise. Ich sehe Lauras Examensbild vor mir und frage mich, wo das Original ist. Steht es auf dem Schreibtisch des Journalisten, der den Artikel schrieb, oder ist es zurück auf dem Kaminsims ihrer Eltern? Vielleicht haben sie es vorerst umgedreht, weil sie nicht damit fertig werden, es immer wieder zu sehen.

»Was glauben Sie, woher die Ihr Bild hatten?«, fragt Isaac, der meine mangelnde Begeisterung nicht zu bemerken scheint. Mich wundert, dass Katie ihn noch ermuntert, und ich ordne es einem allgemeinen Wunsch zu, ihn zu beeindrucken. Neil und Simon essen schweigend. Melissa wirft mir hin und wieder einen Seitenblick zu, um zu sehen, ob alles okay ist.

»Wer weiß?« Ich versuche zu verharmlosen, aber meine Feinmotorik leidet, und mein Messer schlägt klappernd gegen den Tellerrand. Simon schiebt seinen leeren Teller weg, lehnt sich zurück und legt einen Arm auf die Rückenlehne meines Stuhls. Für jeden anderen sieht es aus, als würde er sich schlicht nach dem Essen entspannen, aber ich fühle seinen Daumen, der beruhigend an meiner Schulter kreist.

»Facebook«, sagt Neil mit einer Sicherheit, die mich schockiert. »Es ist immer Facebook. Die meisten Identitätsdiebstähle finden heutzutage mit Namen und Fotos aus den sozialen Medien statt.«

»Der Fluch der modernen Gesellschaft«, sagt Simon. »Wie hieß diese Firma noch, für die du vor ein paar Monaten gearbeitet hast? Diese Börsenmakler?«

Neil blickt für einen Moment ratlos drein, dann lacht er. »Heatherton Alliance.« Er sieht zu Isaac, der die Geschichte als Einziger noch nicht kennt. »Die hatten mich angeheuert, damit ich Hinweise auf Insider-Handel finde, aber während ich da war, hatten sie eines dieser Initiationsrituale für eine neue Bankerin. Echter *Wolf of Wall Street*-Stoff. Sie hatten eine Facebook-Gruppe eingerichtet, ein privates Forum, auf dem sie entschieden, was sie ihr als Nächstes antun wollten.«

»Wie furchtbar«, sagt Isaac, nur dass sein Blick nicht zu seinem Tonfall passt. Seine Augen leuchten interessiert. Er bemerkt, dass ich ihn ansehe, und liest meine Gedanken. »Sie halten mich für makaber. Es ist der Fluch des Regisseurs, fürchte ich. Immerzu stelle ich mir vor, wie eine Szene gespielt werden könnte, und diese – tja, die wäre wirklich außergewöhnlich.«

Die Unterhaltung hat mir den Appetit verdorben. Ich lege mein Besteck hin. »Ich benutze Facebook so gut wie nie. Ich bin da nur, um mit der Familie in Kontakt zu bleiben.« Meine Schwester Sarah lebt in Neuseeland, zusammen mit einem braungebrannten, sportlichen Ehemann und zwei perfekten Kindern, denen ich erst einmal persönlich begegnet bin. Eines ist Anwalt geworden, das andere arbeitet mit behinderten Kindern. Mich wundert nicht, dass Sarahs Kinder sich so gut gemacht haben. Sie selbst war früher auch das Musterkind. Meine Eltern haben es nie ausgesprochen, trotzdem stand ihnen diese Frage ständig ins Gesicht geschrieben, wenn sie mich ansahen: Warum kannst du nicht mehr wie deine Schwester sein?

Sarah lernte fleißig und half im Haushalt. Sie drehte ihre Musik nicht zu laut oder schlief an den Wochenenden bis mittags. Sarah blieb an der Schule, machte einen guten Abschluss und bekam einen Platz am Sekretärinnen-College. Sie flog nicht schwanger raus. Manchmal frage ich mich, was passiert wäre, wenn doch; ob unsere Eltern bei ihr genauso erbarmungslos gewesen wären wie bei mir.

Pack deine Sachen, sagte mein Dad, als er es erfuhr. Mum fing an zu weinen, doch ob es wegen des Babys war oder weil ich ging, konnte ich nicht erkennen.

»Sie würden staunen, was man bei Facebook alles findet«, sagt Isaac jetzt. Er zückt sein Handy – ein elegantes iPhone 6s – und wischt über das Display. Alle sehen ihm zu, als sei er im Begriff, einen Zaubertrick vorzuführen. Er dreht mir das Display hin, und ich sehe das blauweiße Facebook-Logo. Mein Name steht in der Suchmaske, und darunter ist eine Reihe von Zoe Walkers, jeweils mit kleinen Bildern daneben. »Welches ist Ihre Seite?«, fragt er.

»Da.« Ich zeige mit dem Finger hin. »Die dritte von unten. Das Bild mit der Katze.« Es ist ein Foto von Biscuit, wie er auf dem Kies vorm Haus in der Sonne liegt. »Sehen Sie«, sage ich triumphierend. »Ich benutze nicht mal für mein Profil mein eigenes Foto. Eigentlich gebe ich ziemlich wenig von mir preis.« Nicht wie meine Kinder, denke ich, die ihr ganzes Leben auf Instagram oder Snapchat, oder was auch immer gerade in sein mag, zur Schau stellen. Katie knipst dauernd Selfies, mal aus diesem, mal aus jenem Winkel, jagt sie durch alle erdenklichen Filter und sucht die schmeichelhaftesten aus.

Isaac öffnet meine Seite. Ich weiß nicht, was ich erwartet hatte, aber ganz sicher nicht mein vollständiges Facebook-Profil.

```
50k im Jahr, und die denken, dass sie
streiken dürfen? Ich würde sofort mit je-
dem Lokführer tauschen!
Sitze im Zug fest ... MAL WIEDER. Dem
Himmel sei Dank für WLAN!
6??! Komm schon, Len, das war wenigstens
8 wert!!
```

»Let's Dance«, erkläre ich. Mir ist es peinlich, mein Leben auf Sätze über Fernsehshows und Pendlerverdruss reduziert zu sehen. Und mich schockiert, wie leicht Isaac in meinen Account konnte. »Wie konnten Sie sich denn in meinen Account einloggen?«

Isaac lacht. »Habe ich nicht. Das hier kann jeder sehen, der Ihr Profil anklickt.« Er sieht mein Entsetzen. »Sie haben so gut wie nichts gesperrt.« Um es zu beweisen, klickt er auf »Über mich«, wo meine E-Mail-Adresse für jeden sichtbar ist. *Ist zur Schule »Peckham Comprehensive« gegangen,* steht da, als könnte man darauf stolz sein. *Hat bei Tesco gearbeitet.* Fast rechne ich damit, zu lesen, *schwanger mit siebzehn.*

»O Gott! Davon hatte ich keine Ahnung.« Ich erinnere mich vage daran, wie ich all diese Infos eingab: Welche Jobs ich schon hatte, welche Filme ich mag, welche Bücher ich gelesen habe. Aber ich dachte, das wäre nur für mich, wie eine Art Online-Tagebuch.

»Was ich damit sagen will, ist«, Isaac tippt einen weiteren Link an, der »Zoes Fotos« heißt, »wenn jemand ein Foto von Ihnen benutzen wollte, hatte er hier reichlich Auswahl.« Er scrollt durch Dutzende Bilder, von denen ich die meisten noch nie gesehen habe.

»Aber die habe ich nicht hochgeladen!«, sage ich. Ich sehe ein Foto von mir von hinten, das bei einem Grillabend letzten Sommer bei Melissa und Neil aufgenommen wurde, und überlege, ob mein Hintern tatsächlich so breit ist oder es einfach ein ungünstiger Winkel war.

»Ihre Freunde aber. All diese Bilder« – das müssen an die hundert sein – »wurden von Leuten hochgeladen, die Sie verlinkt haben. Sie können das wieder ändern, wenn Sie möchten, aber dazu müssen Sie Ihre Datenschutzeinstellungen überarbeiten. Wenn Sie wollen, kann ich Ihnen helfen.«

»Ist schon gut. Ich mache das.« Vor Verlegenheit bin ich zu schroff und bedanke mich zum Ausgleich überschwänglich. »Sind alle fertig? Katie, Schatz, hilfst du mir beim Abräumen?« Alle fangen an, Teller zu stapeln und Schüsseln in die Küche zu tragen. Simon drückt meine Hand, bevor er sehr offensichtlich das Thema wechselt.

Nachdem alle gegangen sind, sitze ich mit einer Tasse Tee in der Küche. Simon und Katie, die doch nicht mit Isaac verschwunden ist, sehen sich irgendeinen Schwarzweißfilm an, und Justin ist bei einem Freund. Im Haus ist es still, und ich rufe Facebook auf meinem Mobiltelefon auf, wobei ich mir vorkomme, als würde ich etwas Unanständiges tun. Ich sehe die Fotos an, erkenne das Album, das Isaac mir auf seinem Telefon gezeigt hatte. Ich scrolle die Bilder langsam durch. Einige sind nicht mal von mir, und ich brauche einen Moment, ehe ich begreife, dass ich auf Bildern von Katie verlinkt wurde oder auf alten Schulbildern. Melissa hat mich und einige andere Leute auf einem Foto von ihren eigenen Beinen verlinkt, das sie letztes Jahr im Urlaub am Pool gemacht hat.

`Neidisch, Mädels???!!` Steht untendrunter.

Ich brauche eine Weile, aber schließlich finde ich es. Das Foto aus der Anzeige. Ich atme langsam aus. Wusste ich doch, dass ich nicht verrückt bin! Ich wusste, dass ich das war. Facebook erzählt mir, dass das Bild von Matt gepostet wurde, und als ich das Datum überprüfe, sehe ich, dass es drei Jahre alt ist. Ich folge dem Link und entdecke zwanzig oder dreißig Fotos, die alle auf einmal nach der Hochzeit meiner Cousine hochgeladen wurden. Deshalb trage ich auf dem Bild keine Brille.

Dieses Foto ist eigentlich von Katie. Sie sitzt neben mir am Tisch, hält den Kopf leicht schräg und lächelt in die Kamera. Ich beobachte eher sie als die Kamera. Das Bild in der Anzeige ist sorgsam ausgeschnitten worden und das meiste von dem Kleid wegretuschiert, das ich sonst sofort als eines meiner wenigen Party-Kleider erkannt hätte.

Ich stelle mir vor, wie ein Fremder durch meine Fotos scrollt, mich in meinem schicken Kleid ansieht, meine Tochter, meine Familie. Mir wird kalt. Die Datenschutzeinstellungen, die Isaac erwähnte, sind nicht einfach zu finden, aber ich habe sie am Ende. Systematisch sperre ich jeden Bereich meines Accounts: Fotos, Posts, Links. Als ich fast fertig bin, blinkt eine Nachricht rot auf meinem Display auf. Ich tippe sie an.

`Isaac Gunn hat dir eine Freundschaftsanfrage geschickt. Ihr habt eine gemeinsame Freundin.`

Ich starre die Nachricht eine Sekunde lang an und drücke auf Löschen.

17

Ich weiß, was ihr denkt.

Ihr fragt euch, wie ich mit mir leben kann. Wie ich in den Spiegel sehen kann, wo ich doch weiß, was mit diesen Frauen passiert.

Aber gebt ihr Tinder die Schuld, wenn ein Date blöd läuft? Geht ihr zu der Weinbar, in der ihr einen Typen aufgegabelt habt, und brüllt den Besitzer zusammen, weil es nicht wie geplant gelaufen ist? Schreit ihr eure beste Freundin an, weil der Kerl, den sie euch vorgestellt hat, es grob im Bett mag?

Natürlich nicht.

Wie könnt ihr dann mir die Schuld geben? Ich bin nur der Vermittler.

Mein Job ist es, dem Zufall auf die Sprünge zu helfen.

Ihr denkt, ihr seid euch zufällig begegnet. Ihr denkt, er hielt euch zufällig die Tür auf, hat versehentlich euren Schal mitgenommen, hatte keine Ahnung, dass ihr in diese Richtung wolltet...

Vielleicht ja, vielleicht auch nicht.

Jetzt, nachdem ihr wisst, dass Leute wie ich existieren, werdet ihr es nie genau wissen.

18

Die Anzeigen beherrschen mich, sind ständig in meinen Gedanken und machen mich paranoid. Letzte Nacht habe ich geträumt, dass Katies Gesicht im Anzeigenteil erschien. Und dann, wenige Tage später, wieder ihr Gesicht. In der *Times,* überfallen, vergewaltigt, ermordet. Schweißgebadet wachte ich auf, ertrug nicht mal, dass Simon die Arme um mich legte, ehe ich nach nebenan gegangen war und mich selbst vergewissert hatte, dass sie schlafend im Bett lag.

Ich werfe meine übliche Zehn-Pence-Münze in Megans Gitarrenkoffer.

»Einen schönen Montag!«, ruft sie. Ich ringe mir ein Lächeln ab. Der Wind peitscht um die Ecke, und ich bin erstaunt, dass Megan mit ihren vor Kälte blauen Fingern spielen kann. Was würde Simon wohl sagen, wenn ich sie eines Tages zum Tee mit nach Hause brächte? Oder könnte Melissa vielleicht hin und wieder eine Portion Suppe für sie zurückstellen? Ich überlege, während ich durch die Ticketschranke gehe, wie ich Megan eine warme Mahlzeit anbieten könnte, ohne dass es sich wie Almosen anhört, denn ich möchte sie ja nicht beleidigen.

Ich bin so in Gedanken versunken, dass ich den Mann in dem Regenmantel gar nicht gleich bemerke. Ich bin nicht mal sicher, ob er mich beobachtet hat, ehe ich ihn sah. Aber jetzt tut er es. Ich gehe den Bahnsteig entlang, als der Zug einfährt, doch als ich einsteige und mich hinsetze, sehe ich ihn wieder. Er ist groß und breitschultrig mit dichtem grauem Haar und einem ebenso grauen Bart. Letzterer ist ordentlich getrimmt. Es ist ein kleiner Punkt getrockneten Bluts an seinem Hals, wo er sich beim Rasieren geschnitten hat.

Er sieht mich immer noch an, und ich gebe vor, den U-Bahn-Plan über mir zu studieren, spüre jedoch, wie er mich von oben bis unten mustert. Mir wird mulmig, und ich sehe auf meinen Schoß, bin unsicher und weiß nicht, was ich mit meinen Händen anfangen soll. Ich schätze, er ist in den Fünfzigern. Er trägt einen gut geschnittenen Anzug und einen Mantel, denn es sieht aus, als würde heute der erste Schnee fallen. Sein Lächeln ist zu vertraut – besitzergreifend.

Heute muss schulfrei sein, denn die Bahnen sind viel leerer als sonst. In Canada Water steigen genug Leute aus, dass drei Plätze mir gegenüber frei werden. Der Mann im Anzug setzt sich auf einen von ihnen. In der U-Bahn sehen einen Leute an – ich sehe ja selbst auch andere an –, aber begegnet man ihrem Blick, wendet man sich sofort verlegen ab. Dieser Mann nicht. Als ich ihm ins Gesicht sehe – und das werde ich nicht noch einmal machen – hält er meinen Blick, als sollte ich mich von seiner Aufmerksamkeit geschmeichelt fühlen. Flüchtig frage ich mich, ob ich es tue, aber das Flattern in meinem Bauch ist Angst, sonst nichts.

Der Londoner Verkehrsverbund hat eine Video-Kampagne veranstaltet, »Report it to stop it« – »Jede Meldung hilft«, die sich gegen sexuelle Belästigung in der U-Bahn richtet. *Sie können uns alles melden, was Ihnen unheimlich ist,* heißt es in dem Video. Ich stelle mir vor, jetzt auf der Stelle einen

Polizisten zu rufen. Was würde ich sagen? *Er sieht mich die ganze Zeit an ...*

Jemanden anzusehen ist kein Verbrechen. Ich denke an die Jugendlichen in Whitechapel, den Jungen mit den Turnschuhen, von dem ich fest glaubte, er würde hinter mir herrennen. Nicht auszudenken, hätte ich da die Polizei gerufen oder auch bloß um Hilfe geschrien. Doch so logisch dieses Argument auch sein mag – das unbehagliche Gefühl werde ich trotzdem nicht los.

Es ist nicht bloß dieser arrogante Mann, der mich mit seinem Blick in Besitz nimmt. Da ist schon mehr als ein Mann nötig, um mir Angst zu machen. Es ist alles. Es ist der Gedanke an Cathy Tanning, die in der U-Bahn schläft, während jemand ihre Tasche durchwühlt. Es ist Tania Beckett, die erdrosselt im Park liegt. Es ist Isaac Gunn und die selbstsichere Art, mit der er sich in Katies Leben drängt, in mein Haus. Gestern Abend hatte ich mir sein Facebook-Profil angesehen, als alle weg waren, und war enttäuscht, weil so viel gesperrt war, dass ich nur sein Profil-Bild sehen konnte. Ich starrte es an: das selbstbewusste Lächeln, die ebenmäßigen weißen Zähne, das wellige schwarze Haar, das lässig über ein Auge fällt. Er sieht aus wie ein Filmstar, keine Frage, aber ich fröstle bei dem Anblick; als wäre er schon für die Rolle des Schurken ausgewählt.

Der Mann im Anzug steht auf, um seinen Platz einer Schwangeren zu überlassen. Er ist groß, und seine Hand schlüpft mühelos durch den Haltegriff an der Decke. Die Schlaufe umfängt sein Handgelenk, da er sie weiter oben hält, wo sie in der Wagendecke verankert ist. Jetzt sieht er mich nicht mehr an, doch er ist kaum fünfzehn Zentimeter entfernt, und als ich meine Tasche anhebe und vor meinen Oberkörper drücke, denke ich wieder an Cathy Tanning und ihren Taschendieb. Der Mann sieht auf seine Uhr, wieder weg und blickt desinteressiert zu irgendwas weiter hinten im Wagen. Jemand anders bewegt sich, und der Mann rückt ein wenig zur Seite. Sein Bein berührt meines, fest, und ich zucke zusammen, als hätte ich mich verbrannt. Ich verdrehe mich komisch auf meinem Sitz, um ihm auszuweichen.

»Verzeihung«, sagt er und sieht mich direkt an.

»Kein Problem«, höre ich mich sagen. Aber mein Herz rast, und mein Puls rauscht in meinen Ohren, als würde ich rennen.

In Whitechapel stehe ich auf. Es ist offensichtlich, dass ich aussteigen will, trotzdem rührt sich der Mann nicht, sodass ich mich an ihm vorbeiquetschen muss. Für eine Sekunde bin ich an ihn gepresst, und ich fühle eine Berührung an meinem Oberschenkel, die so leicht ist, dass ich mir nicht mal sicher bin, ob es wirklich passiert ist. Überall um mich herum sind Leute, sage ich mir. Es kann nichts passieren. Aber in meiner Hast, die Bahn zu verlassen, stolpere ich beinahe. Ich sehe mich um, als die Türen sich schließen. Prompt ist mir wohler, weil einiger Abstand zwischen mir und dem Mann ist, der mich beobachtet hat.

Nur ist er nicht im Zug.

Vielleicht hat er sich hingesetzt, denke ich. Immerhin ist mein Platz frei geworden. Aber es ist niemand mit einem Bart in dem Wagen. Keiner mit einem dunkelgrauen Mantel.

Der Bahnsteig leert sich. Pendler eilen zu ihren Anschlussbahnen, Touristen suchen nach dem Ausgang und rempeln sich gegenseitig an, weil sie auf ihre Stadtpläne konzentriert sind, nicht auf ihre Umgebung. Ich stehe wie angewurzelt da, als sie an mir vorbeiströmen.

Dann sehe ich ihn.

Er steht genauso still dort wie ich, ungefähr zehn Meter entfernt auf dem Bahnsteig, zwischen mir und dem Ausgang. Er beobachtet mich nicht, sondern sieht auf sein Telefon. Ich strenge mich an, meine Atmung zu kontrollieren, denn ich muss eine Entscheidung treffen. Wenn ich an ihm vorbeigehe und weiterfahre, könnte er mir folgen. Und wenn ich zurückbleibe, damit er vorgeht, könnte er bleiben. Der Bahnsteig ist fast leer, und gleich werden nur noch wir beide übrig sein. Ich muss mich jetzt entscheiden!

Ich gehe, die Augen nach vorn gerichtet. Ich gehe schnell, aber ich laufe nicht. *Nicht laufen! Lass ihn nicht sehen, dass du Angst vor ihm hast.* Er steht in der Mitte des Bahnsteigs, und hinter ihm ist eine Bank, sodass ich vor ihm vorbeimuss. Als ich näher komme, spüre ich seinen Blick auf mir.

Drei Schritte noch.

Zwei.

Einer.

Ich kann nicht anders. Ich laufe los Richtung Ausgang. Meine Tasche schlägt gegen meine Seite, doch mir ist egal, wie ich aussehe. Ich rechne halb damit, dass er mir folgt, aber als ich den Tunnelabschnitt erreiche, der mich zur District Line führt, drehe ich mich um und sehe ihn noch auf dem Bahnsteig stehen. Er beobachtet mich.

Ich will mich auf die Arbeit konzentrieren, nur spielt mein Kopf nicht mit. Immer wieder ertappe ich mich dabei, wie ich blind auf den Bildschirm starre und versuche, mich an das Admin-Login unserer Accounts zu erinnern. Ein Mann kommt herein und erkundigt sich nach bestimmten Büroräumen, die zur Miete angeboten werden, und ich drücke ihm einen Stapel Unterlagen für eine Kaufimmobilie in die Hand. Als er wiederkommt und sich beschwert, breche ich in Tränen aus. Er ist höflich mitfühlend.

»Davon geht die Welt nicht unter«, sagt er, als er endlich hat, was er will. Unsicher sieht er sich nach Taschentüchern um und ist erleichtert, weil ich ihm sage, dass alles gut ist und ich lieber allein wäre.

Ich zucke zusammen, als die Tür aufgeht und die Glocke oben am Rahmen bimmelt. Graham sieht mich seltsam an.

»Alles in Ordnung?«

»Bestens. Wo waren Sie? Es steht nichts im Kalender.«

»Es steht nichts im *Büro*-Kalender«, korrigiert er, zieht seinen Mantel aus und hängt ihn auf den Garderobenständer in der Ecke. »In *meinem* Kalender steht immer etwas.« Er streicht sich das Jackett über dem Bauch glatt. Heute sind es Weste und Jackett in grünem Tweed, kombiniert mit einer roten Hose. Das Ensemble verleiht ihm den Look eines *Country-Living*-Models, das aus dem Leim gegangen ist. »Ein Kaffee wäre nett, Zoe. Haben Sie die Zeitung gesehen?«

Ich beiße die Zähne zusammen und gehe zur Küche. Bei meiner Rückkehr sitzt er in seinem Büro, die Füße auf dem

Schreibtisch, und liest den *Telegraph*. Ich weiß nicht, ob es das Adrenalin von heute Morgen ist oder meine Verärgerung, weil ich die Einzige bin bei Hallow & Reed, die zu arbeiten scheint; auf jeden Fall rede ich schon los, ehe ich meine Worte durch einen Filter jagen kann.

»Die *London Gazette*. Sie hatten einen riesigen Stapel von denen hier – mindestens zwanzig. Wofür waren die?«

Graham ignoriert mich. Seine hochgezogenen Brauen sind das einzige Anzeichen, dass er mich gehört hat.

»Wo sind die jetzt?«, frage ich.

Er schwingt die Füße vom Schreibtisch, setzt sich auf und bedeutet mir mit einem Seufzen, dass mein Ausbruch enervierend, aber nicht direkt unverschämt ist. »Zu Brei gematscht, würde ich meinen. Passiert das nicht mit allen Zeitungen? Auf zu einer neuen Karriere als Klorolle in einem Billigsupermarkt.«

»Aber was wollten Sie mit den Zeitungen?« Das nagt schon seit Tagen an mir, und die kleine Stimme in meinem Kopf erinnert mich an das, was ich gesehen habe: all die Zeitungen aufgestapelt auf seinem Schreibtisch. Ich erinnere mich an den Moment, in dem ich Cathy Tannings Foto sah, diesen Augenblick des Wiedererkennens, als ich dem Gesicht einen Namen zuordnen konnte.

Graham seufzt abermals. »Wir sind ein Immobilienunternehmen, Zoe. Wir kaufen und vermieten Immobilien. Büros, Einkaufszentren, Gewerberäume. Was denken Sie, wie Leute von unseren Immobilien erfahren?«

Ich halte es für eine rhetorische Frage, doch er wartet. Ihm reicht es nicht, herablassend zu sein, er will mich auch noch lächerlich machen.

»Aus der Zeitung«, sage ich in einer Art Stakkato, mit stummen Punkten zwischen den Wörtern.

»Welcher Zeitung?«

Ich balle die Fäuste an meinen Seiten. »Der *Gazette*.«

»Und was glauben Sie, wo unsere Konkurrenz inseriert?«

»Okay, ich hab's verstanden.«

»Haben Sie das, Zoe? Mir macht ein wenig Sorge, dass Sie nicht zu wissen scheinen, wie dieses Geschäft funktioniert. Denn wenn Sie es zu schwierig finden, könnte ich sicher eine andere Bürokraft finden, die sich mit Buchhaltung auskennt.«

Schachmatt.

»Ich verstehe, Graham.«

Seine Lippen dehnen sich zu einem Lächeln. Ich kann es mir nicht leisten, den Job zu verlieren, und das weiß er.

Auf dem Heimweg von der Arbeit kaufe ich mir eine Zeitschrift, fest entschlossen, die *Gazette* nicht mal anzusehen. Der U-Bahnhof ist rappelvoll, und die Wintermäntel machen alle Leute doppelt so breit. Ich dränge mich auf dem Bahnsteig zu meiner üblichen Stelle durch. Die Mühe wird sich gelohnt haben, wenn ich zur S-Bahn wechseln muss. Unter meinen Füßen kann ich die Erhebungen fühlen, die Blinden helfen sollen, sich zu orientieren. Meine Schuhe ragen etwas über die gelbe Linie, und ich rücke so weit zurück, wie es das Gedränge der Pendler zulässt. Ich sehe auf das Titelblatt meiner Zeitschrift, auf dem es von zunehmend unglaubwürdigen Überschriften wimmelt.

DIE GROSSMUTTER, DIE DEN TOD ÜBERLIS-
TETE – DREIMAL!
ICH HABE DIE FRAU MEINES SOHNES GEHEI-
RATET!
MEIN ZEHN MONATE ALTES BABY WOLLTE
MICH UMBRINGEN!

Ich spüre den warmen Luftzug auf dem Gesicht, der mir
sagt, dass die Bahn in wenigen Sekunden da ist. Ein tiefes
Rumpeln schwillt im Tunnel an, und mein Haar weht mir
ins Gesicht. Ich will es wegstreichen und entschuldige mich,
als ich mit dem Ellbogen die Frau neben mir anstoße. Noch
ein Schwall Pendler drängt auf den Bahnsteig, und um
mich herum rücken alle dichter zusammen. Unwillkürlich
trete ich einen Schritt vor.

Die Zugfront füllt die Tunnelöffnung, und ich rolle die
Zeitschrift in meiner Hand zusammen. Ich will sie in
meine Tasche stopfen, als ich das Gleichgewicht verliere
und an den Bahnsteigrand kippe. Dabei fühle ich etwas
Festes zwischen meinen Schulterblättern – einen Ellbogen, eine Aktentasche, eine Hand? Ich spüre die Hubbel
unter meinen Füßen, als ich nach vorn stolpere, genauso
wie den aufwirbelnden Schmutz unter den Gleisen, der
vom Luftzug der einfahrenden Bahn rührt. Da ist ein Gefühl von Schwerelosigkeit, als sich mein Gewichtszentrum
nach vorn verlegt und meine Füße nicht mehr fest auf
dem Boden verankert sind. Ich sehe den Lokführer, nehme
das Entsetzen in seinem Gesicht wahr. Sicher denken wir
beide dasselbe.

Unmöglich kann er rechtzeitig bremsen.

Jemand schreit. Ein Mann ruft. Ich kneife die Augen

fest zu. Ein schrilles Geräusch von Metall an Metall ertönt, gefolgt von einem lauten Dröhnen in meinen Ohren. Ein stechender Schmerz durchfährt mich, als meine Schulter nach hinten gerissen wird, sodass ich mich umdrehe.

»Alles okay?«

Ich öffne die Augen. Unmittelbar um mich herum sind die Leute besorgt, aber die Zugtüren öffnen sich, und die Pendler sind in Eile. Sie verschwinden, und die Bahn beendet ihren Fahrgastaustausch, ehe sie sich wieder in Bewegung setzt.

Wieder, noch drängender diesmal, höre ich: »Alles okay?«

Der Mann vor mir hat dichtes graues Haar und einen ordentlich gestutzten Bart. Er ist groß genug, dass ich den Flecken getrockneten Bluts links von seinem Adamsapfel sehen kann. Prompt mache ich einen Schritt rückwärts, und er packt meinen Arm.

»Ganz ruhig. Ich weiß nicht, ob ich zwei Rettungsaktionen an einem Tag schaffe.«

»Rettungsaktionen?« Ich versuche zu begreifen, was gerade passiert ist.

»Stimmt, Rettungsaktion ist wohl übertrieben.« Er lächelt verlegen.

»Sie sind das«, sage ich völlig blöd. Er sieht mich verwundert an. »Aus der District Line heute Morgen.«

»Oh.« Er lächelt höflich. »Stimmt. Tut mir leid, ich ...«

Jetzt kapiere ich gar nichts mehr. Heute Morgen war ich so sicher, dass er mich verfolgt, dabei hat er mich offenbar überhaupt nicht beobachtet. Er erinnert sich nicht mal an mich!

»Nein, klar, warum sollten Sie?« Ich komme mir bescheuert vor. »Jetzt haben Sie meinetwegen Ihre Bahn verpasst. Tut mir leid.«

»In einer Minute kommt die nächste.« Während wir reden, hat sich der Bahnsteig erneut gefüllt mit Leuten, die sich beeilen, vorn in der Schlange zu sein. Menschentrauben bilden sich hinter Pendlern, die wissen, wo die Türen aufgehen.

»Hauptsache es geht Ihnen gut.« Er zögert. »Falls Sie Hilfe brauchen, gibt es Leute, die zuhören ... die Telefonseelsorge zum Beispiel.«

Zunächst bin ich verwirrt, dann wird mir klar, was er meint. »Ich wollte mich nicht umbringen.«

Er glaubt mir nicht. »Schon gut. Wie dem auch sei, die sind zum Helfen da. Sie wissen schon, falls Sie mal Hilfe möchten.«

Noch ein warmer Luftzug und das Rumpeln eines nahenden Zugs.

»Ich sollte lieber ...« Er zeigt auf die Gleise.

»Ja, natürlich. Entschuldigen Sie, dass ich Sie aufgehalten habe. Und nochmals, danke. Ich denke, ich gehe lieber. Ein bisschen frische Luft schnappen.«

»Es hat mich gefreut, Sie kennenzulernen ...« Er hebt die Stimme am Ende, wodurch es zu einer Frage wird.

»Zoe. Zoe Walker.«

»Luke Friedland.« Er reicht mir die Hand. Nach kurzem Zögern schüttle ich sie. Dann steigt er in die Bahn und lächelt mir höflich zu, als sich die Türen schließen und der Zug losfährt. Ich sehe den Anflug eines Lächelns, bevor der Zug im Tunnel verschwindet.

Ich gehe nicht zu Fuß, sondern warte auf die nächste Bahn, achte allerdings darauf, möglichst weit weg von der Bahnsteigkante zu stehen. Der Gedanke, der in meinem Hinterkopf lauerte, nimmt Gestalt an.

Bin ich gestolpert?

Oder wurde ich geschubst?

19

DCI Digby hatte sich in den vier Jahren, seit Kelly ihn zuletzt gesehen hatte, nicht sehr verändert. Er war vielleicht ein bisschen grauer um die Schläfen, sah aber immer noch jung für sein Alter aus, mit diesen wachen, aufmerksamen Augen, an die sie sich so gut erinnerte. Er trug einen perfekt sitzenden Anzug mit blassgrauen Nadelstreifen, und seine Schuhe waren so blank poliert, wie es einem nur das Militär eintrichterte.

»Golf«, beantwortete er Kellys Kompliment. »Ich habe mir immer geschworen, dass ich unter keinen Umständen meinen Ruhestand auf dem Golfplatz verbringe, aber Barbara meinte, entweder das oder ein Teilzeitjob – sie will mich auf keinen Fall den ganzen Tag im Weg haben. Wie sich herausstellt, genieße ich es richtig.«

»Wie lange haben Sie noch?«

»Bis zum April nächstes Jahr. Ich hatte überlegt, länger zu machen, aber so wie wir in letzter Zeit über den Tisch gezogen werden, bin ich ehrlich gesagt froh, dass ich gehen kann.« Er nahm seine Brille ab und stützte die Ellbogen auf den Tisch zwischen ihnen. »Doch Sie haben mich sicher nicht aus heiterem Himmel angerufen, um von meinen Ruhestandsplänen zu hören. Was gibt's?«

»Ich möchte Operation FURNISS zugeteilt werden.«

Der DCI sagte nichts, musterte sie nur. Kelly bemühte sich, mit keiner Wimper zu zucken. Diggers war ihr Mentor gewesen, als sie neu war, und hatte sie als DC in der Abteilung für Sexualdelikte aufgenommen.

Eine außergewöhnliche Kandidatin, hatte in ihrer Bewertung gestanden. *Eine beharrliche und aufmerksame Ermittlerin mit einem hohen Grad an Empathie für die Opfer und eindeutigem Aufstiegspotenzial.*

»Sir, ich weiß, dass ich Mist gebaut hatte«, begann sie.

»Sie haben einen Gefangenen angegriffen, Kelly. Das ist mehr als Mist bauen. Wir reden hier über sechs Monate im D-Flügel bei den Junkies und Kinderschändern.«

Etwas in ihrem Bauch verkrampfte sich.

»Ich habe mich geändert, Sir.« Sie hatte eine Therapie gemacht: Sechs Monate Aggressionsbewältigung, die sie nur noch wütender gemacht hatten. Trotzdem hatte sie mit Bravour bestanden. Es war ein Leichtes, die richtigen Antworten zu geben, wenn man wusste, wie das Spiel funktionierte. Die ehrlichen Antworten waren beim Polizeitherapeuten gar nicht gut angekommen. Er behauptete zwar, nicht zu urteilen, war allerdings sehr blass geworden, als sie seine Frage, *Wie fühlte es sich an, ihn zu schlagen?* mit *Gut* beantwortete.

Von da an behielt sie die Wahrheit für sich. Bereuen Sie, was Sie getan haben? *Kein bisschen.* Hätten Sie anders handeln können? *Hätte ich, es wäre aber weniger befriedigend gewesen.* Würden Sie es wieder tun?

Würde sie?

Sie wusste es nicht.

»Ich bin jetzt seit zwei Jahren wieder dabei, Chef«, sagte sie zu Diggers und versuchte zu lächeln. »Ich war für drei Monate bei der Dip Squad, und ich würde gerne Erfahrungen in der Mordermittlung sammeln.«

»Warum können Sie das nicht in Ihrer Behörde?«

»Ich glaube, dass ich bei der Met eine Menge lernen könnte«, antwortete Kelly. Sie hatte sich die Gründe vorher genau überlegt, entsprechend kamen sie ihr nun leicht über die Lippen. »Und ich weiß, dass Sie eines der stärksten Teams haben.«

Diggers' Mundwinkel zuckten. Natürlich konnte sie ihm nichts vormachen, also hob sie beide Hände.

»Ich habe schon bei der Mordermittlung der British Transport Police angefragt«, gestand sie. »Die wollen mich auf keinen Fall.« Sie hatte Mühe, den Augenkontakt zu halten und ihn nicht sehen zu lassen, wie sehr sie sich schämte und wie es sie kränkte, dass ihre eigenen Kollegen ihr nicht trauten.

»Verstehe.« Er stockte kurz. »Das ist übrigens nicht persönlich gemeint.«

Kelly nickte. Es fühlte sich allerdings persönlich an. Andere Uniformierte wurden sehr wohl ans CID oder MIT ausgeliehen, wenn zusätzliche Kräfte nötig waren. Sie nicht.

»Kein Rauch ohne Feuer, das wissen die auch, und es macht ihnen Sorge. Sie fürchten um ihre eigenen Jobs, um ihren Ruf.« Diggers machte eine Pause, als müsste er sich überlegen, ob er noch mehr sagen wollte. »Und vielleicht haben sie auch schlicht das Gefühl, sich zu Komplizen zu machen.« Er beugte sich vor und senkte die Stimme, bis Kelly ihn kaum noch verstehen konnte. »Immerhin gibt es niemanden in diesem Job, der nicht mindestens schon einmal tun wollte, was Sie getan haben.«

Sekunden vergingen, ehe Diggers sich wieder zurücklehnte und lauter sprach. »Warum dieser Fall? Warum Tania Beckett?«

Hier bewegte Kelly sich auf weniger heiklem Terrain. »Der Fall hängt mit einem Diebstahl in der U-Bahn zusammen, den ich bei der Dip Squad bearbeitet habe. Ich habe schon einen Bezug zu dem Opfer, und ich möchte den Fall gerne weiter im Blick haben. Ohne meine Einmischung hätte man die Serie noch gar nicht als solche erkannt.«

»Was soll das heißen?«

Kelly zögerte. Sie wusste nicht, wie das Verhältnis zwischen dem DCI und Nick Rampello war. Letzteren mochte sie nicht sonderlich, trotzdem würde sie keinen Kollegen anschwärzen.

Diggers nahm seinen Kaffee, trank geräuschvoll einen großen Schluck und stellte den Becher wieder ab. »Kelly, wenn Sie etwas zu sagen haben, dann raus damit. Wäre diese Sache hier völlig korrekt, würden Sie sich in meinem Büro mit mir unterhalten, statt mich zum ersten Mal in vier Jahren auf meinem Mobiltelefon anzurufen und ein Kaffeetrinken vorzuschlagen in diesem ...«, er blickte sich in dem Café mit dem schäbigen Tresen und den abblätternden Postern an den Wänden um, »... noblen Lokal.« Sein nach oben gebogener Mundwinkel milderte die Worte ein wenig, und Kelly atmete tief durch.

»Eine Frau namens Zoe Walker hat sich bei mir gemeldet und gesagt, dass ein Foto von Cathy Tanning in den Kleinanzeigen der *Gazette* erschienen ist. Ihr eigenes Foto ist wenige Tage vorher dort aufgetaucht.«

»Das weiß ich. Worauf wollen Sie hinaus, Kelly?«

»Es war nicht das erste Mal, dass sie der Polizei von den beiden Fotos erzählte. Zoe Walker rief das MIT an dem Tag an, als Tania Becketts Ermordung bekannt wurde.« Kelly mied es sorgfältig, DI Rampello namentlich zu nennen. »Das Team reagierte auf die Information, indem es nach Verbindungen zur Erotikindustrie bei Tania suchte. Dabei wurde außer Acht gelassen, dass Mrs. Walkers eigenes Foto ohne deren Wissen oder Erlaubnis in einer ähnlichen Anzeige benutzt wurde und sie keinerlei Verbindung zu Sex-Hotlines oder Dating-Agenturen hat. Keiner wollte einsehen, dass wir eine mögliche Serie haben. Das änderte sich erst, als ich darauf bestand, Mrs. Walkers Fall auch zu berücksichtigen.«

Diggers sagte nichts, und Kelly hoffte, dass sie keine Grenze übertreten hatte.

»Wer sah es nicht ein?«, fragte er schließlich.

»Ich weiß nicht, mit wem Zoe Walker gesprochen hat«, sagte sie und trank von ihrem Kaffee, um ihm nicht in die Augen sehen zu müssen.

Diggers dachte einen Moment nach. »Wie lange würden Sie zu dem Team wollen?«

Kelly strengte sich an, ihre Begeisterung zu verbergen. »So lange, wie es dauert.«

»Das könnten Monate sein, Kelly. Jahre womöglich. Bleiben Sie realistisch.«

»Na gut, dann drei Monate. Ich kann wirklich zu den Ermittlungen beitragen, Chef, und wäre keine Belastung. Ich kann mich um die Beziehungen zur BTP kümmern, alles im Zusammenhang mit der U-Bahn übernehmen ...«

»Wird die BTP Sie so lange abtreten?«

Kelly konnte sich Sergeant Powells Reaktion lebhaft vorstellen. »Weiß ich nicht. Ich habe noch nicht gefragt, denn vermutlich wäre eine Anfrage von einem leitenden Ermittler ...«, sie brach ab und sah Diggers an.

»Ah, Sie erwarten von mir, dass ich nicht bloß Ihre Mitarbeit autorisiere, sondern auch noch Ihren Vorgesetzten überrede? Oh Mann, Kelly, Sie machen wirklich keine halben Sachen, was?«

»Ich will das wirklich unbedingt, Chef.«

Der DCI sah sie so aufmerksam an, dass sie den Blick senkte. »Werden Sie damit umgehen können?«

»Ja, ich bin sicher, dass ich es schaffe.«

»Ich habe ein exzellentes Team in der Balfour Street. Die Leute kennen sich gut, und sie sind erfahrene Detectives, die eigenständig arbeiten. Sie alle sind dem Druck einer anstrengenden Ermittlung gewachsen.«

»Ich bin eine gute Polizistin, Chef.«

»Meine Leute werden mit emotional schwierigen Fällen fertig«, fuhr er fort, und diesmal war nicht zu überhören, was er meinte.

»Es kommt nicht wieder vor. Ich gebe Ihnen mein Wort.«

Diggers trank seinen Kaffee aus. »Also schön. Ich kann Ihnen nichts versprechen, aber ich werde mit ein paar Leuten telefonieren. Und falls die BTP Sie freistellt, nehme ich Sie für drei Monate.«

»Danke. Ich werde Sie nicht enttäuschen, Chef. Ich ...«

»Unter zwei Bedingungen.«

»Alles.«

»Erstens: Sie arbeiten nicht allein.« Kelly öffnete den Mund, um zu sagen, dass sie keinen Babysitter brauchte, aber Diggers ließ sie nicht zu Wort kommen. »Das ist nicht verhandelbar, Kelly. Ja, Sie sind eine erfahrene Polizistin und ein guter Detective, aber in meinem Team sind Sie auf Probe. Haben Sie das verstanden?« Sie nickte.

»Was ist die andere Bedingung?«

»In dem Augenblick, in dem Sie das Gefühl haben, die Kontrolle zu verlieren – in der Sekunde – will ich Sie da raushaben. Ich habe Sie einmal gerettet, Kelly. Nochmal tue ich es nicht.«

20

»Was hältst du von Isaac?«

Es ist Dienstagmittag, und ich habe mich mit Melissa auf ein Sandwich auf halber Strecke zwischen der Cannon Street und ihrem neuen Café in Clerkenwell verabredet, das gerade für die Eröffnung hergerichtet wird. Sie hat eine enge schwarze Cordhose und eine schwarze Bluse an, und selbst mit dem feinen Staubschleier auf ihren Schultern schafft sie es, super gestylt auszusehen. Ihr Haar hat sie mit einer großen Perlmuttspange nach hinten gebunden.

»Ich mochte ihn. Tippe ich richtig, dass du nicht begeistert bist?«

Ich rümpfe die Nase. »Etwas an ihm stört mich«, antworte ich und zupfe an meinem Sandwich mit Bacon, Salat und Tomate.

»Das würdest du über jeden sagen, der mit Katie zusammen ist.« Melissa klappt ihr Baguette auf und sieht sich den Belag an. »Wie die dafür 3,50 nehmen können, ist mir schleierhaft. Da können höchstens zehn Krabben drin sein.«

»Würde ich nicht.« Würde ich? Kann sein. Ich versuche mich an den letzten Freund zu erinnern, den Katie mit nach Hause brachte. Bisher hat es noch niemanden Ernstzunehmendes gegeben, bloß eine Hand voll linkischer Teenager mit klammem Händedruck. »Es ist nicht nur er, sondern diese ganze Geschichte. Dass Katie – und der Rest der Truppe – wochenlang für nichts arbeiten mit der vagen

Aussicht, irgendeine Gewinnbeteiligung aus den Kartenverkäufen zu bekommen. Das ist Ausbeutung, wenn du mich fragst.«

»Oder eine geniale Geschäftsstrategie.«

»Auf wessen Seite bist du?«

»Auf keiner. Ich sage lediglich, dass es von seiner Warte aus – also Isaacs – eine gute Strategie ist. Begrenzte Auslagen, minimales Risiko. Würde ich mit so einer Strategie zu meiner Bank gehen, wären die entzückt.« Sie grinst, allerdings wirkt es seltsam verkrampft, fast wie eine Grimasse, und ich glaube zu wissen, warum.

»Also ist dein Bankberater kein Fan deiner Expansionspläne?«

»Ich habe keine Ahnung.«

»Was soll das heißen? Hast du kein Geschäftsdarlehen aufgenommen?«

Sie schüttelt den Kopf und nimmt noch einen Bissen von ihrem Baguette. Ihre Antwort klingt, als würde ich ihr die Worte aus der Nase ziehen. »Ich habe eine Hypothek auf das Haus aufgenommen.«

»Jede Wette, dass das bei Neil richtig gut ankam.« Melissas Mann ist so vehement gegen Schulden, dass er nicht mal im Pub am Ende des Abends zahlt, sondern jedes Glas direkt. Melissa sagt nichts.

»Du hast es ihm doch gesagt, oder?«

In dem nun folgenden Schweigen verändern sich Melissas Züge. Der selbstbewusste, amüsierte Ausdruck verschwindet, und für einen Moment wirkt sie ängstlich und nervös. Den Anblick finde ich auf merkwürdige Weise schmeichelhaft, als sei ich in einen Geheimbund aufgenommen worden. In den Jahren, die wir uns kennen, kam es ausgesprochen selten vor, dass ich mal Melissa trösten oder beruhigen musste. Gleichzeitig frage ich mich, wie sie das Haus beleihen konnte, ohne dass Neil es erfuhr, denn ich nehme an, dass die Hypothek auf sie beide läuft. Dann denke ich, je weniger ich weiß, desto besser. Außerdem kenne ich keine bessere Geschäftsfrau als Melissa, und wenn sie Geld leiht, um ein neues Geschäft zu finanzieren, weiß sie, dass es eine sichere Investition ist.

»Zurzeit läuft es bei uns nicht so super«, sagt sie. »Neil hat vor einiger Zeit einen großen Kunden verloren und macht sich Geldsorgen. Das neue Café wird den Verlust auffangen, doch bis es so weit ist, dauert es noch rund ein halbes Jahr.«

»Das versteht er doch sicher.«

»Momentan ist nicht mit ihm zu reden. Er schottet sich ab und ist dauernd schlecht gelaunt.«

»Am Sonntag kam er mir gar nicht so vor.«

Sie lacht verbittert. »Dann liegt es vielleicht nur an mir.«

»Sei nicht albern. Neil betet dich an!«

Sie zieht die Brauen hoch. »Nicht so, wie Simon dich anbetet.« Ich werde rot. »Das ist wahr. Er massiert dir die Füße, bekocht dich, begleitet dich zur Arbeit ... der Mann vergöttert dich.«

Ich kann nicht umhin zu grinsen.

»Du hast wirklich Glück.«

»Haben wir beide«, sage ich, bevor mir klar wird, wie überheblich das klingt. »Ich meine, dass wir eine zweite Chance bekommen haben. Matt und ich waren so lange zusammen, dass wir uns kaum noch richtig wahrgenommen haben.« Es ist, als würde ich beim Sprechen endlich etwas begreifen, was mir bisher immer unklar war. »Er hat mit dieser Frau geschlafen, weil er gar nicht auf die Idee kam, dass das etwas ändern könnte. Für ihn war es völlig klar, dass ich immer da sein würde.«

»Es war mutig von dir, ihn zu verlassen. Mit so kleinen Kindern, meine ich.«

Ich schüttle den Kopf. »Es war blöd. Ich war schrecklich wütend, und dann kam die Kurzschlussreaktion. Matt hat die Frau nicht geliebt. Vermutlich hat er sie nicht mal besonders gemocht. Es war ein Fehler, das klassische Verhalten eines Paars, das seine Ehe für selbstverständlich hält.«

»Denkst du, du hättest bleiben sollen?« Melissa bittet um die Rechnung und winkt ab, als ich mein Portemonnaie heraushole. »Ich zahle.«

Ich bin vorsichtig mit meiner Reaktion, denn sie soll mich nicht falsch verstehen. »Das denke ich heute nicht mehr. Ich liebe Simon, und er liebt mich. Jeden Tag mache ich mir bewusst, was für ein Glück ich habe. Trotzdem habe ich an dem Tag, an dem ich Matt verließ, etwas Gutes weggeworfen, und ich weiß, dass die Kinder es genauso sehen.«

»Katie und Simon verstehen sich gut. Die waren am Sonntag ja ganz dicke, als sie über *Was ihr wollt* geredet haben.«

»Katie, ja, aber Justin ...« Ich verstumme, weil mir aufgeht, dass ich mal wieder die Unterhaltung beherrsche. »Entschuldige, jetzt rede ich nur über mich. Hast du versucht, mit Neil darüber zu sprechen, wie du dich fühlst?« Doch die Verletzlichkeit, die ich für einen Moment bei Melissa gesehen hatte, ist verschwunden.

»Ach, es ist nichts. Er wird drüber wegkommen. Wahrscheinlich eine Midlife-Crisis.« Sie grinst. »Mach dir wegen Justin keine Gedanken. Das ist völlig normal. Ich habe meinen Stiefvater einzig aus dem Grund verachtet, weil er nicht mein Dad war.«

»Ja, das wird es wohl sein.«

»Und wegen Katie musst du dir auch keine Gedanken machen, was diesen Isaac betrifft. Deine Tochter ist ein kluges Mädchen. Schlau *und* schön, nicht schlecht.«

»Schlau, ja. Aber warum sieht sie dann nicht ein, dass es sinnvoll wäre, sich um einen richtigen Beruf zu bemühen? Ich sage ja nicht, dass sie ihre Träume aufgeben soll. Ich möchte bloß, dass sie irgendeinen finanziellen Rückhalt hat.«

»Sie ist neunzehn, Zoe.«

Ich quittiere ihr Argument mit einem ironischen Lächeln. »Ich habe Simon vor einiger Zeit gefragt, ober er ihr ein Praktikum bei der Zeitung vermitteln kann, Theaterkritiken oder so, aber das hat er sofort abgeschmettert. Anscheinend nehmen die nur Leute mit Studienabschluss.«

Die Erkenntnis, dass Katies hart erarbeitete Schulnoten nicht mal ausreichen, um irgendwo umsonst zu arbeiten, war schmerzhaft. »Kannst du nicht irgendwelche Fäden ziehen?«, fragte ich Simon, doch der blieb eisern.

»Sie ist erwachsen, Zoe«, sagt Melissa. »Lass sie ihre eigenen Entscheidungen treffen und selbst herausfinden, welche die richtigen waren.« Sie hält mir die Tür auf, und wir gehen zur U-Bahn. »Ich mag ja keine eigenen Kinder haben. Aber inzwischen habe ich mich lange genug mit deinen beiden beschäftigt, um eines ganz klar zu wissen: Teenager kann man nur zu etwas bringen, wenn man ihnen das Gefühl gibt, es wäre ihre Idee gewesen. In der Beziehung sind sie ein bisschen wie Männer.«

Ich lache. »Apropos, wie macht Justin sich?«

»Der beste Manager, den ich je hatte.« Sie sieht mir meine Zweifel an und hakt sich bei mir ein. »Und das sage ich nicht bloß, weil du meine Freundin bist. Er ist immer pünktlich, er greift nicht in die Kasse, und die Kunden scheinen ihn zu mögen. Das genügt mir vollkommen.«

Sie umarmt mich, bevor sie zur Metropolitan Line geht, um zurück zum Café zu fahren. Und ich fühle mich so aufgemuntert von unserem Mittagessen, dass der Nachmittag wie im Flug vergeht und mir nicht mal Graham Hallows Arroganz die Laune verderben kann.

»Ah, hallo.«

Es ist zwanzig vor sechs, und in der U-Bahn drängeln sich Leute, die überall lieber wären als hier. Ich rieche Schweiß, Knoblauch und Regen.

Und ich kenne diese Stimme.

Ich erkenne diese Selbstsicherheit wieder, diesen Ton von jemandem, der es gewohnt ist, im Mittelpunkt zu stehen.

Luke Friedland.

Der Mann, der mich gerettet hat, als ich gestolpert und fast auf die Gleise gefallen bin.

Gestolpert.

Bin ich gestolpert?

Mir kommt eine flüchtige Erinnerung in den Sinn, das Druckgefühl zwischen meinen Schulterblättern. Alles scheint verschwommen und länger – viel länger – her als vierundzwanzig Stunden.

Gestern habe ich ihm praktisch unterstellt, mich zu stalken, und heute bin ich es, die in einen Wagen steigt, in dem er schon steht. *Siehst du?*, sage ich mir. *Er kann dich nicht verfolgt haben.*

Bei aller Verlegenheit kribbelt es derart heftig in meinem Nacken, dass jeder sehen müsste, wie sich die Härchen dort aufstellen. Ich wische mit einer Hand über die Stelle.

»Schlechten Tag gehabt?«, fragt er. Vielleicht deutet er es irrtümlich als stressbedingte Geste.

»Nein, eigentlich war er gut.«

»Das ist schön! Es freut mich, dass Sie sich besser fühlen.« Er hat diesen übertrieben munteren Ton von jemandem, der mit Kindern arbeitet oder in einem Krankenhaus, und mir fällt sein gestriger Vorschlag ein, dass ich vielleicht mal mit der Telefonseelsorge reden sollte. Er hält mich für suizidgefährdet und denkt, ich wollte mich absichtlich vor die Bahn werfen.

»Ich bin nicht gesprungen«, sage ich. Ich spreche leise – es soll ja nicht der ganze Wagen mithören –, und er schiebt sich um die Frau vor ihm herum und stellt sich neben mich. Als er die Hand nach oben zu der Haltestange über unseren Köpfen streckt, fühle ich das sachte Streifen kleiner Härchen.

»Ist schon okay«, sagt er und klingt so ungläubig, dass ich anfange, meine eigene Geschichte anzuzweifeln. Könnte ich doch versucht haben zu springen? Hat mein Unterbewusstsein mich dazu getrieben, während sich mein Verstand dagegen wehrte? Ich fröstle.

»Tja, hier steige ich aus.«

»Ah.« Wir sind in Crystal Palace. »Ich auch.« Heute hat er sich beim Rasieren nicht geschnitten, und anstelle der blaugestreiften Krawatte trägt er eine in Blassrosa, die sich ziemlich stark von seinem grauen Hemd und dem Anzug abhebt.

»Sie verfolgen mich doch nicht, oder?«, fragt er und entschuldigt sich sofort, als er mein entsetztes Gesicht sieht. »Das war nur ein Scherz.« Wir gehen nebeneinanderher zu den Rolltreppen. Es ist schwierig, sich von jemandem wegzubewegen, der in dieselbe Richtung will. An der Ticketsperre tritt er zur Seite, damit ich meine Karte als Erste durchziehen kann. Ich danke ihm und verabschiede mich, doch danach streben wir in dieselbe Richtung. Er lacht.

»Es ist wie im Supermarkt«, sagt er. »Wenn man jemanden am Gemüsestand begrüßt und ihn hinterher in jedem Gang wiedertrifft.«

»Wohnen Sie hier in der Gegend?« Ich habe ihn noch nie gesehen, aber natürlich ist das lächerlich. Allein in meiner Straße leben Dutzende Leute, die ich nie gesehen habe. Ich werfe zehn Pence in Megans Gitarrenkoffer und lächle ihr zu, als wir vorbeigehen.

»Nein, ich besuche jemanden.« Er bleibt stehen, und automatisch tue ich es auch. »Ich bereite Ihnen Unbehagen, oder? Gehen Sie nur vor.«

»Nein, wirklich nicht«, sage ich, obwohl meine Brust sich anfühlt, als würde ein schweres Gewicht darauf lasten.

»Ich gehe auf die andere Straßenseite, dann fühlen Sie sich nicht genötigt, mit mir zu reden.« Er grinst. Er hat ein nettes Gesicht, warmherzig und offen. Ich weiß selbst nicht, warum er mir so unheimlich ist.

»Das ist wirklich nicht nötig.«

»Ich brauche sowieso noch Zigaretten.« Wir stehen da, während andere Leute um uns herumgehen.

»Na, dann auf Wiedersehen.«

»Auf Wiedersehen.« Er öffnet den Mund, als wolle er noch etwas sagen, doch es kommt nichts, und ich will weggehen. »Ähm, wäre es furchtbar aufdringlich, wenn ich Sie frage, ob ich Sie mal zum Essen einladen darf?« Die Frage kam in einem Atemzug heraus, als sei sie ihm peinlich, dabei wirkt er immer noch selbstsicher. Mir kommt der Gedanke, dass er es extra so klingen lässt, ja, es sogar einstudiert ist.

»Das geht nicht, tut mir leid.« Ich habe keine Ahnung, warum ich mich entschuldige.

»Oder auf einen Drink? Ich meine, ich will nicht die ›Ich habe Ihnen das Leben gerettet‹-Karte ausspielen, aber ...« Er hebt beide Hände, als wolle er sich ergeben, nimmt sie wieder herunter und wird ernster. »Es ist eine seltsame Art, sich kennenzulernen, ich weiß, aber ich würde Sie wirklich gerne wiedersehen.«

»Ich habe einen Freund«, platze ich heraus wie eine Sechzehnjährige. »Wir leben zusammen.«

»Oh!« Für einen Augenblick sieht er verwirrt aus, fängt sich aber gleich wieder. »Natürlich sind Sie mit jemandem zusammen. Dumm von mir. Das hätte ich ahnen müssen.« Er geht einen Schritt auf Abstand.

»Tut mir leid«, wiederhole ich.

Wir verabschieden uns, und als ich mich umsehe, überquert er die Straße zum Zeitungsladen. Um seine Zigaretten zu kaufen, vermute ich.

225

Ich rufe Simon auf seinem Handy an, weil ich nicht allein die Anerly Road hinuntergehen will, und es hilft schon, wenn jemand am Telefon mit mir redet. Es klingelt, doch dann springt die Mailbox an. Er hatte mich heute Morgen daran erinnert, dass er abends bei seiner Schwester zum Essen ist. Ich hatte vorgehabt, mir einen Film anzusehen, vielleicht Justin und Katie zu überreden, dass sie mitmachen. Nur wir drei, wie in alten Zeiten. Doch die Begegnung mit dem Mann in der Bahn hat mich aufgewühlt, und ich frage mich, ob Simon den Besuch bei seiner Schwester verschieben und direkt nach Hause kommen würde.

Wenn ich ihn jetzt in der Redaktion anrufe, müsste ich ihn noch erwischen, bevor er geht. Früher hatte ich seine direkte Durchwahl, aber vor einigen Monaten stellte die Zeitung auf Wechselarbeitsplätze um, sodass er jetzt nie weiß, wo er am nächsten Tag sitzt.

Ich suche die Nummer der Zentrale bei Google heraus.

»Können Sie mich bitte zu Simon Thornton durchstellen?«

»Moment bitte.«

Ich höre klassische Musik, bis es wieder klickt. Währenddessen betrachte ich die Weihnachtsbeleuchtung in der Anerley Road und sehe, dass die kleinen Lichter schon schmutzverschmiert sind. Die Musik hört auf. Ich rechne damit, Simon zu hören, aber es ist wieder die Frau in der Zentrale.

»Können Sie bitte nochmal den Namen wiederholen?«

»Simon Thornton. Er ist Redakteur, hauptsächlich im Feuilleton, aber manchmal auch bei den Nachrichten.« Ich wiederhole, was Simon sonst immer sagt, weiß allerdings nicht, ob beide Redaktionen im selben Büro sitzen oder meilenweit auseinander. Ich könnte nicht mal sagen, ob sie im selben Gebäude sind.

»Tut mir leid, ich habe hier niemanden mit dem Namen. Arbeitet er frei für uns? Dann steht er nämlich nicht auf meiner Liste.«

»Nein, er ist festangestellt und das schon seit Jahren. Können Sie nochmal nachsehen? Simon Thornton.«

»Er ist nicht in meinem System«, sagt sie. »Hier arbeitet kein Simon Thornton.«

21

Kelly nahm ihr Kaugummi heraus und warf es in den Müll. Sie war früh zu Hause aufgebrochen, aber wenn sie noch mehr trödelte, verspätete sie sich womöglich, und das würde sie bei Nick Rampello sicher nicht beliebter machen. Nachdem sie tief durchgeatmet hatte, trat sie entschlossen auf die Tür zu, vor der sie am Freitag gestanden hatte. Ihr Schirm schützte sie kaum vor dem dichten Nieselregen, der ihr waagerecht entgegenzuwehen schien.

Da sie an ihrem ersten Tag einen guten Eindruck machen wollte, hatte sie morgens nach ihrem Hosenanzug gegriffen. Doch dann hatte eine unwillkommene Erinnerung sie frösteln lassen: Den Anzug hatte sie zu ihrer Anhörung getragen, und sie konnte immer noch spüren, wie der Wollstoff an ihrem Handgelenk kratzte, während sie vor dem Büro des Chiefs stand und darauf wartete, dass sie hineingerufen wurde.

Bei dem Gedanken war ihr schlecht geworden. Sie hatte den Hosenanzug vom Bügel genommen, ihn in einen Sammelsack für den Wohlfahrtsladen gesteckt und sich stattdessen für ihre gestreifte Bluse und eine weite graue Hose entschieden, die nun unten am Saum dunkel vom Regenwasser war. Aber selbst ohne den verwunschenen Hosenanzug wurde sie von Erinnerungen eingeholt, die in umgekehrter Reihenfolge abliefen – wie bei einem Film, bei dem die Rücklauftaste gedrückt war: Ihre Rückkehr in den Dienst, wie sie zum ersten Briefing schlich, die Wangen glühend vor Scham, während sich das Geflüster im Raum ausbreitete. Die Monate außer Dienst, die endlosen Tage in ihrem Zimmer, ungewaschen und antriebslos, während sie auf eine Disziplinaranhörung wartete, die ihre Laufbahn beenden könnte. Das Schrillen des Alarms, das besagte, dass es eine Krise im Zellentrakt gab und dringend Verstärkung gebraucht wurde. Eilige Schritte, die nicht zu ihrer Hilfe kamen, sondern um sie wegzureißen.

Nur die Bilder von dem Angriff fehlten. Die tauchten nie auf. Beim Aggressionsbewältigungskurs war Kelly ermuntert worden, über den Vorfall zu reden, ihrem Therapeuten den Ablauf zu schildern, was alles ausgelöst hatte.

»Ich erinnere mich nicht«, hatte sie erklärt. Eben hatte sie den Gefangenen verhört, im nächsten Moment ... der Alarm. Sie wusste nicht, was sie dazu gebracht hatte, so furchtbar die Beherrschung zu verlieren. Sie erinnerte sich an nichts.

»Das ist doch gut, oder nicht?«, hatte Lexi gesagt, als sie Kelly nach einer besonders schwierigen Therapiesitzung besuchte. »So wird es leichter, das hinter dir zu lassen. Du kannst sogar vollständig vergessen, dass es jemals passiert ist.«

Kelly hatte das Gesicht in ihrem Kissen vergraben. Es machte gar nichts leichter. Denn wenn sie nicht wusste, was ihren Kontrollverlust ausgelöst hatte, wie konnte sie da sicher sein, dass es nicht wieder geschah?

Sie drückte den Klingelkopf des MIT und wartete in der kleinen Türnische, wo sie vor dem Regen geschützt war. Eine Stimme erklang.

»Hallo?«

»Hier ist Kelly Swift. Ich bin der Operation FURNISS zugeteilt.«

»Kommen Sie rauf, Kelly!«

Jetzt erkannte sie Lucindas Stimme, und ihre Nervosität legte sich ein wenig. Dies hier war ein Neuanfang, sagte sie sich. Eine Chance, die Vergangenheit hinter sich zu lassen und sich nur aufgrund ihrer Leistungen zu beweisen. Sie nahm den Fahrstuhl und betrat die Abteilung oben diesmal ohne Zögern. Einer aus dem Team, der sie wiedererkannte, nickte ihr zu – Bob, fiel ihr ein, nur zu spät, um ihn mit Namen zu grüßen. Auf jeden Fall gab es ihr Auftrieb, und als Lucinda von ihrem Schreibtisch aufsprang, fühlte Kelly sich noch ein bisschen sicherer.

»Willkommen im Irrenhaus.«

»Danke ... schätze ich mal. Ist der DI da?«

»Der ist zum Joggen.«

»Bei dem Wetter?«

»Tja, so ist er. Aber er erwartet Sie. Diggers hat gestern eine Rundmail an alle geschickt, um Sie anzukündigen.«

Kelly versuchte, Lucindas Miene zu deuten. »Wie kam das an?«

»Bei Nick?« Sie lachte. »Ach, Sie kennen ja Nick. Das heißt, nein, wohl nicht. Wie auch immer, der DI ist super, tut sich aber schwer mit Autoritäten. Wäre es seine Idee gewesen, jemanden von der BTP ins Boot zu holen, wäre er jetzt total begeistert. Diggers und er sind sich allerdings nicht rundum grün, also ...« Lucinda stockte. »Das wird schon. Jetzt zeige ich Ihnen erst mal, wo Sie arbeiten.«

In dem Moment ging die Tür auf, und DI Rampello kam herein. Er trug Shorts und ein Gore-Tex-T-Shirt unter einer leichten neonfarbenen Jacke, deren Reißverschluss bis zur Brust geschlossen war. Er nahm seine Ohrhörer raus, wickelte sie auf und steckte sie in ein Paar Lycra-Handschuhe. Wasser tropfte auf den Boden.

»Wie ist es draußen?«, fragte Lucinda lässig.

»Herrlich«, antwortete Nick. »Fast tropisch.« Er ging zur Umkleide, ohne von Kelly Notiz zu nehmen, die Lucinda um das lockere Verhältnis zu dem DI beneidete.

Sie hatte gerade ihren Computer eingeschaltet und sah sich nach dem Zettel mit ihrem Log-in um, den Lucinda ihr gegeben hatte, als Nick zurückkehrte. Er hatte ein weißes Hemd an, das an seinem noch feuchten Oberkörper klebte, und eine aufgerollte Krawatte in der Hand. Sein Jackett warf er über den Stuhl neben Kelly.

»Ich weiß nicht genau, ob ich sauer sein soll, weil Sie zum DCI gegangen sind, oder ob ich Ihr Verhandlungsgeschick bewundern soll. Im Interesse des Arbeitsklimas entscheide ich mich für Letzteres.« Er grinste und streckte ihr die freie Hand hin. »Willkommen an Bord.«

»Danke.« Kelly spürte, wie sich die Muskeln in ihren Schultern entspannten.

»Sie sind eine alte Freundin des DCI?«

»Keine Freundin, nein. Er war mein DI in der Abteilung für Sexualdelikte.«

»Er hält große Stücke auf Sie. Wie ich erfahren habe, haben Sie schon eine Belobigung.«

DI Rampello hatte seine Hausaufgaben gemacht. Die Belobigung war das Ergebnis einer monatelangen, mühseligen Suche nach einem Mann, der sich vor Schülerinnen entblößte. Kelly hatte Unmengen Zeugenaussagen aufgenommen und eng mit der Analyse- und Präventionseinheit zusammengearbeitet, um bekannte Sexualstraftäter und sonstige Personen auszuschließen, welche die Polizei bereits auf dem Schirm hatte. Schließlich hatte sie durchgesetzt, dass Lockvögel eingesetzt wurden – ein Team von Undercover-Polizistinnen, die in Hochrisikogebieten als potenzielle Opfer auftraten –, und den Täter kurz darauf auf frischer Tat ertappt. Es rührte sie, dass Diggers die Belobigung erwähnt und sich offenbar ziemlich ins Zeug gelegt hatte, um ihr den Einstieg bei Nick zu erleichtern. Doch dieses Gefühl hielt nicht lange vor.

»Der DCI wünscht, dass Sie immer mit jemandem zusammenarbeiten.« Nichts an dem Satz deutete an, dass Nick den Grund für diese Bedingung kannte, aber Kelly war nicht so naiv zu glauben, dass die beiden Männer sich nicht darüber unterhalten hatten. Sie merkte, wie ihre Wangen heiß wurden, und hoffte, dass es nicht allzu offensichtlich für Nick war – oder für Lucinda, die interessiert zuhörte. »Also können Sie mit mir zusammenarbeiten.«

»Mit Ihnen?« Kelly hatte angenommen, dass sie einem DC zugeteilt würde. Hatte Diggers entschieden, dass der DI ein Auge auf sie haben sollte, oder war es Nicks Idee? War sie wirklich solch ein Risiko?

»Sie können ebenso gut gleich vom Besten lernen.« Nick zwinkerte ihr zu.

»Eingebildeter Affe«, sagte Lucinda. Nick tat die Bemerkung mit einem Achselzucken ab, als wollte er sagen, *Was kann ich dafür, dass ich genial bin?*, und Kelly musste schmunzeln. Lucinda hatte recht: Er war eingebildet, aber wenigstens konnte er über sich selbst lachen.

»Wirst du mich sponsern, Luce?«, fragte Nick, und Kelly wurde mit einem Anflug von Erleichterung klar, dass dieses Gespräch beendet war.

»Ich habe dir das Geld schon vor Wochen gegeben!«

»Das war für den Great North Run. Jetzt geht es um den Great South Run.« Er blickte Lucinda an, die ihre Arme fest vor der Brust verschränkt hatte. »Denk an die Kinder, Luce. Die armen kleinen Waisenkinder ...«

»Ach, na gut! Trag fünf Pfund für mich ein.«

»Pro Meile?« Nick grinste, doch gleich darauf wurde er ernst. »Okay. Also, ich brauche ein Update. Auf den ersten Blick gibt es keine Verbindung zwischen Tania Beckett und Cathy Tanning, abgesehen von den Anzeigen, aber ich will wissen, ob wir irgendwas übersehen haben.«

»Na gut, stell den Wasserkocher an und rück deinen Geheimvorrat an Hobnobs raus, dann bringe ich dich beim Briefing auf den neuesten Stand.«

»Welcher Geheimvorrat?«, fragte Nick, was ihm einen strengen Blick von Lucinda eintrug.

»Inspector, ich bin Analystin«, sagte sie und zog eine Braue hoch, als sie seinen Rang betonte. »Vor mir kannst du nichts verstecken.« Dann kehrte sie zu ihrem Schreibtisch zurück, und Kelly riskierte ein Lächeln.

»Wenn Sie mir sagen, wo die Küche ist, mache ich den Tee.«

Nick Rampello wirkte erfreut. »Sie werden es hier weit bringen. Die zweite Tür rechts in der Eingangshalle.«

Am Ende des ersten Tags hatte Kelly intime Bekanntschaft mit dem Wasserkocher geschlossen. Sie hatte unzählige Tassen Tee und Kaffee gekocht und die Zeit dazwischen genutzt, um sich die Fallakten näher anzusehen. Punkt siebzehn Uhr betrat sie den Besprechungsraum. Außer Nick und Lucinda waren noch mehrere andere Ermittler hier, deren Namen ihr nach der Vorstellungsrunde leider sofort wieder entfallen waren. Im Besprechungsraum standen mehrere freie Stühle, dennoch saß niemand – ein nicht ganz subtiles Signal, dass die Leute Wichtigeres zu tun hatten. Davon ließ Nick Rampello sich jedoch nicht irritieren.

»Nehmt euch einen Stuhl und setzt euch«, befahl er. »Ich halte euch auch nicht lange auf, aber wir haben es mit einer komplizierten Ermittlung zu tun, und ich will, dass alle auf demselben Stand sind.« Er wartete, bis Ruhe herrschte. »Es ist Dienstag, der vierundzwanzigste November, und dies ist ein Briefing zur Operation FURNISS, einer Ermittlung im Zusammenhang mit dem Mord an Tania Beckett sowie anderen Straftaten mit weiblichen Opfern, nämlich Schlüsseldiebstahl und Verdacht auf Einbruch bei Cathy Tanning. Die Verbindung zwischen diesen Taten sind Anzeigen in der *London Gazette*. Dort erschienen Fotos von beiden Frauen.« Nick sah Lucinda an. »Hiermit übergebe ich an dich.«

Lucinda ging nach vorn. »Ich sollte mir die Morde der letzten vier Wochen ansehen, habe mir aber zudem noch sexuelle Belästigungen, Nötigungen und Einbrüche vorgenommen, bei denen die Opfer weiblich waren. Häusliche Gewalt habe ich ausgeschlossen, trotzdem blieben noch einige Fälle übrig.« Während sie sprach, steckte sie einen

USB-Stick in den Laptop, der an einen eingeschalteten Projektor angeschlossen war. Die erste Bilderreihe zeigte Fotos, auf denen Kelly die Frauen aus den Anzeigen in der *London Gazette* wiedererkannte; die Ergebnisse aus der Akte, die Tamir Barron ihr beim Besuch der Redaktion nur widerwillig überlassen hatte. Lucinda klickte durch die nächsten vier Bilder: ein schwindelerregendes Mosaik von Fotos. »Diese Frauen wurden alle im letzten Monat Opfer von relevanten Verbrechen. Wie ihr seht, habe ich sie nach äußeren Merkmalen geordnet, erst Hautfarbe, dann Haarfarbe und dann Unterkategorien nach dem geschätzten Alter. Offensichtlich ist das keine exakte Wissenschaft, aber es machte den nächsten Teil einfacher.«

»Sie mit den Anzeigen abgleichen?«, rief jemand irgendwo hinter Kelly.

»Genau. Ich habe vier Übereinstimmungen gefunden, zu denen ich mir die Fallakten gründlicher angesehen habe, um das Anzeigenbild mit den Opferfotos zu vergleichen.« Lucinda rief die nächsten Bilder auf und gab zu jedem eine kurze Erklärung. »Charlotte Harris, eine sechsundzwanzigjährige Rechtsanwaltsgehilfin aus Luton, die in Moorgate arbeitet. Versuchter sexueller Übergriff von einem bisher nicht identifizierten Mann mit asiatischem Aussehen.« Links auf dem Bild war ein mit dem Namen des Opfers beschriftetes Foto, rechts die passende Kleinanzeige aus der *London Gazette*.

»Treffer«, sagte Nick finster.

»Emma Davies, vierunddreißig Jahre alt, sexuelle Nötigung in West Kensington.«

Kelly atmete langsam aus.

»Laura Keen, einundzwanzig, ermordet letzte Woche in Turnham Green.«

»Die haben wir schon auf dem Schirm«, unterbrach Nick. »Das West-MIT hatte wegen ihres Alters auf eine mögliche Verbindung zu Tania Beckett hingewiesen.«

»Nicht bloß eine mögliche«, sagte Lucinda. »Ich würde sagen todsicher – ist nicht ironisch gemeint.« Sie rief das nächste Bild auf, das eine dunkelhaarige Frau in den Vierzigern zeigte. Wie bei den anderen, war auch ihr Foto neben einer Gazette-Ausgabe mit der passenden Anzeige arrangiert. »Die hier ist komisch. Es gab mehrere Beschwerden von einer Mrs. Alexandra Chatham, die nahe Hampstead Heath wohnt, dass jemand in ihr Haus eingebrochen sei, während sie schlief, und Sachen herumgerückt habe. Momentan ist der Fall beim Safer-Neighbourhood-Team, aber er war von Anfang an mit einem Fragezeichen versehen. Der Officer vor Ort hat keine Einbruchspuren gefunden, während Mrs. Chatham sich nicht davon abbringen lässt, dass jemand wiederholt durch ihr Haus geschlichen ist.« Lucinda sah zur Tafel. »Dann haben wir natürlich noch Cathy Tanning – ein weiteres Opfer eines möglichen nächtlichen Herumtreibers – und Tania Beckett, unser Mordopfer. Sechs bisher. Und ich bin noch nicht fertig.«

Stille trat ein, als Nick die Bedeutung dessen, was Lucinda gesagt hatte, auf die anderen wirken ließ. Dann zeigte er zu Lucindas letztem Bild, auf dem die sechs bestätigten Fälle neben ihren jeweiligen Anzeigen aufgereiht waren. »Bislang wurden insgesamt vierundachtzig Anzeigen geschaltet, das heißt, es müssen noch achtundsiebzig Frauen identifiziert werden, die eventuell Verbrechensopfer wurden. Die Kopien dieser Anzeigen sind hier.« Nick zeigte auf ein zweites Whiteboard. »Und in euren Briefing-Mappen.« Es folgte Papierrascheln, als alle sofort den Stapel Unterlagen durchsahen, die sie bei ihrer Ankunft bekommen hatten.

Unterdessen fuhr Lucinda fort: »Ich arbeite noch an dem Abgleich der bisherigen Anzeigen, bei denen es um Verbrechen gegen Frauen in unserem Zuständigkeitsbereich geht, stehe aber auch in Kontakt mit Surrey, Thames Valley, Essex, Hertfordshire und Kent, falls sie dort passende Fälle haben. Ich habe ein paar gefunden, die möglicherweise ins Raster passen, möchte aber noch warten, bis ich sicher bin, bevor ich Verwirrung stifte, wenn das in Ordnung ist, Chef.«

»Ja, sehr gut.«

»Du hast mich gebeten, die Opfer untereinander und die Taten zu vergleichen, um zu sehen, ob es Ähnlichkeiten gibt. Da habe ich leider nicht viel. Auf den ersten Blick sind die Taten sehr unterschiedlich. Wenn man das Offensichtliche allerdings streicht – die Tat selbst –, ist der gemeinsame Nenner der öffentliche Nahverkehr. All diese Frauen waren auf dem Weg zur Arbeit oder auf dem Heimweg.«

Nick bejahte. »Ich möchte ihre Wege nachgezeichnet haben. Sehen wir mal, ob sie sich irgendwo kreuzen.«

»Bin schon dabei, Chef.«

»Was wissen wir über den Täter?«

»*Die* Täter«, korrigierte Lucinda. »Charlotte Harris beschreibt einen großen asiatischen Mann mit auffälligem Aftershave. Sie konnte sein Gesicht nicht sehen, aber er war elegant gekleidet, in Anzug und grauem Mantel. Emma Davies, die in West Kensington sexuell genötigt wurde, beschreibt ihren Angreifer als weiß und deutlich übergewichtig. Über den Turnham-Green-Fall haben wir sehr wenig, doch eines der Bilder aus der Sicherheitskamera zeigt unmittelbar vor Laura Keens Ermordung einen großen weißen Mann ganz in der Nähe.«

»Cathy Tannings Schlüssel wurden von einem Asiaten gestohlen«, sagte Kelly. »Auf den Kameraaufzeichnungen ist sein Gesicht allerdings nur sehr ungenau zu erkennen.«

»Sechs Verbrechen«, sagte Nick, »und möglicherweise sechs verschiedene Täter. Man muss kein Genie sein, um zu sehen, dass die Anzeigen eine Schlüsselrolle bei dieser Ermittlung spielen. Wir werden uns deshalb darauf konzentrieren, denjenigen zu finden, der sie schaltet.« Er ging wieder nach vorn, und Lucinda klickte zum nächsten Bild, das eine Vergrößerung von Zoe Walkers Anzeige zeigte.

»Die Anzeigen laufen schon seit Anfang Oktober. Sie erschienen auf der vorletzten Seite bei den Kleinanzeigen, alle in der unteren rechten Ecke. Keines dieser Fotos wurde von einem Fotografen gemacht.«

»Zoe Walker hat mich gestern angerufen«, sagte Kelly. »Wie sich herausstellt, wurde ihr Foto von einer Facebook-Seite kopiert – sie hat mir die unbearbeitete Version geschickt. Es ist ein Bild von ihr und ihrer Tochter Katie, aufgenommen bei einer Hochzeit vor einigen Jahren.«

»Ich sehe mir nochmal Tannings und Becketts Facebook-Seiten an«, kam Lucinda Nick zuvor. »Es gibt Übereinstimmungen bei all den Fotos, wobei die auffälligste ist, dass keine der Frauen direkt in die Kamera sieht.« *Als hätten sie nicht gewusst, dass sie fotografiert werden,* dachte Kelly.

Nick übernahm wieder: »In jeder Anzeige steht diese

Internetadresse.« Er zeigte oben auf den Bildschirm, wo www. findtheone.com stand.

»Eine Dating-Agentur?« Die Frau neben Kelly hatte sich eifrig Notizen in ihrem Spiralblock gemacht. Ein Detective auf der anderen Seite des Raum blickte zu seinem Telefon und kurz zum Whiteboard, um die Adresse zu prüfen.

»Kann sein. Keines der Opfer hat den Namen wiedererkannt. Cathy Tanning war eine Weile bei eDarling registriert, und wir sind mit ihnen in Kontakt, um zu erfahren, ob ihr System gehackt wurde. Tania Becketts Verlobter beteuert wenig verwunderlich, dass sie nicht mal in der Nähe einer Dating-Website gewesen ist, und dasselbe sagt auch Zoe Walker. Wie einige von euch zweifellos schon entdeckt haben, führt die Webadresse zu einer leeren Seite, in der nur ein Kasten nach einem Passwort fragt. Die Leute vom Cyber Crime sind da dran, und ich halte euch auf dem Laufenden, was sie finden. Okay, die Zeit drängt. Machen wir weiter.«

»Die Telefonnummer«, sagte Lucinda. Sie drehte sich zum Whiteboard hinter ihr und unterstrich die Nummer, die dort groß in Rot stand: 02553463 2478 38 643. »Keine Spur in unserem System. Die Nummer ist ungültig, was ihre Angabe in der Anzeige – sofern es sich nicht um einen Tippfehler handelt – ziemlich sinnlos macht.«

Nichts war sinnlos. Diese Nummer stand aus einem Grund dort. Kelly betrachtete die vergrößerte Anzeige aus der *London Gazette* hinter Lucinda. Es stand eine Textzeile unter dem Foto.

Besuchen Sie unsere Website, um nähere Informationen zu erhalten. Verfügbarkeit vorbehalten. Es gelten die AGB.

Die Website, klar, aber wie? Was war das Passwort?

Nick hatte sich neben Lucinda gestellt, gab Anweisungen und ermahnte das Team, ihn unbedingt auf dem Laufenden zu halten. Kelly starrte die Anzeigen an und fragte sich, was sie übersahen.

»In diesem Stadium der Ermittlung bekommen wir jede Menge Informationen herein, ohne eine klare Verbindung herstellen zu können«, sagte Nick. »Wer diese Anzeigen in die *Gazette* gestellt hat, will entweder ein Verbrechen ankündigen oder macht Verbrechen durch andere Täter möglich.«

Kelly hörte nur halb zu, während sich in ihrem Kopf lauter Knoten bildeten. Was sollte eine Anzeige ohne konkreten Appell? Warum schickte man potenzielle Kunden zu einer Website, ohne ihnen einen Zugang zu der Seite zu geben?

02553463 2478 38 643

Plötzlich setzte Kelly sich auf, denn ihr kam eine Idee. Was, wenn die Telefonnummer gar keine war, sondern ein Passwort?

Sie vergewisserte sich, dass ihr Handy stummgeschaltet war, ehe sie Safari öffnete und den Domain-Namen eingab.

www.findetheone.com

Der Cursor blinkte, und Kelly tippte *02553463 2478 38 643* in den weißen Kasten. Dann drückte sie Enter.

Ihr Passwort wurde nicht erkannt.

Kelly verkniff sich ein Seufzen. Sie war so sicher gewesen, dass die Telefonnummer der Schlüssel war. Als sie Safari gerade wieder schließen wollte, leuchtete eine Textnachricht auf dem Display auf.

See you 2night, Sis! Freu mich! xx

Allein die abgekürzten Wörter und Kombinationen von Buchstaben und Zahlen hätten Kelly verraten, dass es ein Text von Lexi war, auch ohne die Nummer ihrer Schwester zu sehen. Sie kannte sonst niemanden, der immer noch schrieb wie die Teenager in den Neunzigern. Unwillkürlich stellte sie sich ihre Schwester vor, wie sie stirnrunzelnd auf den winzigen Bildschirm sah und geduldig jede Taste ihres uralten Nokias drückte, bis der richtige Buchstabe erschien.

02553463 2478 38 643

Ihr kam ein Gedanke. Sie blendete die Tastatur auf dem Telefon ein und sah von der Zahl zwei auf die Buchstaben darunter.

A.B.C.

Einhändig griff sie nach ihrem Notizblock, schlug ihn blind auf und schnipste die Kappe ihres Stifts ab, um die Buchstaben zu notieren, ohne den Blick von ihrem Handy abzuwenden.

Unter der Zahl fünf waren drei Buchstaben: J, K, L. Kelly schrieb sie auf.

Als Nächstes kam die Drei: die Buchstaben D, E und F.

Kelly schrieb konzentriert, vergaß das Briefing, während sie sich bis zur letzten Zahl vorarbeitete. Dann nahm sie ihren Notizblock auf, betrachtete die Buchstaben und suchte nach einem Muster, einem Wort.

A.L.L.E.I.N.E.

Ein Leerzeichen.

B.I.S.T ...

ALLEINE BIST DU NIE.

Kelly schnappte nach Luft. Sie blickte auf und bemerkte, dass DI Rampello sie ansah, die Arme vor dem Oberkörper verschränkt.

»Haben Sie ein Update zur Ermittlung, an dem Sie uns teilhaben lassen möchten?«

»Ja, Sir«, antwortete Kelly. »Ich glaube, das habe ich.«

22

Meine erste erfolgreiche Verkupplung war kaum eine Sache für die Polizei.

Da war dieses Mädchen in der Bakerloo Line. Jeden Freitag stieg sie am Piccadilly Circus aus und kaufte sich einen Lotto-schein für EuroMillions.

»Das sind die Gewinnzahlen«, sagte sie zu dem Mann hinter dem Tresen, als sie ihm das Geld gab.

Er lachte. »Das haben Sie letzte Woche auch schon gesagt.«

»Diesmal bin ich mir sicher.«

»Auch das haben Sie gesagt.«

Sie beide lachten, und ich wusste, dass sie diese Unterhaltung jeden Freitag führten, immer zur exakt gleichen Zeit.

Am Freitag drauf beobachtete ich, wie sie am Piccadilly Circus aus der Bahn stieg und zum Zeitungsladen ging.

Er wartete schon auf sie.

Er stand fünf Meter oder so vom Kiosk entfernt und verlagerte nervös das Gewicht von einem Bein aufs andere – als würde er sich für ein Vorstellungsgespräch bereitmachen. Teurer Anzug; hübsche Schuhe. Ein Mann mit mehr Geld als Zeit. Er hielt inne, als er sie sah, wischte sich die schwitzenden Hände an seiner Hose ab. Ich rechnete damit, dass er sie ansprechen würde, doch stattdessen überholte er sie auf dem Weg zum Kiosk, sodass er einen Augenblick vor ihr ankam. Er hat die Nerven verloren, dachte ich.

»Ein Glückslos für die EuroMillions-Auslosung heute Abend, bitte«, sagte er. Er bezahlte und nahm den Lottoschein. »Das sind übrigens die Gewinnzahlen.« Die junge Frau hinter ihm lächelte. Er ließ sich viel Zeit damit, den Lottoschein in seine Brieftasche zu stecken, und trat beiseite, während sie ihr eigenes Glückslos kaufte. »Ich glaube, ich habe mich eben vorgedrängelt. Entschuldigen Sie bitte.«

»Ist schon gut, wirklich.«

»Aber was ist, wenn dieser Schein für Sie bestimmt war?« Er reichte ihn ihr. »Nehmen Sie ihn. Ich bestehe darauf.«

Sie sträubte sich zunächst, aber nicht lange. Und sie lächelten einander an.

»Von dem Gewinn dürfen Sie mich zum Essen einladen«, scherzte er.

»Und wenn ich nicht gewinne?«

»Dann lade ich Sie zum Essen ein.«

Du kannst nicht leugnen, dass du diese Begegnung genossen hast. Vielleicht wurdest du rot, als er dich ansprach, und fandest es sogar ein bisschen dreist. Aber du musst dich geschmeichelt gefühlt haben, dankbar, von einem gutaussehenden Mann beachtet zu werden. Von einem reichen Mann. Einem erfolgreichen. Jemandem, den du sonst vielleicht nie kennengelernt hättest.

Da du nun weißt, was ich tue, bist du fasziniert, oder? Du fragst dich, welche Informationen ich über dich gesammelt habe; was auf meiner fortwährend wachsenden Website aufgelistet ist. Du fragst dich, ob du auch, wie diese junge Frau, von einem attraktiven Fremden angesprochen wirst. Du fragst dich, ob er dich zum Essen einlädt.

Kann sein, kann auch nicht sein. Vielleicht hat er dich schon gefunden, beobachtet dich schon. Vielleicht folgt er dir seit Wochen.

Das Leben ist eine Lotterie.

Er könnte etwas völlig anderes für dich im Sinn haben.

23

Inseriert: Freitag, 13. November
Weiß.
Ende dreißig.
Blondes Haar, gewöhnlich hochgebunden.
Brille (könnte Kontaktlinsen tragen)
Flache Schuhe, schwarze Hose mit engem Top.
Roter, dreiviertellanger Regenmantel.
Konfektionsgröße: 38-40

08:10 Uhr: Betritt S-Bahnhof Crystal Palace.
Redet kurz mit Straßenmusikerin und wirft
Münze in Gitarrenkoffer. Nimmt S-Bahn nach
Norden bis Whitechapel. Steigt um in
District Line (westliche Richtung), Wagen
Nummer fünf, um am Ausgang Cannon Street
auszusteigen. Geht direkt aus dem Bahnhof
und am Straßenrand entlang, um das Gedränge
auf dem Gehweg zu meiden. Hält ihr Telefon
in der rechten Hand, hat die Handtasche quer
über den Oberkörper gehängt. Arbeitet bei
Hallow & Reed, Immobilienmakler, Walbrook
Street.

Verfügbarkeit: Montag bis Freitag
Dauer: 50 Minuten
Schwierigkeitsgrad: Mittel

»Wir müssen es ihr sagen.« Kelly blickte entsetzt auf den Bildschirm, der detailliert auflistete, was nur Zoe Walkers Arbeitsweg sein konnte.

»Ist sie das definitiv?«, fragte Lucinda. Kelly und Nick waren über den Schreibtisch des DI gebeugt und starrten auf seinen Laptop. In dem großen Büro waren alle anderen Lampen aus, und die gelbe Leuchtröhre über Nicks Schreibtisch flackerte ein wenig, als stünde sie kurz vorm Aus. Lucinda blickte von ihrem Bildschirm am Nebentisch auf, wo sie mühsam jedes Bild von der Website mit den Anzeigen in der *London Gazette* verglich.

»Die Beschreibung passt, das Datum des Eintrags passt, und sie arbeitet bei Hallow & Reed«, sagte Kelly. »Das muss sie sein. Sollen wir es ihr telefonisch mitteilen oder zu ihr fahren?«

»Moment.« Nick hatte nicht viel gesagt, als Kelly ihm erklärte, wie sie auf das Passwort gekommen war. Er hatte nur einen Blick auf ihr Telefon geworfen, dessen kleines Display nun einen ganz anderen Text über dem weißen Feld zeigte.

Login oder neues Konto anlegen.

Den Rest des Teams hatte Nick mit dem strikten Befehl nach Hause geschickt, um acht Uhr morgen früh zu einem weiteren Briefing da zu sein. »Wir haben einen langen Tag vor uns«, hatte er sehr ernst angekündigt.

Es hatte nur Sekunden gedauert, Nicks Computer hochzufahren und auf die Website zu kommen. Weit schwieriger war es, zur Polizeiverwaltung durchzukommen, um die Ausgaben außerhalb der normalen Bürozeiten absegnen zu lassen. Irgendwann war es Nick zu nervig geworden. Er hatte den Hörer aufgeknallt und seine eigene Kreditkarte aus seiner Brieftasche geholt.

»Hiervon dürfen die Medien niemals Wind kriegen«, sagte er jetzt. »Das würde ein Riesentheater geben. Also dürfen wir vorerst auch Zoe Walker nichts davon sagen.«

Kelly nahm sich eine Sekunde, eine angemessenere Antwort darauf zu finden als die, die ihr auf der Zunge lag. »Sir, sie ist in Gefahr. Ist es nicht unsere Pflicht, sie zu warnen?«

»Im Moment ist die Situation unter Kontrolle. Derjenige, der diese Anzeigen schaltet, weiß nicht, dass die Polizei an ihm dran ist. Folglich haben wir eine Chance, ihn zu identifizieren. Wenn wir das hier Zoe Walker zeigen, wird sie es ihrer Familie und ihren Freunden erzählen.«

»Dann bitten wir sie, es für sich zu behalten.«

»Verkennen Sie die menschliche Natur nicht, Kelly. Zoe würde versuchen, die anderen Frauen zu schützen. Ehe wir es uns versehen, ist die Presse dran, und dann bricht Panik aus. Unser Täter taucht ab, und das war es dann mit unserer Chance.«

Kelly fürchtete, sich im Ton zu vergreifen, wenn sie etwas sagte. Aber Zoe Walker war nun mal kein Kanonenfutter.

»Wir besuchen sie morgen und schlagen ihr vor, einen anderen Weg zur und von der Arbeit zu nehmen«, sagte Nick. »Wir können ihr zu den Standardmaßnahmen für jeden raten, der sich gefährdet fühlt – ändern Sie Ihren Tagesablauf, seien Sie weniger berechenbar. Mehr muss sie nicht wissen.« Er klappte den Laptop zu, um Kelly klar zu verstehen zu geben, dass dieses Gespräch beendet war. »Ihr beide könnt jetzt Schluss machen. Ich sehe euch frisch und munter morgen früh.« Kaum hatte er ausgeredet, ging der Summer für die Eingangstür. Kelly ging hin.

»Das wird der Cyber-Spezialist sein«, sagte Nick. »Lassen Sie ihn rein.«

Andrew Robinson hatte eine schwarzgerahmte Brille und einen kurz gestutzten Ziegenbart. Er trug ein graues T-Shirt und Jeans unter einem Parka, den er gleich auszog und auf den Fußboden neben seinem Stuhl fallen ließ.

»Sehr nett von Ihnen, dass Sie vorbeikommen«, sagte Nick.

»Kein Problem. Ich hatte sowieso nicht vor, so bald nach Hause zu gehen. Ich habe mir Ihre Website mal angesehen. Der Besitzer der Domain hat dafür bezahlt, nicht im WHOIS aufzutauchen – sozusagen das Telefonbuch der Websites –, deshalb musste ich eine Datenfreigabe beantragen, um an den Namen und die Adresse zu kommen. Bis ich die habe, versuche ich, über die IP-Adresse den Administrator zu finden, obwohl ich vermute, dass sie über Proxyserver gehen, also wird das nicht einfach.«

Auch wenn sie wenig von dem verstand, was Andrew sagte, wäre Kelly lieber geblieben und hätte zugehört. Doch Lucinda zog sich bereits ihren Mantel an, und widerwillig tat Kelly es ihr gleich. Unwillkürlich fragte sie sich, wie lange Nick noch weiterarbeiten würde und ob zu Hause jemand auf ihn wartete.

Sie nahmen die Treppe nach unten. Lucindas Haar war so glatt und schimmernd wie am Morgen, und Kelly wurde sich plötzlich ihrer wuscheligen Mähne bewusst, die sich jedes Mal in alle Richtungen aufstellte, wenn sie sich mit den

Fingern hindurchfuhr. Vielleicht sollte sie ein bisschen Make-up ausgraben. Lucinda war nur ganz dezent geschminkt, doch der Lipgloss und die nachgezeichneten Augenbrauen verliehen ihr einen gepflegten, professionellen Look, der Kelly leider vollkommen abging.

»Wo müssen Sie hin?«, fragte Lucinda, als sie zur U-Bahn gingen. Sie bewegte sich mit großen Schritten, sodass Kelly schneller als gewöhnlich gehen musste.

»Elephant and Castle. Ich wohne in einer WG mit zwei anderen BTP-Polizistinnen und einer Krankenschwester. Und Sie?«

»Kilburn.«

»Nicht schlecht.«

»Ich wohne bei meinen Eltern. Beschämend, ich weiß, immerhin bin ich schon achtundzwanzig. Nick macht sich darüber immer lustig. Aber nur so kann ich genug für eine Anzahlung auf eine Wohnung ansparen.« Sie schwenkte hinter Kelly ein, als ihnen eine Frau in grellbunten Leggings und mit einer Pudelmütze auf dem Kopf entgegengelaufen kam, und sprach lauter. »Wie fanden Sie Ihren ersten Tag?«

»Mir schwirrt der Kopf. Aber ich fand es klasse. Es ist eine Weile her, seit ich in einer Ermittlungsabteilung war. Ich hatte schon fast vergessen, wie es da zugeht.«

»Wie kommt das eigentlich? Sie waren doch bei der Einheit für Sexualdelikte, oder?«

Zwar hatte sie mit der Frage gerechnet, trotzdem stockte Kelly kurz der Atem. Lucinda schien schlicht interessiert zu sein. Oder wusste sie schon, was passiert war? Wollte sie ein bisschen Klatsch hören?

»Ich wurde suspendiert«, sagte sie und überraschte sich

selbst damit. *Ich bin gegangen,* lautete normalerweise ihre Antwort, gefolgt von einem blödsinnigen Geschwurbel, sie hätte mehr Erfahrungen im direkten Dienst vor Ort sammeln wollen. Oder *Ich war krank,* was der Wahrheit schon etwas näher kam. Sie blickte auf das Pflaster vor sich. »Ich habe jemanden angegriffen.«

»Einen Kollegen?« Lucinda ging jetzt wieder neben ihr. Sie klang eher neugierig, nicht vorwurfsvoll. Kelly holte tief Luft.

»Einen Gefangenen.«

Nennen Sie ihn beim Namen, hatte ihr Therapeut mehr als einmal gesagt. *Es ist wichtig, dass Sie ihn als Person sehen, Kelly, als Menschen wie Sie und ich.* Kelly hatte es getan, aber jedes Mal hatte es sich wie Dreck ihrer Zunge angefühlt.

»Er hat eine Schülerin vergewaltigt.«

»Scheiße.«

»Das entschuldigt nicht, was ich getan habe«, sagte Kelly hastig. Um das zu begreifen, hatte sie keine Therapie gebraucht.

»Nein.« Lucinda schien einen Moment nach den richtigen Worten zu suchen. »Aber es erklärt es vielleicht.« Schweigend gingen sie weiter, und Kelly fragte sich, ob Lucinda über das nachdachte, was sie eben gesagt hatte; ob sie über sie urteilte. Sie machte sich auf weitere Fragen gefasst, doch es kamen keine. »Wie Sie das Passwort geknackt haben, war super«, sagte Lucinda, als sie fast an der U-Bahn waren. »Nick war höchst beeindruckt.«

»Ach ja? Davon habe ich nichts gemerkt.« Kelly hatte versucht, sich nichts aus der verhaltenen Reaktion des DIs zu machen. Natürlich hatte sie keinen tosenden Applaus erwartet, aber etwas mehr als ein gemurmeltes *Gute Arbeit* wäre nett gewesen.

»Sie gewöhnen sich bestimmt noch an ihn. Ich persönlich mag seine Art. Er wirft nicht mit Lob um sich, folglich weiß man, dass man richtig gut war, wenn er einen lobt.«

Kelly vermutete, dass sie darauf lange warten konnte.

Am Eingang zur U-Bahn spielte ein bärtiger Mann Gitarre, einen Hut vor sich auf dem Boden, der bis auf wenige Münzen leer war. Sein Hund schlief auf einem ordentlich zusammengelegten Schlafsack vor einem Bündel mit Sachen. Kelly dachte an Zoe Walker und ihre Straßenmusikerin.

»Wenn Sie Zoe Walker wären«, sagte sie zu Lucinda, »würden Sie es nicht wissen wollen?«

Sie gingen an dem Musiker vorbei in den Bahnhof und griffen beide automatisch nach ihren Oyster-Karten.

»Ja.«

»Und ...?«

»Es gibt eine Menge Dinge, die ich gerne wissen würde«, sagte Lucinda ernst. »Staatsgeheimnisse, Bill Gates' PIN, George Clooneys Handynummer ... Das heißt nicht, dass es gut für mich wäre.«

»Nicht mal, wenn es darum geht, ob man lebt oder ermordet wird? Oder vergewaltigt?«

Lexis Vergewaltiger hatte sie über Wochen auf Schritt und Tritt beobachtet, nahm die Polizei an. Möglicherweise seit Semesterbeginn. Sie waren so gut wie sicher, dass er die Blumen vor ihrem Zimmer abgelegt und die Nachrichten in ihr Postfach gesteckt hatte. Lexi hatte es abgetan, nachdem man sie auf dem Polizeirevier beruhigt hatte, dass es sich vermutlich nur um einen verliebten Kommilitonen handelte. Als die Polizei sie später fragte, ob sie bemerkt hätte, dass jemand sie verfolgte, hatte sie ihnen von den Donnerstagen erzählt, an denen sie aus ihrer Vier-Uhr-Vorlesung gekommen war. Da war immer dieser Typ gewesen, der an der Bibliotheksmauer lehnte und Musik hörte; das Gefühl, beobachtet zu werden, als sie wegging; das Knacken eines Asts hinter ihr, als sie die Abkürzung durch das Waldstück nahm. Sie war nicht die Einzige gewesen, der es so gegangen war, gab die Polizei zu. Sie hatten mehrere Meldungen von verdächtigen Vorkommnissen. Aber nichts Konkretes, hatten sie eilig hinzugefügt.

Lucinda blieb stehen und sah Kelly an. »Sie haben gehört, was Nick gesagt hat. Informationen zurückzuhalten ist unsere beste Chance, denjenigen zu finden, der die Website eingerichtet hat. Sobald wir ihn haben, wird der Rest ein Klacks.«

Kelly war enttäuscht. Sie hatte gehofft, dass Lucinda sich auf ihre Seite schlagen und den Einfluss, den sie eindeutig auf Nick hatte, nutzen würde, um ihn umzustimmen. Lucinda sah es ihr offenbar an.

»Sie sind vielleicht nicht einverstanden mit seiner Entscheidung, aber er ist der Chef. Wenn Sie es sich mit ihm nicht verderben wollen, spielen Sie nach seinen Regeln.« Sie nahmen zusammen die Northern Line und sprachen über Unverfänglicheres. Doch bis sie sich an der Euston Station trennten, hatte Kelly bereits ihre Entscheidung gefällt.

Regeln waren dazu da, gebrochen zu werden.

24

Ich bin noch auf dem Weg von der Bahn nach Hause, als Simon von seiner Schwester aus anruft. Er musste in der U-Bahn gewesen sein, als ich ihn angerufen habe, sagt er. Er hat eben erst meine Nachricht gehört.

»Ich bin nicht allzu spät zu Hause. Ange muss morgen früh raus, also verschwinde ich nach dem Essen.«

»Wie war dein Tag?« Die Worte sind dieselben wie jeden Abend, aber meine Stimme klingt angestrengt, und Simon zögert. Genügt das schon, damit er gesteht, was auch immer er vor mir verbirgt?

Tut es nicht.

»Nicht schlecht.«

Ich höre mir seine Lügen an, die Beschwerde über den Typen am Schreibtisch neben seinem, der mit offenem Mund kaut und den halben Tag mit seiner Freundin telefoniert. Gerne würde ich ihn zur Rede stellen, aber ich weiß nicht, wie. Und vor allem kann ich selbst noch nicht glauben, dass es stimmt.

Natürlich arbeitet Simon beim *Telegraph*. Ich habe seinen Schreibtisch gesehen – zumindest Bilder von ihm. Kurz nachdem wir zusammenkamen, hat er mir welche geschickt.

Du fehlst mir. Was machst du gerade? Ich möchte es mir vorstellen können.

Bin bei Sainsbury's, hatte ich geantwortet. Ich schickte ihm ein Foto von der Tiefkühlabteilung und lachte laut im Supermarkt.

Es wurde zu einem Spiel, abgekürzt mit *WMDG?*, woraufhin wir fotografierten, was sich gerade vor uns befand: ein voller U-Bahn-Wagen, ein Sandwich zum Mittag, die Innenseite meines Schirms, wenn ich im Regen zur Arbeit ging. Die Fotos, die wir uns zuschickten, waren ein Blick in unser jeweiliges Leben, in die Tage und Nächte zwischen unseren gemeinsamen Abenden.

Ich habe seinen Schreibtisch gesehen, wiederhole ich in Gedanken. Ich habe ein riesiges Büro mit Computermonitoren und den Meldungen von Sky News gesehen. Ich habe Stapel von Zeitungen gesehen.

Du hast einen *Schreibtisch gesehen,* sagt eine Stimme in meinem Kopf. *Der könnte jedem gehört haben.*

Ich verdränge diesen Gedanken. Was unterstelle ich denn? Dass Simon mir Fotos von einem Büro geschickt hat, in dem er nicht mal arbeitet? Dass er Fotos von einer Redaktion aus dem Internet runtergeladen hat? Das ist lächerlich. Es wird eine völlig harmlose Erklärung geben. Ein fehlender Eintrag in der Liste für die Zentrale, eine unfähige Telefonistin. Simon würde mich nicht belügen.

Oder?

Ich überquere die Straße, um bei Melissas Café vorbeizusehen. Justins Schicht endet gleich, und ich sehe die beiden über Papieren an einem Tisch sitzen. Melissa ist vorgebeugt, sodass ihr Kopf beinahe Justins berührt. Sie blicken beide hoch, als ich die Tür öffne, und Melissa springt auf, um mich zur Begrüßung auf die Wange zu küssen.

»Du kommst genau richtig! Wir streiten uns gerade über die Weihnachtskarte. Truthahn-Baguettes mit Cranberry oder mit Salbei und Zwiebel? Pack die Speisekarten weg, Justin. Wir machen morgen weiter.«

»Cranberry *und* Salbei und Zwiebel. Hi, Schatz.« Justin rafft die Papiere zu einem Stapel zusammen. »Ich habe auch gesagt beides.«

»Klar, weil es nicht dein Gewinn ist, den du hier verjubelst«, sagt Melissa. »Salbei und Zwiebel *oder* Cranberry-Sauce. Nicht beides.«

»Ich dachte, wir können zusammen nach Hause gehen«, sage ich zu Justin, »aber du hast offensichtlich noch zu tun.«

»Nein, geht ihr nur«, sagt Melissa. »Ich schließe ab.« Ich beobachte, wie mein Sohn seine Schürze abnimmt und sie hinter den Tresen hängt, bereit für morgen.

Auf dem Heimweg hake ich mich bei Justin ein. Ich habe ein hohles Gefühl im Bauch, als ich mich an die so sicher klingende Telefonistin beim *Telegraph* erinnere.

Hier arbeitet kein Simon Thornton.

»Hat Simon jemals mit dir über seinen Job geredet?«, frage ich bemüht beiläufig, doch Justin sieht mich an, als hätte ich ihn gefragt, ob er sich mit Biscuit über Philosophie unterhalten würde. Die Feindseligkeit zwischen Simon und Justin ist ein totgeschwiegenes Problem, das ich bisher in der Hoffnung ignoriert habe, es würde eines Tages von allein verschwinden.

»Nur, wenn er mir mal wieder erklärt, dass ich ohne Qualifikation nie einen Job wie seinen bekomme. Sehr nett.«

»Sicher will er dich nur motivieren, mehr aus dir zu machen.«

»Tja, meinetwegen kann er sich sein Motivieren in den ...«

»Justin!«

»Er hat kein Recht, mir Vorträge zu halten. Er ist nicht mein Dad.«

»Stimmt, das ist er nicht.« Ich stecke den Schlüssel ins Schloss. »Aber kannst du nicht trotzdem versuchen, mit ihm auszukommen? Um meinetwillen?«

Er starrt mich an, und ich erkenne einen Hauch von Reue unter all der Verbitterung. »Nein. Du glaubst, dass du ihn kennst, Mum, aber das tust du nicht. Nicht richtig.«

Mein Telefon klingelt, als ich Kartoffeln schäle. Ich will schon die Mailbox rangehen lassen, da sehe ich den Namen auf dem Display. *PC Kelly Swift.* Rasch trockne ich meine Hände und greife nach dem Telefon, ehe die Mailbox anspringt. »Hallo?«

»Haben Sie kurz Zeit?« PC Swift klingt unsicher. »Es gibt etwas, das ich Ihnen erzählen muss. Inoffiziell.«

Lange nachdem sie aufgelegt hat, stehe ich immer noch mit dem Telefon in der Hand mitten in der Küche. Katie kommt herein, öffnet den Kühlschrank und schließt ihn wieder, wobei sie ununterbrochen auf ihr Handy sieht und mit dem Daumen über das Display wischt. Sie war schon vorher mit dem Ding verwachsen, doch seit sie Isaac kennt, legt sie es kaum noch hin. Ihre Augen leuchten, als eine Textnachricht eingeht.

Ich höre die Treppe knarren, als Justin nach unten kommt, und fälle eine Entscheidung. Das hier muss ich mir allein anschauen, ohne dass mir die Kinder über die Schulter sehen. Ohne dass Katie Panik bekommt oder Justin droht, den Verantwortlichen zusammenzuschlagen.

»Wir haben keine Milch mehr«, sage ich, schnappe mir meine Tasche und ziehe den Mantel über. »Ich gehe welche holen.«

»Im Kühlschrank ist noch Milch«, ruft Katie, aber ich knalle bereits die Haustür hinter mir zu.

Ich gehe schnell und halte den Mantel fest vor der Brust verschlossen. Weiter unten ist ein Café, nicht Melissas, sondern ein etwas schäbiger kleiner Laden, in den es mich noch nie gezogen hat. Aber ich weiß, dass sie lange geöffnet haben, und ich muss irgendwo sein, wo mich keiner kennt.

Ich bestelle einen Kaffee. Er ist bitter, sodass ich einen Zuckerwürfel hineingebe und so lange rühre, bis er vollständig aufgelöst ist. Ich lege mein iPad vor mir auf den Tisch, hole tief Luft und wappne mich für ... für was?

Bei dem Passwort – ALLEINE BIST DU NIE – läuft es mir kalt über den Rücken. Vor aller Augen versteckt, genau wie die Anzeigen; für jedermann sichtbar zwischen Jobangeboten und zu verkaufendem Hausrat. Die Seite lädt ewig, und als sie endlich da ist, hat sich kaum etwas verändert. Der Hintergrund ist nach wie vor schwarz, aber der weiße Kasten, der nach dem Passwort verlangte, ist durch einen neuen ersetzt worden.

`Login oder neues Konto anlegen.`

»Legen Sie kein Konto an«, hatte PC Swift gesagt, nachdem sie mir erzählte, was sie entdeckt hatten. »Ich sage es Ihnen nur, weil ich finde, dass Sie ein Recht haben, es zu erfahren.« Sie hatte eine Pause gemacht. »Denn wenn ich oder jemand aus meiner Familie betroffen wäre, würde ich es wissen wollen. Bitte, vertrauen Sie uns.«

Ich tippe »neues Konto anlegen« an und gebe meinen

Namen ein, bevor mein Verstand schaltet und ich ganz schnell die Korrekturtaste drücke, bis er wieder verschwunden ist. Nachdenklich blicke ich auf und sehe den Café-Besitzer, dessen schmutzige Schürze sich über den dicken Bauch spannt. Auf seiner linken Brust ist der Name *Lenny* eingestickt.

    Lenny Smith, tippe ich und lege ein Pass-
    wort fest.
    Wählen Sie eine Mitgliedschaft.
    Bronze-Mitgliedschaft, £250: Zugriff auf
    Bilddateien. Profil-Downloads ab £100.
    Silber-Mitgliedschaft, £500: Zugriff auf
    Bilddateien. Ein Gratis-Download pro Mo-
    nat.
    Gold-Mitgliedschaft, £1000: Zugriff auf
    Bilddateien. Unbegrenzte Gratis-Down-
    loads.

Mir wird übel. Ich nehme einen Schluck von dem lauwarmen Kaffee. Ist es das, was ich wert bin? Ist es das, was Tania Beckett wert war? Laura Keen? Cathy Tanning? Ich starre auf den Bildschirm. Meine Kreditkarte ist ausgereizt, und der Monat ist fast um, sodass ich mir nicht mal die Bronze-Mitgliedschaft leisten kann. Vor wenigen Tagen noch hätte ich Simon um Hilfe gebeten. Aber jetzt, nach dem seltsamen Gespräch mit der Telefonistin beim *Telegraph,* will ich das nicht mehr.

Es gibt nur einen Menschen, an den ich mich wenden kann. Ich greife nach meinem Telefon.

»Kannst du mir ein bisschen Geld leihen?«, frage ich, sobald Matt sich meldet.

»Hat dich dein toller Freund tatsächlich ausgeblutet? Zahlen die Zeitungen heutzutage derart schlecht?«

Wenn er wüsste! Ich schließe die Augen. »Matt, bitte, ich würde nicht fragen, wenn es nicht wichtig wäre.«

»Wie viel?«

»Einen Tausender.«

Er stößt einen leisen Pfiff aus. »Zo, so viel Kohle habe ich nicht rumliegen. Wofür brauchst du die?«

»Kann ich vielleicht deine Kreditkarte angeben? Ich gebe es dir auch zurück, Matt, jeden Penny, mit Zinsen.«

»Steckst du in irgendwelchen Schwierigkeiten?«

»Matt, bitte.«

»Ich schick dir die Daten.«

»Danke.« Ich bin so erleichtert, dass es fast wie ein Schluchzen klingt.

»Schon gut.« Er stockt. »Du weißt doch, dass ich alles für dich tun würde, Zo.« Ich will ihm abermals danken, als ich merke, dass er aufgelegt hat. Seine Textnachricht kommt eine Minute später. Ich tippe seine Kreditkartendaten in das falsche Mitgliedsprofil ein, das ich für Lenny Smith erstellt habe.

Und das war es. Matts Kreditkarte ist mit tausend Pfund in den Miesen, und ich bin jetzt Mitglied bei findtheone. com, der *etwas anderen Dating-Website.*

Obwohl mich PC Swift darauf vorbereitet hatte, ist schwer auszuhalten, was ich hier sehe. Reihenweise Fotos, alle von Frauen, und unter jedem stehen ein oder zwei Wörter.

```
Central Line
Piccadilly
Jubilee/Bakerloo
```

Kälte kriecht mir den Nacken hinauf.

Ich sehe die Fotos auf der Suche nach meinem durch, klicke »mehr laden« an, um eine zweite, dann eine dritte Seite aufzurufen. Und da bin ich. Dasselbe Foto wie in der *Gazette,* das Bild von meiner Facebook-Seite, aufgenommen auf der Hochzeit meiner Cousine.

```
Zum Download klicken.
Ich zögere nicht.
Erschienen: Freitag, 13. November
Weiß.
Ende dreißig.
Blondes Haar, gewöhnlich hochgebunden.
```

Ich lese es zweimal: eine Auflistung jeder Bahn, die ich nehme; die Zusammenfassung meines Aussehens; der Mantel, den ich jetzt gerade trage. So absurd es ist, ärgert mich kurz, dass meine Kleidergröße mit 38-40 angegeben ist, denn tatsächlich trage ich nur in Jeans Größe 40.

Lenny wischt die Tische um mich herum ab und stapelt geräuschvoll die Stühle aufeinander, um mir zu bedeuten, dass ich gerne gehen darf. Ich versuche aufzustehen, aber meine Beine wollen nicht. Mir wird klar, dass ich heute Morgen nicht zufällig Luke Friedland getroffen habe, ebenso wenig, wie er zufällig neben mir stand, als ich in Richtung der Gleise fiel.

Luke Friedland hatte sich meinen Arbeitsweg heruntergeladen, um mich zu verfolgen.

Wer sonst noch?

Simon kommt nach Hause, als ich schon ins Bett gehe. Er freut sich so, mich zu sehen, dass ich verwirrt bin. Wie kann mich ein Mann belügen, der mich so sehr liebt?

»Wie geht es Ange?« Plötzlich kommt mir der Gedanke, dass er vielleicht gar nicht bei seiner Schwester war. Wenn er mich belogen hat, was seinen Arbeitsplatz angeht, was stimmt noch alles nicht? Justins Worte hallen mir durch den Kopf, und ich sehe Simon mit neuer Wachsamkeit an.

»Super. Sie lässt dich grüßen.«

»Und wie war's bei der Arbeit?«, frage ich. Er zieht seine Hose aus und lässt sie zusammen mit seinem Hemd auf dem Boden liegen, ehe er ins Bett steigt. *Sag es mir*, denke ich. *Erzähl es mir jetzt, und alles ist okay. Erzähl mir, dass du nie beim* Telegraph *warst; dass du ein kleiner Reporter bei irgendeinem regionalen Klatschblatt bist oder überhaupt kein Journalist; dass du dir das ausgedacht hast, um mich zu beeindrucken, und in Wahrheit bei McDonald's arbeitest. Sag mir einfach die Wahrheit!*

Doch das tut er nicht. Er streichelt meinen Bauch, lässt seine Daumen an meinen Hüften kreisen. »Ziemlich gut. Diese Story über Parlamentarierspesen kam gleich morgens durch, also war ganz schön was los.«

Er bringt mich aus dem Konzept. Die Story hatte ich mittags gesehen, als ich Graham ein Sandwich besorgte. In meinen Schläfen setzt ein Pochen ein. Ich muss die Wahrheit wissen.

»Ich habe heute beim *Telegraph* angerufen.«

Sämtliche Farbe weicht aus Simons Gesicht.

»Du bist nicht an dein Handy gegangen, und mir ist auf dem Rückweg von der Arbeit etwas passiert. Ich hatte Angst und wollte mir dir reden.«

»Was ist passiert? Geht es dir gut?«

Ich ignoriere seine Sorge. »Die Telefonistin hatte noch

nie von dir gehört.« Ich schiebe seine Hände weg. Es entsteht eine Pause, in der ich das Klicken höre, mit dem sich die Zentralheizung abschaltet.

»Ich wollte es dir erzählen.«

»Mir was erzählen? Dass du mich belogen hast? Dass du dir einen Job ausgedacht hast, von dem du glaubtest, er würde mich beeindrucken?«

»Nein! Ich habe mir das nicht ausgedacht. Mein Gott, Zoe, was denkst du von mir?«

»Willst du darauf wirklich eine Antwort?« Kein Wunder, dass er sich so vehement geweigert hat, als ich ihn bat, Katie ein Praktikum bei der Zeitung zu besorgen, denke ich. Und ebenso klar ist jetzt, warum er keine Story über die Anzeigen schreiben wollte.

»Ich habe beim *Telegraph* gearbeitet. Und dann haben sie ...« Er beendet den Satz nicht, rollt sich von mir weg und blickt zur Zimmerdecke. »Sie haben mich entlassen.« Ich bin unschlüssig, ob die Scham in seinem Unterton dem Jobverlust gilt oder der Lüge.

»Warum? Du warst doch – wie lange? – über zwanzig Jahre da.«

Simon lacht zynisch. »Genau. Die Alten raus, die Neuen rein. Eine jüngere Belegschaft ist billiger. All diese Kinder, die keine Ahnung haben, was ein Konjunktiv ist, aber bloggen und twittern können und im Handumdrehen Sachen auf die Website laden.« Sein Tonfall ist verbittert, aber es schwingt keinerlei Kampfgeist in seinen Worten mit, als sei die Schlacht längst verloren.

»Wann war das?«

»Anfang August.«

Für einen Moment ringe ich um Worte. »Du bist vor vier Monaten entlassen worden und hast nichts gesagt? Was hast du denn die ganze Zeit gemacht?« Ich steige aus dem Bett, gehe zur Tür, bleibe stehen und drehe mich wieder um. Auch wenn ich nicht bleiben will, muss ich mehr erfahren.

»Ich bin herumgelaufen, habe in Cafés gesessen, geschrieben, gelesen.« Wieder nimmt seine Stimme den verbitterten Tonfall an. »Nach Jobs gesucht, Vorstellungsgespräche gehabt, mir angehört, dass ich zu alt bin, und überlegt, wie ich es dir sagen soll.« Er sieht mich nicht an, sondern richtet den Blick weiter an die Decke. Tiefe Furchen graben sich in seine Stirn. Er wirkt gebrochen.

Ich stehe da und beobachte ihn. Nach und nach legt sich meine Wut.

»Was ist mit Geld?«

»Sie haben mir eine Abfindung gegeben. Ich habe gehofft, dass ich ziemlich schnell etwas finde, und dachte, ich erzähle es dir, wenn ich alles geregelt habe. Aber es tat sich nichts, und als das Geld zur Neige ging, musste ich Kreditkarten benutzen.« Als er mich endlich ansieht, sehe ich mit Schrecken, dass ihm die Tränen kommen. »Es tut mir so leid, Zoe. Ich wollte dich nie belügen. Ich dachte, dass ich es schnell wieder hinbekomme und dich mit einem neuen Job überraschen kann. Damit ich mich weiter so um dich kümmern kann, wie du es verdienst.«

Ich setze mich zu ihm. »Schhh, es ist okay«, sage ich, als wäre er eines meiner Kinder. »Das wird schon wieder.«

Ich muss Simon versprechen, Katie und Justin nichts zu sagen.

»Dein Sohn hält mich sowieso schon für einen Schmarotzer. Er braucht nicht noch mehr Gründe, mich zu hassen.«

»Das hatten wir doch bereits«, sage ich. »Justin ist auf mich wütend, nicht auf dich. Er gibt mir die Schuld an der Scheidung, weil er aus Peckham wegziehen musste, weg von seinen Freunden.«

»Dann sag ihm die Wahrheit. Warum sollst du die Schuld für etwas übernehmen, das du nicht getan hast? Es ist zehn Jahre her, Zoe. Warum beschützt du Matt immer noch?«

»Ich beschütze nicht Matt, sondern die Kinder. Sie lieben ihren Vater, und sie müssen nicht wissen, dass Matt mich betrogen hat.«

»Das ist unfair dir gegenüber.«

»Wir haben uns darauf geeinigt.« Es war eine Übereinkunft, mit der wir beide zu Lügnern wurden. Ich stimmte zu, den Kindern nichts von Matts Fremdgehen zu erzählen, und er versprach so zu tun, als würde er mich nicht mehr lieben; als hätten wir uns in gegenseitigem Einvernehmen getrennt. Manchmal frage ich mich, wem von uns beiden es schwerer fällt, sich an die Absprache zu halten.

Simon lässt es gut sein. Er weiß, dass er diese Diskussion nicht gewinnen kann. »Ich möchte wieder auf eigenen Beinen stehen, bevor wir es ihnen sagen. Bitte.«

Wir kommen überein, Justin und Katie zu erzählen, dass Simon ganz von zu Hause aus arbeitet, damit er nicht mehr jeden Tag bis nach fünf draußen herumirren muss, unzählige Tassen Kaffee trinken, die er nicht will, und auch noch in Cafés, die er sich nicht mehr leisten kann. Als er mir erzählt, dass er von Kreditkarten lebt, wird mir schlecht.

265

»Warum hast du mir weiter Geschenke gekauft? Mich zum Essen eingeladen? Das hätte ich nie zugelassen, wenn ich gewusst hätte, dass du es dir nicht erlauben kannst.«

»Hätte ich damit aufgehört, wäre es aufgefallen, und du hättest dich gefragt, was los ist, wärst vielleicht von selbst drauf gekommen. Und du hättest weniger von mir gehalten.«

»Ich hätte selbst bezahlen können.«

»Wie hätte ich mich dabei wohl gefühlt? Was für ein Mann lässt seine Frau im Restaurant bezahlen?«

»Ach, sei nicht albern! Wir haben nicht mehr 1950.« Ich lache, aber dann erkenne ich, wie ernst es ihm ist. »Es ist okay, versprochen.«

Ich hoffe sehr, dass ich recht habe.

25

»Bist du sicher, dass du das Richtige getan hast?«, fragte Lexi. Sie hob Fergus aus der Badewanne und wickelte ihn in ein Handtuch, ehe sie ihn Kelly gab. »Pass auf, dass du ihn zwischen den Zehen richtig abtrocknest.« Dann machte sie es mit Alfie genauso.

»Ja«, sagte Kelly bestimmt. »Zoe Walker hatte ein Recht, es zu wissen.« Sie setzte sich ihren Neffen auf den Schoß und rubbelte ihm so kräftig das Haar, dass er lachte.

»Kriegst du keinen Ärger?«

Kelly antwortete nicht. Darüber dachte sie schon nach, seit sie Zoe Walker angerufen hatte. Weil sie es nicht aus ihrem Kopf bekam, war sie zu Lexi gefahren, wo sie sich ablenken wollte. Am Ende erzählte sie ihr die ganze Geschichte. »Da wären wir, blitzsauber und trocken.« Sie neigte den Kopf zu Fergus und atmete den süßlichen Geruch nach warmer Babyhaut und Puder ein. Zoe war dankbar gewesen, auf dem Laufenden gehalten zu werden, und Kelly sagte sich, dass allein das schon ihr Handeln rechtfertigte.

»Willst du über Nacht bleiben? Ich kann dir das Schlafsofa herrichten.«

Kelly hatte Lexis Haus schon immer gemocht. Es war eine schlichte Doppelhaushälfte aus rotem Backstein in einer Wohnsiedlung voller Autos und Mülltonnen in den Vorgärten, aber drinnen war es warm und gemütlich. Ein krasser Kontrast zu dem Zimmer, das in Elephant & Castle auf sie wartete. Daher war Kelly kurz versucht, die Einladung anzunehmen.

»Geht nicht. Ich treffe Zoe Walker morgen um acht in Covent Garden, also muss ich die letzte Bahn nehmen.« Sie hatte gehofft, dass Nick ihr erlaubte, Zoe allein zu treffen. Denn auf diese Weise wäre die Gefahr nicht so groß gewesen, dass der DI von dem Anruf erfuhr. Doch leider hatte Nick darauf bestanden, sie zu begleiten. Also konnte sie nur hoffen, dass Zoe nichts sagte.

»Ist es nicht – ich weiß nicht – ein Verstoß gegen eine Dienstanweisung oder so?«, fragte Lexi, die nicht vom Thema abzubringen war.

»Theoretisch ja, schätze ich.«

»Theoretisch? Kelly!«

Alfie drehte sich um, erschrocken über den scharfen Ton seiner Mutter, und Lexi küsste ihn zur Beruhigung. Dann senkte sie die Stimme und sah Kelly an. »Bist du lebensmüde? Jeder sollte meinen, dass du es auf deine Entlassung anlegst.«

»Ich habe das Richtige getan.«

»Nein, du hast getan, was du für das Richtige *hältst*. Das ist nicht immer ein und dasselbe.«

Zoe hatte als Treffpunkt ein Café gewählt, das Melissa's Too hieß und sich in einer Seitenstraße nahe Covent Garden befand. Obwohl es noch früh war, herrschte im Café schon reger Betrieb, und bei dem Duft der Bacon-Sandwiches grummelte Kellys Bauch. Zoe saß an einem Fenstertisch. Sie sah müde aus und musste sich ihr Haar ungewaschen zu einem nachlässigen Zopf gebunden haben, was im Vergleich zu der gepflegten Frisur ihrer Begleiterin besonders schäbig wirkte.

»Sicher wird sich irgendwas ergeben«, sagte die Frau gerade, als Kelly und Nick eintrafen. Sie stand auf, um den Platz frei zu machen. »Mach dir keine allzu großen Sorgen.«

»Wir haben über meinen Lebensgefährten gesprochen«, erklärte Zoe, ohne dass Kelly oder Nick danach gefragt hätten. »Er ist entlassen worden.«

»Tut mir leid«, sagte Kelly. Vielleicht war das der Grund für Zoes offensichtliche Müdigkeit.

»Das ist meine Freundin Melissa. Ihr gehört das Café.«

Kelly reichte ihr die Hand. »PC Kelly Swift.«

»DI Rampello.«

Melissa merkte auf. »Rampello? Wo habe ich den Namen neulich schon mal gesehen?«

Nick lächelte höflich. »Weiß ich nicht, aber das Restaurant meiner Eltern in Clerkenwell hat denselben Namen. Vielleicht sind Sie zufällig dort vorbeigekommen.«

»Clerkenwell? Da machst du doch dein neues Café auf, oder?«, fragte Zoe.

»Ja, das muss es sein. Also, was kann ich Ihnen zu trinken bringen?« Melissa zog einen Notizblock aus der Brusttasche ihres dunkelblauen Blazers, nahm ihre Bestellungen auf und bestand darauf, sie alle persönlich zu bedienen – trotz der Schlange, die sich vom Tresen bis zur Tür erstreckte.

»Es ist etwas passiert«, sagte Zoe, nachdem Melissa ihre Kaffees gebracht hatte.

»Was meinen Sie?« Nick nippte an seinem Espresso und zog eine Grimasse, weil er sich die Zunge verbrüht hatte.

»Ich wurde verfolgt. Am Montagmorgen auf dem Weg zur Arbeit. Ich dachte, dass ich mir das einbilden würde, aber dann sah ich den Mann abends wieder. Ich stolperte, und er packte mich, bevor ich vor einen Zug stürzte.« Kelly und Nick wechselten einen Blick. »Ich hielt es für Zufall, aber dann am nächsten Tag – gestern – war er wieder da.«

»Haben Sie mit ihm gesprochen?«, fragte Kelly.

Zoe nickte. »Er wollte mich auf einen Drink einladen. Natürlich habe ich abgelehnt. Ich dachte immer noch, dass es Zufall sein könnte, aber das war keiner, oder? Er wusste genau, wie ich fahre; er hat auf mich gewartet. Die Daten über mich muss er von der Website haben.« Sie blickte zu Kelly und errötete, während Kelly ihr stumm bedeutete, nichts mehr zu sagen. Verstohlen sah sie zu Nick, doch nichts an seiner Haltung verriet, dass er etwas vermutete.

»Hat der Mann Ihnen gesagt, wie er heißt?«, fragte Kelly.

»Luke Friedland. Ich könnte ihn beschreiben, falls das hilft.«

Kelly griff nach ihrer Aktentasche und holte die Papiere heraus, die sie brauchte. »Ich würde gerne eine Aussage aufnehmen, wenn das okay ist. Versuchen Sie, sich an so viele Einzelheiten wie möglich zu erinnern, was den Mann betrifft und die Strecke, die Sie gefahren sind. Uhrzeiten wären auch gut, sofern Sie die noch wissen.«

»Ich besorge Ihnen ein kleines Alarmgerät«, sagte Nick. »Das tragen Sie immer bei sich, und wenn irgendwas passiert, drücken Sie drauf. Unser Kontrollraum überwacht das Gerät rund um die Uhr und kann Sie darüber orten.«

»Glauben Sie, dass ich in Gefahr bin?«

Nick zögerte nicht: »Ich denke, das könnten Sie sein.«

»Sie haben es ihr erzählt.«

Es war keine Frage.

Sie waren unterwegs zur Old Gloucester Road, zu der Adresse, die ihnen die *London Gazette* gegeben hatte. Angeblich wohnte dort der Mann, der die Kleinanzeigen in Auftrag gegeben hatte. Nick fuhr und wechselte die Spuren mit einer Gewandtheit, die einzig jahrelanger Übung entspringen konnte. Kelly konnte ihn sich in Uniform vorstellen, wie er mit Blaulicht und Sirene die Oxford Street entlangdonnerte.

»Ja.«

Sie zuckte zusammen, als Nick die Hand auf die Hupe knallte, weil ein Radfahrer vor ihm bei Rot über die Ampel fuhr.

»Ich habe ausdrücklich gesagt, dass Sie Zoe Walker nicht über die Entwicklungen in diesem Fall informieren sollen. Welchen Teil der Anweisung haben Sie nicht verstanden?«

»Mir war nicht wohl bei der Entscheidung.«

»Mich interessiert einen feuchten Kehricht, ob Ihnen *wohl* bei irgendetwas ist, Kelly!« Sie bogen nach rechts in die Shaftesbury Avenue, wo ihnen ein Krankenwagen mit heulendem Martinshorn entgegenkam. »Wir haben es mit einer komplexen Ermittlung zu tun, mit mehreren Tätern, mehreren Opfern und weiß der Himmel wie vielen Zeugen. Es gibt Wichtigeres zu bedenken als Ihre oder Zoe Walkers Gefühlslage.«

»Für Zoe Walker nicht«, sagte Kelly leise.

Dann schwieg sie. Nach und nach hörte Nick auf, das Lenkrad zu umklammern, als könnte es jeden Moment wegfliegen, und das Pochen in Kellys Schläfen ebbte ab. Sie fragte sich, ob sie Nick tatsächlich dazu gebracht hatte, seine Entscheidung noch einmal zu überdenken, oder ob er lediglich überlegte, wie er sie am besten aus dem Team kicken und zur BTP zurückschicken könnte.

Stattdessen wechselte er das Thema.

»Wie kommt es, dass Sie zur BTP und nicht zur Met gegangen sind?«, fragte er, als sie auf der A40 waren.

»Bei der Met wurde niemand eingestellt, und ich wollte in London bleiben. Ich habe hier Familie.«

»Eine Schwester, nicht wahr?«

»Ja. Meine Zwillingsschwester.«

»Es gibt zwei von Ihnen? Der Himmel sei uns gnädig!« Nick sah hinüber, und Kelly grinste, wenn auch weniger über den Scherz an sich. Es war eindeutig ein Friedensangebot.

»Was ist mit Ihnen? Sind Sie Londoner?«

»Waschechter. Allerdings bin ich auch Italiener in zweiter Generation. Meine Eltern sind Sizilianer. Sie kamen her, als Mum mit meinem großen Bruder schwanger war, und machten ein Restaurant in Clerkenwell auf.«

»Rampello's«, sagte Kelly, die sich an das Gespräch mit Melissa erinnerte.

»*De preciso.*«

»Sprechen Sie fließend Italienisch?«

»Fließend kann man das nicht nennen – sehr zum Leidwesen meiner Mutter.« Da er an einer grünen Ampel von dem Fahrer vor ihnen aufgehalten wurde, der sich nicht entscheiden konnte, wohin er abbiegen wollte, hupte Nick zweimal kurz. »Meine Brüder und ich haben an den Wochenenden und nach der Schule im Restaurant gearbeitet, und sie schrie uns immer alle Anweisungen auf Italienisch zu. Ich weigerte mich zu antworten.«

»Warum?«

»Aus Trotz, schätze ich. Außerdem wusste ich damals schon, dass einer von uns das Restaurant übernehmen muss, wenn Mum und Dad in den Ruhestand gehen, und da wollte ich mich gleich aus dem Rennen nehmen. Ich habe mir immer gewünscht, zur Polizei zu gehen.«

»Ihre Eltern waren nicht begeistert?«

»Sie haben bei meiner Abschlussparade geweint. Und nicht vor Glück.«

Sie bogen in die Old Gloucester Road, und Kelly rief Google Maps auf ihrem Telefon auf, um nachzusehen, an welchem Ende Nummer 27 war. »Hier gibt es kaum Wohn-häuser – es muss wohl ein Loft oder so sein.«

»Oder es ist eine falsche Fährte«, sagte Nick grimmig, als er vor einem Chinarestaurant hielt. Nummer 27 war einge-pfercht zwischen einem Waschsalon und einem mit Brettern vernagelten Wettbüro. »Ich denke, unsere Chancen stehen schlecht, hier Mr. James Stanford zu finden.«

Er holte das Fahrtenbuch aus dem Handschuhfach und legte es aufs Armaturenbrett. Das Polizeiwappen auf dem Einband genügte normalerweise, um die Politessen abzu-schrecken.

Die Tür zu Nummer 27 war von einem Schmierfilm aus Straßenschmutz bedeckt. Hinter der Tür befand sich eine leere Eingangshalle mit rissigem, schmutzigem Fliesenbo-den. Es gab keinen Empfang, keine Türen oder Aufzüge, nur Reihen von Briefkästen, die alle drei Wände bedeckten.

»Sind Sie sicher, dass wir die richtige Adresse haben?«, fragte Kelly.

»Oh ja, die haben wir«, sagte Nick. »Wir werden hier nur nicht James Stanford finden.« Er zeigte auf ein Plakat an der Tür, dessen Ränder sich vom brüchigen Lack aufbogen.

Keine Lust mehr, Ihre Post abzuholen? Nutzen Sie unser Zusatzangebot, und wir bringen Ihnen die Post nach Hause!

»Es ist eine Postannahme. Eine Postfachadresse, sonst nichts.« Er holte sein Telefon hervor, machte ein Foto von dem Plakat und sah sich die Briefkastenreihen an, die nach keinem erkennbaren Muster geordnet waren.

»Hier ist es.« Kelly hatte auf der anderen Seite angefangen. »James Stanford.« Sie zog hoffnungsvoll an dem kleinen Griff. »Abgeschlossen.«

»Die Kreditkarte, mit der die Anzeigen bezahlt wurden, ist auch auf diese Adresse gemeldet«, sagte Nick. »Besorgen Sie uns eine Datenfreigabe, sowie wir wieder zurück sind, und finden Sie heraus, wer den Nachsendeauftrag gestellt hat. Wir werden an der Nase herumgeführt, und das gefällt mir nicht.«

Die Firma, die hinter der Postadresse in der Old Gloucester Road steckte, erwies sich als erstaunlich hilfsbereit. Sie wollten jeden Verschleierungsvorwurf vermeiden und waren sich bewusst, wie Kelly vermutete, dass sie bei ihren Überprüfungen mehr als schlampig gewesen waren. Daher gaben sie ihr alles, was sie über James Stanford hatten, ohne auf eine offizielle Anordnung zu warten.

Stanford hatte Kopien einer Kreditkartenabrechnung und einer Nebenkostenabrechnung vorgelegt. Zudem einen Führerschein, laut dem James Stanford ein Weißer war, geboren 1959. Alle drei Dokumente gaben Amersham als Wohnort an, eine Stadt in Buckinghamshire, am Ende der Metropolitan Line.

»Ich wette, die Hauspreise hier sind saftig«, bemerkte Nick, als sie an einer Reihe riesiger Einzelhäuser vorbeifuhren, die jeweils hinter wuchtigen Eisentoren standen.

»Soll ich das hiesige CID informieren?«, fragte Kelly und nahm schon ihr Telefon auf, um die Nummer zu suchen.

Nick schüttelte den Kopf. »Wir sind schon wieder weg, ehe die eintreffen. Sehen wir uns das Haus an. Falls niemand da ist, erkundigen wir uns diskret bei den Nachbarn.«

Das »Tudor House« in der Candlin Street war kein bisschen Tudor, woran auch die schwarzgestrichenen Möchtegern-Fachwerkbalken nichts änderten. Es war ein großer, moderner Bau und stand auf einem Grundstück, das Kelly auf rund viertausend Quadratmeter schätzte. Nick hielt vor dem Tor und suchte nach einer Klingel, aber das Tor schwang automatisch auf.

»Was nützt so ein Ding dann überhaupt?«, fragte Kelly.

»Reine Show, würde ich sagen. Mehr Geld als Verstand.«

Der Kies in der Einfahrt knirschte unter den Autoreifen, und Kelly sah nach irgendwelchen Anzeichen, dass jemand zu Hause war.

Sie parkten neben einem schimmernden grauen Range Rover, und Nick stieß einen Pfiff aus. »Sehr hübsch.«

Die Klingel hatte einen altmodischen Zugmechanismus, was nicht zum Haus passte, aber wohl zur Verstärkung des Antik-Looks diente, dem auch die falsche Tudor-Fassade geschuldet war. Alles, nur nicht billig wirken, dachte Kelly. Lange bevor das Bimmeln der Klingel drinnen verstummt war, hörten sie Schritte näher kommen. Nick und Kelly traten gleichzeitig ein Stück zurück, um Distanz zwischen sich und der Person zu schaffen, die ihnen öffnen würde. Es zahlte sich nie aus, sich auf Mutmaßungen zu verlassen, was die Reaktion anderer betraf. Auch nicht bei einem Haus wie diesem.

Die Tür ging auf, und eine gutaussehende Frau in den frühen Fünfzigern lächelte sie erwartungsvoll an. Sie trug einen schwarzen Samtjogginganzug und Hausschuhe. Kelly hielt ihr ihren Dienstausweis hin, und das Lächeln erstarb.

»Ist etwas passiert?« Unwillkürlich griff die Frau mit beiden Händen an ihren Hals. Diese Reaktion hatte Kelly schon Hunderte Male gesehen. Manche Leute bekamen beim Anblick einer Uniform sofort Angst, verhaftet zu werden. Diese Frau war keine von ihnen. Für sie bedeutete die Polizei, dass es einen Unfall oder Schlimmeres gab.

»Kein Grund zur Sorge«, sagte Kelly. »Wir haben nur einige Fragen, und wir sind auf der Suche nach einem Mr. James Stanford.«

»Das ist mein Mann. Er ist bei der Arbeit. Gibt es ein Problem?«

»Dürfen wir vielleicht reinkommen?«, fragte Kelly. Die Frau zögerte, ehe sie beiseitetrat und sie in eine große, geräumige Diele bat. Auf einem schmalen Dielentisch lag ein Stapel Post, und Kelly blickte zu dem Umschlag obenauf, als Mrs. Stanford voraus in die Küche ging.

Mr. J. T. Stanford.

Nick wirkte vollkommen gelassen und zeigte nichts von der Aufregung, die ihr selbst garantiert ins Gesicht geschrieben stand. Betrieb Stanford die Website von diesem Haus aus?

»James ist Unternehmensberater bei Kettering Kline«, sagte Mrs. Stanford. »Er trifft sich heute mit einem neuen Klienten in London und kommt leider erst spät nach Hause. Kann ich Ihnen irgendwie helfen? Worum geht es denn?«

»Wir untersuchen eine Verbrechensserie«, sagte Nick. Kelly beobachtete die Frau aufmerksam. Wenn James Stanford ihr Mann war, wusste sie von irgendwas? Hatte sie eine Ahnung von den Anzeigen oder der Website?

Auf der Kommode standen einige gerahmte Fotos, die alle denselben Mann zeigten – als Kind, als Teenager, als junger Erwachsener. »Unser Sohn«, sagte Mrs. Stanford, die Kellys Blick bemerkte. »Was für Verbrechen? Sie denken doch sicher nicht, dass James etwas damit zu tun hat.«

»Nein, aber wir müssen ihn ausschließen können. Es wäre eine große Hilfe, wenn Sie uns einige Fragen beantworten.«

Mrs. Stanford schien unsicher, was sie tun sollte. Schließlich siegten ihre guten Manieren. »Setzen Sie sich lieber. Möchten Sie eine Tasse Tee?«

»Nein danke. Es dauert nicht lange.«

Sie setzten sich an einen großen Eichentisch. »Mrs. Stanford«, begann Nick, »Sie sagten, dass Ihr Mann Unternehmensberater ist. Geht er noch anderen Tätigkeiten nach?«

»Er leitet ein paar Spendenkomitees, aber geschäftlich nicht, nein.«

»Hatte er jemals mit Dating-Agenturen zu tun?«

Mrs. Stanford sah verwirrt aus. »Was meinen Sie?«

»Teure Service-Nummern«, erklärte Kelly. »Solche Sachen.« Sie schob Mrs. Stanford eine Kopie einer einzelnen Anzeige aus der *London Gazette* hin.

Wieder wanderte ihre Hand zu ihrem Hals. »Nein! Ich meine ... o Gott, nein. Warum sollte er? Ich meine, wie kommen Sie darauf, dass er ...« Sie sah entsetzt zwischen Kelly und Nick hin und her. Entweder war sie eine hervorragende Schauspielerin, oder sie wusste wirklich nichts von dem, was ihr Ehemann trieb. Hatte Stanford deshalb den anderen Briefkasten benutzt? Nicht, um sich vor der Polizei zu verstecken, sondern vor seiner Frau?

Kelly gab Mrs. Stanford den Rest der Akte. »Diese Dokumente wurden vor drei Monaten benutzt, um einen Briefkasten in der Old Gloucester Road zu mieten, bezahlt mit der Kreditkarte Ihres Mannes. Dieselben Dokumente wurden vorgelegt und die Kreditkarte belastet, um eine Reihe von Anzeigen in einer Londoner Zeitung zu schalten.«

»Anzeigen«, übernahm Nick, wobei er Mrs. Stanford direkt ansah, »von denen wir glauben, dass sie im Zusammenhang mit einer Serie von Verbrechen stehen, die gegen Frauen verübt wurden.«

Mrs. Stanford betrachtete die Dokumente sichtlich besorgt und zupfte an ihrer Halskette. Nick beobachtete, wie

ihr Blick von links nach rechts wanderte und ihre Verwirrung gleich darauf echter Erleichterung wich.

»Das hat nichts mit meinem Mann zu tun«, sagte sie und
lachte, als ihre Anspannung wich.

»James Stanford ist doch Ihr Mann, oder nicht?«, fragte
Kelly.

»Oh ja«, antwortete Mrs. Stanford. »Aber das auf diesem
Foto«, sie tippte auf die Führerscheinkopie, »ist nicht mein
Mann.«

26

Als die Polizisten gegangen sind, bringt Melissa mir noch eine Kanne Tee. Sie nimmt den Zehn-Pfund-Schein, den DI Rampello auf dem Tisch gelassen hatte. »Alles okay?«

»Ja. Nein.« Ich löse das Zopfband, das sich auf einmal zu stramm anfühlt, und fahre mir mit den Fingern durchs Haar. »Sie glauben, dass ich in Gefahr bin.« Eigentlich sollte es mir nicht neu sein. Ich habe es schon gefühlt, als ich gestern die Auflistung gesehen habe, wann ich mit welchen Bahnen fahre. Ich habe es gefühlt, als Luke Friedland meinen Arm packte, damit ich nicht auf die Gleise stürzte. Ja, ich habe es gespürt, seit ich mein Foto in der *Gazette* sah. Aber als ich DI Rampello fragte, ob ich gefährdet sei, hoffte ich trotzdem, er würde etwas anderes erwidern. Ich wollte beruhigt werden. Ich wollte, dass er mir sagt, ich würde überreagieren, wäre paranoid oder würde mir Sachen einbilden. Ich wünschte mir falsche Versprechungen und blödsinnige Beschwichtigungen.

Vor wenigen Tagen noch habe ich mir Sorgen gemacht, weil ich nicht wusste, ob die Polizei mich ernst nimmt. Jetzt sorge ich mich, weil sie es tut. Melissa setzt sich mir gegenüber auf den Platz, wo vorher DI Rampello gesessen hat. Sie beachtet die schmutzigen Tassen auf dem Nachbartisch nicht, ebenso wenig wie die immer länger werdende Schlange am Tresen. »Was will die Polizei machen?«

»Sie besorgen mir ein Alarmgerät, das direkt mit ihrer Zentrale verbunden ist – falls ich überfallen werde.«

»Na, das wird dir ja sehr viel nützen!« Sie sieht meine Panik und verzieht das Gesicht, ehe sie sich vorbeugt und mich in den Arm nimmt. »Entschuldige! Aber als hier eingebrochen wurde, verging eine volle Viertelstunde, bis der Freund und Helfer eintraf, und da waren die Einbrecher längst weg. Die Jungs sind ein Witz!«

»Und was soll ich machen?« Mir entgeht nicht, dass ich hysterisch klinge, und ich atme tief ein, um es nochmal zu versuchen. »Was soll ich machen, Melissa?«

»Haben sie gesagt, was sie tun, um die Leute zu finden, die hinter dieser Website stecken? Das würde für deine Sicherheit sorgen, kein bescheuertes Alarmgerät.«

»Sie haben nur gesagt, dass sie daran arbeiten.«

»Sie ›arbeiten daran‹? Oh Mann! Und das soll dich beruhigen, ja? Eine Frau wurde ermordet ...«

»Zwei Frauen. Mindestens.«

»Und du sollst in aller Ruhe herumsitzen und sie ›daran arbeiten‹ lassen? Du musst genau wissen, was sie unternehmen. Mit wem reden sie? Wie versuchen sie, diese Website zurückzuverfolgen?«

»Das sagen die mir nicht, Melissa. Ich hätte noch nicht mal wissen dürfen, wie ich auf die Website komme. PC Swift hat angedeutet, dass sie einen Riesenärger bekommt, wenn irgendwer erfährt, dass sie es mir erzählt hat.«

»Du hast ein Recht zu wissen, wie nahe sie dran sind, die Sache aufzuklären. Du zahlst deren Gehalt, vergiss das nicht.«

»Ja, stimmt wohl.« Ich stelle mir vor, wie ich zur Polizei marschiere und verlange, die Ermittlungsunterlagen einzusehen.

»Ich könnte mit dir kommen, um mit ihnen zu reden, wenn du willst.«

Ich lehne die Ellbogen auf den Tisch und vergrabe kurz das Gesicht in den Händen. »Ich bin total überfordert«, sage ich, als ich wieder aufblicke. In mir wallt eine so große Angst auf, dass mein Herz rast. »Ich weiß nicht, was ich machen soll, Melissa.«

»Du verlangst, dass dir die Polizei sagt, was sie tut. Sie sollen dir alles erzählen. Welche Spuren sie verfolgen. Was sie schon rausgefunden haben.«

Ich weiß nicht, ob ich das beruhigend oder beängstigend finden würde.

»Mir kommt es vor, als hätte ich nichts mehr unter Kontrolle. Die Anzeigen nicht, Katie nicht, nicht mal mehr unsere Finanzen. Früher hatte ich alles im Griff, aber jetzt ...«

»Wie hoch ist Simon verschuldet?«

»Das sagt er mir nicht. Aber er benutzt schon seit August Kreditkarten. Jedes Mal, wenn er Essen gekauft hat oder die Strom- oder Wasserrechnungen bezahlt hat. Dann die Essen im Restaurant, die Geschenke ... das müssen Tausende sein, Melissa. Er sagt, dass er uns in diesen Schlamassel gebracht hat und uns auch wieder rausbringt.«

»Na ja, wenn er sich nicht von dir helfen lassen will, klingt es so, als müsstest du ihm einfach vertrauen.« Sie nimmt DI Rampellos leere Espressotasse auf, und ich sage ihr nicht, dass ich es momentan sehr schwer finde, irgendjemandem zu vertrauen.

Es ist schon neun Uhr morgens, als ich das Café verlasse, trotzdem beschließe ich, an der Themse entlang zur Arbeit zu gehen. Der Gedanke, mit der U-Bahn zu fahren – selbst auf einer Strecke, die nichts mit meinem auf der Website beschriebenen Weg zu tun hat – verursacht mir solches Herzrasen, dass mir schwindlig wird. Ich überquere die Strand und gehe Richtung Savoy Place, wo ich hinunter zum Fluss gehe. Und ich beobachte jeden. Den Mann, der auf mich zugeht, die Hände in den Taschen vergraben: Kennt er die Website? Ist er da Mitglied? Der Geschäftsmann, der in sein Handy spricht und einen Schal eng um seinen Hals geschlungen hat: Verfolgt er Frauen? Vergewaltigt sie? Ermordet sie?

Meine Atmung ist schnell und flach, und für einen Moment stehe ich da und starre auf den Fluss, während ich versuche, nicht zu hyperventilieren. Ein Dutzend Gestalten in Neoprenanzügen lassen sich von einer athletischen Blondine in einem grellpinken Neoprenanzug erklären, wie sie mit den Paddelbooten rausfahren sollen. Trotz der Kälte lachen sie. Hinter ihnen, mitten auf dem Fluss, zieht ein Ausflugsdampfer eine schäumende Spur durch die graue Themse. An Bord bibbern einige wenige Touristen, die besonders früh aufgestanden sind.

Jemand berührt meinen Arm.

»Alles in Ordnung?«

Ich zucke zusammen, als sei ich verbrannt worden. Der Mann ist jung, ungefähr in Justins Alter, aber in Anzug, Krawatte und mit jenem Selbstbewusstsein gesegnet, wie es eine gute Schulbildung oder ein guter Job mit sich bringen. Oder beides.

»Sie sahen eben aus, als würden Sie gleich umkippen.«

Mein Herz klopft so sehr, dass es an den Rippen wehtut, und ich finde die Worte nicht, um ihm zu sagen, dass es mir gut geht. Dass er mich nicht anfassen soll. Stattdessen trete ich einen Schritt weg von ihm und schüttle den Kopf. Er weicht sofort zurück und hebt beide Hände demonstrativ hoch, bevor er weggeht.

»Arme Irre.«

Als er zehn oder mehr Schritte entfernt ist, dreht er sich um und tippt sich zweimal mit dem Zeigefinger an die Schläfe. *Irre*, sagt er stumm, und mir ist, als sei ich es wirklich.

Es ist fast zehn, als ich im Büro ankomme. Das Gehen hat mir gutgetan, und auch wenn meine Füße wehtun, fühle ich mich stärker, erfrischt. Graham spricht mit einer Frau in einem schwarzen Hosenanzug und roten hohen Schuhen. Sie hält ein Exposé in der Hand, und Graham erzählt ihr von der Gewerbeimmobilie in der Eastern Avenue mit Kundentoiletten und einem renovierten Küchenbereich, ideal als Pausenraum für Mitarbeiter. Ich blende das einstudierte Gelaber aus, als ich mich an meinen Schreibtisch setze, merke Graham aber deutlich an, dass er wütend auf mich ist.

Er legt in der Sekunde los, in der die Frau weg ist. Dass sie nicht gleich einen Besichtigungstermin machen wollte, befeuert seine Rage noch. »Wie nett, dass Sie auch noch vorbeikommen, Zoe.«

»Tut mir leid. Es kommt nicht wieder vor.«

»Ach ja? In letzter Zeit sind Sie jeden Morgen zu spät.«

»Ich musste meinen Weg zur Arbeit ändern, da lässt sich schwer einschätzen, wie lange ich brauche.«

Graham fragt nicht nach dem Grund. Der interessiert

ihn nicht. »Dann müssen Sie eben früher losgehen. Sie können hier nicht einfach um kurz vor zehn reinspazieren und sich nicht mal entschuldigen ...«

Ich habe mich entschuldigt, und das werde ich nicht wiederholen. »Ich hatte ein Treffen mit der Polizei.« Fast erwarte ich, dass Graham weiterschimpft, als hätte ich nichts gesagt, doch er erschrickt.

»Warum? Was ist passiert?«

Ich zögere, weil ich nicht sicher bin, wie viel ich ihm erzählen möchte. Als ich an die Website mit ihrer Auswahl an Frauen denke, komme ich zu dem Schluss, dass Graham exakt der Typ Mann ist, den so eine exklusive Mitgliedschaft locken würde. Zweifellos könnte er nicht widerstehen, sollte ich ihm davon erzählen, und ich habe das Gefühl, dass ich diese Frauen schützen muss. Ich will nicht, dass die Leute ihre Fotos ansehen und ihre Streckeninformationen kaufen, als wären sie bloß Objekte. Und dann ... was? Ich tue mich nach wie vor schwer damit, zu akzeptieren, was ich doch bereits weiß: dass Frauen angegriffen – ermordet – werden, weil ihre Pendeldaten verkauft wurden. Das ist grotesk und eher Stoff für einen Science-Fiction-Roman.

»Ich werde verfolgt«, sage ich nur, und es ist ja auch nicht allzu weit von der Wahrheit entfernt. Für einen Moment glaube ich, Sorge in seinen Zügen zu erkennen, aber dieser Gesichtsausdruck ist so ungewohnt, dass ich nicht sicher bin. »Die Polizei will mir ein Alarmgerät geben.«

»Wissen Sie, wer es ist?« Die Frage ist eher ein Vorwurf, doch Graham gehört zu den Leuten, bei denen alles so klingt.

»Nein.« Und dann kommen die Tränen, die ich schon

seit Tagen zurückhalte. Ausgerechnet vor Graham heule ich los, und er steht wie angewurzelt vor mir. Ich suche nach einem Taschentuch, finde schließlich eines in meinem Ärmel und putze mir energisch die Nase. Doch ich kann nicht aufhören zu weinen. Ich ringe nach Luft und atme zittrig aus. Erst nach mehreren Anläufen gelingt es mir hervorzuquetschen: »E... Entschuldigung. Es ... es ist alles ein bisschen viel.«

Graham steht immer noch vor meinem Schreibtisch und starrt mich an. Plötzlich geht er zur Tür, und für einen Moment denke ich, dass er weggehen und mich allein und schluchzend an meinem Schreibtisch zurücklassen wird. Aber er legt den Riegel vor und dreht das »Closed«-Schild um, bevor er in die Ecke mit den Teesachen geht und den Wasserkocher anstellt. Ich bin so verblüfft von dieser ungeahnten Bekundung seines Mitgefühls, dass ich zu weinen aufhöre, und mein Schluchzen zu gelegentlichen Hicksern abebbt. Abermals putze ich mir die Nase.

»Es tut mir ehrlich leid.«

»Sie stehen eindeutig unter einer Menge Druck. Wie lange geht das schon?«

Ich erzähle ihm so viel, wie ich kann, ohne den Namen der Website zu erwähnen oder wie sie funktioniert. Aber ich sage ihm, dass ich schon seit einer Weile verfolgt werde und die Polizei nun eine Verbindung zwischen meinem Fall und den Morden an zwei Frauen sowie Angriffen gegen mehrere andere sieht.

»Und was unternimmt die Polizei?«

»Sie besorgen mir das Alarmgerät. Und heute Morgen musste ich eine Aussage machen. Deshalb war ich so spät.«

Graham schüttelt den Kopf, wobei die schlaffe Haut unter seinem Kinn schlackert. »Ist schon gut. Machen Sie sich deswegen keine Gedanken. Wissen sie, wer hinter diesen Angriffen steckt?«

Ich bin gerührt – und verwundert –, wie interessiert Graham ist.

»Glaube ich nicht. Sie haben noch niemanden wegen des Mords an Tania Beckett verhaftet, und die Website lässt sich anscheinend nicht zurückverfolgen.«

Graham überlegt. »Ich habe den ganzen Tag Termine und wollte von dem um fünf aus direkt nach Hause, aber wenn es Ihnen nichts ausmacht, etwas länger zu bleiben, komme ich wieder her und fahre Sie nach Hause.« Graham kommt täglich aus Essex her. Meistens nimmt er den Zug, aber hin und wieder fährt er auch mit dem Auto und stellt den Wagen auf den absurd teuren Parkplatz um die Ecke vom Büro.

»Das wäre ein meilenweiter Umweg! Ehrlich, ich komme klar. Ich fahre einen anderen Weg nach Hause, und ich kann Justin Bescheid sagen, dass er mich am S-Bahnhof Crystal Palace abholt.«

»Ich bringe Sie nach Hause«, sagt Graham streng. »Dann kann ich gleich weiter nach Sevenoaks und meinen Bruder und seine Frau besuchen. Offen gesagt wundert mich, dass Ihr Freund Sie nicht abholt.«

»Ich möchte nicht, dass er sich Sorgen macht.«

Er sieht mich fragend an. »Haben Sie ihm nichts erzählt?«

»Er weiß von der Website, aber, nein … Ich habe ihm nicht gesagt, dass ich in Gefahr bin. Momentan ist alles ein bisschen schwierig.« Als ich Grahams Gesichtsausdruck sehe, erkläre ich es lieber, bevor er falsche Schlüsse zieht.

»Simon hat seinen Job verloren. Stellenabbau. Also ist es gerade nicht so toll. Er macht sich schon genug Sorgen, da will ich ihn nicht noch zusätzlich belasten.«

»Ach so, na gut, ich bringe Sie heute Abend nach Hause, und dabei bleibt es.« Graham wirkt zufrieden. Wäre er ein Höhlenmensch, würde er jetzt auf seiner Brust trommeln.

»Okay«, sage ich. »Danke.«

Eine halbe Stunde später geht Graham zu seinem Meeting. »Lassen Sie die Tür abgeschlossen«, sagt er zu mir, »bis Sie sehen, wer da ist.«

Die Bürotür ist aus Glas, genau wie die gesamte Front, und mir ist schleierhaft, wie ich einschätzen soll, ob ein Mann draußen steht, um mich zu vergewaltigen und umzubringen oder um sich nach dem Handyladen in der Lombard Street zu erkundigen, der demnächst frei wird. »Hier ist sowieso alles kameraüberwacht«, sagt er. Ich bin so überrascht von diesem Teil, dass ich gar nicht darauf komme, ihm zu sagen, dass es mich wenig trösten wird, meine Ermordung gefilmt zu wissen.

»Seit wann haben wir Sicherheitskameras?« Ich blicke mich um, und Graham wirkt etwas verlegen. Er sieht auf seine Uhr.

»Seit ein paar Jahren. Die sind in den Sprinklern, wegen der Versicherung. Jedenfalls brauchen Sie keine Angst zu haben, solange Sie hier sind. Ich hole Sie dann um kurz vor sechs.« Die Glocke bimmelt, als er die Tür aufmacht, und noch einmal, als er sie wieder schließt. Ich drehe das Schild auf »Open« und setze mich an meinen Schreibtisch. Ich hatte keine Ahnung, dass Graham Kameras installieren ließ.

Müssen Arbeitgeber bei so etwas nicht ihre Mitarbeiter – und die Kunden – informieren, dass sie beobachtet werden? Ich sehe hinauf zur Decke.

Ein paar Jahre.

Ein paar Jahre, in denen ich mich allein im Büro glaubte, wenn nur Grahams Tür geschlossen war. Wenn ich ein Sandwich aß, telefonierte oder einen zwickenden BH-Träger richtete. Beobachtet er mich? Der Gedanke ist beunruhigend, und als das Bürotelefon klingelt, zucke ich zusammen.

Um halb sechs drehe ich das Schild wieder auf »Closed«. Es war nicht viel los: ein neuer Mieter, der kam, um seinen Vertrag zu unterschreiben, und einige Anfragen zum neuen Bürokomplex. Niemand Verdächtiges, niemand Unheimliches. Aber jetzt, wo es draußen dunkel ist und die Lichter im Büro brennen, sodass ich für die Passanten wie ein gut beleuchtetes Ausstellungsstück wirke, fange ich an, wieder nervös zu werden.

Ich bin froh, als Graham zurückkommt, seine Autoschlüssel schwenkt und mich nach meiner Postleitzahl fragt, um sie ins Navi einzugeben. Es ist gut, dass ich heute Abend nicht mit der Bahn fahren muss. Ich brauche mir keine Sorgen zu machen, wer hinter mir ist oder ob ich tot im Park ende, wie die arme Tania Beckett.

Heute Abend werde ich zumindest in Sicherheit sein.

27

Dem ersten toten Mädchen werde ich ewig dankbar sein.

Sie hat alles verändert.

Sie half mir zu erkennen, dass findtheone.com so viel mehr sein kann als bloß eine weitere Dating-Website. Sie hat mir eine ganze Reihe neuer Möglichkeiten eröffnet.

Sicher wird es immer Kunden geben, die so nicht spielen wollen und die Seite nur für das benutzen, als was sie anfangs gedacht war: um dich anzusprechen und zum Essen einzuladen.

Aber Tania Beckett zeigte mir, dass es noch andere Männer gibt. Männer, die bezahlen, um im U-Bahn-Netz Katz und Maus zu spielen, in Parks den exakten Moment abzupassen, in dem du vorbeigehst. Ihnen schwebt etwas Größeres als ein Essen vor.

Was für ein Potenzial!

Höhere Preise, ein noch speziellerer Markt.

Ich könnte mehr sein als bloß ein Kuppler. Ich könnte Wünsche befriedigen, die so tief verborgen sind, dass sie kaum noch wahrgenommen werden. Wer von uns kann schon ehrlich behaupten, er hätte sich noch nie ausgemalt, jemanden zu verletzen? Weiter zu gehen, als es die Gesellschaft für akzeptabel erachtet; den Rausch zu erleben, jemanden in Zugzwang zu bringen?

Wer von uns würde die Chance nicht ergreifen, wenn sie sich ihm bietet?

Die Chance, jemanden zu töten.

28

»Chef, wir haben ein Problem.«

Nick sah von seinem Schreibtisch auf, als Kelly zu ihm kam. Die Morgenbesprechung war eben erst vorbei, aber Nick hatte bereits seine Krawatte gelockert und den obersten Knopf seines Hemds geöffnet. Kelly wusste inzwischen, dass die Krawatte bis zum Mittag ganz verschwunden sein würde, aufgerollt in der Brusttasche seines Jacketts, falls die hohen Tiere vorbeikamen.

»Ihr Account bei der Website ist gesperrt worden. Ich habe gerade versucht mich einzuloggen, um nach neuen Profilen zu sehen, und da wurde ich geblockt.« Sie konnte nicht anders, als sich etwa jede Stunde auf der Seite einzuloggen. Sogar heute in den frühen Morgenstunden, gleich nach dem Aufwachen, hatte sie zu ihrem Telefon gegriffen. Sie tat es mit einem zunehmend mulmigen Gefühl, denn der blinkende *Neue Profile!*-Balken auf dem Bildschirm bedeutete, dass noch mehr Frauen in Gefahr waren; mehr potenzielle Opfer. Die Website wuchs so schnell, dass sie mit ihren Ermittlungen nicht hinterherkamen, und die vergebliche Fahrt nach Amersham gestern hatte nicht direkt geholfen. James Stanfords Kreditkarte war im letzten Jahr schon kopiert worden. Er hatte seine Brieftasche verloren – oder sie war ihm gestohlen worden –, und danach hatte es mehrere Fälle gegeben, bei denen seine Daten missbraucht wurden. Der Briefkasten in der Old Gloucester Road war lediglich der letzte in einer Reihe von Vorfällen. Garantiert waren Stanfords Daten schon mehrfach weiterverkauft worden, und das MIT hatte nach wie vor keine Spur zu demjenigen, der Londons Pendlerinnen zu Zielscheiben machte.

Im Besprechungsraum waren die Wände bedeckt von ihren Fotos – manche mit Namen, manche ohne –, und es kamen ständig neue hinzu, seit sie auf die Website zugreifen konnten. Heute Morgen nach dem Briefing hatte Kelly sich automatisch eingeloggt. Die Tastenkombination beherrschte sie mittlerweile blind.

`Ihr Passwort wurde nicht erkannt.`

Sie hatte verwundert geblinzelt und es erneut versucht, weil sie glaubte, sich vertippt zu haben.

`Ihr Passwort wurde nicht erkannt.`

Sie hatte mehrmals die Daten überprüft, mit denen Nick den Account eröffnet hatte – mit seiner eigenen Kreditkarte und einer Gmail-Adresse –, aber der Fehler lag nicht bei ihr. Der Account war verschwunden.

»Glauben Sie, dass wir enttarnt wurden?«

Nick tippte mit seinem Kuli auf die Laptopkante. »Kann sein. Wie viele Profile haben wir heruntergeladen?«

»Alle. Vielleicht haben wir uns damit verdächtig gemacht.«

»Oder das Ganze ist ein Schwindel, um die Leute abzuzocken. Wer würde schon zur Polizei gehen und sich beschweren, dass man ihm fälschlich unbegrenzte Stalking-Chancen versprochen hat?«

»Wir haben übrigens eine Prepaid-Kreditkarte bewilligt bekommen«, sagte Kelly. Sie hatte gesehen, wie die E-Mail einging, während sie versuchte, sich auf Nicks Computer in den Account einzuloggen.

»Super. Richten Sie einen neuen Account ein, und dann warten wir ab, wie lange es dauert, bis sie den auch dichtmachen. Ich will mir ansehen, ob es Profile von Frauen aus Kent gibt.«

»Bisher waren sie alle aus London, Chef.«

»Gestern gab es eine Entführung in Maidstone. Wir haben eine Zeugenaussage, dass ein Mann gesehen wurde, der eine Frau in einen schwarzen Lexus zerrte und mit ihr wegfuhr. Eine Stunde später bekam die Polizei in Kent einen Anruf von einer verstörten Frau, die entführt und sexuell genötigt wurde, bevor der Täter sie in einem Gewerbegebiet am Stadtrand aus dem Wagen stieß.« Er reichte Kelly mehrere ausgedruckte Seiten, und sie blickte auf das oberste Blatt mit den Angaben zur Aussage des Opfers.

`Kathryn Whitworth, 36.`

»Pendlerin?«

»Sie fährt täglich von Pimlico zu einer Jobvermittlung in Maidstone, bei der sie arbeitet.«

»Hat sie sich das Kennzeichen des Lexus gemerkt?«

»Nein, aber der Wagen wurde wenige Meilen vom Tatort geblitzt. Die Officer vor Ort holen den Fahrer gerade ab.«

Kelly brauchte nicht lange, um einen neuen Account einzurichten und Kathryn Whitworth zu finden, als *Neuzugang* auf der ersten Seite beworben. Sie glich die Angaben aus Kathryns Aussage mit dem Profil auf dem Bildschirm ab.

`Weiß.`

`Blond.`

`Mitte dreißig.`

`Flache Schuhe, trägt enganliegende Jacken.`

Karierter Wollponcho. Schwarzer Regenschirm mit Perlmuttgriff. Graue Mulberry-Laptoptasche.

Konfektionsgröße 34-36.

07:15 Uhr: Betritt U-Bahnhof Pimlico. Nimmt die Rolltreppe und biegt nach links zur Bahn nach Norden. Steht an der großen Werbetafel links vom U-Bahn-Plan. Steigt an der Station Victoria aus, verlässt den Bahnsteig, geht nach rechts und nimmt die Rolltreppe nach oben. Biegt nach links zu den Bahnsteigen 1-8. Geht zum Starbucks neben Bahnsteig 2, wo ihr der Barista einen Venti Skinny Decaff Latte bereitet. Nimmt den Ashford National von Bahnsteig 3. Klappt den Laptop auf und arbeitet während der Fahrt. Steigt in Maidstone East aus, geht die Week Street bis zur Abbiegung links in die Union Street. Arbeitet bei Maidstone Recruitment. Verfügbar: Montag bis Freitag. Dauer: 80 Minuten Schwierigkeitsgrad: mittel

Es bestand kein Zweifel, dass dies dieselbe Frau war. Spontan googelte Kelly Maidstone Recruitment. Auf deren Seite fand sich ein professionelles Porträtfoto mit einer Kurzbiografie unter Kathryns Namen und ihrer Stellenbezeichnung. *Leitende Personalberaterin.* Auf dem Foto auf der Website hatte Kathryn ihr Haar hinter die Ohren gestrichen und sah zwar nicht direkt gestresst aus, aber doch abgelenkt. Auf dem Firmenbild hatte sie die linke Schulter leicht vorgestreckt, saß vor einem weißen Hintergrund und trug ihr schulterlanges Haar zu einem strengen Bob geschnitten. Sie lächelte strahlend in die Kamera; professionell, vertrauenswürdig, selbstbewusst.

Wie mochte Kathryn Whitworth jetzt aussehen? Wie hatte sie ausgesehen, als sie diese zehnseitige Aussage bei einem Detective in Maidstone machte? Als sie in einem geliehenen Bademantel in den eigens für Vergewaltigungsopfer eingerichteten Räumen der Polizei darauf wartete, eine erniedrigende medizinische Untersuchung hinter sich zu bringen?

Die Bilder stellten sich allzu leicht ein.

Kelly nahm das Profil aus dem Drucker und beugte sich über ihren Schreibtisch, um es Lucinda zu geben.

»Es passt.«

Kellys Mobiltelefon klingelte, und »Unbekannte Nummer« erschien auf dem Display. Sie nahm das Gespräch an.

»Hi, spreche ich mit DC Thompson?«

Um ein Haar hätte Kelly gesagt, dass der Anrufer sich in der Nummer geirrt hatte, als sie sich wieder erinnerte. »Ja, am Apparat.« Sie blickte zu Lucinda, die sich wieder ihrem Computer zugewandt hatte.

»Hier ist DC Angus Green vom Durham CID. Ich habe die Vergewaltigungsakte ausgegraben, die Sie wollten.«

»Eine Sekunde bitte, ich muss kurz nach draußen gehen.«

Kelly hoffte, dass die anderen nicht mitbekamen, wie ihr Herz raste. Sie zwang sich, möglichst lässig von ihrem Schreibtisch aufzustehen und hinauszugehen, als wäre der Anruf nicht weiter wichtig.

295

»Danke für Ihren Rückruf«, sagte sie, sobald sie draußen auf dem Korridor war. Sie stand oben an der Treppe, sodass sie sehen konnte, wenn jemand nach oben kam, und gleichzeitig die Tür zum MIT im Blick behielt.

»Kein Problem. Haben Sie jemanden in Untersuchungshaft?«

»Nein, wir arbeiten nur an ähnlichen Fällen, und da tauchte dieser auf. Ich hatte angerufen, um zu fragen, ob sich in den letzten Jahren noch etwas Neues ergeben hat.« Kellys Herz hämmerte inzwischen so heftig, dass es schmerzte. Sie drückte den Handballen fest auf ihr Brustbein. Sollte irgendwer das hier mitbekommen, würde sie ganz sicher ihren Job verlieren. Dann gäbe es keine zweite Chance mehr.

»Nichts, leider. Wir haben die DNA in der Akte, also sollte er wegen etwas anderem verhaftet werden und wir eine Übereinstimmung feststellen, könnte man einen Vergleich machen. Obwohl selbst bei einer Übereinstimmung die Chancen schlecht stehen, dass es zur Anklage kommt.«

»Warum?« Auf eine Verhaftung hoffte Kelly, seit sie bei der Polizei war und erkannt hatte, dass viele ältere Verbrechen nicht durch sorgfältige Ermittlungen aufgeklärt wurden, sondern durch schieren Zufall. Eine Reihen-DNA-Untersuchung zwecks Eliminierung nach einem Einbruch; eine Blutprobe nach einem positiven Alkoholtest bei einer Verkehrskontrolle. Dieser Augenblick, in dem man nach Luft schnappte, weil sich ein simpler Fall als so viel mehr entpuppte und ein Verbrechen, das zwanzig Jahre zuvor begangen worden war, endlich aufgeklärt wurde. Kelly war es schon ein paarmal passiert, und jetzt wünschte sie es sich dringender als alles andere. Sie hatte den Mann nie gesehen, der Lexi vergewaltigt hatte, trotzdem konnte sie sich beinahe vorstellen, wie sich seine Arroganz in Furcht wandelte; wie eine relativ harmlose Anklage zur Nichtigkeit verblasste angesichts des positiven DNA-Vergleichs, der unwiderruflich bewies, dass er ihre Schwester gestalkt, sie beobachtet und überfallen hatte.

»In der Akte ist ein Brief von dem Opfer«, sagte DC Green. »Einer Miss Alexis Swift. Darin schreibt sie, dass sie zwar bei ihrer Aussage bleibt, aber bei einer weiteren Untersuchung nicht einbezogen werden möchte und auch nicht über neue Entwicklungen in dem Fall unterrichtet werden will.«

»Aber das kann nicht sein!« Es war draußen, bevor Kelly sich bremsen konnte, und ihre Stimme hallte durch das Treppenhaus. An DC Greens Schweigen erkannte sie, dass er verwirrt war. »Ich meine, warum sollte ein Opfer sich so verhalten? Das ergibt keinen Sinn.«

»Sie erklärt es nicht weiter. Vielleicht war doch nicht alles so klar, wie sie es in ihrer ersten Aussage angegeben hat? Vielleicht war es jemand, den sie kannte. Vielleicht war es zunächst einvernehmlich, und dann hatte sie es sich anders überlegt.«

Kelly hatte Mühe, beherrscht zu bleiben. Vor ihrem geistigen Auge sah sie Lexi, die zusammengekrümmt auf einem Sessel in dem Spezialraum saß, zu gebrochen, um aufzustehen. Lexi in geliehenen Sachen, die ihr nicht passten, während ihre eigenen sorgfältig etikettiert und forensisch versiegelt in Papiertüten verpackt waren. Lexi auf der Untersuchungsliege, wo sich Tränen zwischen ihren geschlossenen

Lidern hervorstahlen und sie Kellys Hand so fest drückte, dass es hinterher noch zu sehen war. Nichts an dem, was Lexi passiert war, war einvernehmlich gewesen.

»Ja, kann sein«, sagte Kelly nun betont gelassen. »Tja, vielen Dank, dass Sie mich zurückgerufen haben. Ich glaube nicht, dass der Fall zu unserer Serie gehört, aber man kann nie wissen.« Sie beendete das Gespräch, drehte sich um und lehnte ihre Stirn an die kühle Wand. So blieb sie eine ganze Weile stehen – wie lange wusste sie nicht.

»Wenn Sie meditieren wollen, tun Sie das doch bitte in Ihrer Freizeit, Kelly.«

Sie fuhr herum und sah Nick in seinen Laufsachen. Die Turnschuhe machten keinerlei Geräusche auf der Treppe. Sein T-Shirt war unter den Achseln und vorn dunkel gefleckt.

»Verzeihung, Chef, ich war nur fünf Minuten draußen.« Kellys Gedanken überschlugen sich. Was hatte Lexi getan? Und warum?

»Die hatten Sie. Ich gehe duschen und sehe Sie in zehn Minuten im Besprechungsraum.«

Kelly lenkte ihre Konzentration auf den Fall zurück. »Sie hatten recht, was die Vergewaltigung in Maidstone betrifft. Ich habe Lucinda die Einzelheiten gegeben.«

»Okay. Sagen Sie der Polizei in Kent Bescheid, dass wir ab hier übernehmen. Aber eines nach dem anderen. Ich habe das Cyber-Crime-Team gebeten, dass sie herkommen und uns erhellen, was zur Hölle sie die letzten zwei Tage gemacht haben. Man kann sich heutzutage nirgends bewegen, ohne einen digitalen Fingerabdruck zu hinterlassen. Wie schwer kann das denn sein, die Person hinter dieser Website zu identifizieren?«

»Sehr schwer«, sagte Andrew Robinson. »Er hat seine Spuren zu gut verwischt. Die Seite ist auf den Cayman Islands registriert.«

»Den Caymans? Betreibt er die Website von da aus?«, fragte Kelly.

Nick sah sie an. »Freuen Sie sich nicht zu früh. Sie reisen nicht in die Karibik.«

»Es heißt auch nicht, dass der Täter dort ist«, sagte Andrew. »Er hat dort lediglich eine Adresse angegeben. Und sicher überrascht Sie nicht zu hören, dass zwischen der britischen Polizei und den Cayman Islands nicht direkt eitel Sonnenschein herrscht. Die Chancen, dass wir von denen die Informationen bekommen, die wir brauchen, tendieren gegen null. Aber immerhin haben wir die IP-Adresse, von der aus die Website antwortet.« Andrew sah Kellys und Nicks verständnislose Gesichter und fing nochmal neu an: »Im Grunde ist es so: Wenn ich nach einer Domain frage, wird ein Signal an die Website geschickt. Falls die nicht existiert, kriegen wir keine Reaktion. Existiert die Website – wie in diesem Fall –, verrät uns die Antwort nicht bloß, wo die Domain registriert ist, sondern auch, welches Gerät benutzt wurde, um dieses bestimmte Netzwerk anzuwählen. Wenn Sie also zum Beispiel«, er zeigte auf Nicks Handy vor ihnen auf dem Tisch, »sich jetzt zum Online-Banking einloggen, würde die Website die IP-Adresse Ihres Telefons speichern, was uns ermöglicht, Sie zu orten.«

»Verstanden«, sagte Nick. »Und von wo loggt sich der Administrator ein?«

Andrew verschränkte seine dünnen Finger und knackte mit den Knöcheln, erst an der einen, dann an der anderen

Hand. »So einfach ist das leider nicht.« Er schlug sein Notizbuch auf und zeigte Nick und Kelly eine Zahlenfolge: 5.43.159.255. »Dies ist die IP-Adresse, quasi die Postleitzahl für Computer. Es ist eine statische IP, allerdings bei einem russischen Server, und die Russen ...«

»Lassen Sie mich raten«, fiel Nick ihm ins Wort. »Die Russen kooperieren nicht mit der britischen Polizei. Herrgott nochmal!«

Andrew hob beide Hände. »Ich sage nur, wie es ist.«

»Gibt es irgendeine Möglichkeit, die Website zurückzu-verfolgen?«, fragte Kelly.

»Die Wahrheit? Nein. Zumindest nicht in dem Zeitfens-ter, in dem Sie es bräuchten, bedenkt man die Gefahren-stufe. Diese Website ist buchstäblich nicht zurückzuverfol-gen.«

»Heißt das, wir suchen nach jemandem, der besonders versiert ist?«, fragte Kelly. »Jemandem, der vielleicht aus der IT kommt?«

»Nicht unbedingt. Dieser Kram ist für jeden online zu-gänglich, wenn man danach sucht. Sogar der DI könnte das.«

Kelly verkniff sich ein Grinsen, und Nick überging die Bemerkung. »Und was schlagen Sie vor?«

»Das gute alte Prinzip: Folgen Sie der Spur des Geldes.«

»Was meinen Sie?«, fragte Kelly.

»Haben Sie nie *Die Unbestechlichen* gesehen?«, erwiderte Andrew. »Da haben Sie was verpasst. Der Täter nimmt Geld von Leuten, die sich auf seiner Dating-Website regist-rieren, oder? Diesem Geld müssen wir folgen. Jede Transak-tion lässt sich von den Kredit- oder Bankkarten der Kunden zum Pay-Pal-Konto der Website und schließlich zum Bank-konto des Täters verfolgen. Wenn Sie wissen, wie das Geld eingezogen wird und von wem, haben Sie schon eine Spur.«

Leiser Optimismus regte sich in Kelly.

»Welche Daten brauchen Sie dafür?«

»Sie haben Ihre eigene Kreditkarte benutzt, stimmt's?«

Nick bejahte stumm.

»Dann brauche ich das Datum der Überweisung, den Be-trag und die Nummer der Kreditkarte, mit der Sie bezahlt haben. Geben Sie mir die, und ich hole Ihnen unseren Mann.«

29

Eine halbe Stunde lang sitzen wir in der Norwood Road fest, wo der Verkehr so dicht ist, dass Graham nur vorwärtskriechen kann. Er ist ein ungeduldiger Fahrer, drängelt sich in jede freie Lücke, die er entdeckt, und wirft sich praktisch auf die Hupe, wenn es der Fahrer vor ihm wagt, auch nur eine Viertelsekunde zu zögern, bevor er sich an der Ampel in Bewegung setzt. Es ist schon der zweite Tag, den Graham mich nach Hause fährt, und uns ist der Gesprächsstoff ausgegangen, weil wie alle gängigen Themen erschöpft haben – ob die alte Videothek zum geforderten Preis weggeht und dass es nie genug Büroimmobilien mit Staffeletagen gibt, um die Nachfrage zu bedienen. Also sitzen wir schweigend im Wagen.

Ab und zu sage ich, wie unangenehm es mir ist, dass Graham meinetwegen solch einen Umweg macht, und er tut es jedes Mal ab.

»Ich kann nicht zulassen, dass Sie allein durch London wandern, wenn ein Perverser hinter Ihnen her ist«, sagt er.

Flüchtig geht mir durch den Kopf, dass ich nicht genauer gesagt hatte, was den anderen Frauen passiert ist; andererseits dürfte es eine naheliegende Annahme sein, wenn ein Mann Frauen stalkt.

Ich weiß, dass ich Matt bitten könnte, mich abzuholen, und er würde fraglos darauf bestehen, mich zur Arbeit und nach Hause zu fahren, solange es nötig ist. Aber ich frage nicht, weil Simon außer sich wäre und es Matt allzu gut gefiele.

Dass Matt mich immer noch liebt, ist eine unausgesprochene Tatsache, die uns alle immerfort umgibt. Matt und mich, wenn wir uns sehen, um über die Kinder zu reden, und er meinen Blick ein bisschen länger hält als nötig. Simon und mich, wenn ich Matts Namen fallen lasse und sehe, wie Eifersucht in Simons Augen aufblitzt.

Simon kann mich nicht fahren, denn er hat sein Auto vor einigen Wochen verkauft. Zu der Zeit hielt ich ihn für verrückt; auch wenn er das Auto in der Woche kaum nutzte, waren unsere Wochenenden dichtgepackt mit Großeinkäufen und Ikea-Ausflügen oder Fahrten nach außerhalb, um Freunde oder Verwandte zu besuchen.

»Wir können den Zug nehmen«, sagte er zu mir, als ich einwandte, dass uns das Auto fehlen wird. Ich kam gar nicht auf die Idee, dass er es sich nicht mehr leisten konnte.

Hätte ich doch nur einen Führerschein! Mir schien er nie nötig, da ich ja in London lebe, aber jetzt wünsche ich mir, ich könnte selbst zur Arbeit fahren. Seit ich die Anzeigen entdeckt habe, bin ich dauernd in Alarmbereitschaft. Sämtliche Muskeln sind angespannt und warten darauf, dass ich rennen muss. Oder kämpfen. Ich sehe mich ständig um, beobachte jeden.

Hier in Grahams Wagen, wo ich weiß, dass mir niemand folgt, fühle ich mich sicher. Ich kann mich in das weiche Leder zurücklehnen und die Augen schließen, ohne mir Sorgen zu machen, dass ich beobachtet werde.

Der Verkehr wird fließender, nachdem wir über den Fluss sind. Die Heizung läuft, mir ist warm, und zum ersten Mal seit Tagen entspanne ich mich. Graham schaltet das Radio an, und ich höre Greg Burns von Capital FM zu, der Art Garfunkel interviewt. Am Schluss des Gesprächs wird »Mrs. Robinson« eingespielt, und ich denke, wie witzig es ist, dass ich mich immer noch an den Text erinnere, doch noch ehe ich die Worte im Kopf bilden kann, schlafe ich ein.

Ich bin abwechselnd halb wach, halb im Dämmerschlaf. Der Verkehrslärm verändert sich, und ich schrecke auf, um Momente später wieder einzunicken. Ich höre, wie ein neuer Song im Radio beginnt, schließe die Augen für einen scheinbaren Sekundenbruchteil, um zu den letzten Klängen eines völlig anderen Stücks wieder aufzuwachen.

Mein Unterbewusstsein verwechselt die Geräusche, die sich in meinen Schlaf drängen: die Busse, die Musik, die Radiowerbung. Das Motorbrummen des Wagens wird zum dumpfen Rumpeln einer U-Bahn, die Stimme des Moderators zu einer Ansage, die mich vor dem Spalt an der Bahnsteigkante warnt. Ich stehe in der U-Bahn, inmitten des Gedränges anderer Pendler. Die Luft riecht nach Aftershave und Schweiß. Das Aftershave kommt mir bekannt vor, und ich versuche es zuzuordnen, was mir nicht gelingt.

Erschienen: Freitag, 13. November

Weiß.

Ende dreißig.

Überall Augen. Sie beobachten mich. Sie folgen mir. Sie kennen jede Etappe meiner Fahrt. Der Zug hält, und ich will aussteigen, aber jemand drängt mich an die Wagenwand.

Schwierigkeitsgrad: mittel.

Es ist Luke Friedland. Er drückt sich fest gegen meine

Brust. *Ich habe Sie gerettet,* sagt er, und ich will den Kopf schütteln, will mich bewegen. Der Aftershave-Geruch ist überwältigend, füllt meine Nase, erstickt mich.

Meine Augen sind geschlossen.

Warum sind meine Augen zu?

Ich öffne sie, aber der Mann, der sich gegen mich drückt, ist nicht Luke Friedland.

Ich bin nicht in einem Zug, nicht umgeben von Pendlern.

Ich bin in Graham Hallows Wagen.

Das ist Graham, dessen Gesicht direkt vor meinem ist, dessen Arm quer über meinem Oberkörper liegt und mich in den Sitz drückt. Es ist Graham, den ich rieche; diese holzige, zimtige Note, gemischt mit Körpergeruch und dem muffigen Geruch seines Tweed-Sakkos.

»Wo sind wir? Runter von mir!«

Der Druck auf meiner Brust verschwindet, aber ich ringe immer noch nach Luft; Panik macht meine Kehle eng, als würde ich gewürgt. Dunkelheit umgibt das Auto, dringt durch die Scheiben nach drinnen, und ich taste nach dem Türhebel.

Das plötzliche Licht blendet mich.

»Ich habe nur Ihren Gurt gelöst«, sagt Graham. Er hört sich wütend an, fast beleidigt.

Weil ich ihm einen Vorwurf gemacht habe?

Oder weil ich ihn aufgehalten habe?

»Sie waren eingeschlafen.«

Ich sehe nach unten und stelle fest, dass mein Gurt gelöst ist und der eine Riemen über meinem linken Arm hängt. Erst jetzt wird mir klar, dass wir in meiner Straße sind. Ich kann unsere Haustür sehen.

Prompt steigt mir Hitze ins Gesicht. »Es ... Es tut mir leid.« Der Schlaf macht mich verwirrt. »Ich dachte ...« Ich versuche, die Worte zu formen. »Ich dachte, Sie sind ...« Ich kann es nicht sagen, und das muss ich auch nicht. Graham lässt den Motor an, und das Röhren beendet die Unterhaltung. Ich steige aus dem Wagen und fröstle; draußen ist es fünfzehn Grad kälter als drinnen. »Danke fürs Fahren. Und es tut mir leid, dass ich dachte ...«

Er lässt mich auf dem Gehweg stehen und fährt weg.

30

Bei findtheone.com gibt es keine Blind-Date-Nervosität, keine hölzerne Konversation beim Essen. Ich würde sagen, dass diese Website ehrlicher ist als die meisten Online-Dating-Seiten mit ihren retuschierten Fotos und den Profilen voller Lügen. Gehaltsrahmen, Hobbys, Lieblingsgerichte ... alles irrelevant. Wer baut denn eine Beziehung auf der Basis einer gemeinsamen Vorliebe für Tapas auf? Ein Paar mag auf dem Papier perfekt zusammenpassen, dennoch fehlt der nötige Funke zwischen den beiden.

Findtheone.com lässt diesen ganzen Blödsinn aus; das Vortäuschen, es würde irgendjemanden interessieren, ob du Opern oder Spaziergänge im Park magst. Das heißt, dass sich Männer Zeit lassen können. Sie können dir eine Weile folgen, dich ansprechen und sehen, ob du interessant genug bist, dich zum Essen einzuladen, anstatt ihre Zeit an eine geschwätzige Hohlbirne zu verschwenden. Es heißt, dass die Männer richtig nah rankommen können. Sie riechen dein Parfum, deinen Atem, deine Haut. Spüren den Funken und handeln.

Du fragst dich, wer meine Kunden sind? Wer eine Website wie diese nutzt? Denkst du, der Markt kann unmöglich groß genug sein?

Ich versichere dir, er ist.

Meine Kunden kommen aus allen Kreisen. Männer, die keine Zeit haben, eine Beziehung aufzubauen. Männer mit so viel Geld, dass ihnen die Kosten egal sind. Männer, die nicht

»die Richtige« gefunden haben; Männer, denen es einen Kick verschafft, die Kontrolle zu haben. Jeder hat seinen eigenen Grund, sich bei findtheone.com zu registrieren. Welcher das ist, interessiert mich nicht, und das ist auch nicht mein Job.

Wer also sind diese Männer?

Sie sind deine Freunde. Sie sind dein Vater, dein Bruder, dein bester Freund, dein Nachbar, dein Boss. Sie sind die Leute, die du täglich siehst, mit denen du zur Arbeit und zurück fährst.

Du bist schockiert. Du denkst, du kennst sie und weißt, dass sie nicht so sind.

Du irrst dich.

31

»Ist das Ihr Wagen?« Kelly schob das Foto eines schwarzen Lexus über den Tisch. Gordon Tillman nickte. »Fürs Protokoll, der Verdächtige nickt.« Kelly sah Tillman an, der weit weniger selbstsicher wirkte, nachdem sein schicker Anzug gegen einen grauen Trainingsanzug ausgetauscht wurde, aber immer noch arrogant genug, um die Leute, die ihn befragen, niederstarren zu wollen. Seinem Geburtsdatum nach war er siebenundvierzig, sah aber zehn Jahre älter aus, die Haut fleckig von jahrelangen Exzessen. Drogen? Alkohol? Alkohol und Frauen. Lange Abende, an denen er mit Geld um sich warf, um junge Frauen anzulocken, die ihn sonst keines zweiten Blickes würdigen würden. Kelly bemühte sich, ihren Ekel nicht offensichtlich zu machen.

»Fuhren Sie diesen Wagen gestern gegen Viertel vor neun?«

»Das wissen Sie doch.« Tillman hatte entspannt die Arme vor der Brust verschränkt, während er Kellys Fragen beantwortete. Er hatte keinen Anwalt verlangt, und Kelly konnte noch nicht abschätzen, wie die Befragung ausgehen würde. Ein volles Geständnis? Es sah danach aus, und doch ... Da war etwas in Tillmans Blick, das ihr sagte, es würde nicht ganz so einfach. Plötzlich drängte sich die Erinnerung an eine andere Befragung in den Vordergrund – ein anderer Verdächtiger, das gleiche Verbrechen. Kelly ballte die Fäuste unter dem Tisch. Das war ein einmaliges Vorkommnis gewesen. Er hatte sie provoziert, und sie war jünger gewesen, weniger erfahren. Es würde nicht wieder passieren.

Trotzdem rann ihr Schweiß über den Rücken, und sie musste sich anstrengen, bei der Sache zu bleiben. Sie waren ihr nie wieder eingefallen, jene Worte, die er ihr ins Ohr geflüstert hatte. Die Worte, die sie ausflippen ließen und bewirkten, dass sie vollkommen die Beherrschung verlor.

»Schildern Sie bitte möglichst genau, was gestern zwischen halb neun und zehn Uhr geschehen ist.«

»Ich kam von einer Tagung zurück, auf der ich den Abend vorher gewesen war. Hinterher gab es noch ein Essen, und ich habe in Maidstone übernachtet, also war ich auf der Rückfahrt nach Oxfordshire. Ich wollte den Rest des Tages von zu Hause arbeiten.«

»Wo arbeiten Sie?«

Tillman sah sie an und ließ seinen Blick kurz, aber sehr auffällig zu ihrer Brust wandern, bevor er antwortete. Kelly fühlte, wie Nick sich auf seinem Stuhl vorbeugte. Er würde jetzt hoffentlich nichts sagen. Sie gönnte Tillman die Genugtuung nicht, dass sie bemerkt hatte, wohin sein Blick fiel.

»In der City. Ich bin Vermögensverwalter bei NCJ Investors.«

Kelly war nicht überrascht gewesen, als der DI ihr sagte, dass er bei der Befragung dabei sein würde. Sie hatte förmlich gebettelt, Tillman befragen zu dürfen, und Nick daran erinnert, wie hart sie an dem Fall gearbeitet hatte und wie dringend sie beim Abschluss dabei sein wollte. Mit seiner Antwort hatte er sich ewig Zeit gelassen.

»Okay, aber ich bin dabei.«

Sie hatte genickt.

»Sie sind zu unerfahren, um das alleine zu machen, und es werden sich sowieso einige im Büro auf den Schlips getreten fühlen.«

Der andere Grund schwebte unausgesprochen zwischen ihnen. Er traute ihr nicht zu, die Fassung zu wahren. Konnte sie ihm das vorhalten? Sie traute sich ja selbst nicht.

Sie war auf der Stelle suspendiert worden, und neben dem internen Disziplinarverfahren hatte ihr auch noch ein Strafverfahren gedroht.

»Was haben Sie sich denn nur dabei gedacht?«, hatte Diggers gefragt, als Kelly aus dem Untersuchungstrakt geholt wurde, mit zerrissener Bluse und einem beginnenden Bluterguss seitlich im Gesicht – dass der Verdächtige sich gewehrt hatte, war nicht zu übersehen gewesen. Sie hatte heftig gezittert, und das Adrenalin hatte sich ebenso schnell abgebaut, wie es in die Höhe geschossen war.

»Ich habe überhaupt nicht nachgedacht.« Das stimmte nicht. Sie hatte an Lexi gedacht. Es war unvermeidlich gewesen, wie sie gewusst hatte, sobald der Fall reinkam. Eine Studentin, auf dem Rückweg von einer Vorlesung von einem Fremden vergewaltigt. »Ich übernehme das«, hatte sie direkt zu ihrem DS gesagt. Sie hatte das Opfer mit dem Mitgefühl behandelt, das sie sich für ihre Schwester gewünscht hätte, und das Gefühl gehabt, etwas wiedergutzumachen.

Wenige Tage später wurde der Täter verhaftet – ein DNA-Treffer bei einem bekannten Sexualstraftäter. Einen Anwalt lehnte er ab und saß hämisch grinsend in seinem Papieranzug im Verhörraum. *Kein Kommentar. Kein Kommentar. Kein Kommentar.* Dann hatte er gegähnt, als würde ihn die ganze Situation anöden, und Kelly hatte gefühlt, wie Zorn in ihr brodelte, der jeden Moment überkochen könnte.

»Sie waren also auf dem Weg nach Hause«, half Nick nach, als Kelly nichts sagte. Sie ermahnte sich, auf Tillman konzentriert zu bleiben.

»Ich kam am Bahnhof vorbei, als ich merkte, dass ich vom Abend vorher wohl noch über der Schallgrenze war.« Tillmans einer Mundwinkel bog sich zu einem Grinsen nach oben. Er schien sich sicher zu sein, dass ihm sein Geständnis keine Probleme bescheren würde. Kein Wunder, dachte Kelly. Sie würde ihre Pension verwetten, dass Gordon Tillman gewohnheitsmäßig betrunken fuhr. Er war genau die Sorte arrogantes Arschloch, die behauptete, nach einigen Pints besser zu fahren. »Ich dachte, dass ich lieber anhalte und einen Kaffee trinke, und da habe ich eine Frau gefragt, wo ein Café in der Nähe ist.«

»Können Sie die Frau beschreiben?«

»Mitte dreißig, blond, zierlich.« Wieder grinste Tillman. »Sie hat mir ein Café ganz in der Nähe empfohlen, und da habe ich gefragt, ob sie mitkommen will.«

»Sie haben eine völlig Fremde auf einen Kaffee eingeladen?«, fragte Kelly und machte keinen Hehl daraus, dass sie ihm nicht glaubte.

»Sie wissen doch, wie man so sagt«, antwortete Tillman, der immer noch sehr spöttisch dreinblickte. »Ein Fremder ist bloß ein Freund, den man noch nicht kennengelernt hat. Sie hat mich schon angesehen, als ich anhielt.«

»Laden Sie oft Frauen auf einen Kaffee ein, die Sie nicht kennen?«, hakte Kelly nach.

Tillman ließ sich Zeit, musterte Kelly von oben bis unten und schüttelte kaum merklich den Kopf, bevor er antwortete: »Keine Bange, meine Liebe, ich frage nur die Hübschen.«

»Wenn Sie dann bitte fortfahren«, unterbrach Nick, »mit Ihrer *Version* der Ereignisse.« Tillman entging die Betonung nicht, trotzdem machte er weiter.

»Sie ist eingestiegen, und wir sind zu dem Café, aber dann machte sie mir ein Angebot, das ich unmöglich ablehnen konnte.« Bei Tillmans Grinsen wurde Kelly schlecht. »Sie sagte, dass sie so etwas noch nie im Leben gemacht hätte, aber immer schon diese Fantasie von Sex mit einem Wildfremden hatte, und was ich meinen würde. Na ja«, er lachte, »was meinte ich wohl? Sie sagte, dass sie mir ihren Namen nicht verraten würde und meinen auch nicht wissen wolle, und dann dirigierte sie mich zu einem Gewerbegebiet am Rand von Maidstone.«

»Und was ist dort passiert?«

»Wollen Sie alle Details?« Tillman beugte sich vor und sah Kelly provozierend an. »Für die Sorte Frauen, die so was gerne hören, gibt es übrigens eine Bezeichnung.«

»Für Ihre Sorte auch«, entgegnete Kelly unbeirrt. In ihrem Bauch bildete sich ein Knoten, so wütend war sie, doch sie würde die Wut unter Kontrolle halten.

Es entstand eine Pause, und Tillman lächelte spöttisch. »Sie hat mir einen geblasen, und dann habe ich sie gevögelt. Ich bot ihr an, sie zurückzufahren, aber sie sagte, dass sie dableiben will. Gehörte wohl zur Fantasie, schätze ich.« Er hielt Kellys Blick, als würde er spüren, welche Schlacht sie mit sich ausfocht und dass dies alles in ihr etwas freisetzte, was sie so lange erfolgreich unterdrückt hatte. »Sie mochte es grob, aber das tun ja eine Menge Frauen, nicht?« Wieder grinste er. »Den Geräuschen nach, die sie machte, hat sie es geliebt.«

Sie hat es geliebt.

313

Während der gesamten Befragung hatte der Verdächtige nie den Blick von Kelly abgewandt. Ein Kollege war bei ihr gewesen, und der Täter hatte nichts Provozierendes gesagt, keine Bewegung gemacht, die Kelly als bedrängend empfunden hatte. Es geschah, als die Bänder aus waren, und sie ihn allein zu seiner Zelle zurückführte. Da lehnte er sich zu ihr, sodass sie seinen Atem an ihrem Hals fühlte und den Gestank von Körperausdünstungen und Zigaretten roch.

»Sie hat es geliebt«, flüsterte er.

Hinterher kam es Kelly wie ein außerkörperliche Erfahrung vor, als wäre es eine andere Frau gewesen, die mit erhobener Faust herumschwang, ihm auf die Nase boxte und sein Gesicht zerkratzte. Als hätte eine andere die Kontrolle verloren. Ihr Kollege hatte sie zurückgerissen, doch es war zu spät gewesen.

Unwillkürlich schoss ihr jetzt wieder die Frage durch den Kopf, wann Lexi den Brief an die Polizei in Durham geschickt hatte und ob sie vielleicht damals schon weniger am Ausgang der Ermittlungen interessiert gewesen war als sie selbst. Ob sie vielleicht völlig grundlos ihren Job riskiert hatte.

»Das ist alles?«, fragte Kelly und verdrängte die Bilder aus ihrer Erinnerung. »Das ist Ihre Geschichte?«

»So war es.« Tillman verschränkte die Arme wieder und lehnte sich zurück, wobei die Kunststofflehne des Stuhls knarzte. »Aber lassen Sie mich raten: Sie hat ein schlechtes Gewissen gekriegt oder ihr Freund ist dahintergekommen, und jetzt heult sie rum, sie sei vergewaltigt worden. Stimmt's?«

In den letzten Jahren hatte Kelly eine Menge gelernt. Unter anderem, dass man lieber nicht mit Wut auf Kriminelle reagierte. Sie lehnte sich gleichfalls zurück, hob beide Hände, als wollte sie sich geschlagen geben, und wartete auf das selbstzufriedene Grinsen, von dem sie sicher war, dass es kommen würde.

Und dann sagte sie: »Erzählen Sie mir von findtheone. com.«

Die Veränderung setzte sofort ein.

Panik blitzte in Tillmans Augen auf, und sein ganzer Körper verkrampfte sich.

»Was meinen Sie?«

»Wie lange sind Sie schon Mitglied?«

»Ich weiß nicht, wovon Sie reden.«

Nun war es an Kelly zu grinsen. »Ach nein? Wenn wir also Ihr Haus durchsuchen – was wir tun werden, solange Sie in Untersuchungshaft sind – und uns Ihren Computer ansehen, finden wir keine Aufzeichnungen von Ihren Besuchen auf der Website?«

Schweißperlen traten auf Tillmans Stirn.

»Werden wir keine Auflistung der Wege des Opfers finden? Für deren Download Sie bezahlt haben?«

Tillman wischte sich mit der Hand übers Gesicht und rieb über die Trainingshose. Zurück blieb ein dunkler Schweißfleck auf seinem rechten Oberschenkel.

»Für welche Mitgliedschaft hatten Sie sich entschieden? Platin, richtig? Ein Mann wie Sie nimmt doch nur das Beste.«

»Schluss jetzt«, sagte Tillman. »Ich habe es mir anders überlegt. Ich will einen Anwalt.«

Kelly überraschte nicht, dass Gordon Tillman nach seinem Anwalt verlangte, keinem Pflichtverteidiger, und es störte sie auch nicht weiter, dass sie deshalb drei Stunden warten mussten. In der Zwischenzeit beschlagnahmte die Polizei in Oxfordshire Tillmans Laptop sowie die Unterhose, die über dem Rand des Wäschekorbs in seinem Badezimmer hing. Officers der Metropolitan Police fuhren zu Tillmans Büro, wo sie seinen Computer und den Inhalt seiner Schreibtischschubladen konfiszierten. Es war tröstlich, dass Tillmans Karriere vorbei wäre, egal ob er für schuldig befunden würde oder nicht.

»Wie lange brauchen Sie für den Laptop?«, fragte Nick Andrew. Kelly und er waren wieder im Büro, während Tillman sich mit seinem Anwalt beriet.

»Drei bis fünf Tage, wenn Sie es dringend machen. Vierundzwanzig Stunden, falls Ihr Budget es hergibt.«

»Dafür sorge ich. Ich will seine Suchverläufe der letzten sechs Monate und jeden Besuch auf der Website dokumentiert haben. Ich will wissen, welche Profile er sich angesehen, was er sich runtergeladen hat und ob er die Ortsangaben bei Google Earth recherchiert hat. Und durchsuchen Sie die Festplatte nach Pornos – er muss welche haben, und wenn irgendwas davon auch nur ansatzweise illegal ist, kriegen wir ihn dafür dran. Arrogantes Arschloch.«

»Demnach war Tillman Ihnen nicht sympathisch?«, fragte Kelly, als Andrew in sein Kabuff abgetaucht war. »Dabei war er doch so charmant.« Sie zog eine Grimasse. »Was glauben Sie, wie viel er weiß?«

»Schwer zu sagen. Genug jedenfalls, um dichtzumachen, als ihm klar wurde, dass wir von der Website wissen. Aber ich bin nicht sicher, ob er weiß, wer dahintersteckt. Wenn sein Anwalt etwas taugt, wird er ihm raten, jede Aussage zu verweigern, also hängt alles an den Forensikern. Haben wir schon den Bericht von der ärztlichen Untersuchung?«

»Vor der Befragung habe ich mit der Abteilung in Kent gesprochen, und sie haben den vollständigen Bericht gefaxt. Es gibt klare Hinweise auf Geschlechtsverkehr, aber der war ja sowieso nicht fraglich.«

Sie gab Nick das Fax, der es überflog.

»Keine Abwehrverletzungen und keine offensichtlichen Anzeichen von Gewalt?«

»Das hat nichts zu sagen.«

Lexi war nicht verletzt gewesen. Sie war wie versteinert gewesen, erzählte sie Kelly, und das hielt sie sich am meisten vor – dass sie sich nicht gewehrt hatte.

»Nein, aber es macht es verdammt schwer, Tillmans Behauptung, der Sex wäre einvernehmlich gewesen, zu widerlegen. Jetzt kommt es darauf an, dass wir eine Verbindung zwischen Gordon Tillman und dem Profil des Opfers auf der Website nachweisen. Wenn wir das können, fällt seine Geschichte von der zufälligen Begegnung in sich zusammen.«

»Und wenn wir es nicht können?«, fragte Kelly.

»Werden wir. Wo ist Lucinda?«

»In einer Besprechung.«

»Ich will, dass sie die anderen Frauen auf der Website identifiziert, die bisher noch nicht zu Opfern wurden. Wir haben ihre Namen nicht, aber wir haben ihre Fotos, und wir wissen genau, wo sie sich zwischen Arbeit und Zuhause aufhalten. Ich will, dass sie identifiziert, hergeholt und gewarnt werden.«

»Ist so gut wie erledigt.«

Nick machte eine kurze Pause. »Das war eine heftige Befragung. Sie haben das gut gemacht. Ich bin beeindruckt.«

»Danke.«

»Nehmen wir ihn uns nochmal vor. Es wird wohl nicht lange dauern.«

Mit seiner Prophezeiung lag der DI richtig. Auf Empfehlung seines Anwalts, eines hageren, unsicher wirkenden Mannes mit dünner Metallrahmenbrille, verweigerte Tillman die Antwort auf ihre Fragen.

»Ich gehe davon aus, dass Sie meinen Mandanten auf Kaution freilassen«, sagte der Anwalt, als Tillman wieder in seine Zelle gebracht worden war.

»Nein, ich fürchte, das haben wir nicht vor«, antwortete Kelly. »Es besteht ein dringender Tatverdacht, und wir müssen ausgedehnte forensische Untersuchungen vornehmen. Ihr Mandant wird es sich hier eine ganze Weile lang gemütlich machen müssen.« Nicks positives Feedback hatte ihr Selbstvertrauen gestärkt, und bei der zweiten Befragung fühlte sie sich mehr wie ihr altes Ich. Wie der DC, der sie gewesen war, bevor sie alles versaute.

Sie könnten Tillman bis zu vierundzwanzig Stunden lang festhalten, doch Nick hatte schon mit dem zuständigen Superintendent gesprochen und um eine Verlängerung gebeten. Angesichts des Zeitrahmens, den Andrew genannt hatte, würden auch die zusätzlichen zwölf Stunden, die der Superintendent genehmigen konnte, kaum reichen. Und um Tillman länger hinter Gittern zu halten, bräuchten sie einen richterlichen Beschluss.

Kelly ging die Fallunterlagen durch, während sie darauf wartete, den Sergeant im Zellentrakt auf den neuesten Stand bringen zu können. Die Aussage des Opfers war beklemmend zu lesen. Der schwarze Lexus hatte neben ihr gehalten, und der Mann nach dem Weg zur M 20 gefragt, wobei er die Beifahrertür aufstieß, weil »das Fenster nicht aufgeht«.

»Ich fand das merkwürdig«, stand in der Aussage, »denn der Wagen sah ziemlich neu aus, aber ich bin gar nicht auf die Idee gekommen, misstrauisch zu sein.« Kathryn hatte sich in den Wagen gelehnt, um den Weg zu beschreiben, da ihr der Mann zunächst freundlich und harmlos vorgekommen war.

»Er entschuldigte sich, dass er mich aufhielt«, sagte sie, »und dankte mir für meine Hilfsbereitschaft.«

Kathryn hatte die Wegbeschreibung wiederholt (»Er sagte, dass er ein miserables Gedächtnis hat«), als Gordon Tillmans wahre Absichten klar wurden.

»Plötzlich schnellte sein Arm vor, und er griff nach mir. Er packte den grauen Poncho, den ich trug, irgendwo an meiner rechten Schulter, und zerrte mich in den Wagen. Es ging so schnell, dass ich, glaube ich, nicht mal schreien konnte. Er fuhr los, während meine Füße noch aus der offenen Autotür hingen, und mein Kopf war auf seinen Schoß gedrückt. Ich konnte das Lenkrad an meinem Hinterkopf fühlen, und mit der freien Hand drückte er meinen Kopf auf sein Glied.«

Irgendwann hielt der Wagen lange genug, dass Tillman über das Opfer hinweglangen und die Beifahrertür zuziehen konnte, doch er presste ihren Kopf weiter auf seinen

Schritt. Der Wagen fuhr in einem niedrigen Gang, den Tillman nicht wechselte.

»Ich habe versucht, meinen Kopf wegzudrehen, aber er ließ mich nicht«, hatte sie dem Detective in Kent erzählt. »Mein Gesicht war gegen seinen Penis gepresst, und ich fühlte, wie er immer härter wurde. Da wusste ich, dass er mich vergewaltigen würde.«

Einer Notiz von dem Officer, der auf den Notruf reagiert hatte, entnahm Kelly, dass das Opfer zwei Kinder hatte, das jüngste erst achtzehn Monate alt. Sie arbeitete Vollzeit als Personalberaterin und war seit elf Jahren verheiratet.

Ich unterstütze die polizeilichen Ermittlungen, so gut ich kann, und bin bereit, vor Gericht auszusagen, sollte es nötig sein.

Natürlich tat sie das. Warum sollte sie nicht?

Warum wollte es Lexi nicht?

»Ich brauche frische Luft«, sagte sie zu Nick, der kaum von seinem Schreibtisch aufsah. Kelly verließ das Büro, lief die Treppe hinunter und raus in den abgezäunten Hof hinter dem Gebäude. Ihr wurde bewusst, dass sie die Fäuste geballt hatte. Sie zwang sich, die Finger zu lösen und tief einzuatmen.

Lexi meldete sich, als Kelly schon glaubte, sie würde zur Mailbox weitergeleitet.

»Warum hast du der Polizei in Durham gesagt, du willst nicht vor Gericht aussagen?«

Kelly hörte, wie ihre Schwester nach Luft rang.

»Warte kurz.«

Er folgte eine gedämpfte Unterhaltung, und Kelly erkannte die Stimmen von Lexis Mann und einem der Kinder. Fergus, vermutete sie. Eine Tür wurde geschlossen. Als Lexi wieder sprach, tat sie es ruhig, aber streng.

»Woher weißt du das?«

»Warum hast du denen gesagt, du würdest eine Anklage nicht unterstützen, Lexi?«

»Weil ich es nicht würde.«

»Das verstehe ich nicht. Wie kannst du der größten Sache, die dir jemals passiert ist, einfach den Rücken zukehren?«

»Weil sie nicht das Größte ist, was mir je passiert ist! Das ist mein Mann. Das sind Fergus und Alfie. Du, Mum, Dad ... ihr alle seid wichtiger als das, was vor einer Ewigkeit in Durham geschehen ist.«

»Was ist mit anderen? Wie würdest du dich fühlen, wenn er eine andere vergewaltigt, weil er wegen des Angriffs auf dich nicht schuldig gesprochen wurde?«

Lexi seufzte. »Das fände ich schrecklich, ehrlich. Aber es geht um Selbstschutz. Ich wäre sonst zusammengebrochen, und was wäre dann? Was würde ich dann den Jungs nützen?«

»Ich verstehe nicht, warum du es nur schwarz oder weiß darstellst. Es könnten Jahre vergehen, bis er gefasst wird – falls überhaupt –, und dann siehst du es vielleicht ganz anders.«

»Aber begreifst du denn nicht, dass gerade das der Grund ist?« Kelly hörte, dass die Stimme ihrer Schwester kippte, und spürte selbst einen Kloß im Hals. »Wenn ich keinen Schlussstrich gezogen hätte, hätte ich nie wissen können, wann es passieren würde. Ich hätte nie gewusst, ob ich plötzlich einen Anruf bekommen würde, dass jemand ver-

321

haftet wurde oder sich jemand mit Informationen gemeldet hat. Was, wenn es am Tag vor einem Vorstellungsgespräch passiert wäre? Oder am Geburtstag von einem der Kinder? Ich bin glücklich, Kelly. Ich habe ein gutes Leben, eine Familie, die ich liebe, und was in Durham war, ist eine Million Jahre her. Ich will das nicht alles wieder aufwühlen.«

Kelly sagte nichts.

»Du musst das verstehen. Du musst doch begreifen, warum ich das gemacht habe.«

»Nein, ich verstehe es kein bisschen. Und ich verstehe auch nicht, warum du es mir nie erzählt hast.«

»Wegen der Art, wie du auch jetzt wieder reagierst, Kelly! Weil du nie zugelassen hast, dass ich damit abschließe, nicht mal, als ich es wollte. Du bist Polizistin. Du verbringst dein Leben damit, in der Vergangenheit zu graben und nach Antworten zu suchen. Aber manchmal gibt es keine. Manchmal passiert eben richtiger Mist, und mit dem muss man so gut fertig werden, wie man kann.«

»Leugnen ist nicht der beste Weg ...«

»Du lebst dein Leben, Kelly. Lass mich meines leben.«

Dann war die Leitung tot, und Kelly stand in dem eiskalten Hof, halb im Schatten verborgen.

32

»Bist du nervös, Schatz?«

»Ein bisschen.«

Es ist ein Uhr am Samstag, und wir sind in der Küche, wo wir die Reste der Suppe wegräumen, die ich gekocht habe. Ich wollte, dass Katie vor ihrer Probe etwas Warmes in den Bauch bekommt, aber sie zupfte nur an ihrem Brötchen und hat die Suppe kaum angerührt.

»Ich bin auch nervös«, sage ich zu ihr und lächle, um mich solidarisch zu zeigen, doch Katie wirkt gekränkt.

»Denkst du, ich schaff das nicht?«

»Oh Schatz, das meinte ich doch gar nicht!« Ich möchte mich ohrfeigen, weil ich schon wieder das Falsche gesagt habe. »Ich bin nicht *so* nervös, sondern aufgeregt. Schmetterlinge im Bauch, du weißt schon.« Ich umarme sie, aber es klingelt an der Tür, und Katie weicht zurück.

»Das ist sicher Isaac.«

Ich folge ihr hinaus in die Diele und wische meine Hände an einem Geschirrtuch ab. Sie machen zuerst eine technische Probe, und danach kommen wir alle zur Kostümprobe nach. Ich möchte es dringend gut finden. Um Katies willen. Also ringe ich mir ein Lächeln ab, als Katie sich von Isaac löst und er mich begrüßt.

»Danke, dass Sie sie abholen.« Das meine ich ernst. Isaac Gunn ist nicht der Mann, den ich mir für meine Tochter aussuchen würde – für meinen Geschmack ist er zu schmierig und zu alt –, aber ich kann nicht leugnen, dass er auf sie aufpasst. Sie ist kein einziges Mal nach einer Probe allein zurückgefahren, und er bringt sie sogar nach ihren Restaurantschichten nach Hause.

PC Swift hatte versprochen, mich anzurufen, wenn sie Luke Friedland gefunden haben, und dass sie sich bisher nicht gemeldet hat, beunruhigt mich. Heute habe ich mich zweimal auf der Website eingeloggt und mir die anderen Frauen angesehen, diejenigen heruntergeladen, die als »an den Wochenenden verfügbar« gekennzeichnet waren, und mich gefragt, ob sie in diesem Moment verfolgt werden.

Justin kommt nach unten. Er nickt Isaac zu. »Alles klar, Alter? Mum, ich geh weg. Kann sein, dass ich die Nacht nicht nach Hause komme.«

»Nein, du gehst nicht. Wir wollen uns Katies Stück ansehen.«

»Ich nicht.« Er dreht sich zu Katie und Isaac um. »Ist nicht böse gemeint, Leute, aber das ist echt nicht mein Ding.«

Katie lacht. »Schon gut.«

»Nein, ist es nicht«, sage ich streng. »Wir gehen als Familie hin, um Katie in ihrem ersten richtigen Stück zu sehen. Keine Diskussion.«

»Hören Sie, das ist wirklich kein Grund zu streiten«, sagt Isaac. »Wenn Justin nicht kommen will, ist das völlig okay für uns, stimmt's, Kate?« Beim Sprechen legt er einen Arm um ihre Taille, und sie blickt kopfnickend zu ihm auf.

Kate?

Mich trennen nur wenige Schritte von meiner Tochter, dennoch scheint zwischen uns ein riesiger Abgrund zu klaffen. Vor wenigen Wochen noch wären es Katie und ich gegen den Rest der Welt gewesen; jetzt sind es Katie und Isaac. *Kate* und Isaac.

»Es ist bloß eine Kostümprobe«, sagt sie.

»Umso mehr Grund, dass wir dich anfeuern, damit du bereit bist für die Premiere.«

Sogar Justin weiß, wann ich eisern bleibe.

»Na gut.«

Isaac hüstelt. »Wir sollten lieber …«

»Wir sehen uns dort, Mum. Weißt du, wie ihr zum Theater kommt?«

»Ja, ja. Hals- und Beinbruch!« Vom Lächeln tun mir die Wangen weh. Ich stehe an der offenen Tür, sehe ihnen nach und winke, als Katie sich umblickt. Dann schließe ich die Tür. In der Diele ist es kalt von der eisigen Luft draußen.

»Ihr ist übrigens egal, ob ich da bin oder nicht.«

»Aber mir nicht.«

Justin lehnt am Treppengeländer und sieht mich nachdenklich an. »Ist es nicht? Oder willst du Katie nur glauben lassen, du würdest ihre Schauspielerei ernst nehmen?«

Ich werde rot. »Ich *nehme* sie ernst.«

Justin stellt einen Fuß auf die unterste Stufe, merklich angeödet von diesem Gespräch. »Und alle anderen müssen irgendeinen Shakespeare-Scheiß aussitzen, damit du es beweisen kannst. Tausend Dank, Mum.«

Ich habe mit Matt vereinbart, dass er uns um drei abholt. Er klingelt pünktlich, doch als ich aufmache, ist er schon nebenan und klingelt bei Melissa.

»Ich warte im Taxi«, sagt er.

Bis ich Justin und Simon rausgescheucht und meinen Mantel angezogen habe, sind Melissa und Neil schon im Taxi. Neil sitzt vorn, Melissa hinten. Ich rücke neben sie und lasse Platz für Justin. Simon setzt sich auf den Klappsitz hinter Matt.

»Na, das hat doch was, oder?«, sagt Melissa. »Ich kann mich gar nicht erinnern, wann ich das letzte Mal im Theater war.«

»Ja, richtig nett.« Ich lächle ihr dankbar zu. Simon starrt aus dem Fenster. Ich schiebe meinen Fuß ein Stück vor, sodass ich seinen anstupse, aber er beachtet es nicht und lehnt seine Beine weg von mir.

Er wollte nicht, dass Matt uns abholt.

»Wir können die Bahn nehmen«, hat er gesagt, als ich ihm erzählte, dass Matt es angeboten hatte.

»Sei nicht albern. Das ist sehr nett von ihm, und du musst dich allmählich mal mit ihm abfinden.«

»Wie würde es dir denn gefallen, wäre es andersrum? Würde meine Ex uns durch die Gegend kutschieren ...«

»Es wäre mir völlig egal.«

»Dann fahrt ihr mit dem Taxi, und ich treffe euch da.«

»Damit jeder sieht, wie lächerlich du dich machst? Und weiß, dass wir uns gestritten haben?«

Wenn es eines gibt, was Simon hasst, ist es, dass andere über ihn reden.

Matt ruft mir über die Schulter zu: »Rupert Street, nicht?«

»Stimmt. Anscheinend ist es neben einem Pub.«

Simon dreht sich auf seinem Sitz um, und das Display seines Mobiltelefons beleuchtet sein Gesicht. »Waterloo

Bridge, vorbei am Somerset House und links in die Drury Lane«, sagt er.

Matt lacht. »An einem Sonnabend? Keine Chance. Vauxhall Bridge, Millbank bis Whitehall und ab Charing Cross sehen wir mal weiter.«

»Über Waterloo geht es laut Navi zehn Minuten schneller.«

»Ich brauche kein Navi. Ist alles hier drin.« Er tippt sich seitlich an den Kopf, und Simons Schultern spannen sich an. Als Matt den Taxi-Kurs machte, ist er mit dem Rad durch die Innenstadt gefahren und hat sich jede Seitenstraße, jede Einbahnstraße gemerkt. Es gibt kein Navi, das einen verlässlicher durch die Stadt bringt als mein Exmann.

Aber darum geht es hier nicht. Ich sehe zu Simon, der wieder aus dem Fenster blickt. Seine Verärgerung äußert sich einzig darin, wie seine Finger an seinem Oberschenkel trommeln. »Ich glaube doch, dass Waterloo schneller sein könnte, Matt«, sage ich. Er sieht mich im Rückspiegel an, und ich halte seinen Blick, bitte ihn stumm, es für mich zu tun. Mir ist klar, dass er zwar allzu gern Simon übertrumpfen, aber nie mich willentlich verletzen würde.

»Dann also Waterloo. Und von da die Drury Lane?«

Simon sieht wieder auf sein Telefon. »Stimmt. Ruf einfach, wenn du Hilfe brauchst.« Er sieht nicht siegesgewiss oder erleichtert aus, aber seine Finger hören auf zu trommeln, und er entspannt sich.

Matt blickt wieder zu mir, und ich bewege die Lippen zu einem winzigen Dankeschön. Er schüttelt den Kopf, wobei ich nicht weiß, ob er meinen Dank abwinkt oder es furchtbar findet, dass ich das für nötig halte. Simon blickt zur Sitzbank, und ich fühle etwas an meinem Fuß; als ich nach unten sehe, ist Simons Fuß an meinen gedrückt.

Keiner sagt ein Wort, als wir fünfzehn Minuten später im sehr stockenden Verkehr von Waterloo stehen. Ich überlege angestrengt, was ich sagen könnte, doch Melissa ist schneller als ich.

»Hat die Polizei sich schon bei dir gemeldet?«

»Nein, keine Neuigkeiten«, sage ich sehr leise, um das Thema abzuwimmeln, aber Simon beugt sich vor.

»Neuigkeiten? Wegen der Fotos in der *Gazette?*«

Ich sehe Melissa an, die verlegen mit den Schultern zuckt. »Ich dachte, dass du es erzählt hast.«

Die Scheiben sind von innen beschlagen. Ich ziehe den Ärmel über meine Hand und wische damit das Fenster neben mir ab. Draußen stehen die Wagen Stoßstange an Stoßstange, und ihre Lichter werden zu rotweißen Schlieren im Regen.

»Was erzählt?«

Matt lehnt sich vor und sieht mich im Rückspiegel an. Sogar Neil hat sich umgedreht und wartet, dass ich etwas sage.

»Ach, um Gottes willen, es ist nichts!«

»Es ist nicht nichts, Zoe«, sagt Melissa.

Ich seufze. »Okay, ist es nicht. Die Anzeigen in der *Gazette* werben für eine Website, die ›findtheone.com‹ heißt. Es ist eine Art Dating-Portal.«

»Und da bist du drauf?«, fragt Matt mit ungläubigem Lachen.

Ich rede weiter, schon allein um meinetwillen. Mit jedem Mal, das ich über das rede, was passiert ist, fühle ich mich stärker. Jede Heimlichkeit ist gefährlich. Wenn jede Frau wüsste, dass sie beobachtet wird – dass sie verfolgt wird –, kann doch keiner etwas getan werden, oder? »Die Website verkauft Informationen über die Arbeitswege von Frauen, die mit Bussen und Bahnen fahren; welche Bahn sie nehmen, in welchem Wagen sie sitzen, solche Sachen. Die Polizei hat Verbindungen der Seite zu mindestens zwei Morden gefunden, und zu einer Reihe anderer Verbrechen an Frauen.« Ich erzähle ihnen nicht von Luke Friedland, denn Simon soll sich nicht noch mehr um mich sorgen als ohnehin schon.

»Warum hast du mir nichts gesagt?«

»Oh Mann, Zoe!«

»Mum, alles okay mit dir?«

»Weiß die Polizei, wer hinter der Website steckt?«

Ich halte die Hände vors Gesicht, um die Fragen abzuwehren. »Mir geht es gut, und, nein, sie wissen es nicht.« Ich sehe Simon an. »Ich habe dir nichts erzählt, weil ich fand, dass du schon genug Stress hast.« Von der Entlassung sage ich nichts – nicht vor den anderen –, doch sein Nicken verrät mir, dass er es versteht.

»Du hättest es mir trotzdem sagen müssen«, murmelt er.

»Was macht die Polizei denn eigentlich?«, fragt Melissa.

»Anscheinend lässt sich die Website praktisch nicht zurückverfolgen. Irgendwas mit einem Proxy oder so ...«

»Ein Proxyserver«, sagt Neil. »Das leuchtet ein. Er loggt sich über den Server von jemand anderem ein, damit er selbst nicht gefunden wird. Mich würde wundern, sollte die

Polizei da weit kommen. Entschuldige, das ist sicher nicht das, was du hören möchtest.«

Ist es nicht, doch ich gewöhne mich langsam daran. Ich sehe aus dem Fenster, als wir die Waterloo Bridge überqueren, und lasse die anderen weiter über die Website reden, als sei ich gar nicht da. Sie stellen dieselben Fragen, die ich der Polizei schon gestellt habe, bewegen sich genauso im Kreis wie ich. Meine Ängste werden herausgekramt und untersucht, zur Unterhaltung analysiert, wie ein Seriendrehbuch für *EastEnders*.

»Woher haben sie überhaupt die Daten, welche Frau wann welche Bahn nimmt?«

»Sicher sind sie ihnen gefolgt.«

»Aber die können die doch nicht alle verfolgt haben, oder?«

»Können wir bitte das Thema wechseln?«, frage ich, und alle verstummen. Simon sieht mich an, und ich bedeute ihm mit einem Nicken, dass es mir gut geht. Justin starrt geradeaus, die Fäuste auf den Knien geballt, und ich könnte mich treten, dass ich so unbedacht über die Website gesprochen habe. Ich hätte mich mit meinen Kindern allein hinsetzen und ihnen erklären müssen, was los ist. Sie hätten eine Chance bekommen sollen, mir zu sagen, wie es ihnen damit geht. Ich strecke meine Hand zu Justin aus, doch er dreht sich weg von mir. Später, nach dem Stück, muss ich unbedingt einen ruhigen Moment mit ihm erwischen. Draußen gehen Leute in Paaren und allein, halten Regenschirme oder zurren ihre Kapuzen über das windgepeitschte Haar. Keiner blickt sich nach hinten um; keiner sieht nach, wer sie beobachtet, also tue ich es für sie.

Wie viele von euch werden verfolgt?
Ahnt ihr es überhaupt?

Das Haus in der Rupert Street wirkt von außen nicht wie ein Theater. In dem Pub nebenan ist es laut und voller junger Leute, doch das Theater selbst hat keine Fenster zur Straße. Die Backsteinfassade ist schwarz gestrichen, und ein einzelnes Plakat an der Tür führt die Daten für *Was ihr wollt* auf.

»Katherine Walker!«, quiekt Melissa und zeigt auf die winzige Schrift unten auf dem Plakat.

»Unsere Katie, eine richtige Schauspielerin.« Matt grinst. Für einen Moment fürchte ich, dass er seinen Arm um mich legen will, und trete einen Schritt zur Seite. Stattdessen knufft er mich linkisch in die Schulter, als würde er einen anderen Taxifahrer begrüßen.

»Sie hat das toll gemacht, nicht?«, sage ich. Denn obwohl sie nicht bezahlt wird und das Theater eigentlich ein altes Lagerhaus mit einer Bretterbühne und Reihen von Plastikstühlen ist, tut Katie genau das, was sie sich immer erträumt hat. Darum beneide ich sie. Nicht um ihre Jugend oder ihr Aussehen – wie es die meisten Leute bei Müttern erwarten – sondern um ihre Leidenschaft. Ich überlege, was ich wohl geschafft hätte, welchen großen Leidenschaften ich hätte folgen wollen.

»Hatte ich einen Traum, als ich in ihrem Alter war?«, frage ich Matt so leise, dass es niemand außer ihm hört.

»Was?« Wir gehen schon nach unten, aber ich muss es wissen. Ich habe das Gefühl, dass mir meine Identität entgleitet und ich auf eine Pendlerin auf einer Website reduziert bin, die jedermann kaufen kann. Ich ziehe an Matts Arm, sodass er hinter den anderen zurückfällt, und wir stehen in einer Treppenbiegung, während ich versuche, es zu erklären.

»So etwas wie Katies Schauspielerei. Sie ist so *voller Leben,* wenn sie darüber redet, so voller Antrieb. Hatte ich so etwas?«

Er zuckt mit den Schultern, weil er nicht sicher ist, was ich meine, warum es plötzlich wichtig ist. »Du bist gerne ins Kino gegangen. Wir haben unglaublich viele Filme gesehen, als du mit Jus schwanger warst.«

»Das meine ich nicht – das ist ja nicht mal ein richtiges Hobby.« Ich bin überzeugt, dass ich es einfach vergessen habe, dass tief in mir eine Leidenschaft schlummert, die mich bestimmt. »Erinnerst du dich, wie verrückt du nach Motocross warst? Du hast das ganze Wochenende auf der Bahn verbracht oder an Maschinen geschraubt. Du hast es richtig geliebt. Hatte ich so etwas nicht? Nichts, das ich mehr als alles andere geliebt habe?«

Matt kommt näher, und sein Geruch nach Zigaretten und extrastarkem Pfefferminz ist wohltuend vertraut. »Mich«, sagt er leise. »Du hast mich geliebt.«

»Wo bleibt ihr zwei?« Melissa kommt die Treppe hinauf und bleibt stehen, eine Hand am Geländer. Sie sieht uns verwundert an.

»Entschuldige«, sagt Matt. »Wir hingen nur gerade Erinnerungen nach. Es wird dich nicht überraschen zu hören, dass unsere Katie schon immer gerne im Rampenlicht stand.« Sie gehen nach unten, und Matt erzählt, wie Katie mit fünf Jahren mal bei unseren Haven-Urlaub auf die

Bühne des Wohnwagenparks gestiegen war und »Somewhere over the Rainbow« gesungen hat. Ich folge ihnen und warte, dass sich mein Herzschlag wieder normalisiert.

Unten macht Isaac ein gewaltiges Trara darum, uns zu unseren Plätzen zu führen, und auf einmal sind wir umgeben von 17-Jährigen mit zerlesenen Ausgaben des Stücks, aus denen Post-its ragen.

»Wir laden immer die örtlichen Schulen ein, wenn wir Publikum für die Kostümprobe brauchen«, sagt Isaac, als er bemerkt, dass ich mich umblicke. »Es hilft den Schauspielern, ein richtiges Publikum zu haben, und *Was ihr wollt* wird immer gerade irgendwo durchgenommen.«

»Wo warst du denn?«, fragt Simon, als ich mich neben ihn setze.

»Ich habe das Klo gesucht.«

Simon zeigt zur Tür seitlich vom Zuschauerraum, auf der dick und fett *Toiletten* steht.

»Ich gehe nachher. Es fängt gleich an.« Mir ist bewusst, dass Matt sich neben mich setzt, und ich spüre die Wärme, die er ausstrahlt, auch ohne ihn zu berühren. Ich lehne mich zu Simon und lege meine Hand in seine. »Was ist, wenn ich es nicht verstehe?«, flüstere ich. »In der Schule hatte ich nie Shakespeare, und ich verstehe kein Wort von dem, worüber du und Katie redet.«

Er drückt meine Hand. »Genieß es einfach. Katie wird dich nicht nach einzelnen Themen fragen. Sie möchte nur von dir hören, dass sie großartig war.«

Das ist leicht. Ich weiß ja, dass sie es sein wird. Das will ich Simon sagen, als das Licht gedimmt wird und alle verstummen. Der Vorhang geht auf.

Wenn Musik die Nahrung der Liebe ist, so spielt fort.

Es ist nur ein Mann auf der Bühne. Ich hatte mir elisabethanische Rüschen und Spitzen vorgestellt, doch er trägt enge schwarze Jeans, ein graues T-Shirt und rotweiße Converse. Ich lasse seine Worte auf mich einrieseln wie Musik. Auch wenn ich nicht jede Zeile verstehe, genieße ich ihren Klang. Als Katie auftritt, begleitet von zwei Seeleuten, rufe ich vor lauter Aufregung fast ihren Namen. Sie sieht sensationell aus, das Haar zu einem eleganten seitlichen Zopf geflochten und in einem engen silbernen Top. Ihr Rock ist infolge des Schiffbruchs zerrissen, der eben mittels blitzender Lichter und krachender Sound-Effekte dargestellt wurde.

Mein Bruder ist ja in Elysium. Doch wär' es möglich, dass er nicht ertrank: Was denkt ihr, Schiffer?

Ich kann nicht glauben, dass das da oben Katie ist. Sie verpasst keinen Einsatz und füllt den Raum mit ihrer Präsenz aus, selbst wenn sie nichts sagt. Ich will nur sie ansehen, werde jedoch von der Handlung mitgerissen, von den anderen Schauspielern, die sich ihre Sätze zuwerfen, als ginge es um einen Wettstreit, bei dem der gewinnt, der das letzte Wort hat. Und ich ertappe mich dabei, wie ich mal lache, mal zu Tränen gerührt bin.

Ich baut' an Eurer Tür ein Weidenhüttchen. Ihre Stimme schwebt über das stumme Publikum hinweg, und ich bemerke, dass ich die Luft anhalte. Ich habe Katie in Schulaufführungen erlebt, beim Üben für Vorsprechen und singend bei Talentwettbewerben in Ferienparks, aber dies hier ist anders. Sie ist atemberaubend.

Oh, Ihr solltet mir nicht Ruh' genießen zwischen Erd' und Himmel, bevor Ihr Euch erbarmt!

Ich drücke Simons Hand und blicke nach links, wo Matt bis über beide Ohren grinst. Sieht er sie so wie ich? *Praktisch erwachsen,* sage ich oft, wenn ich anderen von Katie erzähle, doch jetzt wird mir klar, dass daran nichts »praktisch« ist. Sie ist eine erwachsene Frau. Ob sie die richtigen Entscheidungen im Leben trifft oder die falschen, es sind ihre, die sie allein fällen muss.

Wir klatschen wie verrückt, als Isaac auf die Bühne tritt und sagt: »Hier wäre dann die Pause.« Wir lachen an den passenden Stellen und warten mitfühlend stumm, als der Beleuchter ein Stichwort verpasst und Olivia und Sebastian in Dunkelheit versenkt. Als der letzte Vorhang fällt, kann ich es nicht erwarten aufzuspringen und zu Katie zu laufen. Ich frage mich, ob Isaac uns zur Umkleide bringt, da kommt Katie wieder auf die Bühne gelaufen und springt herunter zu uns in den Zuschauerraum.

»Du warst fantastisch!« Ich bemerke, dass ich Tränen in den Augen habe, blinzle sie weg und lache und weine gleichzeitig. Mit beiden Händen halte ich sie fest und wiederhole: »Du warst fantastisch!« Sie umarmt mich, und ich rieche Fettschminke und Puder.

»Kein Sekretärinnenkurs?«, fragt sie. Sie spielt mit mir, aber ich umfange ihr Gesicht, sehe die leuchtenden Augen und finde, dass sie noch nie so wunderschön ausgesehen hat. Mit einem Daumen wische ich etwas verschmiertes Make-up weg.

»Nicht, wenn du das nicht willst.«

Sie ist sichtlich verwundert, doch jetzt ist keine Zeit zu reden. Ich gehe beiseite, damit die anderen ihr sagen können, wie genial sie war, und sich in ihrem Strahlen sonnen.

Aus dem Augenwinkel sehe ich, dass Isaac sie beobachtet. Er bemerkt meinen Blick und kommt zu mir.

»War sie nicht brillant?«, frage ich.

Isaac nickt bedächtig, und als hätte sie seinen Blick gefühlt, sieht Katie lächelnd auf.

»Der Star des Stücks«, sagt er.

33

Das Kabäuschen der U-Bahn-Sicherheitszentrale roch noch nach neuem Teppichboden und frischer Farbe. Zwanzig Monitore hingen an der Wand über einer Reihe von Schreibtischen, hinter denen drei Mitarbeiter mit Joysticks und Tastaturen zwischen den Kameras hin- und herschalteten. In einer Ecke ging es durch eine Tür in den Schnittraum, wo das Bildmaterial gesichtet, bearbeitet und an die Ermittler weitergeleitet wurde. Kelly trug sich ein und ging zu Craigs Arbeitsplatz am anderen Ende des Raums, wobei sie aus dem Augenwinkel beobachtete, wie einer der Mitarbeiter via Kamera einem Mann auf der King's-Cross-Station folgte.

»Er geht jetzt an Boots vorbei ... wirft etwas in den Mülleimer unter der Uhr. Grüne Kapuzenjacke, schwarze Adidas-Jogginghose, weiße Turnschuhe.«

Ein Uniformierter lief durchs Bild hinter der Gestalt her, die nun auf Höhe von Claire's Accessories war. Drumherum standen Leute mit Koffern, Aktentaschen oder Einkaufstüten. Sie alle blickten zu der riesigen Tafel über ihnen auf und warteten auf Anzeigen zu Gleisen, Abfahrten, Verspätungen. Die Verbrechen, die täglich um sie herum stattfanden, nahmen sie gar nicht wahr.

»Hi, Kelly, wie geht es dir bei der Met?«

Kelly mochte Craig. Er war Anfang zwanzig und konnte es nicht erwarten, in den aktiven Ermittlerdienst zu kommen. Craig sog alles in sich auf, was die Officers sagten, und verfügte über ein besseres Gespür als die Hälfte der Polizisten, mit denen Kelly bisher gearbeitet hatte, aber leider schnitt er bei den Fitness-Tests nicht sonderlich gut ab.

»Es ist super. Ich bin begeistert. Wie läuft die Ausbildung?«

Craig grinste stolz und klopfte sich auf den recht beachtlichen Bauch. »Diese Woche habe ich schon vier Pfund runter. Dank Slimming World.« Er war seit kurzem beim britischen Pendant der Weight Watchers.

»Wie klasse. Kannst du mir helfen, jemanden zu finden?«

Luke Friedland auf den Sicherheitsaufzeichnungen zu entdecken war leicht, denn Zoe Walkers Zeitangaben waren sehr präzise gewesen. In Whitechapel war zu viel Betrieb, als dass Kelly sie gleich entdecken konnte, doch nachdem die Bahn abgefahren war, zeigte die Aufzeichnung Zoe, die einem großen Mann gegenüberstand.

Luke Friedland.

Vorausgesetzt das war sein richtiger Name.

Hätte Kelly nicht gewusst, was passiert war, hätte sie die beiden für ein Paar gehalten. Sie wirkten unverkrampft miteinander, so wie Friedland Zoe leicht am Arm berührte, als sie sich verabschiedeten.

»Spielst du mir das nochmal ab?«, bat sie Craig.

Ein Aufwallen in der Menge, wie eine stumme La-Ola-Welle, deutete ein gewisse Unruhe beim Einfahren des Zugs an, wurde jedoch gleich vom Drängeln der Pendler abgelöst, die in die Bahn strebten. Die Kamera war zu weit weg, als dass zu erkennen war, was Zoe zum Stolpern brachte.

Kellys Telefon vibrierte auf dem Schreibtisch. Sie sah aufs

Display, wo eine Nachricht von Lexi aufleuchtete, und drehte das Telefon um. Sollte Lexi ihr noch eine Nachricht hinterlassen – sie wollte nicht mit ihr reden.

Du verstehst das nicht, war Lexis letzte Nachricht gewesen.

Nein, dachte Kelly. Das tat sie nicht. Welchen Sinn hatte denn die Arbeit, die ihre Kollegen und sie machten? Welchen Zweck hatten die Justiz, die Gerichte, die Gefängnisse? Wozu für Recht und Gesetz kämpfen, wenn die Opfer – Leute wie Lexi – auf die Strafverfolgung pfiffen?

Sie nannte Craig das zweite Datum, Dienstag, 24. November, gegen 18 Uhr 30. Zoes zweite Begegnung mit Friedland, als er sie vom Zug in Crystal Palace zum Ausgang begleitete und sie auf einen Drink einlud. Hatte er noch andere Profile von der Website heruntergeladen? Hatte er bei diesen Frauen dasselbe versucht? Andrew Robinson war zuversichtlich, dass sein Cyber-Crime-Team den Mann hinter der Website identifizieren konnte, doch wie lange würde das dauern? Bis dahin, beschloss Kelly, würde sie die Ermittlungen genauso angehen wie zum Beispiel bei einem Drogenring – ganz unten anfangen. Gordon Tillman verweigerte die Aussage, doch vielleicht war Luke Friedland gesprächiger.

»Ist er das?« Craig drückte auf Pause, und Kelly nickte.

Sie gingen zu den Ticketsperren. Kelly erkannte Zoes roten Regenmantel und den eleganteren Mantel, den Friedland auch bei der vorherigen Aufnahme getragen hatte. Genau wie Zoe ausgesagt hatte, wartete Friedland, als sie sich der Ticketsperre näherten, und ließ ihr den Vortritt.

Kelly lächelte, als sie sah, wie Friedland seine Oyster-Karte durch den Leseschlitz zog. »Hab dich«, murmelte sie und notierte sich die genaue Zeit auf dem Bildschirm. Dann griff sie nach dem Telefon und wählte die Nummer aus dem Gedächtnis. »Hey, Brian, wie läuft es so?«

»Derselbe Mist, ein anderer Tag, du weißt ja, wie es geht«, antwortete Brian munter. »Wie ist dein Einsatz?«

»Herrlich!«

»Was kann ich für dich tun?«

»Dienstag, 24. November, Crystal Palace, zweite Sperre von links, 18 Uhr 37. Falls es hilft, unmittelbar vorher müsste das System eine Mrs. Zoe Walker zeigen.«

»Gib mir eine Sekunde.«

Kelly hörte, wie Brian auf seine Tastatur eintippte. Er summte leise vor sich hin, und Kelly erkannte denselben tonlosen Refrain, den er schon summte, solange sie ihn kannte. Brian war dreißig Jahre bei der Polizei gewesen, in Pension gegangen und hatte am nächsten Tag die Stelle bei der Londoner U-Bahn angetreten.

»Zu Hause würde ich mich langweilen«, hatte er Kelly erzählt, als sie ihn fragte, warum er nicht seinen verdienten Ruhestand genoss. Nach dreißig Jahren als Polizist in London gab es nichts, was Brian über diese Stadt nicht wusste. Es war schwer gewesen, ihn zu ersetzen.

»Hast du eine Ahnung, hinter wem du her bist, Kelly?«

»Definitiv ein Mann«, sagte sie, »eventuell Luke Friedland.«

Noch eine Pause, dann lachte Brian. Es war ein kehliges, rasselndes Lachen, befeuert von viel Kaffee und Benson & Hedges. »Sonderlich einfallsreich ist der Bursche nicht. Seine Oyster läuft auf einen Luke Harris. Willst du raten, wo er wohnt?«

»Friedland Street?«

»Volltreffer.«

Sie warteten auf ihn, als er von der Arbeit kam, und stiegen aus dem Wagen, als er stehen blieb, um seinen Türcode einzugeben.

»Dürften wir uns kurz mit Ihnen unterhalten?«, fragte Kelly, zeigte ihren Ausweis vor und beobachtete Harris aufmerksam. Bildete sie es sich ein, oder blitzte Panik in seinen Augen auf?

»Worum geht es?«

»Wollen wir nicht reingehen?«

»Es passt jetzt ganz schlecht. Ich habe heute Abend noch eine Menge Arbeit zu erledigen. Vielleicht könnten Sie mir Ihre Nummer geben ...«

»Wir können Sie auch mit aufs Revier nehmen, wenn Ihnen das lieber ist«, unterbrach Nick ihn und kam hinter Kelly hervor, um sich neben sie zu stellen. Harris sah von Kelly zu Nick.

»Dann kommen Sie lieber mit rein.«

Luke Harris bewohnte ein Penthouse in W1, im fünften Stock eines Hauses mit kleineren Wohnungen in den unteren Etagen. Aus dem Fahrstuhl betraten sie einen großen offenen Bereich mit einer Küche links, deren Oberflächen weiß schimmerten. Offenbar wurde sie selten benutzt.

»Sehr nett«, sagte Nick und ging durchs Wohnzimmer zum Panoramafenster. Rechts überragte der BT-Turm die Nachbargebäude, und Kelly konnte die Shard und den Heron Tower in einiger Entfernung sehen. In der Mitte des Raums standen zwei dick gepolsterte Sofas zu beiden Seiten eines riesigen Glas-Couchtisches, auf dem sich Hochglanz-Reisebücher stapelten. »Haben Sie die alle gelesen?«

Harris war nervös, zurrte an seiner Krawatte und sah erst Kelly, dann Nick an. »Was soll das alles?«

»Sagt Ihnen der Name Zoe Walker etwas?«

»Bedaure, nein.«

»Sie haben Sie letzte Woche gefragt, ob sie mit Ihnen etwas trinken geht, vor der Bahnstation Crystal Palace.«

»Ach ja, natürlich! Zoe. Sie hat nein gesagt.« Kelly hörte einen Hauch von Empörung heraus, der nicht zu dem lässigen Schulterzucken passen wollte.

»Ist es ungewöhnlich, dass eine Frau Ihrem Charme widersteht?«, fragte Kelly. Ihre Worte troffen vor Sarkasmus. Immerhin besaß Harris den Anstand, ein bisschen rot zu werden.

»Ganz und gar nicht. Es ist nur so, dass wir uns recht gut verstanden, dachte ich. Und auch wenn sie gut aussieht, muss sie auf die vierzig zugehen, also ...« Er verstummte unter Kellys vernichtendem Blick.

»Also dachten Sie, sie könnte ruhig ein bisschen dankbarer sein?«

Harris sagte nichts.

»Wie haben Sie Zoe Walker kennengelernt?« Nick wandte sich von den Fenstern ab und kam in die Zimmermitte. Harris hatte ihnen nicht angeboten, sich zu setzen, und war selbst stehen geblieben, deshalb tat Kelly es auch. Den DI plagten derlei Hemmungen nicht. Er ließ sich auf eines der Sofas fallen, sodass die dicken Polster sich zu beiden Seiten blähten. Kelly folgte seinem Beispiel. Widerwillig, als hätte er bis jetzt gehofft, sie würden nicht lange bleiben, nahm Harris ihnen gegenüber Platz.

»Wir sind am Montag in der U-Bahn ins Gespräch gekommen. Dann sind wir uns wieder über den Weg gelaufen und schienen uns gut zu verstehen.« Wieder zuckte er mit den Schultern, nur hatte es etwas Gezwungenes. »Es ist doch kein Verbrechen, jemanden einzuladen, oder?«

»Sie sind sich in der U-Bahn begegnet?«, fragte Kelly.

»Ja.«

»Rein zufällig?«

Harris stockte. »Ja. Hören Sie, das ist doch absurd. Ich habe zu tun, also wenn es Ihnen nichts ausmacht ...« Er wollte aufstehen.

»Sie haben nicht Zoe Walkers Fahrtzeiten auf einer Website namens ›findtheone.com‹ gekauft?« Kelly sprach vollkommen gelassen und genoss Harris' Gesichtsausdruck, der zwischen Schock und Furcht schwankte. Er setzte sich wieder, und Kelly wartete.

Das Schweigen zog sich ewig hin.

»Verhaften Sie mich?«

»Sollte ich?«

Kelly ließ die Stille für sich antworten. Hatte er ein Verbrechen begangen? Es war nicht strafbar, Zoe Walker auf einen Drink einzuladen, doch wenn er ihr nachgestellt hatte ...

Gordon Tillman war am Samstagmorgen einem Haftrichter vorgeführt worden und saß wegen Vergewaltigung in Untersuchungshaft. Auf Anraten seines Anwalts hatte er keine einzige Frage beantwortet, obwohl Kelly angedeutet hatte, dass er seine Lage dadurch nur verschlimmerte.

»Wer steckt hinter der Website, Gordon?«, hatte sie erneut gefragt. »Bei Gericht wird man Sie weit gnädiger behandeln, wenn Sie uns helfen.«

343

Tillman hatte zu seinem Anwalt gesehen, der rasch für ihn antwortete. »Das ist ein kühnes Versprechen, PC Swift, zumal Sie nicht befugt sind, es zu geben. Ich habe meinem Mandanten geraten, nichts mehr zu sagen.«

Es war ein halbherziger Versuch gefolgt, eine Freilassung auf Kaution zu beantragen, bei der sich der Anwalt auf den bislang unbescholtenen Charakter Tillmans berief, dessen gesellschaftliches Ansehen und die Auswirkungen, die seine Abwesenheit auf seine Karriere haben könnte. Doch so schnell wie der Richter ablehnte, lag die Vermutung nahe, dass er sich längst entschieden hatte.

Aus Tillman hatten sie nichts mehr herausbekommen, aber vielleicht war Luke Harris mitteilsamer. Für ihn sah es weniger finster aus: kein Verdacht auf Vergewaltigung, kein Trainingsanzug von der Justizbehörde, keine Zeit in der Zelle. Sie mussten es vorsichtig angehen.

»Die Website«, hakte Kelly nach.

Luke stützte die Ellbogen auf die Knie und stützte den Kopf in die gespreizten Hände. »Ich habe mich da vor ein paar Wochen registriert«, murmelte er dem dicken Teppich unter dem Couchtisch zu. »Jemand bei der Arbeit brachte mich darauf. Zoes war das erste Profil, das ich mir herunter-geladen habe.«

Höchst unwahrscheinlich, dachte Kelly, ging jedoch nicht näher darauf ein. Vorerst nicht. »Und warum haben Sie uns das nicht gleich gesagt?«

Harris blickte auf. »Weil ich es so verstanden habe, dass es als Geheimtipp gehandelt wird. Die Mitglieder sind an-gehalten, diskret zu sein.«

»Von wem?«, fragte Nick. »Wer betreibt die Website, Luke?«

»Weiß ich nicht.« Er sah ihn an. »Ehrlich nicht! Genauso gut können Sie mich fragen, wem Wikipedia oder Google Earth gehört. Es ist nur eine Website, die ich nutze. Ich habe keinen Schimmer, wer die betreibt.«

»Wie haben Sie von der Website erfahren?«

»Sagte ich doch, von jemandem bei der Arbeit.«

»Wem?«

»Ich erinnere mich nicht mehr.« Luke wurde mit jeder Frage von Nick nervöser.

»Versuchen Sie es.«

Er rieb sich die Stirn. »Wir waren mit mehreren Leuten nach der Arbeit im Pub. Es ging ein bisschen derbe zu. Einige der Jungs waren am Wochenende davor in einem Stripclub gewesen – da wurde viel von geredet. Sie wissen ja, wie es ist, wenn Kerle unter sich sind.« Es war an Nick gerichtet, der keine Miene verzog. »Jemand erwähnte die Website, und es hieß, dass man ein Passwort braucht, um einen Account einzurichten, und dass ich es in einer Telefonnummer versteckt in einer Kleinanzeige hinten in der *London Gazette* finde. Eine Art Geheimcode, nur für Eingeweihte. Ich wollte gar nicht, aber ich war neugierig, und ...« Er brach ab und sah wieder abwechselnd Nick und Kelly an. »Ich habe nichts verbrochen.«

»Ich denke, die Entscheidung überlassen Sie lieber uns«, erwiderte Nick. »Also haben Sie sich Zoe Walkers Fahrtzeiten heruntergeladen und sind ihr gefolgt.«

»Ich bin ihr nicht gefolgt! Ich bin doch kein Stalker. Ich habe es nur so eingerichtet, dass ich sie zufällig treffe, sonst nichts. Hören Sie, das hier« – er schwenkte die Arme – »ist großartig, aber ich habe verflucht schwer dafür gearbeitet.

Ich bin sieben Tage die Woche im Büro, habe jeden Abend Konferenzschaltungen mit den Staaten ... Da bleibt nicht viel Zeit, Frauen kennenzulernen. Die Website ist eine Art Hilfestellung, sonst nichts.«

Hilfestellung, dachte Kelly und sah Nick an. »Erzählen Sie uns, was auf dem Bahnsteig in Whitechapel passiert ist, als Sie das erste Mal mit Zoe Walker geredet haben.«

Harris wich ihrem Blick aus und sah nach links oben.

»Was meinen Sie?«

»Wir haben eine Aussage von Zoe«, sagte Kelly und versuchte ihr Glück. »Sie hat uns alles geschildert.«

Harris schloss kurz die Augen. Als er sie wieder öffnete, mied er jeden Blickkontakt und starrte stattdessen den illustrierten Italien-Reiseführer vor sich auf dem Couchtisch an. »An dem Morgen hatte ich versucht, mit ihr ins Gespräch zu kommen. Ich entdeckte sie in der S-Bahn, genau wie es in ihrem Profil stand. Da habe ich versucht, sie anzusprechen, aber sie hat mich ignoriert. Ich dachte, wenn ich ihr bei irgendwas helfe, würde es das Eis brechen – wenn ich ihr meinen Platz überlasse, die Einkaufstaschen trage oder so. Aber da ergab sich nichts. Dann war ich hinter ihr in Whitechapel, und sie stand richtig nah an der Bahnsteigkante, und ...« Er brach ab. Nach wie vor fixierte er das Buch vor sich.

»Weiter.«

»Ich habe sie geschubst.«

Kelly schnappte unwillkürlich nach Luft. Gleichzeitig merkte sie, wie Nick sich neben ihr aufsetzte. So viel dazu, es ruhig und gelassen anzugehen.

»Ich habe sie sofort zurückgerissen. Sie war keine Se-

kunde in Gefahr. Frauen mögen es doch, gerettet zu werden, oder nicht?«

Kelly verkniff sich die Antwort, die ihr automatisch in
den Sinn kam. Sie sah zu Nick, und er nickte. Dann stand
sie auf. »Luke Harris, ich verhafte Sie wegen Verdachts auf
versuchten Mord an Zoe Walker. Sie müssen nichts sagen,
aber es könnte Ihrer Verteidigung schaden, wenn Sie bei der
Befragung etwas zurückhalten, auf das Sie sich später vor
Gericht berufen wollen.«

34

PC Swift ruft mich am Montagmorgen an.

»Wir haben den Mann verhaftet, mit dem Sie in Whitechapel gesprochen haben.«

»Luke Friedland?«

»Sein richtiger Name ist Luke Harris.« Sie schweigt lange genug, dass ich mich frage, warum er mich belogen hat. Dann kommt die Antwort auch schon: »Er gibt zu, Sie gestoßen zu haben. Wir haben ihn wegen versuchten Mordes verhaftet.«

Ich bin froh, dass ich bereits sitze, denn mir wird schwindlig. Ich greife nach der Fernbedienung und schalte den Fernseher stumm. Justin dreht sich zu mir um, doch seine vorwurfsvolle Miene erstarrt, als er mein Gesicht sieht. Er blickt zu Simon und nickt in meine Richtung.

»Versuchter Mord?«, bringe ich mühsam heraus. Justin reißt die Augen weit auf. Simon streckt die Hand aus und berührt die einzige Partie von mir, die er erreichen kann: meine Füße zwischen uns auf dem Sofa. Im Fernsehen wird eine Neunjährige mit einem Oberschenkelbruch schnell einen Korridor hinuntergeschoben. Es läuft *24 Stunden in der Notaufnahme*.

»Ich glaube nicht, dass wir das durchbekommen«, sagt PC Swift. »Um ihn wegen versuchten Mordes anzuklagen, müssen wir eine Tötungsabsicht nachweisen« – mir stockt der Atem, und sie ergänzt hastig –, »und er behauptet, dass er die nie hatte.«

»Glauben Sie ihm?« Versuchter Mord. *Versuchter Mord,* rast mir durch den Kopf. Wenn ich seine Einladung auf einen Drink angenommen hätte, hätte er mich dann umgebracht?

»Ja, das tue ich, Zoe. Es war nicht das erste Mal, dass er diese Technik benutzt hat, um mit einer Frau ins Gespräch zu kommen. Er ... äh ... dachte, Sie wären offener für eine Einladung, wenn Sie glaubten, dass er Ihnen das Leben gerettet hat.«

Ich kann gar nicht sagen, wie abstoßend ich es finde, dass jemand so denkt. Ich ziehe meine Füße unter mich, sodass Simons Hand wegrutscht. Im Moment möchte ich nicht angefasst werden. Von niemandem. »Was passiert mit ihm?«

PC Swift seufzt. »So ungern ich es sage, voraussichtlich nichts. Wir geben die Akte an die Staatsanwaltschaft weiter, damit die sie sich ansehen, und er wird mit der Auflage freigelassen, keinerlei Kontakt zu Ihnen aufzunehmen. Aber ich schätze, es wird nicht zur Anklage kommen.« Sie unterbricht kurz. »Ich dürfte Ihnen das nicht sagen, aber wir hatten ihn festgenommen, um ihn ein bisschen einzuschüchtern. In der Hoffnung, dass wir irgendwelche Informationen aus ihm herausbekommen können, die uns zum Website-Betreiber führen.«

»Und, haben Sie?«

Eigentlich weiß ich die Antwort schon.

»Nein, leider nicht.«

Nachdem sie aufgelegt hat, halte ich das Telefon weiter an mein Ohr gepresst, um den Moment hinauszuzögern, in dem ich meinem Lebensgefährten und meinem Sohn erklären muss, dass ein Mann in North London verhaftet wurde, weil er mich vor eine Bahn gestoßen hat.

Als ich es schließlich tue, reagiert Justin prompt, während Simon nicht zu begreifen scheint, was ich sage.

»Er hat gedacht, dass du mit ihm ausgehst, wenn er dich schubst?«

»Eine Art Technik hat PC Swift es genannt«, murmle ich. Ich bin wie betäubt, als würde dies hier jemand anderem passieren.

»Die verknacken Jugendliche, weil sie auf der Straße rumhängen, aber einen Typen, der tatsächlich gesteht, dass er versucht hat, jemanden umzubringen, lassen die laufen? Scheißbullen.«

»Justin, bitte. Ihnen sind die Hände gebunden.«

»Das sollten sie auch verdammt nochmal sein, und zwar an ein Bleirohr am Grund der Themse!«

Er verlässt das Zimmer, und ich höre seine schweren Schritte auf der Treppe. Simon sieht immer noch ratlos aus.

»Aber du bist nicht mit ihm ausgegangen, oder?«

»Nein!« Ich greife nach seiner Hand. »Er ist offensichtlich nicht ganz dicht.«

»Was ist, wenn er es wieder versucht?«

»Wird er nicht. Die Polizei lässt ihn nicht.« Ich sage es mit einer Sicherheit, die ich nicht empfinde. Denn wie können die ihn aufhalten? Und selbst wenn sie Luke Friedland – nein, *Harris* – stoppen, wie viele andere Männer haben meine Fahrzeiten heruntergeladen? Wie viele andere könnten auf dem Bahnsteig auf mich warten?

»Morgen komme ich mit dir zur Arbeit.«

»Du musst um halb zehn in Kensington-Olympia sein.« Simon hat ein Vorstellungsgespräch bei einer Wirtschaftszeitung. Er ist absurd überqualifiziert für den Job, der nur eine Anfängerstelle für Journalisten ist, aber immerhin ist es ein Job.

»Ich sage den Termin ab.«

»Das kannst du nicht! Ich komme schon klar. Ich rufe dich von Whitechapel an, bevor ich in die U-Bahn steige, und wieder, wenn ich aussteige. Bitte, sag nicht ab.«

Er sieht nicht überzeugt aus, und obwohl ich mich dafür hasse, streue ich Salz in seine Wunde. »Du brauchst diesen Job. Wir brauchen das Geld.«

Am nächsten Morgen gehen wir gemeinsam zur Bahn. Ich werfe eine Münze in Megans Gitarrenkoffer und ergreife Simons Hand. Er besteht darauf, mich in die S-Bahn zu setzen, bevor er seinen Zug nach Clapham nimmt, und ich bemerke, dass er sich auf dem Bahnsteig umsieht.

»Wonach suchst du?«

»Nach ihnen«, sagte er. »Männern.« Überall um uns herum sind Männer in dunklen Anzügen, wie unordentlich aufgestellte Dominosteine. Keiner von ihnen sieht mich an, und ich frage mich, ob es an Simon liegt. Tatsächlich fällt mir einer der Anzugträger mir gegenüber auf, sobald ich allein in der Bahn sitze. Er beobachtet mich, sieht weg, wenn ich ihn bemerke, und Sekunden später wieder hin.

»Kann ich Ihnen helfen?«, frage ich laut. Die Frau neben mir rückt etwas zur Seite und rafft ihren Rock, damit er mich nicht mehr berührt. Der Mann wird rot und blickt hinab zu seinen Füßen. Zwei Mädchen am anderen Ende des Wagens kichern. Ich bin zu einer der Verrückten in der Bahn geworden; zu einer jener Frauen, um die jeder lieber einen großen Bogen macht. An der nächsten Haltestelle steigt der Mann aus und sieht mich nicht nochmal an.

351

Bei der Arbeit fällt es mir zunehmend schwerer, mich zu konzentrieren. Ich fange an, die Website von Hallow & Reed zu aktualisieren, und stelle fest, dass ich dieselbe Immobilie dreimal reingestellt habe. Um halb elf kommt Graham aus seinem Büro. Er setzt sich auf den Stuhl vor meinem Schreibtisch, der eigentlich für Kunden ist, wenn sie auf Exposés warten oder Verträge unterzeichnen. Stumm reicht Graham mir den Ausdruck einer Gewerbeobjektsbeschreibung, die ich morgens getippt hatte.

Diese gehobene Büroadresse bietet Konferenzräume, superschnelles Internet und einen professionellen Empfang.

Ich sehe das Blatt an und erkenne nicht, wo das Problem sein soll.

»Für 900 Pfund im Monat?«

»Ach du Schande, da habe ich eine Null weggelassen. Entschuldigung.« Ich will mich einloggen, um den Fehler zu berichtigen, aber Graham bremst mich.

»Das war nicht Ihr einziger Patzer heute, Zoe. Und gestern war es genauso schlimm.«

»Es ist ein schwieriger Monat, ich ...«

»Und was neulich Abend im Wagen betrifft, muss ich Ihnen sicher nicht erklären, dass ich Ihre Reaktion extrem fand, von verletzend ganz zu schweigen.«

Ich werde rot. »Ich habe die Situation missverstanden, sonst nichts. Ich bin aufgewacht, und es war dunkel und ...«

»Lassen wir das.« Graham sieht fast so beschämt aus, wie ich bin. »Hören Sie, es tut mir leid, aber ich kann Sie nicht hierhaben, wenn Sie nicht mit dem Kopf bei der Arbeit sind.«

Ich sehe ihn unglücklich an. Er darf mich nicht feuern. Nicht jetzt. Nicht solange Simon auch keine Arbeit hat.

Graham vermeidet es, mir in die Augen zu sehen. »Ich denke, Sie sollten sich einige Zeit freinehmen.«

»Mir geht es gut, ehrlich. Ich bin nur ...«

»Ich verbuche es mal unter Stress«, sagt er, und ich frage mich, ob ich richtig gehört habe.

»Entlassen Sie mich?«

Graham steht auf. »Sollte ich?«

»Nein, es ist bloß – danke. Ich weiß das ehrlich zu schätzen.« Er errötet ein wenig, allerdings ist das auch seine einzige Reaktion auf meinen Dank. Das ist eine Seite an Graham Hallow, die ich bisher gar nicht kannte. Und gleich darauf übertrumpft das Geschäft wieder jedwedes Mitgefühl; Graham holt einen Stapel Belege und Rechnungen aus seinem Büro und stopft sie in eine Tragetasche.

»Dies hier können Sie von zu Hause aus machen. Die Mehrwertsteuer muss getrennt ausgewiesen werden. Rufen Sie mich an, falls irgendwas unklar ist.«

Ich danke ihm wieder und packe meine Sachen. Dann ziehe ich meinen Mantel an und hänge mir meine Tasche um, bevor ich zur U-Bahn gehe. Ich fühle mich unbeschwerter, weil ich mich jetzt zumindest um eine Sache weniger sorgen muss.

Ich biege von der Walbrook Street in die Cannon Street, als es einsetzt.

Ein Schauer, der mir über den Rücken läuft, und das Gefühl, beobachtet zu werden.

Ich drehe mich um, aber es ist zu viel los; überall um

mich herum sind Leute. Niemand fällt mir besonders auf. Ich warte an der Kreuzung und zwinge mich, nicht hinter mich zu sehen, obwohl mein Nacken brennt, weil ich mir lauter starrende Augen vorstelle. Als die Ampel auf Grün springt, überqueren wir die Straße wie ein Schafherde, dicht zusammengedrängt, und auf der anderen Seite kann ich nicht umhin, mich nach einem Wolf umzublicken.

Niemand schenkt mir besondere Beachtung.

Ich rede mir das nur ein, genau wie heute Morgen bei dem Mann in der S-Bahn. Bei dem Jungen mit den Turnschuhen habe ich auch gedacht, er würde mir nachlaufen, dabei hat er mich wahrscheinlich nicht mal wahrgenommen. Die Website treibt mich an den Rand des Wahnsinns.

Ich muss mich dringend in den Griff bekommen.

Schnell gehe ich die erste Treppe hinauf, berühre das Metallgeländer nur ganz leicht und halte Schritt mit den Anzugträgern. Um mich herum beenden Leute ihre Telefonate.

Ich bin jetzt gerade im Bahnhof.

Jeden Moment könnte die Verbindung unterbrochen werden.

Ich rufe dich in zehn Minuten wieder an.

Ich hole mein Telefon heraus und schreibe eine Nachricht an Simon. *Bin auf dem Weg nach Hause. Alles gut.* Die zweite Treppe hinauf und ins Innere des Bahnhofs. Hier ändern sich die Geräusche der Schritte, hallen zwischen den Betonmauern. Meine sämtlichen Sinne sind in Alarmbereitschaft. Ich kann einzelne Schuhsohlen erkennen, die hinter mir auf den Betonboden aufsetzen. Absätze klackern laut und noch lauter, als sie mich überholen; das weiche

Klöpfeln von Ballerinas; das Klacken von Stahl – die altmodischen Metallverstärkungen an Herrenschuhen. Er muss älter sein als ich, denke ich und lenke mich damit ab, mir auszumalen, wie er aussieht. Ein maßgeschneiderter Anzug und handgefertigte Schuhe, die einer längst vergangenen Zeit entspringen. Graues Haar. Teure Manschettenknöpfe. Er verfolgt mich nicht, sondern will nur nach Hause, wo seine Frau, der Hund und das Haus in den Cotswolds warten.

Das unangenehme Kribbeln im Nacken bleibt. Ich hole meine Oyster-Karte heraus, trete jedoch vor der Sperre zur Seite und stelle mich an die Wand mit dem U-Bahn-Plan. Die Sperren zwingen die Leute, sich in Einerreihen aufzustellen, und sie treten buchstäblich auf der Stelle, als hielten sie es nicht aus stillzustehen. Hin und wieder wird der Fluss von jemandem durchbrochen, der die Regeln nicht kennt, der sein Ticket nicht in der Hand hat und in seinen Jackentaschen oder in der Handtasche wühlt. Das wird jeweils mit unterdrückter Entrüstung quittiert, bis die Karte da ist und die Reihe sich weiterbewegen kann. Niemand achtet auf mich. *Du redest dir das ein,* sage mich mir und wiederhole es in der Hoffnung, dass mein Körper glaubt, was mein Kopf ihm sagt.

»Entschuldigung, dürfte ich kurz ...?«

Ich gehe zur Seite, damit eine Frau mit einem Kleinkind auf die Karte hinter mir sehen kann. Ich muss nach Hause. Also wische ich mit meiner Oyster-Karte über den gelben Sensorkreis und gehe durch die Sperre, um von dort wie ferngesteuert zur District Line zu gehen. Ich steuere das Ende des Bahnsteigs an, die Stelle, an der die

Wagentüren aufgehen werden, da fällt mir PC Swifts Rat ein: *Setzen Sie sich nicht an dieselbe Stelle wie sonst. Machen Sie nicht alles so wie immer.* Ich mache auf dem Absatz kehrt und gehe zurück in die Richtung, aus der ich gekommen bin. Und jetzt bewegt sich etwas ganz am Rande meines Sichtfelds. Nein, nicht etwas. Jemand. Versteckt er sich? Will er nicht gesehen werden? Ich suche die Gesichter der Leute um mich herum ab. Keines von ihnen erkenne ich wieder, trotzdem kam mir etwas, das ich gesehen habe, bekannt vor. Könnte es Luke Friedland sein? *Luke Harris,* erinnere ich mich. Gegen Kaution freigelassen, unbeeindruckt von der Anweisung, sich von mir fernzuhalten?

Mein Atem geht schneller, und ich muss durch den Mund ausatmen, um ihn zu verlangsamen. Selbst wenn es Luke Harris ist, was kann er mir auf einem belebten Bahnsteig tun? Dennoch trete ich einen Schritt von der Kante zurück, als der Zug einfährt.

In Wagen fünf ist ein Platz frei, aber ich nehme die Einladung nicht an. Ich gehe lieber ganz nach hinten, von wo aus ich alles überblicken kann. Es sind mehrere Sitzplätze frei, aber ungefähr ein Dutzend Leute stehen, genau wie ich. Ein Mann hat mir den Rücken zugekehrt. Er trägt einen Regenmantel und einen Hut. Mehr kann ich nicht sehen, weil mir die Sicht versperrt ist. Wieder stellt sich dieses Gefühl ein, fast vertraut, aber mit einer unheimlichen Note. Ich hole meine Schlüssel aus der Tasche. Der Anhänger ist ein hölzernes »Z«, das Justin in der Schule für mich geschnitzt hat. Ich stecke die Hand in die Manteltasche, halte das »Z« fest in der Faust und schiebe den Hausschlüssel zwi-

356

schen meinen Fingern hindurch, bis der gezackte Bart vorsteht – wie ein improvisierter Schlagring.

In Whitechapel verschwende ich keine Zeit. Ich warte an der Tür, als die Bahn langsamer wird, hämmere ungeduldig auf den Knopf ein, noch ehe er überhaupt zu leuchten anfängt, und schlängle mich zwischen Leuten hindurch, denen es völlig egal ist, solange ich nicht dafür sorge, dass sie sich verspäten. Ich achte auf laufenden Schritte, aber da sind nur meine zu hören, die mit jedem keuchenden Atemzug auf dem Boden aufschlagen.

Ich schaffe es auf meinen Bahnsteig, als gerade die S-Bahn einfährt, und springe sofort hinein. Meine Atmung wird langsamer. Es sind nur eine Hand voll Leute in dem Wagen, und an ihnen ist nichts Unheimliches: zwei junge, mit Einkaufstüten beladene Frauen, ein Mann, der einen Fernseher in einer alten Ikea-Tasche mit sich herumschleppt, und eine Frau in den Zwanzigern, die mit ihrem iPhone verkabelt ist. Als wir Crystal Palace erreichen, ist der Griff um mein Schlüsselbund in der Tasche gelockert, und die Anspannung in meinem Brustkorb lässt langsam nach.

Sie kehrt zurück, sowie ich den Bahnsteig betrete, und diesmal täusche ich mich nicht. Jemand beobachtet mich, folgt mir. Ich gehe auf den Ausgang zu und weiß es – *weiß* es einfach –, dass jemand aus dem Wagen neben meinem gestiegen ist und hinter mir hergeht. Ich drehe mich nicht um. Das kann ich nicht. Stattdessen umklammerte ich den Schlüssel in meiner Tasche aufs Neue und schiebe ihn zwischen meine Finger. Ich gehe schneller, bis ich schließlich jedes Vortäuschen von Gelassenheit aufgebe und renne, als würde es um mein Leben gehen. Denn in diesem Moment denke ich, dass es das tut. Mein Atem geht flach, dennoch wird jeder Zug zu einem stechenden Schmerz in meiner Brust. Ich höre Schritte hinter mir; sie laufen ebenfalls. Leder auf Estrich. Hart und schnell.

Ich remple ein Paar an, das sich verabschiedet, und höre wütende Rufe hinter mir. Jetzt sehe ich den Ausgang, wo die Bahnhofsmauern den dunkler werdenden Himmel einrahmen. Ich laufe noch schneller und wundere mich, dass keiner schreit – niemand macht irgendwas. Natürlich. Sie ahnen ja nicht mal, dass etwas nicht stimmt.

Vor mir sehe ich Megan. Sie blickt in meine Richtung, und das Lächeln auf ihrem Gesicht gefriert. Sie unterbricht ihr Spiel, sagt etwas zu mir, aber das höre ich nicht. Ich bleibe nicht stehen, sondern renne weiter und reiße dabei meine Handtasche auf, um drinnen nach dem Alarmgerät von der Polizei zu wühlen. Ich verfluche mich, dass ich es nicht in meiner Manteltasche oder an meine Kleidung geklemmt trage, wie Kelly Swift empfohlen hat. Schließlich finde ich es und drücke in die beiden Vertiefungen an der Seite. Falls es funktioniert, verbindet sich das Gerät jetzt mit meinem Telefon, das den Notruf wählt.

Laute Rufe ertönen hinter mir, gefolgt von einem Knall und einem Aufschrei. Jetzt drehe ich mich doch um, bin aber immer noch bereit, jederzeit wieder loszurennen. Trotzdem fühle ich mich ein bisschen sicherer, da ich weiß, dass jetzt die Polizeizentrale alles mithört und bereits einem Streifenwagen meine GPS-Daten durchgegeben hat, sodass sie auf dem Weg zu mir sind.

Als ich es sehe, erstarre ich.

Megan ist über einen Mann in Regenmantel und Hut gebeugt. Ihr Gitarrenkoffer, der sonst neben ihr liegt, ist unter ihm, und die Münzen sind auf dem Pflaster verstreut.

»Sie haben mir ein Bein gestellt!«, schimpft der Mann, und ich gehe langsam zurück.

»Alles okay mit dir?«, ruft Megan mir zu, nur kann ich nicht aufhören, den Mann auf dem Boden anzustarren, der sich aufsetzt und den Schmutz von seinen Knien klopft.

»Sie?«, sage ich. »Was machen Sie denn da unten?«

35

Anscheinend gibt es eine Nachfrage nach älteren Frauen. Ihre Seiten haben genauso viele Besucher wie die der jüngeren, und ihre Profile werden genauso oft heruntergeladen. Wie in jedem Geschäft, ist es auch in diesem wichtig, auf Trends zu reagieren und dafür zu sorgen, dass ich meinen Kunden die richtigen Produkte anbiete.

Es dauert nicht lange, bis ich wie besessen von Analytik bin und die Zahlen auf dem Monitor anstarre, um zu erkennen, wie viele Leute sich die Website angesehen, wie viele einen Link angeklickt und wie viele ein Profil heruntergeladen haben. Ich sehe mir die Beliebtheit jeder einzelnen Frau an und lösche gnadenlos jede, die kein Interesse weckt. Schließlich bringt auch jede von ihnen Kosten mit sich. Es braucht Zeit, all ihre Profile auf dem neuesten Stand zu halten, ihre Beschreibungen zu aktualisieren und sicherzugehen, dass sie ihre Wege nicht geändert haben. Zeit ist Geld, wie es so schön heißt, und meine Mädchen müssen sich ihren Online-Platz verdienen.

Die meisten tun es. Geschmack ist unberechenbar, und letztlich bestimmt die Nachfrage das Angebot. Diese besondere Form der Unterhaltung findet man nirgends sonst, was bedeutet, dass meine Kunden es sich nicht leisten können, wählerisch zu sein.

Das sind doch gute Neuigkeiten für euch, findet ihr nicht? Keine von euch muss sich ausgeschlossen fühlen. Ob jung oder alt, fett oder dünn, blond oder brünett ... es wird jemanden geben, der euch will. Wer weiß? Jemand könnte in diesem Augenblick euer Profil runterladen.

36

»Okay, Leute, aufgepasst. Dies ist das Briefing zur Operation FURNISS, Dienstag, 1. Dezember.«

Ein bisschen wie in *Und täglich grüßt das Murmeltier,* dachte Kelly. Jeden Morgen und jeden Abend versammelte sich dieselbe Gruppe im selben Raum. Viele im Team sahen müde aus, aber Nicks Energie schien unerschöpflich. Genau zwei Wochen war es her, seit Tania Becketts Leiche gefunden worden war, und seitdem war er jeden Morgen der Erste im Büro und jeden Abend der Letzte, der ging. Zwei Wochen, in denen die Operation FURNISS drei Morde, sechs sexuelle Übergriffe und mehr als ein Dutzend Meldungen von Stalking, versuchten Übergriffen und verdächtigen Zwischenfällen gesammelt hatte, die alle mit findtheone.com in Verbindung gebracht wurden.

»Diejenigen, die an der Maidstone-Vergewaltigung gearbeitet haben – gut gemacht. Tillman ist ein widerlicher Zeitgenosse, und dank eurer Bemühungen ist er von der Straße.« Nick sah zu Kelly. »Was haben wir Neues über seine Online-Aktivitäten?«

»Die vom Cyber Crime sagen, dass er nicht mal versucht hat, seine Spuren zu verwischen«, antwortete Kelly und blickte in die Notizen, die sie sich vorhin bei ihrem Gespräch mit Andrew Robinson gemacht hatte. »Er hat die Beschreibung seines Opfers heruntergeladen und per E-Mail an sich selbst geschickt. Vermutlich, um sie auf seinem Telefon zu haben, wo wir sie fanden.«

»Hat er noch andere Profile gekauft?«

»Nein, aber er hat sich ziemlich viele angesehen. Dem Arbeitsspeicher nach hatte er die Profile von circa fünfzehn Frauen aufgerufen, aber vor Kathryn Whitworth keines gekauft.«

»Zu teuer?«

»Ich glaube nicht, dass das ein Problem für ihn wäre. Er hatte sich im September als Silber-Mitglied registriert und die Mitgliedschaft – das muss man sich mal auf der Zunge zergehen lassen – mit der Firmenkreditkarte bezahlt.«

»Wie nett.«

»Wir fanden ein Begrüßungsschreiben in seinen gelöschten Daten – identisch mit dem, das wir erhielten, nachdem wir einen Account unter Pseudonym eingerichtet hatten, aber mit einem anderen Passwort. Anscheinend werden die Sicherheitseinstellungen der Website sporadisch geändert. Wie Harris uns erzählt hat, ist die Telefonnummer in der Anzeige der Code für das aktuelle Passwort.«

»Wie Sie ja schon selbst herausbekommen hatten«, sagte Nick.

»Tillman ist faul«, dachte Kelly laut nach. »Er fährt mit dem Wagen zur Arbeit, sprich: Er müsste bei den meisten der Frauen, die auf der Website gelistet sind, lästige Anstrengungen auf sich nehmen. Ich denke, dass er auf eine bequemere Gelegenheit gelauert hat. Das allein könnte ihm eventuell schon einen Kick verschafft haben. Als er dann sah, dass Kathryn Whitworths Profil nach Maidstone führte, wo er eine Tagung hatte, hat er sich das ausgesucht.«

»Jagen Sie sein Kennzeichen durch die automatische Kennzeichensuche. Mal sehen, ob sein Wagen in den Tagen vor der Vergewaltigung schon in der Nähe von Maidstone gefilmt wurde.«

Kelly notierte sich *AKS* und unterstrich es, während Nick weitermachte.

»Bei der Überprüfung von Tillmans Computer wurde eine verschlüsselte Datenbank auf der Festplatte gefunden, die einhundertsiebenundsechzig einschlägige Bilder enthielt, von denen der Großteil unter Paragraf 63 fällt – Besitz von extremer Pornografie. So bald läuft der Mann nicht wieder frei herum.«

Eigentlich wollte Kelly selbst Kathryn Whitworth anrufen und ihr erzählen, dass sie Tillman wegen Vergewaltigung anklagten und er auch wegen Besitzes von Pornografie dran wäre. Aber Lucinda hatte sie zurückgehalten.

»Überlass das den Leuten in Kent; sie haben einen persönlichen Bezug zu ihr.«

»Aber die wissen nichts über den Fall«, hatte Kelly widersprochen. »Und ich könnte ihre Fragen beantworten, sie beruhigen.«

Lucinda war unerbittlich geblieben. »Kelly, hör auf, jedermanns Job machen zu wollen. Die Abteilung in Kent informiert das Opfer; du hast hier zu tun.«

Auch wenn sich die MIT-Detectives häufiger scherzhaft über die Kosten für Zivilmitarbeiter beklagten, wurde Lucinda wegen ihrer Fähigkeiten und ihrer Erfahrung bei allen Detectives sehr geschätzt, und dasselbe galt für Kelly. Sie musste darauf vertrauen, dass diejenigen, die Kathryn auf den aktuellen Stand brachten, es mitfühlend und verständnisvoll taten. Kathryn stand ein langer Prozess bevor, und der würde gewiss nicht leicht für sie werden.

Nick war nach wie vor beim Briefing. »Ihr wisst vielleicht schon, dass Kelly und ich gestern Luke Harris festgenommen haben, einen anderen User der Website. Harris behauptete anfangs, dass Zoe Walkers Profil das einzige wäre, das er heruntergeladen hatte, änderte seine Geschichte aber in der Untersuchungshaft.«

Vor lauter Panik, weil er wegen versuchten Mordes verhaftet worden war, hatte Luke Harris eine Kehrtwende vollzogen. Er gab ihnen die Passwörter für alle seine Accounts und gestand, noch vier weitere Profile von Frauen auf findtheone.com gekauft zu haben. Bei allen hatte er die »Retter«-Nummer als Eisbrecher eingesetzt und die Frauen damit aus der Sicherheit der Menge gelockt, vermeintlich um sich zu vergewissern, dass es ihnen gut ging. Die Taktik war von begrenztem Erfolg gekrönt. Eine Frau war aus Dankbarkeit mit ihm einen Kaffee trinken gegangen und hinterher auch noch zum Abendessen, aber das war es auch schon.

»Harris bleibt dabei, dass er nichts verbrochen hat«, berichtete Nick dem Team. »Er behauptet, dass er keiner der Frauen etwas tun wollte, und sein Ziel nie ein anderes gewesen sei als eine nette Beziehung.«

»Da hätte er doch auch ›uniform.com‹ nehmen können, wie wir alle«, rief jemand. Nick wartete, bis das Lachen verklungen war.

»Andere Dating-Websites stinken nach Verzweiflung, wie Harris meinte«, sagte Nick. »Luke Harris zieht vor, was er ›den Kitzel der Jagd‹ nennt. Ich nehme an, dass er diese Option künftig nicht mehr ganz so prickelnd finden wird.«

Kellys Telefon klingelte. Sie sah aufs Display und rechnete damit, Lexis Namen zu lesen, doch es war Cathy Tanning. »Eine Zeugin«, sagte sie zu Nick und hielt ihr Telefon in die Höhe. »Entschuldigung.« Sie nahm den Anruf an, verließ den Besprechungsraum und ging zu ihrem Schreibtisch.

»Hi, Cathy, alles in Ordnung?«

»Mir geht es gut, danke. Ich rufe nur an, um Ihnen zu sagen, dass ich nicht mehr in Epping bin.«

»Ziehen Sie um? Das kommt recht plötzlich.«

»Nicht direkt. Ich spiele schon seit langem mit dem Gedanken, aus London wegzuziehen. Und dann ergab sich diese Gelegenheit in Romford, also bin ich nicht sehr weg weit. Ich habe mich in dem alten Haus einfach nicht mehr wohlgefühlt, nicht mal nachdem ich alle Schlösser ausgewechselt hatte.«

»Und wann ziehen Sie da hin?«

»Ich bin schon dort. Eigentlich hätte ich einen Monat Kündigungsfrist gehabt, aber der Vermieter will renovieren und die Miete erhöhen, deshalb ließ er mich früher aus dem Vertrag.«

»Das freut mich für Sie.«

»Aber ich rufe noch aus einem anderen Grund an«, sagte Cathy und zögerte. »Ich möchte meine Anzeige zurückziehen.«

»Hat Ihnen jemand Druck gemacht? Haben Sie durch den Artikel in der *Metro* Schwierigkeiten bekommen? Denn falls Sie bedroht werden ...«

»Nein, das ist es nicht. Ich will es nur hinter mir lassen.« Sie seufzte. »Es ist mir sehr unangenehm, denn Sie haben sich so bemüht herauszufinden, wer meine Schlüssel geklaut hat, und Sie waren großartig, als ich Ihnen erzählte, dass jemand bei mir im Haus gewesen ist.«

»Wir sind kurz davor, die Person hinter der Website zu finden«, unterbrach Kelly sie. »Wenn wir diejenigen anklagen, brauchen wir Ihre Aussage.«

»Sie haben doch sicher noch andere Zeugen, oder? Andere Verbrechen? Diese armen jungen Frauen, die umgebracht wurden – das sind doch die wichtigen Verbrechen, nicht meines.«

»Jeder dieser Fälle ist wichtig, Cathy. Wir würden nicht ermitteln, wenn wir davon nicht überzeugt wären.«

»Ich danke Ihnen für alles. Wenn ich glauben würde, dass mein Fall den Ausschlag gibt, würde ich auch aussagen, ehrlich. Aber das tut er nicht, stimmt's?«

Kelly antwortete nicht.

»Eine Freundin von mir hat letztes Jahr in einem Fall ausgesagt«, fuhr Cathy fort. »Sie wurde monatelang von der Familie des Täters bedrängt. Die Sorte Stress brauche ich echt nicht. Ich habe die Chance auf einen Neuanfang in einem schönen Haus, zu dem niemand außer mir die Schlüssel hat. Was mir passiert ist, war unheimlich, aber ich wurde nicht verletzt. Und ich will es einfach nur vergessen.«

»Darf ich Ihnen wenigstens Bescheid geben, wenn wir jemanden anklagen? Falls Sie es sich anders überlegen.«

Es trat eine längere Pause ein.

»Ja, meinetwegen. Aber ich werde meine Meinung nicht ändern, Kelly. Ich weiß, wie wichtig es ist, jemanden hinter Gitter zu bringen, doch meine Gefühle müssen auch etwas zählen, oder nicht?«

Es ging immer um die Opfer, dachte Kelly verärgert über den versteckten Vorwurf. Bisher hatte sie Cathy für eine der verlässlicheren Zeuginnen gehalten. Entsprechend enttäuscht war sie jetzt, widerlegt zu werden. Sie war drauf und dran zu erklären, dass eine Aussageverweigerung als Missachtung des Gerichts ausgelegt werden könnte. Doch sie bremste sich. Konnte das Streben nach Gerechtigkeit jemals rechtfertigen, Opfer wie Angeklagte zu behandeln? Unwillkürlich kam ihr Lexi in den Sinn. Sie holte tief Luft, ehe sie sprach.

»Die Gefühle der Opfer sind das Einzige, was zählt. Danke, dass Sie mir Bescheid gegeben haben, Cathy.« Sie beendete das Gespräch, lehnte sich an die Wand neben dem Schreibtisch und schloss für einen Moment die Augen; zum Besprechungsraum wollte sie erst zurück, wenn sie sicher war, ihre Gefühle unter Kontrolle zu haben. Doch das Briefing endete vorher, und in dem großen Büroraum setzte wieder hektische Betriebsamkeit ein.

Kelly ging hinüber zu dem Schreibtisch, an dem Andrew Robinson neben Nick saß, und zog sich einen Stuhl heran.

»Folgen wir immer noch dem Geld?«, fragte sie in Anspielung auf das, was der Cyber Crime DC letztes Mal gesagt hatte.

»Und ob! Ich habe die Kreditkartenzahlungen vom DI, Gordon Tillman und Luke Harris zurückverfolgt, die alle auf ein PayPal-Konto liefen – also so.« Andrew nahm ein leeres Blatt aus dem Drucker und schrieb drei Namen hin – RAM-PELLO, TILLMAN, HARRIS. »Das Geld wandert von diesen drei Quellen« – er zeichnete Pfeile von jedem Namen aus – »hierher« – Andrew zog einen Kasten um den

Namen »Pay-Pal« – »und dann weiter nach hier.« Noch ein Pfeil, noch ein Kasten, aber diesmal um die Bezeichnung eines Bankkontos.

»Und dieses Konto gehört unserem Täter, richtig?«, fragte Nick.

»Volltreffer.«

»Kommen wir an die Daten ran?«

»Die haben wir.« Andrew bemerkte Kellys hoffnungsvollen Gesichtsausdruck. »Es ist ein Studentenkonto auf den Namen Mai Suo Li. Ich habe Kopien der Ausweisdokumente, die zur Kontoeinrichtung vorgelegt wurden, und die sind alle koscher. Die Passkontrolle bestätigt, dass Mai Suo Li am zehnten Juli diesen Jahres Großbritannien verlassen hat und nach China gereist ist. Von dort ist er bisher nicht zurückgekommen.«

»Kann er die Website von China aus betreiben?«

»Möglich wär's, aber ich kann Ihnen gleich sagen, dass wir bei den chinesischen Behörden keine Hilfe bekommen werden.«

Kelly bekam Kopfschmerzen.

»Immerhin weiß ich, dass Ihr Täter ein Samsung-Gerät benutzt, um das Geld von PayPal auf das Bankkonto zu überweisen. Ich kann nicht sagen, ob es ein Telefon, ein Tablet oder ein Laptop ist, aber man darf wohl davon ausgehen, dass es irgendein tragbares Gerät ist.«

»Woher wissen Sie das?«, fragte Kelly.

»Jedes Mal, wenn ein Telefon eingeschaltet wird, schickt es ein Signal, um nach einem WLAN oder Bluetooth zu suchen. Wäre es ein Heimcomputer, könnte man ihn immer an derselben Stelle orten. Aber diese Ergebnisse legen nahe, dass er sich Mühe gibt, seinen Aufenthaltsort zu verschleiern.« Andrew reichte Nick ein Blatt Papier, und Nick bewegte seinen Stuhl etwas näher zu Kelly, sodass sie mitlesen konnte. »Wäre das WLAN die ganze Zeit eingeschaltet, würde man wohl noch Hunderte anderer Standorte erkennen, aber wie Sie sehen können, sind da nur wenige und in großen Zeitabständen. Man kann also davon ausgehen, dass das Gerät nur zu einem bestimmten Zweck eingeschaltet wird, und der dürfte ziemlich sicher sein, das Geld von PayPal auf das Konto zu überweisen. Ich würde tippen, dass es sich um ein Prepaid-Telefon handelt, nicht sein normales.«

Auf dem Blatt waren diverse Orte aufgelistet, und der oberste war unterstrichen.

Espress Oh!

»Was ist das?«

»Ein Coffee-Shop beim Leicester Square, und unser Mann scheint ihn bevorzugt für alle Aktivitäten auf seinem Telefon zu nutzen. Letzten Monat hat er deren WLAN dreimal benutzt, um Geld von PayPal auf sein Konto zu schieben. Datum und Zeitangaben stehen unten.«

»Klasse Arbeit«, sagte Nick.

»Jetzt ist wohl wieder gute altmodische Polizeiarbeit gefragt, fürchte ich.« Andrew wirkte zufrieden mit sich, und das vollkommen zu Recht. Kelly und der DI bewegten sich auf sichererem Boden. Ein Coffee-Shop an einem belebten Ort wie dem Leicester Square musste Sicherheitskameras haben, vielleicht sogar aufmerksame Mitarbeiter, die sich an einen bestimmten Kunden an einem bestimmten Tag erinnerten. Wenn sie einige anständige Kameraaufnahmen bekämen, könnten sie bei einem Fall wie diesem eine landesweite Suche beantragen.

»Sir!«, wurde vom anderen Ende des großen Raums gerufen. »Es ist eine Streife unterwegs nach Crystal Palace. Zoe Walkers Alarm wurde aktiviert.«

Nick griff bereits nach seinem Jackett. Er sah Kelly an. »Fahren wir.«

37

»Sie haben mir ein Bein gestellt!«, sagt Isaac und sieht zu Megan auf. Er stemmt eine Hand auf den Boden, um sich aufzurichten. Die kleine Menge, die sich versammelt hat, beginnt sich aufzulösen.

»Ja«, sagt Megan, bückt sich und hebt die verstreuten Münzen auf. Ich helfe ihr, allein schon, damit ich Isaac nicht mehr anstarre. Er wirkt ein bisschen beleidigt und zugleich amüsiert. »Sie haben sie verfolgt«, ergänzt Megan achselzuckend, als hätte sie keine andere Wahl gehabt.

»Ich wollte sie einholen«, sagt Isaac. »Das ist etwas anderes.« Er steht auf.

»Megan, das ist der ...« Ich breche ab, weil ich nicht weiß, als was ich ihn bezeichnen soll. »Wir kennen uns.«

Megan scheint nicht verlegen. Vielleicht bedeutet die Tatsache, dass Isaac und ich uns kennen, in ihrer Welt rein gar nichts. Er könnte mich trotzdem verfolgt haben.

Er könnte mich trotzdem verfolgt haben.

Ich verdränge diesen lächerlichen Gedanken, ehe er sich festsetzen kann. Natürlich hat Isaac mich nicht verfolgt!

Ich drehe mich zu ihm. »Warum sind Sie hier?«

»Als ich das letzte Mal nachgesehen habe, war es noch ein freies Land«, sagt er grinsend, dennoch werde ich sauer. Ich vermute, dass mir das anzusehen ist, denn er wird ernst. »Ich bin auf dem Weg zu Katie.«

»Warum sind Sie gerannt?« Dass Megan dabei ist, gibt mir ein Gefühl von Sicherheit. Zwar ist sie auf Abstand gegangen, beobachtet uns aber interessiert. Ihre Gitarre hängt an ihrer Seite.

»Weil *Sie* gerannt sind«, antwortet Isaac. Es ist so logisch, dass ich nicht mehr weiß, wie ich mich fühle. In der Ferne sind Polizeisirenen zu hören. »Ich wusste, dass Sie nervös sind wegen der Anzeigen in der *Gazette,* und dann hat Katie mir von der Website erzählt. Als ich Sie rennen sah, dachte ich, dass Ihnen jemand Angst gemacht hat.«

»Ja, Sie!« Mein Herz rast immer noch, und mir ist ein bisschen schwindlig von dem Adrenalinrausch. Die Sirenen werden lauter. Isaac streckt beide Hände in einer *Ich-kann-unmöglich-gewinnen-*Geste nach oben, was mich erst recht wütend macht. Wer ist dieser Mann? Das Sirenengeheul ist mittlerweile ohrenbetäubend. Ich sehe die Anerley Road hinauf. Ein Streifenwagen kommt mit blinkenden Lichtern auf uns zu und hält zehn Meter vor uns. Die Sirene verstummt mitten im Aufheulen.

Wird Isaac weglaufen? Tatsächlich wünsche ich es mir. Ich möchte, dass es das hier war: das Ende der Anzeigen, der Website, der Angst. Aber er steckt die Hände in die Taschen und sieht mich kopfschüttelnd an, als würde ich mich völlig absurd verhalten. Dann geht er auf die Officers zu.

»Diese Dame hatte sich ein bisschen erschrocken«, erklärt er, und ich bin so wütend, dass ich keinen Ton herausbringe. Wie kann er es wagen, sich zu benehmen, als hätte er hier das Sagen? Und dann noch alles damit abzutun, ich hätte mich *ein bisschen erschrocken?*

»Ihr Name, Sir?« Der Polizist holt einen Notizblock hervor, während seine Kollegin zu mir kommt.

»Er hat mich verfolgt«, sage ich zu ihr, und dadurch, dass

ich es ausspreche, wird es zur Realität für mich. Ich will ihr von den Anzeigen erzählen, doch sie weiß schon Bescheid. »Er kam schon in Cannon Street hinter mir her, und als wir in Crystal Palace ankamen, fing er an, mir nachzurennen.« Er war derjenige, der zuerst rannte, oder war ich das? Spielt es eine Rolle? Die Polizistin macht sich Notizen, scheint sich aber nicht für die Einzelheiten zu interessieren.

Noch ein Wagen hält hinter dem Streifenwagen, und ich erkenne DI Rampello hinter dem Steuer. PC Swift ist bei ihm. Schlagartig bin ich erleichtert, denn die beiden werde ich nicht von dem überzeugen müssen, was gerade passiert ist. DI Rampello spricht mit der Polizistin, die ihr Notizbuch einsteckt und zu ihrem Kollegen geht.

»Alles okay?«, fragt Kelly.

»Mir geht es gut. Außer dass Isaac mich zu Tode erschreckt hat.«

»Kennen Sie ihn?«

»Es ist Isaac Gunn, der Freund meiner Tochter. Sie tritt zurzeit in einem Stück auf, und er ist der Regisseur. Er muss sich meine Fahrdaten von der Website heruntergeladen haben.« Ich bemerke, wie die beiden einen Blick wechseln, und weiß genau, was sie sagen werden.

»Die Website liefert den Nutzern Daten, um Fremde zu verfolgen«, sagt PC Swift. »Warum sollte jemand, der Sie kennt, die nutzen?«

DI Rampello sieht auf seine Uhr. »Es ist noch nicht mal Mittag. Ihr Fahrplan besagt, dass Sie bis halb sechs arbeiten.«

»Mein Chef hat mich nach Hause geschickt. Das ist ja wohl kein Verbrechen.«

Trotz meines Tonfalls bleibt er geduldig. »Selbstverständlich nicht. Aber hätte Isaac Gunn Ihre Bahndaten heruntergeladen, um Ihnen zu folgen, hätte er heute keinen Erfolg damit gehabt, nicht wahr?«

Ich schweige und denke an die Schritte, die ich in der Cannon Street gehört habe, an den flüchtigen Blick auf einen Mantel in der District Line. War es Isaac, den ich da gesehen habe? Oder jemand anders? Habe ich mir eingebildet, verfolgt zu werden?

»Sie sollten ihn wenigstens befragen und herausfinden, warum er mir gefolgt ist. Warum hat er nicht nach mir gerufen, als er mich sah?«

»Hören Sie«, sagt DI Rampello ruhig. »Wir nehmen Gunn zu einer freiwilligen Vernehmung mit und prüfen, ob es irgendeine Verbindung von ihm zu der Website gibt.«

»Und sagen Sie mir, was Sie herausfinden?«

»Sobald wir können.«

Ich sehe, wie Isaac in den Streifenwagen steigt.

»Können wir Sie nach Hause fahren?«, fragt PC Swift.

»Nein danke, ich gehe zu Fuß.«

Als DI Rampello und PC Swift wegfahren, kommt Megan zu mir, und erst jetzt wird mir bewusst, dass sie in dem Moment verschwunden war, in dem die Polizei eintraf. »Ist alles in Ordnung?«

»Alles gut. Danke, dass du heute auf mich aufgepasst hast.«

»Danke, dass du jeden Tag auf mich aufpasst«, entgegnet sie lächelnd.

Ich werfe eine Münze in ihren Gitarrenkoffer, während sie die ersten Takte eines Bob-Marley-Stücks anstimmt.

Es ist ein knackig kalter Tag. Seit Tagen kündigt der Wetterbericht Schnee an, und ich glaube, heute kommt er wirklich. Dicke weiße Wolken hängen über mir, und Frost glitzert auf der Straße. In Gedanken gehe ich meinen Heimweg durch und versuche, mich an den genauen Moment zu erinnern, in dem ich wusste, dass mir jemand folgte; den Moment, in dem ich zu rennen begann. Das Erinnern lenkt mich von dem ab, was mir echte Sorge bereitet: Was zur Hölle sage ich zu Katie? Dass ihr Freund mich gestalkt hat? Je näher ich meinem Haus komme, desto mehr zweifle ich an mir selbst.

Als ich die Tür aufschließe, höre ich das Radio in der Küche und Simons unmelodisches Mitsingen, das mal lauter, mal leiser wird, je nachdem wie sicher er den Text beherrscht. Ich habe ihn schon lange nicht singen gehört.

Die Haustür knallt hinter mir zu, und das Singen verstummt.

»Ich bin hier!«, ruft Simon überflüssigerweise. Als ich in die Küche komme, sehe ich, dass er den Tisch zum Mittagessen gedeckt hat. »Ich dachte, dass du vielleicht etwas Warmes möchtest«, sagt er. Auf dem Herd schmort ein Garnelen-Risotto mit Spargel und Zitrone. Es riecht köstlich.

»Woher wusstest du, dass ich früher nach Hause komme?«

»Ich hatte bei dir im Büro angerufen, und dein Chef hat mir erzählt, dass er dich nach Hause geschickt hat.«

Unweigerlich denke ich, dass ich gut ohne Leute auskommen kann, die jeden meiner Schritte überwachen, komme mir aber sogleich undankbar vor. Die Polizei, Graham, Simon, sie alle versuchen doch nur, für meine Sicherheit zu sorgen, sonst nichts.

»Ich dachte schon, dass er mich feuert.«

»Soll er mal versuchen. Wir hätten ihn vors Arbeitsgericht gezerrt, bevor er ›Immobilienboom‹ sagen kann.« Er grinst über seinen Scherz.

»Du bist ja sehr munter. Gehe ich recht in der Annahme, dass das Vorstellungsgespräch gut lief?«

»Die haben mich schon angerufen, ehe ich bei der U-Bahn war, um mich zu einem zweiten Gespräch morgen einzuladen.«

»Das ist ja fantastisch! Mochtest du die Leute? Klingt der Job gut?« Ich setze mich, und Simon stellt zwei dampfende Schalen mit Risotto auf den Tisch. Plötzlich überfällt mich der Hunger, der typischerweise einem Adrenalinschub folgt. Trotzdem verwandelt sich der erste Happen zu Säure in meinem Mund. Ich muss mit Katie reden. Sie wird auf Isaac warten und sich fragen, was los ist. Sich womöglich Sorgen machen.

»Alle sind ungefähr zwölf Jahre alt«, sagt Simon, »und die Auflage liegt bei mickrigen Achtzigtausend. Ich könnte den Job mit verbundenen Augen machen.« Ich öffne den Mund, um nach Katie zu fragen, doch er deutet es falsch und lässt mich nicht zu Wort kommen. »Aber wie du gestern schon sagtest, ist es ein Job, und die Arbeitszeiten wären besser als beim *Telegraph.* Keine Wochenendschichten, keine Spätschichten in der Nachrichtenredaktion. Ich könnte nebenbei an meinem Buch arbeiten.«

»Das sind tolle Neuigkeiten. Ich wusste doch, dass sich etwas ergeben würde.« Eine Weile lang essen wir schweigend. »Wo ist Katie?«, frage ich, als sei es mir gerade erst eingefallen.

»In ihrem Zimmer, glaube ich.« Er sieht mich an. »Stimmt etwas nicht?«

Und in dem Moment beschließe ich, ihm nichts zu erzählen.

Besser er konzentriert sich auf das Gespräch morgen, ohne sich meinetwegen Gedanken zu machen; ohne sich zu sorgen, dass Katie mit einem potenziellen Stalker zusammen ist. Ich ignoriere die Stimme in meinem Kopf, die mir sagt, dass ich es ihm nicht erzählen will, weil ich nicht sicher bin, ob ich recht habe.

Die Treppe knarrt, und ich höre Katies Schritte, die sich der Küche nähern. Sie kommt herein, sieht aber auf ihr Telefon. »Hey, Mum. Du bist ja früh zu Hause.«

Ich blicke von ihr zu Simon und zurück wie ein Kaninchen im Scheinwerferlicht, das sich fragt, zu welcher Straßenseite es fliehen soll. Katie stellt den Wasserkocher an und sieht stirnrunzelnd auf ihr Handydisplay.

»Alles okay, Schatz?«

Simon beäugt mich neugierig, sagt aber nichts. Falls er meinen ängstlichen Unterton bemerkt, schreibt er ihn fraglos dem »Stress« zu, wegen dem Graham mich freigestellt hat.

»Isaac wollte herkommen, aber er schreibt, dass ihm etwas dazwischengekommen ist«, antwortet Katie. Sie scheint eher überrascht als verärgert, was natürlich daran liegt, dass sie es nicht gewohnt ist, versetzt zu werden. Ich hasse mich dafür, dass ich ihr das antue.

Eigentlich dachte ich, dass die Polizei ihm sofort das Telefon abnehmen würde, aber das hat sie offenbar nicht. Ich stelle mir das Gespräch in dem Streifenwagen oder auf dem Revier vor.

Ich muss meiner Freundin Bescheid geben.

Eine Textnachricht, dann geben Sie uns das Telefon.

Vielleicht war es auch ganz anders. Vielleicht haben sie sich auf Anhieb prima verstanden: Isaac entwaffnet die Polizistin mit seinem Charme und ist supernett zu ihrem Kollegen.

Ich muss unbedingt meiner Freundin sagen, was passiert ist. Sie wird sich Sorgen machen. Sie haben ihre Mutter ja gesehen, die ich ziemlich labil ...

»Hat er gesagt, was ihm dazwischengekommen ist?«, frage ich Katie.

»Nein. Es wird wohl irgendwas mit dem Stück zu tun haben. Er arbeitet ununterbrochen. Muss man wohl, wenn man selbstständig ist. Ich hoffe aber, dass alles in Ordnung ist, denn um sieben geht der Vorhang hoch!« Sie nimmt sich eine Fertignudelsuppe mit nach oben, und ich lege meine Gabel auf den Schalenrand. Heute ist Premiere, wie konnte ich das vergessen? Was ist, wenn Isaac dann immer noch bei der Polizei ist?

»Hast du keinen Hunger?«, fragt Simon.

»Entschuldige.«

Ich habe mich in einen riesigen Schlamassel geritten und weiß nicht, wie ich da wieder rauskomme. Für den Rest des Tages tigere ich durchs Haus, biete Katie immer wieder Tee an, den sie nicht will, und wappne mich für den Moment, in dem sie mir sagt, dass sie weiß, warum Isaac in einem Streifenwagen weggebracht wurde.

Eine freiwillige Vernehmung, erinnere ich mich. Er wurde nicht festgenommen.

Dieser Unterschied dürfte Isaac jedoch um nichts friedlicher stimmen. Oder Katie. Kurz vor fünf kommt Matt, um sie zum Theater zu fahren.

»Sie holt nur ihre Sachen«, sage ich. Matt steht vor der Tür, und ich fühle die Kälte ins Haus wehen. »Ich würde dich ja reinbitten, aber ... du weißt ja, es ist nicht so günstig.«

»Ich warte im Taxi.«

Katie kommt die Treppe hinuntergelaufen und zieht ihre Jacke an. Sie küsst mich.

»Hals- und Beinbruch, Schatz. Sagt ihr das nicht?«

»Danke, Mum.«

Als Matt losfährt, klingelt mein Handy; PC Swifts Nummer leuchtet auf dem Display. Ich gehe mit dem Telefon nach oben und dränge mich mit einem gehetzten *Entschuldige* an Justin vorbei. Dann gehe ich in Simons Arbeitszimmer und schließe die Tür hinter mir.

Kelly Swift hält sich nicht mit Höflichkeitsfloskeln auf. »Wir haben ihn gehen lassen.«

»Was hat er gesagt?«

»Dasselbe wie zu Ihnen. Dass er Sie in der Bahn sah und fand, Sie hätten ängstlich gewirkt. Er sagte, dass Sie sich immer wieder umgesehen hätten und schreckhaft gewesen wären.«

»Hat er zugegeben, mir gefolgt zu sein?«

»Er sagte, dass er zu Ihrer Tochter wollte, also natürlich in dieselbe Richtung ging. Als Sie losliefen, hat er sich Sorgen gemacht und ist Ihnen gefolgt.«

»Warum hat er mich nicht vorher angesprochen?«, frage ich. »Als er mich in der Bahn sah? Da hätte er schon zu mir kommen und etwas sagen können.«

PC Swift zögert. »Anscheinend denkt er, dass Sie ihn nicht mögen.« Ein Post-it an Simons Computer löst sich, und ich drücke es mit dem Daumen wieder fest. »Wir haben sein Telefon und seinen Laptop, Zoe – er überließ uns beides ohne Protest –, und auf den ersten Blick bringt ihn nichts mit findtheone.com in Verbindung. Die Leute vom Cyber Crime sehen sich alles nochmal gründlicher an, und natürlich sage ich Ihnen Bescheid, sollten die etwas finden.« Wieder zögert sie und spricht dann sehr viel ruhiger. »Zoe, ich glaube nicht, dass er mit der Website zu tun hat.«

»O Gott, was habe ich getan?« Ich schließe die Augen, als könnte das helfen, den Mist auszublenden, den ich angerichtet habe. »Das wird meine Tochter mir nie verzeihen.«

»Isaac war sehr verständnisvoll«, sagt PC Swift. »Er weiß, dass Sie gerade eine Menge Stress haben, und ich hatte den Eindruck, dass er die Sache für sich behalten wird.«

»Er will Katie nichts sagen? Warum nicht?«

Sie atmet aus, und ich glaube, einen Anflug von Erschöpfung zu hören. »Vielleicht ist er schlicht einer von den Guten, Zoe.«

Am nächsten Morgen ist es still im Haus, als ich aufwache. Im Schlafzimmer ist es eigenartig hell. Ich ziehe die Vorhänge auf und sehe, dass der versprochene Schnee da ist. Die Straße ist bereits geräumt – Streugut und Verkehr haben dem nächtlichen Schneefall schnell den Garaus gemacht –, aber die Gehwege und Gärten, die Dächer und die parkenden Autos sind unter fünf Zentimetern weißen Pulverschnees vergraben. Neue Flocken treiben am Fenster vorbei und bedecken die Fußspuren vorn auf dem Weg.

Ich küsse Simon auf den Mund. »Es schneit!«, flüstere ich wie ein Kind, das zum Spielen rausgehen möchte. Er lächelt, ohne die Augen zu öffnen, und zieht mich zurück ins Bett.

Als ich das nächste Mal aufstehe, hat es aufgehört zu schneien. Justin hat wieder eine lange Schicht im Café, und Katie schläft nach dem Premierenabend aus.

Wir hatten volles Haus! Das beste Publikum aller Zeiten, sagt Isaac! x

Er hat ihr nichts erzählt. Ich atme langsam aus.

Natürlich muss ich mit ihm reden und mich entschuldigen, aber nicht heute.

»Wann ist dein Gespräch?«, frage ich Simon.

»Erst um zwei, aber ich dachte, ich fahre schon früher hin und sehe mir einige ältere Ausgaben an, um mich noch genauer zu informieren. Es macht dir doch nichts aus, oder? Kommst du hier klar?«

»Ja, ich komme klar. Außerdem ist Katie zu Hause. Ich denke, ich sollte mal gründlicher durchputzen.« Das Haus ist ein einziges Chaos. Der Esstisch, an dem wir erst vor zwei Wochen saßen, ist schon wieder vollkommen zugemüllt. Gestern habe ich die Belege und Rechnungen ausgekippt, die Graham mir mitgegeben hat, aber bevor ich an seine Buchhaltung gehe, muss ich aufräumen.

Simon küsst mich zum Abschied, und ich wünsche ihm Glück. Ich höre ihn pfeifen, als er die Haustür aufschließt, und muss lächeln.

Katie taucht gegen elf auf. Trotz der Augenringe und des verschmierten Kajalrestes, den sie beim Abschminken übersehen haben musste, strahlt sie.

»Es war sagenhaft, Mum.« Sie nimmt den Tee, den ich ihr reiche, und folgt mir ins Esszimmer, wo sie sich auf einen Stuhl setzt und die Arme um ihre angewinkelten Knie schlingt. Ihre Füße stecken in riesigen Flauschstiefeln. »Ich habe kein einziges Mal Texthilfe gebraucht, und am Ende ist sogar jemand aufgestanden zum Klatschen! Ich denke, das war ein Bekannter von Isaac, aber trotzdem.«

»Dann kommt also ein bisschen Geld rein?«

»Das wird es. Wir müssen vorher allerdings die Miete fürs Theater, den Kartenvorverkauf und so bezahlen.« Ich sage nichts, frage mich aber, ob Isaac sich schon seinen Anteil genommen hat. Plötzlich sieht Katie mich verwundert an.

»Warum bist du nicht bei der Arbeit?«

»Krankheitsbedingt freigestellt.«

»Mum, warum hast du nichts gesagt? Dann darfst du das hier nicht machen. Warte, lass mich.« Sie springt auf und nimmt mir einen Stapel Akten ab, blickt sich um und legt ihn schließlich wieder zurück auf den Tisch, wo er war. Ein Beleg rutscht vom Tisch und segelt zu Boden.

»Ich bin nicht so krank. Graham hat mir nur eine Zeit lang freigegeben. Bis die Polizei diesen Quatsch mit der Website geklärt hat.« Es fühlt sich gut an, das als Quatsch abzutun. Ermutigend, würde Melissa sagen. Ich bücke mich, um den Beleg aufzuheben, der unter den Tisch geflogen ist.

Cola Light £ 2,95.

Ich weiß nicht, ob er aus Grahams Stapel kommt oder einer von den vielen Kassenbons ist, die wir alle zusammenknüllen und auf den Tisch werfen.

Er stammt aus einem Lokal namens »Espress OH!« Ein furchtbarer Name für ein Café, denke ich. Er ist zu bemüht und diese angestrengte Art Wortspiel, bei der es einen schüttelt, ähnlich wie Friseurnamen à la »Haare der Dinge« oder Salatbars mit Namen wie »Wir sind uns grün!« Ich drehe die Quittung um und sehe die Zahlen »0364« in einer Handschrift notiert, die ich nicht erkenne. Eine PIN vielleicht?

Ich lege den Zettel beiseite. »Lass ruhig, Schatz«, sage ich zu Katie, die immer noch hilfsbereit enthusiastisch, aber wenig sinnvoll Papiere hin und her schiebt. »Es ist einfacher, wenn ich es mache. So kommt nichts durcheinander.« Dann lasse ich sie von der Premiere erzählen – von der Vier-Sterne-Kritik in *Time Out* und dem Applaus, den sie beim zweiten Vorhang bekam – während ich die Papiere auf dem Esstisch sortiere. Die Arbeit beruhigt mich, als könnte ich alleine durchs Aufräumen wieder etwas Kontrolle über mein Leben gewinnen.

Ich hätte Graham niemals um freie Tage gebeten, und ich bin froh, dass er mich von sich aus beurlaubt hat. Wenigstens kann ich so zu Hause bleiben, solange die Polizei was auch immer macht, um den Fall aufzuklären. Ich bin durch mit der Geschichte. Sollen sie die Risiken übernehmen; ich bleibe hier, wo es sicher ist.

38

Espress Oh! sah von außen wenig einladend aus, was die Ankündigung »Der beste Kaffee in London« im Fenster ziemlich unglaubwürdig erscheinen ließ. Die Tür klemmte ein bisschen, gab letztlich aber nach, und Kelly trat mit solchem Schwung ein, dass sie beinahe der Länge nach hinschlug.

»Sicherheitskameras«, sagte sie triumphierend zu Nick und zeigte auf einen Aufkleber an der Wand – *Lächelt, ihr werdet gefilmt!* Innen war das Café weit größer, als man auf den ersten Blick gedacht hätte. Schilder informierten die Kunden, dass es oben weitere Tische gab, und eine Wendeltreppe führte nach unten, zu den Toiletten, wie Kelly aus dem steten Strom von Leuten schloss, der sich in diese Richtung und zurückbewegte. Es war sehr laut, denn die Unterhaltungen konkurrierten mit dem Zischen und Fauchen der riesigen silbernen Espressomaschine hinter dem Tresen.

»Wir würden gern den Manager sprechen.«

»Da können Sie lange warten?« Die junge Frau an der Kasse war Australierin, und ihr Akzent verwandelte alles, was sie sagte, in eine Frage. »Falls Sie sich beschweren wollen, haben wir dafür ein Formular, ja?«

»Wer ist heute hier zuständig?«, fragte Kelly und klappte ihren Dienstausweis so auf, dass die Marke zu sehen war.

Die junge Frau wirkte unbeeindruckt. Betont langsam blickte sie sich im Café um. Es gab zwei Baristas, von denen einer die Tische abwischte, während der andere Kaffeetassen so schnell und grob in einen Industrie-Geschirrspüler lud, dass Kelly staunte, wie die Tassen das überlebten. »Das wäre wohl ich? Ich bin Dana.« Sie wischte sich die Hände in ihrer Schürze ab. »Jase, übernimmst du mal kurz die Kasse? Wir können nach oben gehen.«

Im ersten Stock von Espress Oh! standen Ledersofas, die gemütlich aussahen, sich jedoch als so hart und glatt erwiesen, dass man dort ungern länger sitzen wollte. Dana sah erwartungsvoll Nick und Kelly an. »Was kann ich für Sie tun?«

»Haben Sie hier WLAN?«, fragte Nick.

»Klar. Wollen Sie den Code?«

»Im Moment nicht, danke. Können Ihre Gäste es gratis nutzen?«

Dana nickte. »Wir sollen den Code eigentlich ab und zu ändern, aber seit ich hier bin, ist er gleich. Die Stammkunden mögen es so. Es ist nervig für die, wenn die immer wieder nach dem Code fragen müssen, und für die Mitarbeiter macht es nur mehr Arbeit, nicht?«

»Wir suchen nach jemandem, der sich hier mehrmals in Ihr Netzwerk eingeloggt hat«, sagte Kelly. »Er wird im Zusammenhang mit einem schweren Verbrechen gesucht.«

Dana machte große Augen. »Müssen wir Angst haben?«

»Ich glaube nicht, dass Sie in Gefahr sind, aber es ist wichtig, dass wir denjenigen so schnell wie möglich finden. Mir ist aufgefallen, dass Sie Sicherheitskameras haben. Können wir uns mal die Aufzeichnungen ansehen?«

»Klar doch. Kommen Sie mit ins Büro.« Sie folgten ihr durch eine Tür auf der anderen Seite des Raums, wo sie schnell eine Zahlenfolge in ein Keypad im Türrahmen eintippte. Der Raum dahinter war kaum größer als ein Besenschrank und beherbergte einen Schreibtisch mit einem Computer, einen eingestaubten Drucker und einen Ablagekorb mit Rechnungen und Lieferscheinen. Auf einem Regal über dem Computer war ein Schwarzweißmonitor, der ein flackerndes Kamerabild zeigte. Kelly erkannte den Tresen, den sie unten gesehen hatten, und die blanke Kaffeemaschine.

»Wie viele Kameras haben Sie?«, fragte Kelly. »Können wir einen anderen Winkel bekommen?«

»Es gibt nur die eine, nicht?«, sagte Dana.

Während sie hinsahen, war Jase zu sehen, an den Dana übergeben hatte. Er stellte einen dampfenden Latte auf ein schwarzes Tablett. Von seinem Kunden war nichts als ein seitlicher Teilausschnitt auszumachen, bevor er sich wegdrehte. »Die einzige Kamera ist auf die Kasse gerichtet?«, fragte Kelly.

Dana wurde verlegen. »Die Geschäftsführung denkt, dass wir alle in die Kasse langen. Letztes Jahr hatten wir Probleme mit asozialem Verhalten und richteten die Kamera auf die Eingangstür. Unser Boss ist ausgerastet. Jetzt lassen wir sie so. Schlafende Hunde, nicht?«

Nick und Kelly wechselten einen grimmigen Blick.

»Ich muss alles mitnehmen, was Sie an Aufzeichnungen vom letzten Monat haben«, sagte Kelly und wandte sich zum DI. »Observieren?« Er nickte.

»Wir ermitteln im Zusammenhang mit einer sehr schweren Straftat«, sagte Nick zu Dana, »und es könnte sein, dass wir für einige Wochen zusätzliche Kameras anbringen müs sen. Falls ja, dürfen Ihre Gäste nichts davon erfahren. Das heißt«, er sah Dana streng an, »je weniger Mitarbeiter es wissen, desto besser.«

Dana sah erschrocken aus. »Ich sage es keinem.«

»Danke, damit helfen Sie uns wirklich«, sagte Kelly, obwohl sie bitter enttäuscht war. Jedes Mal, wenn sie dachte, es gäbe eine Spur zum Betreiber der Website, verlief sich diese Spur im Sand. Sie wussten, wann der Täter das WLAN hier genutzt hatte, und konnten sich die entsprechenden Aufnahmen ansehen. Da die Kamera aber hauptsächlich die Mitarbeiter und die Kasse zeigte, waren die Chancen, ihn zu identifizieren, verschwindend gering.

Als sie das Café verließen, piepte Kellys Telefon. »Das ist eine Nachricht von Zoe Walker«, sagte sie und las den Text. »Sie arbeitet bis auf weiteres von zu Hause und sagt mir nur Bescheid, dass sie nicht unter der Büronummer zu erreichen ist.«

Nick warf ihr einen warnenden Blick zu. »Falls sie fragt, es gibt keine wesentlichen Entwicklungen, okay?«

Kelly holte tief Luft und bemühte sich, ruhig zu antworten: »Ich habe Zoe erzählt, wie sie auf die Website kommt, weil ich dachte, dass sie ein Recht hat, ihren dort beschriebenen Arbeitsweg zu sehen.«

Nick ging voraus zum Wagen und sagte über seine Schulter: »Sie denken zu viel, PC Swift.«

In der Balfour Street brachte Kelly die CD mit den Kameraaufzeichnungen von Espress Oh! zum Beweismittel-Officer. Tony Broadstairs konnte auf über fünfundzwanzig Jahre beim CID und MIT zurückblicken und gab Kelly gerne

Ratschläge, die sie weder wollte noch brauchte. Heute belehrte er sie zum Thema Beweismittelkette.

»Jetzt müssen Sie unterschreiben, dass Sie mir das Beweisstück geben«, sagte er und machte mit seinem Kuli einen Luftkringel über dem entsprechenden Feld auf dem Beweismitteletikett, »und ich unterschreibe, dass ich es erhalten habe.«

»Verstanden«, sagte Kelly, die seit neun Jahren Beweismittel beschlagnahmte und ablieferte. »Danke.«

»Denn wenn eine dieser Unterschriften fehlt, können Sie Ihre Anklage vergessen. Da können Sie den Schuldigsten aller Schuldigen haben, aber sowie die Verteidigung Wind von einem Formfehler bekommt, fällt die Anklage schneller in sich zusammen als ein Soufflé, das zu früh aus dem Ofen genommen wird.«

»Kelly.«

Als sie sich umdrehte, sah sie DCI Digby auf sie zukommen, noch im Mantel.

»Ich wusste gar nicht, dass Sie da sind, Sir«, sagte Tony. »Ich dachte, Sie bummeln noch die ganzen Überstunden ab, die Sie angesammelt haben. Heute keine Lust auf Golf?«

»Glauben Sie mir, Tony, ich bin nicht freiwillig hier.« Er sah Kelly ernst an. »In mein Büro, jetzt gleich.« Dann rief er den DI: »Nick, Sie auch.«

Kellys Freude, Tonys Belehrungen zu entkommen, wurde durch den Gesichtsausdruck des DCI empfindlich getrübt. Sie folgte ihm durch den großen Raum zu seinem Büro, wo er die Tür aufstieß und ihr befahl, sich zu setzen. Kelly gehorchte. Sie bekam Angst. Nervös überlegte sie, welchen Grund es geben könnte, warum der DCI sie so streng in sein Büro zitierte – sogar eigens dafür herkam –, doch ihr fiel nur der eine ein.

Durham.

Diesmal hatte sie es richtig versaut.

»Ich habe mich für Sie ins Zeug gelegt, Kelly.« Diggers war stehen geblieben, und nun ging er in dem kleinen Raum auf und ab, sodass Kelly unsicher war, ob sie ihn ansehen oder starr geradeaus blicken sollte wie ein Angeklagter vor Gericht. »Ich habe dieser temporären Versetzung zugestimmt, weil ich an Sie geglaubt und Sie mich überzeugt haben, dass ich Ihnen vertrauen kann. Ich habe verdammt nochmal für Sie gekämpft, Kelly!«

Kellys Bauch verkrampfte sich vor Furcht und Scham. Wie hatte sie nur so blöd sein können? Das letzte Mal hatte ihr Job schon am seidenen Faden gehangen; der Verdächtige, auf den sie losgegangen war, hatte sich nur gegen eine Anzeige entschieden, weil Diggers ihn besucht und ihm klargemacht hatte, dass er sonst noch mehr im Scheinwerferlicht stehen würde als ohnehin bereits. Selbst die Disziplinaranhörung war zu ihren Gunsten verlaufen, da Diggers noch ein Gespräch unter vier Augen mit dem Superintendent geführt hatte. *Mildernde Umstände aufgrund der Familiengeschichte,* hatte im Bericht gestanden; allerdings war ihr auch ganz deutlich zu verstehen gegeben worden, dass sie diese Karte kein zweites Mal ausspielen konnte.

»Ich bekam gestern Abend einen Anruf.« Endlich setzte der DCI sich und lehnte sich auf den breiten Eichenschreibtisch. »Ein DS von der Durham Constabulary hatte mitbekommen, dass wir uns nach alten Vergewaltigungsfällen erkundigen. Und er wollte wissen, ob er uns noch anderweitig helfen könne.«

Kelly konnte ihn nicht ansehen. Sie spürte, dass Nick zu ihr blickte.

»Natürlich kam das ziemlich überraschend. Ich mag die Tage bis zu meiner Pensionierung zählen, Kelly, aber ich rede mir gern ein, dass ich immer noch weiß, welche Fälle diese Abteilung bearbeitet. Und keiner von ihnen«, hier wurde er langsamer, um jedes einzelne Wort wirken zu lassen, »hat mit der Durham University zu tun. Möchten Sie mir erklären, was zum Teufel Sie gemacht haben?«

Zögerlich sah Kelly auf. Diggers rasende Wut schien ein wenig verdampft zu sein, und er wirkte weniger beängstigend als eben noch. Trotzdem zitterte ihre Stimme, und sie musste schlucken, um sich zu fangen.

»Ich wollte wissen, ob es irgendwelche Entwicklungen im Fall meiner Schwester gibt.«

Diggers schüttelte den Kopf. »Gewiss muss ich Ihnen nicht erzählen, dass Ihr Handeln ein schweres disziplinarisches Vergehen darstellt. Ganz abgesehen von einem strafbaren Verstoß gegen den Datenschutz, ist der Missbrauch Ihrer Stellung als Police Officer ein Entlassungsgrund.«

»Das weiß ich, Sir.«

»Und warum zum Teufel ...?« Diggers breitete die Arme aus und zeigte völlige Verständnislosigkeit, wurde dann aber wieder ruhiger. »*Gab* es irgendwelche Entwicklungen im Fall Ihrer Schwester?«

»Sozusagen. Nur nicht die Sorte, die ich erwartet hatte, Sir.« Wieder schluckte Kelly und wünschte, der Kloß in ih-

390

rem Hals würde verschwinden. »Meine Schwester ... sie hat jede Unterstützung der Ermittlungsarbeit abgelehnt. Mehr noch: Sie hat ausdrücklich gebeten, keine weiteren Informationen zu erhalten, auch dann nicht, wenn der Täter festgenommen werden sollte.«

»Ich nehme an, das war Ihnen neu?«

Kelly nickte.

Zunächst herrschte Schweigen.

Dann sagte Diggers: »Ich denke, dass ich die Antwort bereits kenne, aber ich muss Sie fragen: Gibt es irgendeinen dienstlichen Grund, aus dem Sie solch eine Anfrage an eine andere Dienststelle richteten?«

»Ich habe sie darum gebeten«, sagte Nick. Kelly sah zu ihm und versuchte, sich ihren Schrecken nicht anmerken zu lassen.

»Sie baten Kelly, Durham wegen einer Jahre alten Vergewaltigung zu kontaktieren, bei der das Opfer ihre Schwester war?«

»Ja.«

Diggers starrte Nick an. Kelly glaubte, einen Anflug von Belustigung in seinen Augen zu erkennen, doch ansonsten blieb seine Miene streng, weshalb sie zu dem Schluss kam, dass sie sich getäuscht haben musste. »Möchten Sie mir vielleicht erklären, warum?«

»Operation FURNISS erweist sich als viel weitreichender, als zunächst gedacht, Sir. Die Maidstone-Vergewaltigung zeigte uns, dass sich die Taten nicht auf den Bereich innerhalb der M25 beschränken. Und obwohl die Anzeigen erst ab September geschaltet wurden, ist das volle Ausmaß bisher unklar. Daher hielt ich es für eine gute Idee, in einem größeren Umkreis alle Vergewaltigungen zu untersuchen, denen Stalking vorausging.«

»Vor zehn Jahren?«

»Ja, Sir.«

Diggers nahm seine Brille ab und betrachtete erst Nick nachdenklich, dann Kelly. »Warum haben Sie mir das nicht gleich gesagt?«

»Ich ... ich weiß nicht, Sir.«

»Ich nehme an, Sie konnten keine Verbindung zwischen der Operation FURNISS und Durham herstellen?« Die Frage war an Kelly gerichtet, trotzdem antwortete Nick.

»Die habe ich ausgeschlossen«, sagte er, ohne zu zögern.

»Dachte ich mir.« Diggers sah von Kelly zu Nick und zurück. Kelly hielt den Atem an. »Darf ich vorschlagen, dass wir die Hintergrundrecherche zu ähnlichen Taten als abgeschlossen betrachten?«

»Ja, Sir.«

»Gehen Sie wieder an die Arbeit, alle beide.«

Sie waren an der Tür, als Diggers Kelly zurückrief. »Eines noch ...«

»Sir?«

»Täter, Polizisten, Zeugen, Opfer ... sie alle zeichnet eine Gemeinsamkeit aus, Kelly, und die ist, dass zwei Leute nie genau gleich sind. Jedes Opfer geht anders mit dem um, was ihm zugestoßen ist. Einige sind auf Rache versessen, andere wollen Gerechtigkeit und manche«, er sah ihr in die Augen, »wollen einfach nur nach vorn sehen.«

Kelly dachte an Lexi und an Cathy Tannings Wunsch, neu anzufangen in einem Haus, zu dem niemand außer ihr die Schlüssel hatte. »Ja, Sir.«

»Fixieren Sie sich nicht auf Opfer, die etwas anderes wollen als wir. Diese Leute müssen deshalb nicht unrecht haben. Konzentrieren Sie Ihren Antrieb – Ihr nicht unbeachtliches Talent – auf den Fall als Ganzes. Irgendwo da draußen ist ein Serientäter verantwortlich für Vergewaltigungen, Morde und Stalking. Finden Sie ihn.«

39

Leute werden geschnappt, wenn sie schlampig werden.

Meinen Namen werdet ihr nicht in der digitalen Spur fin-
den, die zu findtheone.com führt – ich benutze ausschließlich
die Namen anderer, geliehen aus Brief- und Manteltaschen.

James Stanford, der keine Ahnung hatte, dass er einen Brief-
kasten in der Old Gloucester Road besaß oder eine Kreditkarte,
mit der er die Anzeigen in der London Gazette *bezahlte. Mai*
Suo Li, der chinesische Student, der mit Freude sein britisches
Konto im Tausch gegen genug Bargeld für seinen Heimflug her-
gab.

Anderer Leute Namen. Nie meiner.

Aber der Beleg. Das war schlampig.

Ein Türcode, gedankenlos auf dem erstbesten Zettel notiert,
ohne zu bedenken, dass es das Ende von allem bedeuten könnte.
Wenn ich jetzt daran denke – wenn ich an diese Achtlosigkeit
denke – macht es mich zornig. So dumm. Ohne diesen Beleg
war alles perfekt. Nicht nachzuverfolgen.

Doch es ist nicht vorbei. Wenn man in die Ecke getrieben ist,
gibt es nur eines zu tun.

Nicht kampflos untergehen.

40

Mittags ist der Esstisch wieder frei, und das Haus sieht zumindest ansatzweise ordentlich aus. Ich sitze am Tisch und arbeite mich durch Grahams Buchungsbelege. Der Prozess, Taxiquittungen und Essensrechnungen zuzuordnen, hat etwas seltsam Entspannendes. Mein Telefon meldet eine Nachricht von PC Swift, die auf meinen Text von vorhin antwortet.

Entschuldigen Sie späte Antwort. Kurzes Update – versuche später anzurufen. Wir glauben, dass Täter Website von Café aus verwaltet hat – Espress Oh!, bei Leicester Square. Ermittlungen laufen noch. Luke Harris auf Kaution. Gebe Ihnen noch Bescheid, was SA sagt. Klingt gut, dass Sie von zu Hause arbeiten. Passen Sie auf sich auf.

Ich lese die Nachricht zweimal. Dann nehme ich die Akte mit verschiedenen Papieren vom Tisch und suche den Beleg von Espress Oh! heraus. Ich sehe die Nummer an, die auf die Rückseite gekritzelt ist, dann sehe ich auf der Vorderseite nach dem Datum. Die Druckertinte unten ist verschmiert, sodass ich es nicht erkennen kann. Wie lange liegt dieser Zettel schon hier? Es ist nicht kalt im Haus, trotzdem bibbere ich, und der Beleg flattert in meiner Hand. Ich gehe in die Küche.

»Katie?«

»Mmm?«

Sie buttert sich ein Brot auf der Arbeitsfläche, ohne einen Teller zu benutzen, schiebt mit der Hand die Krümel zusammen und schüttet sie in die Spüle. »Entschuldigung«, sagt sie, als sie mein Gesicht sieht. »Es sind bloß ein paar Krümel, Mum.«

Ich halte ihr die Quittung hin. »Warst du da schon mal?« Mir ist schwindlig, als wäre ich zu schnell aufgestanden. Ich kann meinen Puls spüren und zähle jeden Schlag, um ihn zu verlangsamen.

Katie rümpft die Nase. »Glaube ich nicht. Wo ist das?«

»Beim Leicester Square.« Wenn man mit Gefahr konfrontiert ist, soll der Körper angeblich auf eine von zwei Weisen reagieren: Kampf oder Flucht. Meiner tut weder das eine noch das andere. Er ist wie versteinert, will fliehen, kann sich aber nicht rühren.

»Ah, das kenne ich! Wenigstens glaube ich das. Ich war da noch nie, bin aber dran vorbeigekommen. Warum willst du das wissen?«

Ich möchte Katie keine Angst machen, also erzähle ich ihr sehr ruhig von PC Swifts E-Mail, als sei es nicht weiter wichtig. Das Brummen in meinen Ohren wird lauter. Es ist kein Zufall, das weiß ich.

»Es ist nur eine Quittung. Die muss nicht von dem sein, der hinter der Website steckt. Oder?« Sie sieht mich fragend an, versucht meinen Gesichtsausdruck zu deuten – wie besorgt ich bin.

Doch.

»Nein, natürlich nicht.«

»Die kann von jedem sein, aus einer Jackentasche, einer alten Plastiktüte, irgendwas.« Wir beide tun, als wäre es harmlos. Wie eine verwaiste Socke. Oder eine verirrte Katze. Irgendwas, nur kein Beleg, der einen Irren mit unserem Haus in Verbindung bringt. »Ich lasse dauernd Quittungen in Taschen.«

Ich will, dass sie recht hat, und denke an die vielen Male, die ich mir eine Tragetasche aus dem Haufen unten im Spülschrank gegriffen habe und darin die Bons von vorherigen Einkäufen fand.

Ich will, dass Katie recht hat, aber das Kribbeln in meinem Nacken sagt mir, sie hat es nicht. Dass dieser Beleg nur in unser Haus gelangen konnte, weil ihn jemand hergebracht hat.

»Trotzdem ein komischer Zufall, findest du nicht?« Ich will lächeln, was mir missglückt und zu einer Grimasse gerät.

Angst.

Da ist eine Stimme in meinem Kopf, auf die ich nicht hören will; ein ungutes Gefühl, das mir sagt, ich würde die Antwort in Händen halten.

»Lass uns das logisch angehen«, sagt Katie. »Wer war in letzter Zeit im Haus?«

»Du, ich, Justin und Simon«, antworte ich. »Logischerweise. Und Melissa und Neil. Dann noch der Stapel Papiere, den ich gestern Abend auf den Tisch gepackt habe – die Belege und Rechnungen –, die Graham Hallow gehören.«

»Könnte die Quittung von ihm sein?«

»Möglich wär's.« Mir fallen die fielen Gazette-Ausgaben auf Grahams Schreibtisch ein, ebenso wie seine völlig plau-

397

sible Erklärung dazu. »Aber er war in letzter Zeit richtig verständnisvoll, hat mir sogar freigegeben. Ich kann mir nicht vorstellen, dass er so etwas macht.« Mir kommt ein Gedanke. Die Polizei mag keine Beweise gegen Isaac entdeckt haben, aber das heißt nicht, dass es keine gibt. »Wir haben den Tisch vorm Sonntagsessen letzten Monat freigeräumt. Da war Isaac auch hier.«

Katie ist entsetzt. »Was unterstellst du ihm?«

Ich zucke mit den Schultern, was nicht einmal mir selbst glaubwürdig vorkommt. »Ich unterstelle niemandem irgendwas. Ich habe bloß aufgezählt, welche Leute in letzter Zeit im Haus waren.«

»Du kannst unmöglich glauben, dass Isaac mit dem Ganzen etwas zu tun hat. Mum, ich kannte ihn noch nicht mal, als das losging. Und du hast selbst gesagt, dass die Anzeigen seit September erscheinen.«

»Er hat ein Foto von dir gemacht, Katie. Ohne dass du es wusstest. Findest du das nicht unheimlich?«

»Um es an ein anderes Ensemble-Mitglied zu schicken! Nicht für eine Website!« Sie schreit mich an, denn jetzt ist sie wütend.

»Woher weißt du das?«, schreie ich zurück.

Wir beide verstummen, um uns wieder in den Griff zu bekommen.

»Es könnte irgendwer sein«, sagt Katie trotzig.

»Dann sollten wir das Haus absuchen«, sage ich. Sie nickt.

»Justins Zimmer zuerst.«

»Justin? Du kannst doch nicht ...« Aber ich sehe ihre Reaktion. »Na gut.«

398

Schon als Junge mochte Justin Computer lieber als Bücher. Früher habe ich mich gefragt, ob ich etwas falsch gemacht habe – ihn zu viel fernsehen ließ –, doch als Katie kam und sich zu einem Bücherwurm entwickelte, wurde mir klar, dass die beiden schlicht zwei sehr verschiedene Menschen sind. Wir hatten nicht mal einen Computer zu Hause, als die Kinder kleiner waren, trotzdem war IT so ziemlich das einzige Fach, zu dem Justin freiwillig in die Schule ging. Er bettelte Matt und mich an, ihm einen Computer zu kaufen. Und weil wir es uns nicht leisten konnten, sparte er sein Taschengeld und kaufte sich die Teile, die er dann zusammen mit dem Metallbaukasten und seinen Legosteinen unter dem Bett versteckte. Den ersten Computer baute er sich selbst mit Anleitungen, die er in der Bücherei ausgedruckt hatte. Mit der Zeit vergrößerte er den Speicher, kaufte eine größere Festplatte und eine bessere Grafikkarte. Mit zwölf wusste Justin mehr über Computer und das Internet als ich mit dreißig.

Ich erinnere mich, wie ich mich eines Tages nach der Schule mit ihm hinsetzte, ehe er in seinem Zimmer oben verschwand, um in das Online-Spiel abzutauchen, das er gerade spielte, und ihn davor warnte, online zu viel von sich preiszugeben. Ich sagte ihm, dass die Teenager, mit denen er so lange chattete, womöglich gar keine Teenager waren, sondern fünfzigjährige Perverse, die sabbernd an ihrer Tastatur hockten.

»Ich bin zu schlau für Pädos«, sagte er lachend. »Die können mich nie kriegen.«

Ich war beeindruckt, glaube ich, und stolz, dass mein Sohn sich viel besser mit der Computertechnik auskannte als ich.

In all jenen Jahren der Sorge, Justin könnte einem Online-Täter zum Opfer fallen, kam mir nie der Gedanke, dass er selbst einer sein könnte. Kann er nicht, denke ich sofort. Das wüsste ich.

Justins Zimmer riecht nach abgestandenem Zigarettenqualm und schmutzigen Socken. Auf dem Bett liegt ein Haufen sauberer Wäsche, die ich gestern dorthin gepackt habe, ordentlich zusammengelegt und aufgestapelt. Inzwischen ist der Stapel zur Seite gekippt, denn Justin hat ihn kurzerhand aus dem Weg gestoßen, als er sich schlafen legte, zu faul, die Sachen woanders hinzulegen oder sie gar einzusortieren. Ich öffne die Vorhänge, damit Licht hereinfällt, und finde sechs Becher, von denen drei als Ascher benutzt wurden. Ein sorgfältig gedrehter Joint liegt neben einem Feuerzeug.

»Sieh du in die Kommode«, sage ich zu Katie, die in der offenen Tür steht und sich nicht bewegt. »Jetzt! Wir wissen nicht, wie viel Zeit uns noch bleibt.« Ich setze mich aufs Bett und klappe Justins Laptop auf.

»Mum, das fühlt sich total falsch an.«

»Und eine Website zu betreiben, die Wegedaten von Frauen an Männer verkauft, die sie vergewaltigen oder umbringen wollen, nicht?«

»Das würde er nicht tun!«

»Glaube ich auch nicht. Trotzdem müssen wir sicher sein. Such schon.«

»Ich weiß nicht mal, wonach ich suchen soll«, sagt Katie, doch sie öffnet die Kleiderschranktüren und fängt an, die Regale drinnen durchzugehen.

»Mehr Quittungen von Espress Oh!«, sage ich und überlege, was sonst noch verräterisch sein könnte. »Fotos von Frauen, Informationen über ihre Arbeitswege ...« Justins Laptop ist passwortgeschützt. Ich blicke auf den Bildschirm mit seinem Benutzernamen, Game8oy-94 neben einem winzigen Avatar von Justins Hand, die sich der Kamera entgegenreckt.

»Geld?«, fragt Katie.

»Auf jeden Fall. Alles, was ungewöhnlich ist. Was könnte Justins Passwort sein?« Ich versuche es mit seinem Geburtsdatum und es erscheint: »ZUGRIFF VERWEIGERT – NOCH ZWEI VERSUCHE«.

»Geld«, sagt Katie wieder, und mir wird klar, dass es keine Frage ist. Ich blicke auf. Sie hält einen Umschlag in der Hand. Er gleich dem, den Justin mir gegeben hat, um einen Mietanteil zu bezahlen. Der Umschlag ist so prall gefüllt mit Zwanzigern und Zehnern, dass er sich nicht mehr schließen lässt. »Meinst du, das ist sein Lohn aus dem Café?«

Katie weiß nichts von Melissas Steuerschummelei, und obwohl ich bezweifle, dass es sie stören würde, habe ich nicht vor, ihr davon zu erzählen. Je mehr Leute davon wissen, desto wahrscheinlicher wird, dass die Steuerbehörde etwas erfährt, und den Ärger brauchen weder Melissa noch ich.

»Ich schätze, ja«, sage ich ausweichend. »Leg es wieder zurück.« Ich unternehme noch einen Passwortversuch und gebe diesmal ein Durcheinander aus unserer Adresse und dem Namen seines ersten Haustiers ein – ein Hamster namens Gerald, der aus dem Käfig entkam und mehrere Monate unter den Dielenbrettern unseres Badezimmers lebte.

401

ZUGRIFF VERWEIGERT – NOCH EIN VERSUCH.
Ich wage es nicht. »Ist sonst noch etwas im Schrank?«

»Ich kann nichts finden.« Katie geht zur Kommode, zieht alle Schubladen einzeln raus und tastet sogar die Böden von unten ab, ob dort etwas festgeklebt ist. Sie fühlt zwischen den Sachen, und ich klappe den Laptop zu und lasse ihn auf dem Bett – hoffentlich an derselben Stelle, an der er vorher war. »Was ist mit dem Laptop?«

»Da komme ich nicht rein.«

»Mum ...« Katie sieht mich nicht an. »Dir ist klar, dass die Quittung auch von Simon sein könnte, oder?«

Ich antworte prompt. »Simon ist es nicht.«

»Das kannst du nicht wissen.«

»Doch.« Noch nie war ich mir irgendeiner Sache sicherer. »Simon liebt mich. Er würde mir nie wehtun.«

Katie knallt eine Schublade zu, sodass ich zusammenzucke. »Du zeigst mit dem Finger auf Isaac, willst aber nicht mal darüber nachdenken, dass Simon etwas damit zu tun haben könnte?«

»Du kennst Isaac seit ungefähr fünf Minuten.«

»Wenn wir Justins Sachen durchwühlen und Isaac beschuldigen, müssen wir auch Simon überprüfen. Das ist nur fair, Mum. Wir müssen sein Zimmer durchsuchen.«

»Das mache ich nicht, Katie! Wie kann ich dann jemals wieder erwarten, dass er mir vertraut?«

»Echt jetzt, ich behaupte ja gar nicht, dass er was damit zu tun hat oder diese Quittung von ihm ist. Aber sie könnte es sein.« Ich schüttle den Kopf, und sie wirft die Hände in die Höhe. »Mum, es könnte sein! Zieh es doch wenigstens mal in Erwägung.«

»Wir warten, bis er zu Hause ist, und dann gehen wir alle zusammen nach oben.«

Katie ist hartnäckig. »Nein, Mum. Jetzt.«

Die Treppe ins Dachgeschoss ist schmal, und die Tür im ersten Stock sieht aus, als befände sich dahinter nur ein Wandschrank – bestenfalls ein Bad oder ein halbes Zimmer. Bevor Simon einzog, benutzte ich den Dachboden als eine Art Zuflucht. Er war nicht richtig möbliert, aber ich hatte dort oben Kissen, und manchmal schloss ich die Tür und legte mich für eine halbe Stunde hin, um neue Kraft für das aufreibende Leben als Alleinerziehende zu schöpfen. Ich habe es da oben geliebt. Jetzt hingegen fühlt es sich gefährlich an, als würde mich jede Stufe nach oben weiter wegbringen von dem offenen, sicheren Rest des Hauses.

»Was ist, wenn Simon zurückkommt?«, frage ich. Simon und ich haben nichts voreinander zu verbergen, aber wir sind beide erwachsen. Wir waren uns immer einig, dass jeder seinen Freiraum braucht. Sein eigenes Leben. Vermutlich wäre er total schockiert, wenn er Katie und mich jetzt sehen könnte, wie wir in seinem Arbeitszimmer herumschnüffeln.

»Wir machen nichts Falsches. Er weiß nicht, dass wir die Quittung gefunden haben, und wir müssen cool bleiben.«

Ich fühle mich alles andere als cool.

»Wir holen die Weihnachtsdekoration nach unten«, sage ich unvermittelt.

»Was?«

»Falls er nach Hause kommt und fragt, was wir hier machen. Wir sind hier, um die Weihnachtsdekoration zu holen.«

»Klar, okay.« Katie interessiert es nicht, aber mir geht es besser damit, einen Vorwand parat zu haben.

Die Tür unten an der Treppe fällt mit einem Knall zu, und ich schrecke zusammen. Es ist die einzige Tür im Haus, die so laut ist, weil sie gemäß den Feuerschutzbestimmungen einen Schließmechanismus hat. Simon wollte ihn abbauen, weil er meinte, er hätte die Tür lieber offen, sodass er das Leben unten hören kann. Ich bestand darauf, dass der Mechanismus blieb, weil ich mich vor Feuer fürchte – eigentlich vor allem, was meine Familie bedrohen könnte.

Kann es sein, dass die wahre Bedrohung die ganze Zeit vor unserer Nase war?

In unserem Haus lebte?

Mir wird schlecht, doch ich strenge mich an, nicht zu würgen, einen Bruchteil der Stärke aufzubringen, die meine neunzehnjährige Tochter beweist. Katie steht mitten im Raum und blickt sich langsam, aber gründlich um. An den Wänden ist nichts, denn die neigen sich so steil nach oben, dass nur in der Mitte ein schmaler Bereich bleibt, in dem man aufrecht stehen kann. Durch das eine Velux-Fenster fällt fahles Wintersonnenlicht herein, das den Raum kaum erhellt. Ich schalte die Lampe an.

»Da.« Katie zeigt auf den Aktenschrank, auf dem Simons Samsung-Tablet steht. Sie gibt es mir, mit entschlossener, fast finsterer Miene. Wüsste ich doch nur, was sie denkt!

»Katie«, sage ich, »glaubst du wirklich, dass Simon fähig wäre ...« Ich beende den Satz nicht.

»Weiß ich nicht, Mum. Sieh dir den Suchverlauf an.«

Ich klappe die Hülle auf, gebe Simons Passwort ein und

klicke den Browser an. »Wie kriege ich raus, was er sich angesehen hat?«

Katie sieht mir über die Schulter. »Klick das an.« Sie zeigt hin. »Da sollte eine Liste der Websites erscheinen, auf denen er war, und alles, wonach er gesucht hat.«

Ich atme erleichtert auf. Da ist nichts Offensichtliches. Neue Websites und ein paar Reiseanbieter. Ein Valentinstag-Kurzurlaub. Ich frage mich, wie Simon darüber nachdenken kann, einen Urlaub zu buchen, wenn er so hoch verschuldet ist. Willkürliches Herumblättern, vermute ich und denke an die Abende, die ich damit verbringe, mir auf Immobilienseiten Häuser für eine Million Pfund anzusehen, von denen ich höchstens träumen kann.

Katie sieht in den Aktenschrank und holt ein Blatt Papier hervor. »Mum«, sagt sie langsam, »er hat gelogen.«

Wieder wird mir schlecht.

»Sehr geehrter Mr. Thornton«, liest sie vor, »bezugnehmend auf Ihr jüngstes Gespräch mit der Personalabteilung, möchten wir hiermit Ihre Kündigung im Rahmen eines größeren Stellenabbaus bestätigen.« Sie sieht mich an. »Der Brief ist vom 1. August.«

Ich bin unglaublich erleichtert.

»Ja, das weiß ich schon. Tut mir leid, dass ich es euch nicht erzählt habe. Ich fand es selbst erst vor ein paar Wochen heraus.«

»Du wusstest das? Hat er deshalb angefangen, von zu Hause aus zu arbeiten?« Ich nicke. »Und vorher? Ich meine, seit August? Er hatte seinen Anzug an, ist jeden Tag losgegangen ...«

Meine Loyalität gegenüber Simon erlaubt nicht, dass ich

405

zugebe, er hätte die meiste Zeit nur vorgespielt, er ginge zur Arbeit. Das muss ich auch gar nicht. Ich sehe Katie an, dass sie von selbst darauf gekommen ist.

»Aber du weißt es nicht sicher, oder?«, fragt sie. »Du weißt nicht, was er macht – nicht, was er *wirklich* macht. Du weißt bloß, was er dir erzählt. Er könnte genauso gut seine Zeit damit verbracht haben, Frauen in die U-Bahn zu folgen, sie zu fotografieren, ihre Zeiten im Internet zu posten.«

»Ich vertraue Simon.« Wie hohl das selbst in meinen Ohren klingt!

Sie sucht weiter, wirft Akten auf den Boden. Die oberste Schublade des Aktenschranks ist voll mit Simons Papieren, Arbeitsverträge, Lebensversicherung … Ich weiß nicht genau, was da drin ist. In der mittleren Schublade bewahre ich alle Papiere für das Haus auf: Gebäude- und Hausratsversicherung, Auszüge für mein Hypothekenkonto, Genehmigung für den Dachausbau. In einem anderen Ordner sind die Geburtsurkunden der Kinder und meine Scheidungsurkunde, sowie alle unsere Reisepässe. Ein dritter Ordner enthält alte Kontoauszüge, die ich nur aufbewahre, weil ich nicht weiß, was ich sonst mit ihnen anfangen soll.

»Sieh im Schreibtisch nach«, sagt Katie im gleichen Ton, in dem ich ihr befohlen habe, Justins Zimmer zu durchsuchen. Genervt davon, wie lange es dauert, jedes Dokument einzeln anzusehen, zieht sie die ganzen Schubladen heraus und kippt den Inhalt auf den Boden, wo sie mit einer Hand darüberstreicht, bis alles verteilt vor ihr liegt. »Da ist etwas, das weiß ich.«

Meine Tochter ist stark. Und besitzt eine Menge Kampfgeist.

»Das hat sie von dir«, sagte Matt früher immer, wenn

Katie trotzig den vollen Löffel verweigerte, den ich vor ihr schwenkte, oder darauf bestand, zum Einkaufen mitzugehen, obwohl ihre kleinen Beine noch gar nicht kräftig genug waren. Diese Erinnerung tut weh, und ich verdränge sie umgehend. Ich bin hier die Erwachsene. Die Starke. Simon lebt bei uns, weil ich mich von seiner Aufmerksamkeit und seiner Großzügigkeit hinreißen ließ. Also muss ich jetzt auch die Verantwortung übernehmen.

Ich brauche Klarheit, und zwar sofort.

Entschlossen ziehe ich die oberste Schreibtischschublade heraus und werfe den Inhalt auf den Boden, wobei ich alles durchschüttle, falls irgendwas Interessantes zwischen den Seiten der ansonsten langweiligen Dokumente verborgen ist. Dabei sehe ich Katie an, und sie nickt zustimmend.

»Diese Schublade ist abgeschlossen.« Ich rüttle an dem Griff. »Ich weiß nicht, wo der Schlüssel ist.«

»Kannst du die aufbrechen?«

»Versuch ich ja gerade.« Ich stemme eine Hand gegen die Schreibtischkante und reiße mit der anderen kräftig an dem Griff. Es tut sich nichts. Ich suche auf dem chaotischen Schreibtisch nach dem Schlüssel und kippe den Stiftebecher aus, doch darin finde ich nur eine Sammlung von Büroklammern und Anspitzerkrümeln. Mir fällt wieder ein, wie Katie Justins Kommode abgesucht hat. Ich streiche mit der Hand über die Unterseite der Schreibtischplatte und sehe alle offenen Schubladen von unten an.

Nichts.

»Wir müssen das Schloss aufbrechen«, sage ich bestimmt, auch wenn ich keineswegs sicher bin. Ich habe ja noch nie ein Schloss geknackt. Entschlossen hebe ich eine spitze

Schere aus dem ausgekippten Inhalt der anderen Schubladen auf und ramme sie ins Schloss. Unbeholfen bewege ich sie hin und her, heble kräftig von einer Seite zur anderen und von oben nach unten. Gleichzeitig ziehe ich am Griff. Es ist ein kurzes Knirschen zu hören, und zu meinem Erstaunen geht die Schublade tatsächlich auf. Ich lasse die Schere fallen.

Wie sehr wünschte ich mir, dass die Schublade leer ist. Dass sich nichts darin befindet außer einer staubigen Büroklammer und einem zerbrochenen Bleistift. Denn das wäre für Katie – und mich – ein weiterer Beweis, dass Simon nichts mit der Website zu tun hat.

Sie ist nicht leer.

Ein Stapel mit Blättern, die aus einem Spiralblock gerissen wurden, befindet sich darin. *Grace Southeard* ist das oberste Blatt überschrieben; darunter folgen Stichpunkte

36
Verheiratet?
London Bridge

Ich nehme den Zettelstapel heraus und sehe das zweite Blatt an.

Alex Grant
52
Graues Haar. Bob. Schlank. Sieht in Jeans gut aus.

Mir wird übel. Ich erinnere mich, wie Simon mich beruhigte, als wir den Abend zum Essen ausgingen und ich mir solche Sorgen wegen der Anzeigen machte.

Identitätsdiebstahl, mehr ist es nicht.

»Was hast du gefunden, Mum?« Katie kommt zu mir. Ich drehe die Papiere um, doch es ist zu spät. Sie hat sie schon gesehen. »Oh mein Gott ...«

Da ist noch etwas anderes in der Schublade. Es ist das Moleskine-Notizbuch, das ich Simon zu unserem ersten gemeinsamen Weihnachtsfest geschenkt habe. Ich nehme es heraus und fühle das weiche Leder unter meinen Fingern.

Die ersten Seiten ergeben wenig Sinn. Halbsätze, unterstrichene Wörter, Pfeile, die von einem eingerahmten Namen zu einem anderen führen. Ich blättere weiter, und das Buch klappt auf einer Seite mit einem Diagramm auf. In der Mitte steht »wie?«, umrahmt von einer gezeichneten Wolke. Drum herum sind mehr Wörter, jedes in seiner eigenen Wolke.

erstechen

Vergewaltigung

erwürgen

Das Buch fällt mir aus der Hand und landet mit einem dumpfen Knall in der offenen Schublade. Ich höre Katies ersticken Schrei und drehe mich zu ihr, um sie zu beruhigen, doch ehe ich etwas sagen kann, ertönt ein Geräusch, das ich sofort erkenne. Wie versteinert sehe ich Katie an, deren Gesichtsausdruck mir verrät, dass sie es ebenfalls erkannt hat.

Es ist das Knallen der Tür unten an der Treppe.

41

»Kaffee.«

»Nein danke.« Kelly hatte den ganzen Tag noch nichts gegessen, glaubte jedoch nicht, dass sie irgendwas vertragen könnte. Diggers war nach dem Gespräch mit ihr noch eine halbe Stunde geblieben, bevor er wieder verschwand. Er hatte nicht noch einmal mit ihr geredet, war allerdings auf dem Weg nach draußen bei Nicks Schreibtisch stehen geblieben und hatte leise mit ihm gesprochen. Kelly war sicher gewesen, dass es um sie ging.

»Das war kein Vorschlag«, sagte Nick jetzt. »Schnappen Sie sich Ihren Mantel. Wir gehen über die Straße.«

Das Starbucks in der Balfour Road war eher ein Takeaway als ein Café, aber es hatte immerhin zwei Barhocker am Fenster, die Kelly besetzte, während Nick die Getränke holte. Kelly bat um eine heiße Schokolade, weil sie sich plötzlich nach etwas Süßem verzehrte. Die Schokolade kam mit Schlagsahne und Schokoladenraspeln, womit sie sich beschämend üppig neben Nicks schlichtem Milchkaffee ausnahm.

»Danke«, sagte Kelly, als klar wurde, dass der DI nichts sagen würde.

»Sie können die nächste Runde ausgeben«, entgegnete er.

»Dafür, dass Sie mich gerettet haben, meine ich.«

»Ich weiß, was Sie meinen.« Er sah sie ernst an. »In Zukunft, wenn Sie Mist bauen, etwas Blödes machen oder aus irgendeinem anderen Grund gerettet werden müssen, sagen

Sie es mir um Himmels willen. Warten Sie nicht, bis wir im Büro des DCI sitzen.«

»Es tut mir ehrlich leid.«

»Ja, sicher.«

»Und ich bin Ihnen sehr dankbar. Ich hatte nicht von Ihnen erwartet, dass Sie das tun.«

Nick trank einen Schluck von seinem Kaffee und grinste. »Offen gesagt hatte ich das auch nicht. Aber ich konnte nicht dasitzen und zusehen, wie eine hervorragende Ermittlerin« – Kelly sah verlegen hinunter zu ihrer Schokolade – »wegen so etwas ungeheuer Dämlichem gefeuert wird, wie ihre Stellung für einen privaten Feldzug zu missbrauchen. Was genau haben Sie gemacht?«

Schlagartig verpuffte ihre Freude über das Kompliment.

»Ich denke, dass Sie mir zumindest eine Erklärung schulden.«

Kelly löffelte etwas warme Schlagsahne auf und fühlte, wie sie auf ihrer Zunge zerging. Sie überlegte, wie sie es erklären sollte. »Meine Schwester wurde in ihrem ersten Jahr an der Durham University vergewaltigt.«

»So viel habe ich auch schon mitbekommen. Und der Täter wurde nie gefasst?«

»Nein. Vor der Vergewaltigung gab es mehrere verdächtige Zwischenfälle; Lexi fand Karten in ihrem Postfach, auf denen sie gebeten wurde, bestimmte Sachen zu tragen – Sachen, die sie in ihrem Kleiderschrank hatte –, und einmal legte ihr jemand einen toten Distelfink vor die Tür.«

»Hatte sie es gemeldet?«

Kelly nickte. »Die Polizei war nicht interessiert. Sogar als sie ihnen erzählte, dass sie verfolgt wurde, sagten sie bloß,

411

sie würden es vermerken. An einem Donnerstag hatte sie eine späte Vorlesung, und niemand sonst ging denselben Weg zurück wie sie, deshalb war sie allein. An dem Abend, an dem es passierte, rief sie mich an. Sie sagte, dass sie nervös wäre und wieder Schritte hinter sich hörte.«

»Was haben Sie getan?«

Kelly spürte, dass ihre Augen zu brennen begannen, und schluckte. »Ich habe ihr gesagt, dass sie es sich einbildet.« Bis heute konnte sie Lexis Stimme hören, atemlos, als sie zum Wohnheim ging.

»Da ist jemand hinter mir, Kelly, ich schwöre es. Genau wie letzte Woche.«

»Lex, es gibt siebzehntausend Studenten in Durham – da ist dauernd jemand hinter dir.«

»Das hier ist anders. Er versucht, nicht gesehen zu werden.« Lexi hatte geflüstert, sodass Kelly sich anstrengen musste, sie zu verstehen. »Als ich mich eben umgedreht habe, war keiner zu sehen, aber es ist jemand da, das weiß ich.«

»Du machst dich bloß verrückt. Ruf mich an, wenn du im Wohnheim bist, ja?«

An diesem Abend hatte sie ausgehen wollen, das wusste Kelly noch. Sie hatte die Musik lauter gedreht, als sie sich frisierte, noch ein Kleid auf den Stapel am Fußende ihres Betts geworfen. Ihr war gar nicht aufgefallen, dass Lexi nicht noch einmal angerufen hatte, bis ihr Handy geklingelt und eine unbekannte Nummer aufgeleuchtet hatte.

»Kelly Swift? Hier ist DC Barrow-Grint von der Polizei Durham. Ich habe Ihre Schwester bei mir.«

»Es war nicht Ihre Schuld«, sagte Nick ruhig. Kelly schüttelte den Kopf.

412

»Er hätte sie nicht überfallen, wenn ich am Telefon geblieben wäre.«

»Das können Sie nicht wissen.«

»Falls doch, hätte ich es gehört und sofort die Polizei rufen können. Zwei Stunden vergingen, bis Lexi gefunden wurde. Sie war so übel zusammengeschlagen worden, dass sie kaum sehen konnte. Und bis dahin war der Täter längst weg.«

Nick widersprach ihr nicht. Er drehte seine Kaffeetasse auf der Untertasse, bis der Henkel von ihm weg zeigte, und umfing die Tasse mit beiden Händen. »Gibt Lexi Ihnen die Schuld?«

»Weiß ich nicht. Muss sie aber.«

»Haben Sie sie nicht gefragt?«

»Sie will nicht darüber reden und hasst es, wenn ich es anspreche. Ich dachte, dass sie lange damit kämpfen würde – für immer vielleicht –, doch es war, als hätte sie einfach einen Strich unter die ganze Geschichte gezogen. Als sie ihren Mann kennenlernte, setzte sie sich mit ihm hin und sagte: ›Es gibt etwas, das du wissen musst.‹ Sie erzählte ihm alles, und dann musste er ihr versprechen, es nie wieder zu erwähnen.«

»Sie ist eine starke Frau.«

»Denken Sie? Ich glaube, dass es nicht gesund ist. So zu tun, als sei etwas nicht geschehen, ist keine Art, mit einem traumatischen Erlebnis fertig zu werden.«

»Sie meinen, es ist nicht die Art, wie *Sie* mit traumatischen Erlebnissen umgehen würden«, entgegnete Nick.

Kelly sah ihn verärgert an. »Hier geht es nicht um mich.«

Nick trank seinen Kaffee aus und stellte den Kaffee behutsam ab, bevor er sie wieder ansah. »Genau.«

Kellys Telefon klingelte, als sie zur Arbeit zurückkehrten. Sie blieb oben an der Treppe stehen, um nicht im lauten Büro reden zu müssen. Es war Craig von der Kameraüberwachung.

»Kelly, hast du das interne Briefing von der BTP heute gesehen?«

Hatte sie nicht. Es war schon schwer genug, mit den Massen an E-Mails mitzuhalten, die zu diesem Fall eingingen, da konnte sie nicht auch noch auf dem Laufenden bleiben, was ihre eigentliche Dienststelle betraf.

»Es wurde auf die Sicherheitskameras zugegriffen, und nach dem, was du mir neulich von deinem Job bei der Met erzählt hast, dachte ich, ich ruf dich lieber an.«

»Ein Einbruch?«

»Schlimmer. Wir wurden gehackt.«

»Ich dachte, das ist unmöglich.«

»Nichts ist unmöglich, Kelly, das solltest du doch wissen. Das System ist schon seit einigen Wochen langsam, deshalb hatten wir einen Techniker gerufen, und als er es sich ansah, entdeckte er eine Schadsoftware. Wir haben eine Firewall, die es fast unmöglich macht, dass wir über das Internet gehackt werden, aber sie verhindert nicht, dass jemand direkt einen Virus ins System pflanzt.«

»Also ein Insider-Job?«

»Alle Mitarbeiter wurden heute Morgen vom Superintendent befragt, und eine der Putzkräfte knickte ein. Sie sagte, dass jemand ihr Geld gegeben habe, damit sie einen USB-Stick in den Hauptrechner steckt. Natürlich behauptet sie, keine Ahnung gehabt zu haben, was sie tat.«

»Wer hat ihr das Geld gegeben?«

414

»Sie kennt seinen Namen nicht, und praktischerweise erinnert sie sich auch nicht, wie er aussah. Sie sagt, dass er sie eines Tages auf dem Weg zur Arbeit angesprochen hat und ihr mehr als ein Monatsgehalt für wenige Minuten Arbeit anbot.«

»Wie schlimm ist das Hacking?«

»Die Software hat das System so programmiert, dass es mit dem Computer des Hackers kommuniziert. Sie kann die Kameraausrichtung nicht steuern, aber letztlich kann der Hacker alles sehen, was wir in unserem Kontrollraum sehen.«

»Oh mein Gott!«

»Passt das zu eurem Fall?«

»Das ist gut möglich.« Trotz ihres guten Verhältnisses zu Craig dachte Kelly daran, was Diggers sagen würde, wenn sie mehr Informationen als nötig herausgab. Das Letzte, was sie brauchte, war noch eine Gardinenpredigt, auch wenn sie nicht im Mindesten bezweifelte, dass die beiden Fälle zusammenhingen.

»Unser Täter benutzt die Sicherheitskameras der Londoner U-Bahn, um Frauen zu stalken«, verkündete Kelly, als sie ins Büro kam, und unterbrach Nick, der sich gerade mit Lucinda unterhielt. Sie erzählte ihnen von Craigs Anruf. »Die BTP-Einheit für Cyber Crime ist jetzt dran. Wobei sie die Schadsoftware zwar erkannt haben, sie aber nicht ohne Weiteres löschen können.«

»Ist es nicht möglich, das ganze System abzuschalten?«, fragte Lucinda.

»Das könnten sie, aber dann wäre möglicherweise die ganze Stadt in Gefahr, anstatt ...«

»Anstatt einiger Frauen, die definitiv in Gefahr sind«, beendete Nick den Satz. »Wir sitzen zwischen Baum und Borke.« Er sprang auf, und Kelly erkannte mal wieder, wie sehr ihn das Adrenalin einer aufregenden Ermittlung belebte. »Also, wir brauchen eine Aussage von Ihrem Kontaktmann, und ich will, dass diese Putzkraft wegen widerrechtlichen Zugriffs auf ein Computersystem drankommt.« Er blickte sich nach dem HOLMES-Bearbeiter um, der bereits alles in den Laptop vor sich eingab. »Und holt Andrew Robinson her. Ich will wissen, wohin diese Kameraaufzeichnungen kopiert werden, und das sofort.«

42

Es bleibt keine Zeit mehr, irgendwas zu tun, außer dazustehen und zu warten, dass Simon die Treppe hinaufkommt.

Ich greife nach Katies Hand, als sie bereits meine umfasst. Ich drücke ihre fest, und sie drückt zurück. Das haben wir früher immer gemacht, als sie noch klein war und ich sie zur Schule brachte. Ich drückte einmal, und sie tat es auch. Sie drückte zweimal, und ich ebenfalls. Es war ein Mutter-Kind-Morsecode.

»Drei heißt ›Ich hab dich lieb‹«, sagte sie mir damals.

Ich tue es jetzt, auch wenn ich nicht weiß, ob sie sich daran erinnert. Dabei lausche ich den Schritten auf der Holztreppe. Katie antwortet umgehend, und ich merke, wie mir die Tränen kommen.

Es sind dreizehn Stufen nach oben.

Ich zähle mit, als die Schritte näherkommen. Elf, zehn, neun.

Meine Hand in Katies schwitzt, und mein Herz pocht so schnell, dass ich die einzelnen Schläge nicht mehr auseinanderhalten kann. Katie drückt meine Hand schmerzlich fest, doch das ist mir egal, denn ich drücke ihre genauso fest.

Fünf, vier, drei ...

»Ich habe meinen Schlüssel benutzt; das ist hoffentlich in Ordnung.«

»Melissa!«

»Oh mein Gott, wir haben fast einen Herzanfall gekriegt!« Vor lauter Erleichterung lachen Katie und ich hysterisch.

Melissa sieht uns befremdet an. »Was treibt ihr zwei hier? Ich habe bei dir im Büro angerufen, und dein Chef sagte, dass du krank bist. Da wollte ich nach dir sehen, und ich habe mir Sorgen gemacht, als du nicht aufgemacht hast.«

»Wir haben die Klingel nicht gehört. Wir ...« Katie bricht ab und sieht mich an. Sie ist unsicher, wie viel sie erzählen soll.

»Wir haben nach Beweisen gesucht«, sage ich zu Melissa. Schlagartig bin ich wieder ernst und sinke auf den Stuhl an Simons Schreibtisch. »Es hört sich verrückt an, aber wie es aussieht, war es Simon, der die Arbeitswege all dieser Frauen online gestellt hat – der *meine* Strecke online gestellt hat.«

»Simon?« Melissa wirkt ungläubig und verwirrt. Anders dürfte ich auch nicht aussehen. »Bist du sicher?«

Ich erzähle ihr alles über die Quittung von Espress Oh! und die E-Mail von PC Kelly Swift. »Simon hat im August seinen Job verloren – direkt bevor es mit den Anzeigen losging. Und er hat mich belogen.«

»Was zur Hölle macht ihr dann noch hier? Wo ist Simon gerade?«

»Bei einem Vorstellungsgespräch. Irgendwo in Olympia. Ich weiß nicht genau, wann das Gespräch stattfindet – am frühen Nachmittag, sagte er, glaube ich.«

Melissa sieht auf ihre Uhr. »Dann kann er jeden Moment hier sein. Kommt mit zu mir. Wir rufen die Polizei von da aus an. Hattest du eine Ahnung? Ich meine – mein Gott, Simon!« Mein Herz beschleunigt wieder, wummert in meinem Brustkorb, und mein Puls rauscht in meinen Ohren. Plötzlich bin ich sicher, dass wir es nicht aus dem Haus schaffen; dass Simon kommt, während wir noch auf dem

Dachboden sind. Was wird er tun, wenn er begreift, dass er überführt wurde? Ich denke an Tania Beckett und Laura Keen, die Opfer seines kranken Online-Imperiums. Was würden ihm drei mehr ausmachen? Ich stehe auf und packe Katies Arm. »Melissa hat recht. Wir müssen hier raus.«

»Wo ist Justin?« Ich habe panische Angst und will meine Familie bei mir haben, damit ich weiß, dass beide Kinder in Sicherheit sind. Hat Simon erst mal bemerkt, dass wir ihm auf die Schliche gekommen sind, lässt sich unmöglich erahnen, wie er reagiert.

»Entspann dich, er ist im Café«, sagt Melissa. »Ich war eben bei ihm.«

Das beruhigt mich nur etwas. »Er darf da nicht bleiben. Simon wird wissen, wo er ihn findet. Jemand muss ihn ablösen.«

Melissa schaltet auf Geschäftsfrau um. Sie erinnert mich an eine Sanitäterin bei einem Katastropheneinsatz, die praktische Hilfe leistet und Ruhe ausstrahlt. »Ich rufe ihn an und sage ihm, dass er zumachen soll.«

»Bist du sicher? Er könnte …«

Melissa legt die Hände an meine Wangen und sieht mich an, damit ich mich auf ihre Worte konzentriere. »Wir müssen hier raus, Zoe, hast du verstanden? Wir wissen nicht, wie viel Zeit uns noch bleibt.«

Mit lautem Gepolter laufen wir die Treppe hinunter, dann durch den mit Teppichboden ausgelegten Flur oben und die zweite Treppe hinab ins Erdgeschoss, ohne anzuhalten. Unten reißt Katie unsere Mäntel vom Treppengeländer. Ich will meine Handtasche suchen, aber Melissa zieht mich weiter.

»Keine Zeit! Ich hole sie, sobald du und Katie nebenan in Sicherheit seid.«

Wir knallen die Haustür zu, rennen den Weg entlang, ohne hinter uns abzuschließen, und biegen direkt in Melissas Vorgarten ab. Sie schließt auf und scheucht uns in die Küche.

»Wir müssen uns einschließen«, sagt Katie, die ängstlich abwechselnd Melissa und mich ansieht. Ihre Unterlippe bebt.

»Simon wird nicht versuchen, hier reinzukommen, Schatz. Er weiß ja nicht mal, dass wir hier sind.«

»Wenn er sieht, dass wir nicht zu Hause sind, wird er herkommen. Schließ die Tür ab, bitte!« Sie ist den Tränen nahe.

»Ich denke, sie hat recht«, sagt Melissa. Sie schließt die Haustür zweimal ab, und trotz meiner beruhigenden Worte zu Katie, bin ich froh, als ich höre, wie die Riegel einrasten.

»Was ist mit der Hintertür?«, fragt Katie. Sie zittert, und ich werde maßlos wütend. Wie kann Simon meiner Tochter das antun?

»Die ist immer abgeschlossen. Neil hat panische Angst vor Einbrechern – er lässt nicht mal den Schlüssel da, wo er vom Garten aus zu sehen ist.« Melissa legt einen Arm um Katie. »Du bist sicher, Süße, versprochen. Neil ist die ganze Woche geschäftlich unterwegs, also könnt ihr bleiben, solange ihr wollt. Wie wäre es, wenn du den Wasserkocher anstellst, und ich rufe diese PC Swift an und erzähle ihr von der Quittung, die ihr gefunden habt? Hast du ihre Nummer, Zoe?«

Ich nehme mein Telefon aus der Tasche und scrolle, bis ich Kelly Swifts Nummer gefunden habe. Dann reiche ich Melissa das Telefon. Sie sieht aufs Display.

»Oben habe ich besseren Empfang. Gebt mir zwei Minuten. Und sei so lieb und mach mir einen Kaffee, ja? Die Kapseln sind neben der Maschine.«

Ich schalte die Kaffeemaschine ein. Es ist so ein supermodernes Chromteil, das Milch schäumt und Cappuccinos mixt und wer weiß was sonst noch kann. Katie geht durch die Küche, sieht durch die Falttüren hinaus in den Garten und rüttelt am Griff.

»Abgeschlossen?«

»Abgeschlossen. Ich habe Angst, Mum.«

Ich versuche, ruhig zu sprechen und mir nicht anmerken zu lassen, wie aufgewühlt ich bin. »Hier kann er uns nichts tun, Schatz. PC Swift kommt und redet mit uns, und sie werden Simon verhaften lassen. Er kann uns nichts tun.«

Ich stehe vor der Kaffeemaschine und stütze die Hände auf die Arbeitsplatte. Die Granitoberfläche fühlt sich kalt und glatt an. Jetzt, da wir sicher aus dem Haus sind, wird meine Angst zu Wut, und ich habe Mühe, sie vor Katie zu verbergen. Sie ist sowieso schon fast hysterisch. Ich denke an die Lügen, die Simon mir in den Monaten erzählt hat, als ich dachte, er würde noch arbeiten. Sein Beharren, dass nicht ich das auf dem Foto war, als ich vor Wochen die *Gazette* mit nach Hause brachte. Wie konnte ich nur so blöd sein?

Ich denke an die Schulden, die Simon angeblich angehäuft hat. Die Website muss ihm weit mehr einbringen, als er jemals beim *Telegraph* verdient hat. Kein Wunder, dass er keinen neuen Job gefunden hat – wozu die Mühe? Und die Stelle, für die er heute nochmal zum Gespräch gebeten wurde – ich bezweifle, dass die überhaupt existiert. Ich stelle mir Simon vor, der in einem Café sitzt, wo er sich nicht für sein Gespräch vorbereitet, sondern durch Fotos von Frauen auf seinem Handy scrollt, ihre Arbeitswege aus seinem Notizbuch kopiert, um sie auf die Website zu laden.

Katie ist rastlos, läuft zwischen dem Fenster und Melissas langem weißem Tisch hin und her und nimmt kunstvoll arrangierte Objekte von den Regalen. »Sei vorsichtig«, sage ich zu ihr. »Wahrscheinlich kosten die Dinger ein Vermögen.«

Ich höre Melissa oben sprechen und sie fragen: »Sind sie in Gefahr?«; sofort huste ich, weil ich nicht will, dass Katie noch mehr darüber nachdenkt. Sie hat die Vase wieder hingestellt und einen gläsernen Briefbeschwerer aufgenommen. Mit dem Daumen streicht sie über die glatte Oberfläche.

»Bitte, Schatz, du machst mich nervös.«

Sie stellt das Teil wieder hin und wandert quer durch die Küche zu Melissas Schreibtisch.

Das grüne Licht an der Kaffeemaschine blinkt, um mir zu sagen, dass das Wasser heiß ist. Ich drücke auf »Start« und beobachte, wie die dunkle Flüssigkeit fauchend in die bereitgestellte Tasse rinnt. Der Geruch ist stark, fast zu intensiv. Normalerweise trinke ich keinen Kaffee, aber heute denke ich, dass ich einen brauche. Ich nehme eine zweite Kapsel aus der Packung. »Möchtest du auch einen?«, frage ich Katie. Sie antwortet nicht. Als ich mich zu ihr umdrehe, starrt sie etwas auf dem Schreibtisch an. »Schatz, hör bitte auf, mit Melissas Sachen zu spielen.« Ich frage mich, wie lange es dauert, bis die Polizei kommt, und ob sie losfahren und Simon suchen oder warten, bis er nach Hause kommt.

»Mum, das musst du dir ansehen!«

»Was denn?« Ich höre Melissas Schritte oben an der Treppe und stelle ihren Kaffee auf die Kücheninsel hinter mir. Dann rühre ich Zucker in meinen, nehme einen Schluck und verbrühe mir die Zunge.

»Mum!«, beharrt Katie. Ich gehe zu ihr um nachzusehen, was sie so entsetzt. Es ist ein Londoner U-Bahn-Plan – der, den ich gesehen habe, als ich Melissas Buchungsbelege abholte. Katie hat ihn auseinandergefaltet und auf dem Schreibtisch ausgebreitet. Die vertrauten Farben und Routen der U-Bahn sind mit diversen Pfeilen, Linien und Notizen versehen.

Ich starre den Plan an. Katie weint, aber ich tue nichts, um sie zu trösten. Ich suche nach einer bestimmten Route, die ich auswendig kenne: Tania Becketts Arbeitsweg.

Die Northern Line nach Highgate, dann den 43er-Bus nach Cranley Gardens.

Die Strecke ist mit einem gelben Textmarker nachgemalt, und am Ende ist etwas notiert.

Nicht mehr aktiv.

43

In Coffee-Shops hört man eine Menge.

Ich denke, dass die Arbeit in einem gut besuchten Café der eines Barkeepers oder eines Friseurs ähnelt. An den Gesichtern unserer Kunden lesen wir das Auf und Ab des Alltags ab, hören Bruchstücke von Unterhaltungen zwischen Freunden. Wir profitieren von euren Boni – ein Mittagessen, das mit einem druckfrischen Zwanziger bezahlt wird, oder eine achtlos auf den Tisch geworfene Pfundmünze –, und wir kriegen die Folgen eines schlechten Monats zu spüren, wenn ihr euer Kleingeld abzählt, um für einen kleineren Kaffee als sonst zu bezahlen, und so tut, als würdet ihr das Trinkgeldglas auf dem Tresen nicht sehen.

Ein Café ist eine perfekte Geldwaschanlage, muss man größere Summen bewegen. Wen schert schon, wie viele Gäste da sind? Auch unsichtbare Gäste können Rechnungen bezahlen. Schmutziges Geld kommt rein und geht sauber wieder raus.

Mit der Zeit werden die Stammkunden gesprächiger. Wir erfahren von euren Geheimnissen, euren Zielen, euren Bankdaten. Gelegenheitskunden öffnen sich; der Resopal-Tresen wird zur Therapeuten-Couch. Ihr redet; wir hören zu.

Es ist die ideale Umgebung, mehr Mädchen auszusuchen, und – nur hin und wieder – mehr Kunden. Eine Karte, die einem Mann in die Jackentasche geschoben wird, der die richtige Einstellung hat. Der schon mit den anzüglichen Bemerkungen gegenüber der Kassiererin seinen Mumm bewiesen hat und dessen Nadelstreifen und Hosenträger ihn als Typen mit

Geld ausweisen. Ein Mann, der später die Einladung in seiner Tasche ansehen wird und sich geschmeichelt genug fühlt, um es sich mal anzusehen.

Ein exklusiver Club. Die besten Mädchen.

Zugang zu einem Service, den er nirgends sonst in der Stadt findet.

Zugang zu dir.

44

Melissa steht in dem Türrahmen zwischen Flur und Küche. Sie bemerkt Katies entsetztes Gesicht, sieht den aufgefalteten U-Bahn-Plan in meiner Hand, und langsam verschwindet ihr Lächeln. Ich hoffe, dass sie leugnet, dass sie eine plausible Erklärung für den Beweis findet, den ich in der Hand halte.

Doch sie versucht es nicht mal. Stattdessen seufzt sie, als hätten wir uns extrem ungezogen benommen.

»Es zeugt von sehr schlechten Manieren, in den persönlichen Sachen von anderen herumzuwühlen«, sagt sie, und ich muss schlucken, um mich nicht automatisch zu entschuldigen. Sie kommt in die Küche, wo ihre Absätze auf den Fliesen klackern, und nimmt mir den Plan aus der Hand. Mir wird bewusst, dass ich den Atem anhalte, doch als ich ausatmen will, kommt nichts. Mein Brustkorb fühlt sich so eng an, als würde jemand auf ihn drücken. Ich beobachte, wie Melissa den Plan faltet und verärgert mit der Zunge schnalzt, als sich ein Knick in die falsche Richtung biegt. Ihr Verhalten hat nichts Gehetztes oder Panisches. Diese Gelassenheit verwirrt mich, und ich muss mich daran erinnern, dass der Beweis unanfechtbar ist. Melissa steckt hinter der Website, hinter den Anzeigen in der *London Gazette.* Es ist meine Freundin, die Frauen in ganz London stalkt und deren Fahrzeiten verkauft, damit Männer sie jagen können.

»Warum?«, frage ich sie. Sie antwortet nicht.

»Setzt euch lieber hin«, sagt sie und zeigt zu dem langen weißen Tisch.

»Nein.«

Wieder seufzt sie. »Zoe, mach es nicht schwieriger, als es eh schon wird. Setz dich.«

»Du kannst uns nicht hier festhalten.«

Sie lacht, allerdings ist es ein gänzlich humorloses Lachen, das besagt, sie kann alles tun, was sie will. Sie geht die wenigen Schritte zur Küchenarbeitsplatte, die – wie alles hier im Haus – unglaublich aufgeräumt ist. Nur die Kaffeemaschine und ein Messerblock neben dem Herd stehen darauf. Melissas Hand schwebt für einen Moment über dem Block, und ihr Zeigefinger vollführt ein stummes Enemene-muh-Spiel, bevor sie ein schwarzes Messer mit einer ungefähr zwanzig Zentimeter langen Klinge herauszieht.

»Kann ich nicht?«, fragt sie.

Ich sinke langsam auf den Stuhl, der mir am nächsten steht, und ziehe an Katies Arm. Kurz darauf setzt sie sich ebenfalls hin.

»Damit kommst du nicht durch, Melissa«, sage ich. »Die Polizei wird jeden Moment hier sein.«

»Das bezweifle ich sehr. Nach dem, was du mir in den letzten Wochen erzählt hast, hat sich die Polizei als auffallend inkompetent erwiesen.«

»Aber du hast PC Swift gesagt, wo wir sind. Sie ...« Ich breche schon ab, ehe ich Melissas mitleidigen Blick sehe. Wie dumm von mir. Natürlich hat Melissa nicht bei Kelly Swift angerufen. Diese Erkenntnis trifft mich wie ein Hieb in die Magengrube, und ich krümme mich auf meinem Stuhl. Auf einmal bin ich völlig erledigt. Es kommt keine

Polizei. Mein Panikalarm ist in meiner Handtasche nebenan. Keiner weiß, dass wir hier sind.

»Du bist krank«, sagt Katie. »Oder wahnsinnig. Oder beides.« Es ist nicht nur Wut, die in ihrer Stimme mitschwingt. Ich denke an all die Zeit, die Katie im Laufe der Jahre in dieser Küche verbracht hat. Hier hat sie Kuchen gebacken, ihre Hausaufgaben gemacht und mit Melissa auf eine Art geredet, wie es zwischen Mutter und Tochter manchmal nicht möglich ist. Ich versuche mir vorzustellen, wie sie sich fühlen muss, doch das weiß ich im Grunde schon. Belogen. Ausgenutzt. Verraten.

»Weder noch. Ich sah eine Gelegenheit, ein Geschäft zu machen, und habe sie ergriffen.« Melissa kommt auf uns zu, das Messer lässig in einer Hand, als wäre sie nur beim Kochen unterbrochen worden.

»Das ist kein Geschäft!«, sage ich so zornig, dass ich mich verhasple.

»Und ob es ein Geschäft ist, ein sehr erfolgreiches sogar. Die Website existierte gerade mal vierzehn Tage, da hatte ich schon fünfzig Kunden, und es werden täglich mehr.« Sie klingt wie ein Werbespot für ein Franchise-Unternehmen; als würde sie damit prahlen, ihre Café-Kette zu vergrößern.

Melissa setzt sich uns gegenüber hin. »Die sind so dämlich, diese Pendler. Man sieht sie jeden Tag, wie sie nichts von der Welt um sie herum wahrnehmen. Die Stöpsel ihrer iPods in den Ohren, auf ihre Telefone starrend, ihre Zeitung lesend. Jeden Tag fahren sie dieselbe Strecke, sitzen auf demselben Platz, stehen an derselben Stelle auf dem Bahnsteig.«

»Sie fahren nur zur Arbeit«, sage ich.

»Man sieht jeden Tag dieselben Leute. Mir ist mal eine Frau aufgefallen, die sich in der Central Line schminkte. Ich habe sie einige Male gesehen, und immer war es der gleiche Ablauf: Sie wartete bis Holland Park, dann holte sie ihre Schminktasche raus und fing an, sich das Gesicht zu bemalen. Erst Puder, dann Lidschatten, Mascara, Lippenstift. Wurde die Bahn bei Marble Arch langsamer, steckte sie ihre Schminktasche ein. Einmal, als ich sie beobachtete, bemerkte ich einen Mann, der sie gleichfalls ansah, und sein Blick sagte mir, dass er an mehr als ihr Gesicht dachte. Da kam mir zum ersten Mal die Idee.«

»Warum ich?« Noch während ich frage, bin ich fassungslos, dass ich es jetzt erst tue. »Warum hast du mich auf die Website gestellt?«

»Ich brauchte einige ältere Frauen«, antwortet sie achselzuckend. »Die Geschmäcker sind verschieden.«

»Aber ich bin deine Freundin!« Ich hasse mich dafür, wie erbärmlich es klingt, als würden zwei Grundschülerinnen darüber streiten, wer mit wem spielt.

Melissa verkneift den Mund, steht abrupt auf und geht zu den Falttüren, um in den Garten zu sehen. Es vergehen Sekunden, bevor sie etwas sagt.

»Ich kenne niemanden, der so viel über sein Leben jammert wie du.« Ich hatte etwas anderes erwartet, irgendeine Taktlosigkeit, die ich vor Jahren unbewusst begangen habe. Nicht das hier. »*Ich habe viel zu jung Kinder bekommen*«, äfft sie mich nach.

»Das habe ich nie gesagt!« Ich sehe Katie an. »Ich habe nie bereut, euch bekommen zu haben. Euch beide.«

»Du verlässt den einen Traummann – solvent, witzig,

klasse mit den Kindern – und ersetzt ihn durch den nächsten.«

»Du hast keine Ahnung, wie meine Ehe mit Matt war. Oder wie meine Beziehung mit Simon ist.« Bei dem Gedanken an Simon packen mich überwältigende Schuldgefühle. Wie konnte ich glauben, dass er für die Website verantwortlich ist? Ich denke an die Namen und die bedrohlichen Notizen, die ich in Simons Schublade gefunden habe, und für einen Augenblick zweifle ich an mir. Dann wird mir klar, was das war: Recherche-Notizen. Er benutzt das Moleskine für exakt den Zweck, für den es vorgesehen war: um seinen Roman zu planen. Vor lauter Erleichterung muss ich lächeln, und Melissa sieht mich mit einem hasserfüllten Blick an.

»Es ist alles so *leicht* für dich, nicht wahr, Zoe? Trotzdem hörst du nie auf zu jammern.«

»Leicht?« Ich würde lachen, wäre da nicht das Messer in ihrer Hand, dessen Klinge das Licht vom Deckenfenster spiegelt und Regenbögen in den Raum wirft.

»Von dem Moment an, in dem du nebenan eingezogen bist, gab es nichts als das *Ich-Arme*-Gequake. Alleinerziehende Mutter, die ums nackte Überleben kämpft und alle fünf Minuten in Tränen ausbricht.«

»Es war eine schwierige Zeit«, verteidige ich mich mehr vor Katie als vor Melissa. Katie nimmt meine Hand und schenkt mir die stumme Unterstützung, die ich brauche.

»Ich habe dir alles gegeben, worum du mich gebeten hast. Geld, einen Job, Hilfe mit den Kindern.« Sie dreht sich um. Ich höre das Schaben ihrer Absätze auf den Fliesen, dann beugt sie sich über mich, sodass ihr Haar auf meines fällt, und zischt mir ins Ohr: »Was hast du mir jemals gegeben?«

»Ich ...« Mein Kopf ist leer. Sicher habe ich irgendwas für sie getan, oder? Mir fällt nichts ein. Melissa und Neil haben keine Kinder, keine Haustiere, um die ich mich hätte kümmern können, keine Grünpflanzen, die ich hätte gießen können, wenn sie in Urlaub waren. Aber eine Freundschaft ist doch mehr als das, oder? Muss man in einer Freundschaft immer quitt sein? »Du bist neidisch«, sage ich, und es scheint ein viel zu nichtssagender Ausdruck, um damit diesen Horror zu erklären.

Melissa sieht mich an, als sei sie in etwas Ekliges getreten. »Neidisch? Auf dich?«

Dennoch setzt sich der Gedanke fest, keimt zu etwas, das sich richtig anfühlt.

»Du denkst, dass du eine bessere Mutter gewesen wärst als ich.«

»Ich wäre auf jeden Fall dankbarer gewesen«, sagt sie scharf.

»Was soll das heißen? Ich liebe meine Kinder!« Ich fasse es nicht, dass sie das tatsächlich infrage stellt.

»Du hast sie kaum gesehen! Sie waren eine Last, die du nur zu gerne auf mich abgewälzt hast. Wer hat Katie Kochen beigebracht? Wer holte Justin von den klauenden Jungs in der Schule weg? Er wäre im Knast gelandet, wenn ich mich nicht um ihn gekümmert hätte!«

»Du hast gesagt, dass du sie gerne nimmst.«

»Weil sie mich gebraucht haben! Was hatten sie denn sonst? Eine Mutter, die dauernd arbeitet, dauernd jammert, dauernd flennt.«

»Das ist nicht fair, Melissa.«

»Es ist die Wahrheit, ob sie dir gefällt oder nicht.«

Katie neben mir schweigt. Ich sehe zu ihr und bemerke, dass sie zittert und kreidebleich ist. Melissa richtet sich auf, geht zu ihrem Schreibtisch, setzt sich und schaltet den Computer an.

»Lass uns gehen, Melissa.«

Sie lacht. »Ach, komm schon, Zoe, du bist doch nicht so bescheuert. Jetzt weißt du von der Website und was ich tue. Ich kann dich nicht einfach gehen lassen.«

»Dann lass uns hier!«, rufe ich, denn mir fällt ein, dass es eine andere Lösung gibt. »Geh du weg. Schließ uns ein. Wir werden nicht wissen, wohin du bist, und wir werden der Polizei nichts von dem sagen, was du uns erzählt hast. Du könntest alles von deinem Computer löschen!« Mir ist klar, dass ich hysterisch klinge. Ich stehe auf, obwohl ich nicht sicher bin, was genau ich vorhabe.

»Setz dich hin.«

Ich kann meine Beine nicht fühlen, trotzdem bewegen sie sich wie ferngesteuert auf Melissa zu.

»Setz dich hin!«

»Mum!«

Es geht so schnell, dass mir keine Zeit zu reagieren bleibt. Melissa springt von ihrem Stuhl auf und prallt gegen mich, sodass wir beide auf dem Boden landen, sie auf mir. Ihre linke Faust ist in meinem Haar geballt und zieht meinen Kopf nach hinten. Mit der rechten Hand hält sie mir das Messer an die Kehle.

»Ich habe das hier langsam satt, Zoe.«

»Runter von ihr!«, schreit Katie, reißt an Melissas Jacke

und versetzt ihr einen gezielten Tritt in den Bauch. Melissa nimmt kaum Notiz davon, und ich fühle die Messerklinge an meiner Haut.

»Katie«, flüstere ich. »Hör auf.« Sie zögert, weicht jedoch zurück und zittert so sehr, dass ich ihre Zähne klappern höre. Ich spüre ein Brennen an meinem Hals.

»Mum, du blutest!«

Etwas Warmes, Flüssiges rinnt seitlich an meinem Hals hinab.

»Machst du jetzt, was man dir sagt?«

Ich nicke, doch die Bewegung bewirkt, dass die Messerspitze erneut in meinen Hals dringt.

»Hervorragend.« Melissa steht auf. Sie klopft ihre Knie ab, zieht ein Taschentuch hervor und wischt sorgfältig die Messerklinge ab. »Jetzt setz dich hin.«

Ich gehorche ihr, und Melissa kehrt an ihren Schreibtisch zurück. Sie tippt auf der Tastatur, und ich kann den Hintergrund der Website erkennen. Die üblichen Kästchen erscheinen, in die man den Benutzernamen und das Passwort eingeben muss, aber das nächste Bild sieht anders aus. Dann begreife ich, dass Melissa sich als Administrator eingeloggt hat. Sie verkleinert das Fenster und öffnet mit wenigen schnellen Tastaturbefehlen ein neues Fenster. Ich sehe einen U-Bahnsteig. Es ist nicht viel los; ungefähr ein Dutzend Leute stehen, und eine Frau mit einem Einkaufsroller sitzt auf einer Bank. Zuerst denke ich, dass wir ein Foto sehen, dann steht die Frau mit dem Einkaufsroller auf und beginnt, den Bahnsteig hinunterzugehen.

»Ist das eine Überwachungskamera?«

»Ja. Die Aufnahmen sind nicht mein Verdienst, nur die

Umleitung des Feeds. Ich hatte überlegt, eigene Kameras zu installieren, aber dann hätte ich mich auf einige wenige Linien beschränken müssen. Auf diese Weise kann ich das ganze Netz sehen. Dies hier ist die Jubilee Line.« Noch einige Tastenbefehle, und das Bild wechselt zu einem anderen Bahnsteig, auf dem eine Hand voll Menschen auf eine Bahn warten. »Ich kann nicht alles gleichzeitig sehen, und leider habe ich auch keine Möglichkeit, die Ausrichtung der Kameras zu steuern. Ich sehe nur das, was sie im Kontrollraum sehen. Aber es hat die ganze Operation viel einfacher gemacht und natürlich deutlich interessanter.«

»Was soll das heißen?«, fragt Katie.

»Ehe ich das Netzwerk hatte, wusste ich gar nicht, was mit den Frauen passiert. Ich musste sie von der Website nehmen, sobald ihre Profile verkauft waren, und ständig prüfen, ob sie den Job wechselten oder ihren Weg änderten. Manchmal dauerte es Tage, bis ich mitbekam, dass eine Frau einen neuen Mantel trug. Das ist nicht gut fürs Geschäft. Die Sicherheitskameras bewirken, dass ich sie jederzeit beobachten kann, und ich sehe, was mit ihnen passiert.«

Sie tippt weiter auf die Tastatur ein, ehe sie übertrieben schwungvoll die »Enter«-Taste drückt. Ein träges Lächeln erscheint auf ihrem Gesicht, als sie sich zu uns dreht.

»Wie wäre es jetzt mit einem kleinen Spiel?«

45

Kelly sah zu dem Telefon auf ihrem Schreibtisch und wappnete sich. Sie hatte es mehrmals versucht und jedes Mal aufgelegt, bevor es am anderen Ende zu klingeln begann. Einmal hatte sie sogar gewartet, bis abgenommen wurde, und dann den Anruf schnell beendet. Ehe sie es sich jetzt wieder anders überlegen konnte, nahm sie das Telefon auf und wählte. Sie klemmte den Hörer zwischen Schulter und Ohr und lauschte dem Klingelton. Einerseits wünschte sie sich, sie würde zur Mailbox weitergeleitet, andererseits wollte sie es endlich hinter sich bringen. Nick hatte sie alle in zehn Minuten in den Besprechungsraum beordert, und wahrscheinlich bot sich die nächste Chance für ein Privatgespräch erst sehr spät abends.

»Hallo?«

Beim Klang von Lexis Stimme spürte Kelly, wie sich ihre Kehle schlagartig zusammenzog und sie plötzlich kein Wort mehr hervorbrachte. Um sie herum machten sich alle fürs Briefing bereit, rafften ihre Notizen zusammen oder beugten sich über ihre Schreibtische, um die neuesten E-Mails zu lesen. Kelly erwog aufzulegen.

»Hallo?« Dann noch einmal, genervter. »Hallo?«

»Ich bin's.«

»Oh. Warum sagst du denn nichts?«

»Entschuldige, da stimmt was mit der Verbindung nicht, glaube ich. Wie geht es dir?« Eine E-Mail leuchtete in ihrem Postfach auf, und Kelly bewegte die Maus, um sie zu öffnen. Sie war vom DI. *Höre ich den Wasserkocher brodeln?* Durch die offene Tür des Besprechungsraums konnte Kelly ihn an seinem BlackBerry sehen. Er blickte grinsend auf und ahmte mit der freien Hand eine Trinkbewegung nach.

»Gut. Und dir?«

Sie nickte dem DI zu und bedeutete ihm mit einem erhobenen Finger, nur eine Minute zu warten, doch er sah nicht mehr hin.

Das stockende Gespräch ging noch eine Weile weiter, bis Kelly es nicht mehr aushielt.

»Eigentlich rufe ich an, weil ich dir für morgen viel Spaß wünschen will.«

Stille. »Morgen?«

»Ist da nicht euer Ehemaligentreffen? In Durham?« Klang sie enthusiastisch? Kelly hoffte es sehr. Ihr widerstrebte der Gedanke, dass Lexi zu jenem Campus zurückkehrte, und sie selbst hätte das entsetzt abgelehnt. Dennoch musste sie akzeptieren, was Lexi ihr seit Jahren sagte: Es war nicht ihr Leben.

»Ja.« Da war ein misstrauischer Unterton, den Kelly ihrer Schwester nicht verübeln konnte.

»Tja, jedenfalls wünsche ich dir viel Spaß. Wetten, dass einige Leute sich kein bisschen verändert haben? Wer war noch mal das Mädchen, mit dem du im zweiten Jahr zusammengewohnt hast – das nichts außer Würstchen gegessen hat?« Sie bemühte sich, unbeschwert zu klingen, sprach aber zu schnell, sodass sich ihre Worte sich fast überschlugen. Egal. Wichtig war vor allem, dass sie Lexi bestärkte. Das hätte sie schon bei der ersten Erwähnung dieses Treffens tun sollen.

»Gemma, glaube ich.«

»Ja, die. Total schräg!«

»Was ist los? Warum rufst du wirklich an?«

»Um mich dafür zu entschuldigen, dass ich mich in dein Leben eingemischt und über deine Entscheidungen geurteilt habe.« Sie holte tief Luft. »Aber hauptsächlich dafür, dass ich an dem Abend damals nicht am Telefon geblieben bin.«

Lexi stieß einen kleinen Laut aus, wie ein erstickter Schrei tief in ihrer Kehle. »Nicht, Kelly, bitte. Ich will nicht …«

Sie klang so verzweifelt, dass Kelly fast das Thema wechselte, denn sie hasste es, Lexi wehzutun. Aber sie hatte schon viel zu lange nichts gesagt. »Lass mich einfach ausreden, und ich verspreche dir, dass ich es danach nie wieder erwähne.« Sie nahm Lexis Schweigen als Zustimmung. »Es tut mir leid, dass ich dich damals abgewimmelt habe. Du hattest Angst, und ich war nicht für dich da. Es vergeht kein Tag, an dem ich mich deshalb nicht schuldig fühle.«

Es war so still, dass Kelly befürchtete, Lexi hätte aufgelegt. Doch schließlich sagte sie etwas.

»Es war nicht deine Schuld, Kelly.«

»Aber hätte ich nur …«

»Es war nicht deine Schuld, dass du aufgelegt hast, und es war nicht meine Schuld, dass ich allein an dem Waldstück vorbeigegangen bin. Ich mache dir keinen Vorwurf und der Polizei auch nicht.«

»Sie hätten deine ersten Meldungen ernster nehmen müssen.«

»Kelly, es gibt nur einen einzigen Grund dafür, dass ich an diesem Abend vergewaltigt wurde: weil ein Mann entschieden hat, es zu tun. Ich weiß nicht, ob er es jemals vorher getan hatte oder es seither wieder getan hat. Und egal, ob das richtig oder falsch ist – es interessiert mich auch nicht. Es war ein Abend, eine Stunde meines Lebens, und ich habe Tausende mehr erlebt, die voller Licht, Glück und Freude waren.« Wie auf Kommando lachten Kellys Neffen im Hintergrund; es war ein ansteckendes, unkontrollierbares Kichern, bei dem ihr ganz warm wurde. »Niemand anders war schuld, Kelly.«

»Okay.« Mehr konnte sie nicht sagen, weil sie fürchtete, dann in Tränen auszubrechen. Jetzt wünschte sie, sie hätte Lexi vom Handy angerufen, anstatt an ihrem Schreibtisch festzuhängen, wo jeder sie sehen konnte. Sie schloss die Augen und legte die Hand an die Stirn. Im Hintergrund spielten Fergus und Alfie weiter, in deren Kichern sich nun empörte Rufe mengten, bei denen es um irgendein Spielzeug ging. Kelly konnte Lexi richtig vor sich sehen, wie sie in der Küche stand und die Jungen voller Energie, trotz einem Tag in Schule und Kindergarten, Legosteine um sie herum verteilten. Nichts an Lexis Leben war von der Vergangenheit bestimmt; sie lebte in der Gegenwart. Und es wurde Zeit, dass sie selbst das ebenfalls tat. Sie riss sich zusammen und sagte das Nächstbeste, was ihr einfiel, während Lexi gleichzeitig losredete.

»Was soll ich anziehen?«

»Was ziehst du an?«

Kelly grinste, denn sie erinnerte sich an die gemeinsame Schulzeit, als sie beide verlässlich die Sätze der jeweils anderen beenden konnten. Lexi behauptete damals immer, sie hätten besondere Zwillingskräfte, aber eigentlich lag es nur daran, dass sie so viel Zeit zusammen verbrachten. Die allerbesten Freundinnen.

»Ich muss leider Schluss machen«, sagte Kelly, als sie mitbekam, dass Nick wieder die Trinkgeste machte. »Gleich ist eine Besprechung. Erzähl mir, wie es gelaufen ist. Und ob Gemma inzwischen etwas anderes als Würstchen isst.«

Lexi lachte. »Danke für deinen Anruf. Ich hab dich lieb, weißt du?«

»Ich dich auch.«

Kelly schob die Tür mit dem Hintern auf und ging rückwärts in den Besprechungsraum, wobei sie ein Tablett balancierte, das bedenklich wacklig und verbogen war. »Der Schwarztee war fast alle, Lucinda, deshalb habe ich ein paar Beutel von deinem Kräutertee genommen, ist das okay?« Die Analystin reagierte nicht. Genau genommen sah niemand auf. »Es ist etwas passiert, oder?«, fragte Kelly.

»Cyber Crime hat eben ein neues Profil entdeckt«, sagte Nick. Er rückte seinen Stuhl zur Seite, um Kelly Platz zu machen, und Andrew Robinson deutete auf den Laptop vor sich.

»Nachdem Nicks Mitgliedschaft annulliert wurde, haben wir auf seine Anweisung hin einen neuen Account eingerichtet«, sagte Andrew. »Und das ging vor einer Viertelstunde ein.«

Die E-Mail war kurz: eine Zeile Text oben neben dem Foto einer blonden Frau.

`Brandneuer Download: Nur heute GRATIS.`

»Waren schon mal welche von den anderen gratis?«, fragte Kelly.

»Nur für Platin-Mitglieder. Keines der Profile hat je weniger als 200 £ gekostet, und dies ist das erste Mal, dass uns ein neuer Eintrag eigens angekündigt wird. Soweit wir wissen, kamen die Ankündigungen bisher nur über die Anzeigen in der *Gazette*.«

Kelly las das Profil.

Weiß.

Achtzehn Jahre alt. Langes blondes Haar, blaue Augen.

Jeans, Halbstiefel, schwarzes T-Shirt mit V-Ausschnitt, weite, in der Mitte gegürtete graue Strickjacke. Weißer, knielanger Steppmantel, auch mit Gürtel. Schwarze Handtasche mit vergoldetem Träger.

Konfektionsgröße 34-36.

15:30 Uhr: Betritt U-Bahn-Station Crystal Palace. Nimmt S-Bahn nach Canada Water, den ersten Wagen, und sitzt nahe den Türen. Steigt um in die Jubilee Line, geht den Bahnsteig hinunter bis zum Netzplan, wo Türen von #6 aufgehen. Setzt sich und liest in einer Zeitschrift. Steigt in Waterloo um, geht nach rechts und die Treppe hinunter zum Gleis 1, Richtung Norden mit Northern Line. Geht zur Bahnsteigmitte, nahe einer abgeschürften gelben Linie. Der mittlere Wagen öffnet seine Türen genau gegenüber. Steht an den Türen bis Leicester Square. Nimmt die Rolltreppe, dann den Ausgang drei zur Charing Cross Road.

Verfügbarkeit: NUR HEUTE.

Schwierigkeitsgrad: Eine echte Herausforderung!

»Eine Blind-Copy-Mail, also vermutlich an die ganze Mitgliederliste«, sagte Andrew und bewegte seinen Cursor zum Adressfeld, wo das »An«-Feld genau das bestätigte. Es entstand eine Pause, in der alle überlegten, was es bedeutete, wenn sich die gesamte Mitgliederliste von findtheone. com – wie lang sie auch sein mochte – das Profil dieser Frau und ihre Fahrzeiten herunterlud. Wie viele Männer saßen bereits vor ihren Computern oder sahen auf ihre Telefone und lasen exakt denselben Text? Und wie viele von ihnen würden in dem Wissen, dass diese Frau in London unterwegs war und nichts hiervon ahnte, einen Schritt weiter gehen?

»Können Sie das Bild vergrößern?«, fragte Kelly. Andrew tat es, bis die Vergrößerung den ganzen Bildschirm ausfüllte. Das Foto war ein Selfie von dem jungen Mädchen, das einen Schmollmund in Richtung Kamera machte; die blondgesträhnte Mähne hing ihr halb in die Augen. Der Weichzeichner legte nahe, dass das Bild von Instagram stammte oder aus irgendeinem anderen Grund bearbeitet worden war.

Kelly kannte das Bild nicht, wohl aber das Mädchen. Ihr fiel ein anderes Foto ein, aus dem ein Teil herausgeschnitten worden war. Sie hatte die Akte zu Operation FURNISS genau studiert, und sie wusste, dass sie dieses Mädchen schon mal gesehen hatte. Dasselbe blonde Haar, derselbe Schmollmund.

Sie drehte sich zu Nick um. »Die kenne ich. Das ist Zoe Walkers Tochter.«

46

»Was für ein Spiel?«, frage ich. Melissa lächelt. Sie sitzt immer noch an ihrem Schreibtisch und dreht den Stuhl in unsere Richtung um, sieht aber weiter zum Monitor.

»Schon über einhundert Klicks.« Sie sieht Katie an. »Du bist sehr beliebt.«

Mein Magen verkrampft sich. »Du stellst sie nicht auf diese Website!«

»Sie ist schon drauf.« Melissa klickt wieder, und ich sehe Katies Foto auf dem Bildschirm, wie sie uns mit sorgloser Zuversicht entgegenblickt. Ein krasser Kontrast zu unserer gegenwärtigen Lage. Katie schreit auf, und ich lege meinen Arm um sie, ziehe sie so kräftig zu mir, dass ihr Stuhl über den Boden schabt.

»Also, das Spiel geht folgendermaßen.« Melissa benutzt ihre Geschäftsstimme, den Tonfall, den sie immer annimmt, wenn sie mit Lieferanten telefoniert oder Bankmanager zu einem weiteren Darlehen überredet. Ich habe noch nie gehört, dass sie so mit mir redet, und mir wird eiskalt. »Ich habe Katies Profil für begrenzte Zeit zum Gratis-Download gemacht und den Link an alle Mitglieder verschickt.«

Es kommt noch ein »Ping« aus dem Computer, und eine Benachrichtigung erscheint, dann eine zweite und noch eine.

```
Heruntergeladen.
Heruntergeladen.
Heruntergeladen.
```

»Wie ihr seht, sind die schnell dabei, was kein Wunder ist. Schließlich bezahlen sie normalerweise bis zu fünfhundert Pfund für etwas weit weniger ...« Sie dehnt den Moment aus, bis sie schließlich ein Wort wählt, bei dem mir schlecht wird, »... Verlockendes.«

»Sie geht nirgends hin.«

»Ach, jetzt komm schon. Wo bleibt denn dein Abenteuergeist? Übrigens haben nicht alle meine Kunden schändliche Absichten. Manche von ihnen sind sogar richtig romantisch.«

»Sie geht nicht!«

»Dann wird es leider für euch beide böse enden.«

»Was soll das heißen?«

Sie ignoriert meine Frage. »Die Regeln sind wie folgt: Katie fährt ihre übliche Strecke, und falls sie ohne irgendwelche ... sagen wir mal, Unterbrechungen ... beim Restaurant ankommt, lasse ich dich gehen. Falls nicht ... tja, dann habt ihr beide verloren.«

»Das ist krank«, sagt Katie.

Melissa sieht sie an und grinst hämisch. »Ach, wirklich, Katie? Es passt gar nicht zu dir, eine Gelegenheit auszulassen, im Rampenlicht zu stehen.«

»Was soll das denn heißen?«

»Das ist deine Chance, zum Star der Show zu werden. Wir alle wissen, dass du nur glücklich bist, wenn du im Mittelpunkt stehst. Dich hat nie gekümmert, dass Justin vielleicht mal eine Chance gewollt hätte oder eine deiner Freundinnen. Es drehte sich alles immer nur um dich, nicht wahr? Wie die Mutter, so die Tochter.«

Der Hass, der aus ihren Worten trieft, macht mich sprachlos. Katie weint. Sie ist genauso geschockt wie ich.

443

»Also«, sagt Melissa, »das ist das Spiel. Seid ihr bereit? Oder möchtet ihr lieber passen und direkt zu dem Teil übergehen, in dem ihr beide verliert?« Sie prüft die Messerschärfe an ihrem Daumennagel. Die Klinge ist zu scharf, um glatt über den roten Lack zu gleiten, den Melissa immer trägt.

»Du benutzt meine Tochter nicht als Köder für einen Haufen kranker Typen. Lieber sterbe ich.«

Melissa zuckt mit den Schultern. »Deine Entscheidung.« Sie steht auf und kommt auf mich zu, mit dem Messer in der Hand.

»Nein!«, schreit Katie, die sich an mich klammert. Tränen laufen ihr über die Wangen. »Ich mach's, ich gehe. Sie darf dir nichts tun!«

»Katie, ich lasse das nicht zu. Du könntest verletzt werden.«

»Und wenn ich es nicht tue, werden wir beide verletzt! Verstehst du denn nicht? Sie ist wahnsinnig!«

Ich sehe zu Melissa, an der Katies Worte abzuprallen scheinen. Da ist keine Spur von Unruhe oder Wut, was ihr Verhalten umso beängstigender macht. Mir ist klar, dass sie das Messer in mich hineinrammen würde, ohne auch nur ins Schwitzen zu kommen. Es fällt mir schwer zu begreifen, dass die Frau, die ich für meine Freundin hielt – die ich so gut zu kennen glaubte –, eine vollkommen andere Person ist. Eine, die mich hasst und mich so abgrundtief dafür verachtet, Mutter zu sein, dass sie gewillt ist, mich zu verletzen – und meine Tochter zu verletzen.

Katie drückt meine Schulter. »Ich kann das, Mum. In der Bahn wird viel los sein. Da sind überall Leute. Keiner kann mir was tun.«

»Aber Katie, ihnen *wurde* etwas getan! Frauen wurden ermordet. Sie wurden vergewaltigt! Du darfst nicht gehen.« Noch während ich es sage, denke ich über die Alternative nach. Was passiert mit Katie, wenn sie hierbleibt? Fest steht, dass Melissa mich umbringen wird, aber ich lasse nicht zu, dass sie Katie auch ermordet.

»Die anderen Frauen wussten nicht, dass sie beobachtet wurden. Ich schon. Das ist mein Vorteil. Und ich kenne die Strecke, Mum. Ich werde es merken, wenn mir jemand folgt.«

»Nein, Katie.«

»Ich schaffe das. Und ich will es machen.« Sie weint nicht mehr, und sie hat diesen entschlossenen Ausdruck, der mir den Atem stocken lässt. Sie denkt, dass sie mich retten kann. Sie glaubt ernsthaft, dass sie dieses Spiel beherrscht – dass sie quer doch London fahren kann, ohne erwischt zu werden – und dass Melissa mich dann verschonen wird.

Sie irrt sich. Melissa wird mich nicht gehen lassen. Doch wenn ich mich selbst rette, kann ich Katie retten. Da draußen hat sie eine reelle Chance. Hier drinnen sind wir beide so gut wie tot.

»Okay«, sage ich. Es fühlt sich wie Verrat an.

Sie steht auf und sieht Melissa an. Ihr Kinn ist trotzig nach vorn geschoben, und für einen Moment erinnert sie mich an ihre Figur in dem Shakespeare-Stück, die ihre Identität unter Männerkleidung und klugen Worten verbirgt. Falls Katie Angst hat, zeigt sie es nicht.

»Was muss ich machen?«

»Du fährst zur Arbeit. Ganz einfach. Du gehst in«, Melissa sieht zum Computerbildschirm, »fünf Minuten und nimmst die übliche Strecke zum Restaurant. Dein Handy behalte ich, und du wirst nirgends anhalten oder deinen normalen Ablauf ändern. Du wirst auch nichts Dämliches machen, wie um Hilfe schreien oder versuchen, die Polizei zu kontaktieren.«

Katie gibt Melissa ihr Handy, und Melissa geht zum Computer, wo sie einige Tasten drückt. Der Bildschirm wechselt zu einem farbigen Kamerabild, das mir bekannt vorkommt; es ist der Blick aus dem Bahnhof Crystal Palace. Ich kann den Taxistand links und das Graffiti an der Wand sehen, das schon ewig dort war. Während wir zusehen, eilt eine Frau in den Bahnhof und sieht auf ihre Uhr.

»Eine falsche Bewegung«, fährt Melissa fort, »und ich werde es wissen. Ich brauche dir wohl nicht zu erklären, was dann mit deiner Mutter passiert.«

Katie nagt an ihrer Unterlippe.

»Du musst das nicht machen«, sage ich leise.

Sie wirft ihr Haar nach hinten. »Ist schon gut. Ich pass auf, dass mir nichts passiert, Mum. Oder dir.« Sie wirkt entschlossen, doch ich kenne sie zu gut und weiß, dass sie sich nicht so sicher fühlt, wie sie sich gibt. Sie spielt eine Rolle, nur ist dies hier kein Spiel – egal, was Melissa sagt. Was auch geschieht, jemand wird verletzt werden.

»Zeit zu gehen«, sagt Melissa.

Ich umarme Katie so fest, dass mir die Luft wegbleibt. »Sei vorsichtig.« Dasselbe dürfte ich an die tausend Male gesagt haben, seit ich Mutter bin, und jedes Mal ist es eine Kurzformel für viel mehr.

»Sei vorsichtig«, als sie zehn Monate alt war und über die Möbel stieg. *Tu dir nicht weh,* meinte ich eigentlich.

»Sei vorsichtig«, als sie Radfahren lernte. *Achte auf die Autos,* hätte ich sagen können.

»Sei vorsichtig«, als sie das ersten Mal einen festen Freund hatte. *Lass dir nicht wehtun,* meinte ich. *Werde nicht schwanger.*

»Sei vorsichtig«, sage ich jetzt. *Halte die Augen offen. Sei schneller als die. Renn schneller.*

»Bin ich. Ich hab dich lieb, Mum.«

Tu so, als sei es ein normaler Tag, ermahne ich mich, als mir die Tränen kommen. Tu so, als ginge sie bloß zur Arbeit, als käme sie später nach Hause, wo wir uns *Desperate Housewives* auf Netflix ansehen und Pizza essen. Tu so, als sei dies nicht das letzte Mal, dass du sie siehst. Trotzdem weine ich, genauso wie Katie, denn ihre gespielte Courage hält diesen Gefühlen nicht stand. Ich will ihr sagen, dass sie auf Justin aufpassen soll, wenn ich nicht mehr da bin. Dass sie darauf achten soll, dass Matt ihn nicht auf die schiefe Bahn geraten lässt. Aber damit würde ich aussprechen, was sie auf keinen Fall denken darf: dass ich bei ihrer Rückkehr nicht mehr hier sein werde. *Falls* sie zurückkehrt.

»Ich hab dich auch lieb.«

Ich präge mir jedes Detail ein: den Duft ihres Haars, den verschmierten Lipgloss in ihrem Mundwinkel. Dieses Bild halte ich in meinem Kopf fest, und was immer in der nächsten Stunde geschieht, es wird ihr Gesicht sein, das ich im Geiste sehe, wenn ich sterbe.

Mein kleines Mädchen.

»Das reicht.« Melissa öffnet die Küchentür, und Katie geht durch den schmalen Flur nach vorn. Dies ist meine Chance, denke ich. Ich überlege, Katie hinterherzustür-

men, wenn die Haustür aufgeht, beide aus dem Weg zu stoßen und zu rennen. Zu fliehen, mich in Sicherheit zu bringen. Doch auch wenn das Messer an Melissas Seite hängt,
umfasst sie den Griff so fest, dass ihre Fingerknöchel weiß
hervortreten. Sie würde es sofort benutzen.

Messer!

Daran hätte ich gleich denken müssen. Im Messerblock
fehlt jetzt ein Messer, aber es gibt immer noch ein Tranchier-
und drei Gemüsemesser in unterschiedlichen Größen. Ich
höre, wie der Schlüssel im Schloss gedreht wird, und dann
schlägt die Tür viel zu schnell wieder zu, und in meinem
Kopf taucht ein Bild von Katie auf, die zur Bahn geht. Die
sich in Gefahr begibt. *Lauf weg,* flehe ich sie stumm an. *Geh
in die andere Richtung. Such eine Telefonzelle. Ruf die Polizei.*

Ich weiß, dass sie es nicht tun wird. Sie denkt, dass
Melissa mich umbringt, wenn sie nicht in genau acht Minuten auf dem Bildschirm erscheint.

Ich weiß, dass sie mich auch umbringen wird, wenn Katie
dort auftaucht.

Als Melissa zurückkommt, bin ich auf halbem Weg zwischen dem Tisch und der Küchenarbeitsfläche. Sie hat etwas bei sich, das sie aus dem Flur mitgebracht haben muss.
Eine Rolle Klebeband.

»Wo willst du hin? Da rüber.« Sie zeigt mit der Messerspitze in die Richtung, und ich brauche keine weitere Auf-
forderung. Melissa rückt meinen Stuhl vor den Computer,
und ich setze mich hin.

»Die Hände auf den Rücken.«

Ich gehorche und höre das unmissverständliche Reißen
von Isolierband. Einen Streifen wickelt Melissa um meine

Handgelenke, dann um die Holzstreben des Stuhls, sodass ich meine Arme nicht bewegen kann. Sie reißt noch zwei Streifen ab und fesselt meine Knöchel an die Stuhlbeine.

Ich beobachte die Uhr oben rechts auf dem Bildschirm.

Noch sechs Minuten.

Mich tröstet der Gedanke, dass Katies Strecke zur Arbeit sehr belebt und es noch hell ist. Unterwegs gibt es keine dunklen Gassen, in denen sie abgefangen werden könnte. Wenn sie die Augen offen hält, wird alles gut gehen. Die Frauen, die zu Opfern wurden – Tania Beckett, Laura Keen, Cathy Tanning – wussten nicht, dass sie Ziele waren. Katie weiß es, und damit ist sie im Vorteil.

»Bereit für die Show?«, fragt Melissa.

»Ich sehe nicht hin.« Aber ich kann nicht wegsehen. Auf einmal erinnere ich mich, wie ich Katie als Baby ins Krankenhaus brachte und mich zwang hinzusehen, als sie ihr eine Kanüle in die winzige Hand legten, um sie nach einem schlimmen Brechdurchfall mit Flüssigkeit zu versorgen. Ich wollte ihr so dringend all das abnehmen, aber wenn ich das schon nicht konnte, musste ich wenigstens aushalten, sie so leiden zu sehen, und es mit ihr zusammen durchstehen.

Der Schnitt vorn an meinem Hals ist schon getrocknet, sodass sich die Haut dort juckend spannt. Ich strecke den Hals ein bisschen, um das Gefühl loszuwerden, worauf mir frisches Blut auf den Schoß tropft.

Vier Minuten.

Stumm sehen wir auf den Bildschirm. Es gibt so vieles, was ich wissen möchte, aber ich will Melissas Stimme nicht hören. Lieber fantasiere ich davon, dass die Polizei in diesem Moment zur Anerley Road gerast kommt. Dass ich jeden Augenblick höre, wie die Haustür krachend aufgebrochen wird. Ich steigere mich so sehr in diese Fantasie herein, dass ich angestrengt nach Polizeisirenen lausche. Doch natürlich sind keine zu hören.

Zwei Minuten.

Es kommt mir wie eine Ewigkeit vor, bis Katie auf dem Bild der Kamera erscheint. Sie bleibt nicht stehen, sieht aber hinauf zur Linse, als sie näher kommt, blickt uns direkt an, bis sie vorbei und außer Sicht ist. *Ich sehe dich,* sage ich stumm. *Ich bin bei dir.* Es ist unmöglich, die Tränen aufzuhalten.

»Wir können ihr leider nicht durch die Ticketsperre folgen.« Melissa spricht in einer Art Plauderton, als würden wir an einem gemeinsamen Projekt arbeiten. Es ist gruselig, schlimmer als wenn sie mich anschreien oder mir drohen würde. »Aber wir kriegen sie wieder, wenn sie auf dem Bahnsteig ist.«

Sie bewegt ihre Maus über den Bildschirm, und ich erhasche einen Blick auf eine Liste, die vermutlich die einzelnen Kameras aufführt: *Aldgate East – Eingang; Angel – Eingang; Angel – Bahnsteig Richtung Süden; Angel – Bahnsteig Richtung Norden; Bakerloo – Ticketsperre ...* Die Liste ist schier endlos.

»Ziemlich viele von den frühen Profilen sind nicht im richtigen Bereich für die Kameras, auf die ich zugreifen kann«, erklärt Melissa, »aber von Katies Strecke können wir fast alles bekommen. Guck mal, da ist sie.«

Katie steht auf dem Bahnsteig, die Hände in den Taschen vergraben. Sie blickt sich um, und ich hoffe, dass sie nach Kameras sucht oder nachschaut, ob einer der anderen Fahrgäste eine Bedrohung sein könnte. Ich sehe einen Mann in Anzug und Mantel auf sie zugehen. Katie tritt ein wenig zurück, und ich bohre die Fingernägel in meine Handflächen, bis er ohne zu zögern an ihr vorbeigeht. Mein Herz rast.

»Eine echte kleine Schauspielerin, nicht?«

Ich ignoriere sie. Die S-Bahn kommt, Katie steigt ein, und die Türen schließen sich zu schnell, verschlucken sie. Ich will, dass Melissa die nächste Kamera anklickt, aber sie rührt sich nicht. Sie zupft ein Fadenstück von ihrer Jacke, sieht es stirnrunzelnd an und lässt es auf den Boden fallen. Wieder fantasiere ich. Ich male mir aus, wie Simon von seinem Gespräch zurückkommt; wie er das Haus leer vorfindet – die Haustür unverschlossen – und irgendwie ahnt, dass ich nebenan bin. Wo er mich rettet. Je mehr meine Hoffnung schwindet, desto detaillierter werden die Fantasiebilder.

Keiner kommt. Ich werde hier in Melissas Haus sterben. Wird sie meine Leiche wegschaffen oder sie einfach liegenlassen, verwesend, sodass Neil sie findet, wenn er von seiner Geschäftsreise zurückkommt?

»Wo willst du hin?«, frage ich sie. Sie sieht mich an. »Wenn du mich umgebracht hast. Wohin gehst du dann?« Sie will etwas antworten – oder abstreiten, dass ich sterben werde –, bricht aber gleich wieder ab. Für einen Sekundenbruchteil blitzt so etwas wie Respekt in ihren Augen auf und verschwindet sofort wieder. Dann zuckt sie mit den Schultern.

»Costa Rica. Japan. Die Philippinen. Es gibt jede Menge Länder ohne Auslieferungsabkommen.«

Ich frage mich, wie lange es dauern wird, bis sie mich finden. Ob Melissa es bis dahin ins Ausland schaffen könnte. »Sie werden dich an der Passkontrolle abfangen«, sage ich mit einer Sicherheit, die ich nicht fühle.

Sie wirft mir einem spöttischen Blick zu. »Nur, wenn ich meinen eigenen Pass benutze.«

»Wie ...« Mir fehlen die Worte. Ich bin in ein Paralleluniversum gestolpert, in dem Leute mit Messern fuchteln, falsche Pässe benutzen und ihre Freunde ermorden. Plötzlich wird mir etwas klar. Melissa ist klug, aber nicht so klug. »Wie hast du das alles gelernt?«

»Was alles?« Sie ist abgelenkt, denn sie tippt wieder auf die Tastatur ein. Außerdem scheint sie die Unterhaltung zu langweilen.

»Das Einhacken in die Überwachungskameras, ein falscher Pass. PC Swift sagte, dass die Anzeigen von einem Mann aufgegeben wurden und dass er einen Briefkasten auf seinen Namen gebucht hat. Die Website ist nicht nachzuverfolgen. Du hattest Hilfe. Die musst du gehabt haben.«

»Das ist ziemlich beleidigend, Zoe. Ich glaube, du unterschätzt mich.« Sie sieht mich nicht an, und ich weiß, dass sie lügt. Dies hier kann sie nicht alleine gemacht haben. Ist Neil wirklich beruflich unterwegs? Oder ist er oben und hört alles mit? Wartet er, bis er zur Verstärkung gerufen wird? Nervös blicke ich zur Decke auf. Habe ich mir das Knarren der Bodendielen eingebildet?

»Das waren fünfzehn Minuten«, sagt Melissa unvermittelt und sieht auf ihre Uhr. »Ich kann die S-Bahnen nicht sehen, aber die nächste Kamera müsste sie zeigen, wie sie bei Canada Water umsteigt.« Sie klickt die nächste Kamera an, und ich sehe noch einen Bahnsteig. Eine Schulklasse

wird von drei Lehrern in grellen Neonwesten von der Bahnsteigkante zurückgescheucht. Eine Bahn kommt, und ich
suche nach Katie, kann sie aber nicht finden. Mein Herz
schlägt noch schneller. Ist ihr schon etwas passiert? Auf der
kurzen Fahrt von Crystal Palace nach Canada Water? Aber
dann entdecke ich einen weißen Daunenmantel, und da ist
sie, die Hände nach wie vor in den Taschen vergraben. Sie
sieht sich nach rechts und links um, schaut jeden an, an
dem sie vorbeigeht. Ich atme auf.

Katie geht aus dem Bild, und obwohl Melissa zwei andere Kameras aufruft, sehen wir sie erst wieder, als sie auf
dem Bahnsteig der Jubilee Line wartet. Sie steht nahe an der
Bahnsteigkante, und ich möchte ihr sagen, dass sie zurück-
treten soll, dass jemand sie vor den Zug stoßen könnte. Sie
so zu beobachten ist, als würde man einen Film sehen und
bereits wissen, dass der Hauptfigur etwas Furchtbares passieren wird. Man möchte sie anschreien, nicht so blöd zu
sein.

*Geh nicht raus, nimm das Geräusch ernst, das du gehört
hast ... hast du das Drehbuch nicht gelesen? Weißt du nicht,
was als Nächstes passiert?*

Ich sage mir, dass Katie das Skript sehr wohl gelesen hat.
Sie weiß, in welcher Gefahr sie schwebt, nur nicht genau,
woher sie kommt.

Da steht ein Mann links hinter Katie. Er beobachtet sie.
Ich kann sein Gesicht nicht sehen, weil die Kamera zu weit
weg ist, aber sein Kopf ist in ihre Richtung gedreht und be-
wegt sich ein wenig, als er sie von oben bis unten mustert.
Er geht einen Schritt näher, und ich kralle mich an der
Stuhlkante fest, beuge mich vergebens vor, um mehr zu er-

kennen. Es sind andere Leute auf dem Bahnsteig. Warum sehen die nicht in die richtige Richtung? Sie werden es nicht mitbekommen, wenn er etwas tut. Früher fühlte ich mich in der U-Bahn so sicher. So viele Kameras, so viele Menschen um mich herum. Aber keiner sieht hin, nicht richtig. Jeder reist in seiner eigenen kleinen Blase, ohne wahrzunehmen, was mit den Mitfahrenden geschieht.

Ich hauche ihren Namen, und als hätte sie mich gehört, dreht Katie sich um. Sieht den Mann an. Er kommt näher, und sofort weicht Katie zurück. Ich kann ihre Körpersprache nicht lesen. Hat sie Angst? Sie geht ans andere Ende des Bahnsteigs. Melissa verlagert ihre Sitzposition, und ich sehe sie an. Sie blickt konzentriert auf den Bildschirm, doch ihre Haltung ist nicht angespannt, ihr Körper nicht vorgebeugt. Stattdessen lehnt sie sich zurück, die Ellbogen auf den Armlehnen ihres Stuhls, die Fingerspitzen zusammengepresst. Ein kleines Lächeln umspielt ihren Mund.

»Faszinierend«, sagt sie. »Mir gefällt es, dass die Frauen nichts von ihren Verfolgern wissen, aber dies hier macht es recht interessant. Katz und Maus in der U-Bahn. Das könnte gut als Zusatzpaket für Mitglieder funktionieren.« Ihre Gefühllosigkeit ekelt mich an.

Der Mann auf dem Bahnsteig ist Katie nicht zum anderen Ende gefolgt, doch als die Bahn kommt und ein Schwall von Touristen und Pendlern aussteigt, sehe ich, wie er sich durch das Gewühl zu ihr drängt. Er steigt nicht an derselben Stelle ein wie sie, und ich bin erleichtert, bis ich erkenne, dass er trotzdem im selben Wagen ist.

»Kriegst du die Kameras in der Bahn rein? Ich will es sehen. Ich will sehen, was in der Bahn passiert!«

»Es macht süchtig, nicht? Nein, ich habe es versucht, aber die sind zu gut gesichert. Wir haben«, sie tippt ein anderes offenes Fenster an, »sieben Minuten, bis sie in Waterloo ist.« Sie trommelt mit den Fingern auf dem Schreibtisch.

»Der Wagen ist voll. Keiner versucht irgendwas in einem vollen Wagen«, sage ich mehr zu mir selbst als zu Melissa.

Wenn Katie schreit, würde jemand eingreifen? Ich habe ihr immer beigebracht, Krach zu schlagen, wenn etwas passiert. »Sei richtig laut«, habe ich ihr gesagt. »Wenn irgendein Perverser sich an dich drängt, sag es nicht ihm, sondern allen. Schrei, ›Hören Sie sofort auf, mich anzugrapschen!‹ Lass es die ganze Bahn wissen. Vielleicht machen die anderen nichts, aber er hört sofort auf, glaub mir.«

Es sind nur vier Minuten von Waterloo zum Leicester Square. Ich weiß das, weil Melissa es mir gesagt hat – auch wenn sich jede Sekunde wie eine Stunde anfühlt. Sobald wir Katie in der Northern Line in Waterloo verlieren, ruft Melissa das nächste Bild auf. Die Kamera filmt das untere Ende der Rolltreppe hinauf zum Leicester Square.

Wir schauen schweigend hin, bis sie wieder auftaucht.

»Da ist sie.« Melissa zeigt auf Katie. Ich sehe nach dem Mann, der sich ihr auf dem Bahnsteig genähert hatte, und als ich ihn ein paar Meter hinter ihr erkenne, fühlt sich mein Brustkorb wie eingeklemmt an.

»Dieser Mann ...«, sage ich, mehr nicht, denn was gibt es zu sagen?

»Er ist hartnäckig, was?«

»Weißt du, wer das ist? Woher er kommt? Wie alt er ist?« Ich weiß selbst nicht, warum irgendwas davon eine Rolle spielt.

»Das Profil ist fast hundertmal heruntergeladen worden«, sagt Melissa. »Es kann jeder von ihnen sein.«

Der Mann überholt eine Frau mit einem Buggy. Katie tritt auf die Rolltreppe.

Geh weiter, sage ich im Geiste, doch sie bleibt stehen, während der Mann auf der linken Seite die Rolltreppe hinaufsteigt, bis er unmittelbar hinter Katie steht. Er legt eine Hand an ihren Arm und beugt sich zu ihr. Sagt etwas zu ihr. Katie schüttelt den Kopf, und dann sind sie oben und außer Sicht.

»Die nächste Kamera! Ruf die nächste Kamera auf!«

Melissa reagiert absichtlich langsam, kostet meine Panik aus. Am Leicester Square sind haufenweise Leute, und als sie endlich ein anderes Kamerabild aufruft, kann ich Katie nicht gleich sehen. Aber dann entdecke ich sie, wie sie neben dem Mann aus der Bahn hergeht. Mein Herz rast. Etwas stimmt nicht. Katies Körperhaltung ist seltsam, zur einen Seite geneigt. Ihr Kopf ist gesenkt, und obwohl sie nicht aussieht, als würde sie sich gegen ihn wehren, bin ich mir sicher, dass sie nicht von ihm wegkann. Ich schaue näher hin und erkenne, dass er ihren linken Oberarm mit der rechten Hand festhält. Mit der anderen Hand umklammert er ihr Handgelenk. Es ist der Druck auf den Arm, der sie so schief gehen lässt. Er muss eine Waffe haben. Er muss sie bedrohen. Warum würde sie sonst nicht schreien? Nicht wegrennen? Nicht kämpfen?

Ich beobachte, wie Katie mit diesem Mann zur Ticketschranke geht, den Arm seltsam vor ihrem Oberkörper. Zwei Kontrolleure stehen am U-Bahn-Plan und unterhalten sich. Ich bete, dass sie etwas merken, aber sie passen überhaupt nicht auf. Wie kann dies hier am helllichten Tag geschehen? Warum sieht keiner, was ich sehe? Ich kann nicht aufhören hinzustarren.

Sicher muss der Mann sie loslassen, wenn sie an der Sperre sind. Das wird ihre Chance, von ihm wegzukommen. Ich kenne Katie, sie wird es jetzt schon planen, wird überlegen, zu welchem Ausgang sie rennt. Mein Adrenalinpegel schnellt in die Höhe. Sie wird es machen. Sie wird von ihm wegkommen.

Aber sie erreichen die Sperren gar nicht. Der Mann führt sie vorher schon nach links weg, wo ein unbesetzter Informationsschalter ist und daneben eine Tür mit der Aufschrift »Zutritt verboten«. Er blickt sich nach hinten um, als wollte er sich vergewissern, dass sie nicht beobachtet werden.

Und dann wird mir eiskalt, denn er öffnet die Tür und nimmt Katie mit nach drinnen.

47

Ihr denkt, dass ich zu weit gegangen bin. Dass ich das Leben von unbekannten Frauen gefährde, ist schon schlimm genug, denkt ihr, aber das hier? Das ist zu viel. Wie kann ich das Leben von jemandem in Gefahr bringen, an dem mir angeblich etwas liegt?

Eines müsst ihr verstehen.

Katie verdient das.

Sie war schon immer so. Wollte ständig im Mittelpunkt stehen, mit Aufmerksamkeit überschüttet und geliebt werden. Nie hat sie einen Gedanken daran verschwendet, wie sich andere dabei fühlen.

Hat immer geredet, nie zugehört.

Und jetzt wird ihr Wunsch erfüllt.

Mitten im Rampenlicht.

Ihre wichtigste Produktion bisher und ihre schwierigste Rolle. Die Aufführung, mit der alle Aufführungen enden.

Ihr letzter Vorhang.

48

»Welche Telefonnummern haben wir von Zoe Walker?«, fragte Nick.

Lucinda sah in ihre Unterlagen. »Handy, Arbeit und zu Hause.«

»Ruf die alle an.«

Kelly wählte bereits Zoes Handynummer und schüttelte den Kopf, als die Mailbox ansprang. »Zoe, können Sie bitte sofort bei der Mordkommission anrufen, wenn Sie diese Nachricht hören?«

»Was wissen wir über die Tochter?«, fragte Nick.

»Sie heißt Katie«, antwortete Kelly und versuchte fieberhaft, sich an alles zu erinnern, was Zoe Walker gesagt hatte. »Sie will Schauspielerin werden, aber im Moment kellnert sie in einem Restaurant beim Leicester Square – ich weiß nicht, in welchem.« Kelly überlegte, ob Zoe jemals etwas anderes über ihre Kinder gesagt hatte; sie hatte einen Sohn und einen Lebensgefährten, aber eigentlich hatten sie bisher immer nur über den Fall geredet.

»Nick, Zoe Walker ist heute nicht im Büro«, sagte Lucinda, während sie ihren Telefonhörer auflegte. »Ihr Chef hat sie gestern nach Hause geschickt. Er sagt, dass sie sich auf nichts anderes konzentrieren konnte als – und ich zitiere – diesen beknackten Fall. Ich habe ihn gebeten, Zoe auszurichten, dass sie uns anrufen soll, falls er von ihr hört.«

»Ruf sie zu Hause an.«

»Da geht keiner ran.«

»Haben wir keine anderen Nummern von ihr im System?« Nick ging auf und ab, wie er es immer tat, wenn er schneller denken wollte.

»Nicht von Zoe und auch nicht von Katie. Wir haben eine alte Mobilnummer von ihrem Sohn, Justin. Er wurde 2006 wegen Ladendiebstahls verwarnt und 2008 wegen Besitzes von Drogen Klasse C zu einer Bewährungsstrafe verurteilt. Seitdem nichts mehr, obwohl er ein Dutzend Mal überprüft wurde.«

»Was sagen die Leute von der Telefonüberwachung?«

»Auf Katie Walker ist kein Telefon unter ihrer Anschrift registriert. Entweder benutzt sie ein Prepaid-Handy, oder sie hat einen Nebenanschluss, der auf ihre Mutter läuft. Ich sage ihnen, dass sie da mal reinsehen sollen.«

»Von wo kam die E-Mail mit Katie Walkers Profil?« Nick bombardierte Andrew mit Fragen, und der schien vollkommen gelassen zu bleiben.

»Nicht von Espress Oh!, falls Sie das denken. Sie kam von einer anderen IP-Adresse, und für die brauche ich erst eine Genehmigung.«

»Wie lange dauert das?« Nick sah auf seine Uhr und wartete die Antwort nicht ab. »Egal wie lange, es wird zu lange sein. Die British Transport Police ist unterwegs zum Leicester Square, aber es ist nicht sicher, dass sie Katie rechtzeitig finden. In der Zwischenzeit könnte Zoe in ernster Gefahr sein.«

»Sie ist immer noch nicht zu Hause«, sagte Lucinda, die abermals den Telefonhörer auflegte. »Und ihr Mobiltelefon ist abgeschaltet.«

»Ich will, dass es geortet wird. Findet raus, wann und wo

ihr Telefon zuletzt benutzt wurde. Kelly, in dem Moment, in dem Lucinda ihre Koordinaten hat, will ich Officers dort haben.«

»Bin dran.« Kelly setzte sich zu Lucinda, die schon anfing, die Handydaten für die Ortung einzugeben. Nick ging wieder auf und ab und gab Anweisungen, ohne Luft zu holen. Kelly kam ein diffuser Gedanke, ausgelöst von etwas, das jemand eben erst gesagt hatte. Sie versuchte, ihn festzuhalten, doch er entglitt ihr inmitten des Chaos.

»Können wir die Handynummer der Tochter auf Zoe Walkers Rechnung finden?«, fragte Nick.

»Möglich ja«, sagte Lucinda. »Aber das dauert, und ich habe keine Suchparameter. Ich müsste mir die zuletzt gewählten Nummern ansehen und tippen, welche am ehesten zur Familie gehören.«

»Dann mach das ... bitte«, ergänzte Nick. Es war das erste Mal, dass Kelly den DI so aufgewühlt erlebte. Seine Krawatte war bereits gelockert, doch jetzt nahm er sie ab und warf sie auf den Tisch, während er den oberen Hemdknopf öffnete und den Nacken hin und her beugte.

»Andrew, behalten Sie die Website im Auge und sagen Sie mir sofort Bescheid, wenn sich etwas rührt. Tun Sie alles, was Sie können, um herauszufinden, woher die letzte E-Mail kam. Wenn es nicht Espress Oh! war, kam sie vielleicht von einem anderen Café. Kelly, falls ja, schicken Sie sofort Leute hin, die sich die Kunden auf den Kameraaufzeichnungen aus der entsprechenden Zeit ansehen.«

Espress Oh!

Das war es. Der Gedanke nahm endlich Form an: Das Treffen mit Zoe in dem Café in Covent Garden. Die Freundin mit der Café-Kette; die neue Filiale in Clerkenwell. Die junge Australierin bei Espress Oh! und die abwesende Geschäftsführung mit der Ladenkette.

»Keine Kunden«, sagte Kelly, denn plötzlich war sie sicher, nach wem sie suchten. Die Person hinter der Website; die Person, die in diesem Moment die neunzehnjährige Katie in Lebensgefahr brachte und womöglich Zoe Walker als Geisel festhielt.

Nick sah sie erwartungsvoll an, und Kelly spürte einen Adrenalinschub. »Wir müssen beim Handelsregister anfragen«, sagte sie. »Es ist kein Kunde, der die Website über das WLAN von Espress Oh! betreut. Es ist die Besitzerin.«

49

»Katie!«, schreie ich so laut, dass meine Stimme bricht, und mein Mund ist plötzlich wie ausgetrocknet. Ich reiße an dem Klebeband und fühle, wie es an den Härchen auf meinen Unterarmen zieht. In mir regt sich eine Kraft, von der ich gar nicht wusste, dass ich sie besitze, und ich spüre, wie das Band ein kleines bisschen nachgibt. Melissa lächelt.

»Ich gewinne.« Sie dreht sich zu mir, verschränkt die Arme vor der Brust und betrachtet mich nachdenklich. »Aber das war ja von Anfang an klar.«

»Du Schwein. Wie konntest du das tun?«

»Ich habe überhaupt nichts getan. Das warst du. Du hast sie losgeschickt, obwohl du wusstest, welche Gefahr da draußen lauert. Wie konntest du das deinem eigen Fleisch und Blut antun?«

»Du ...« Ich breche ab. Melissa hat mich nicht gezwungen. Sie hat recht: Ich habe Katie gehenlassen. Es ist meine Schuld.

Ich kann sie nicht ansehen. Der Schmerz in meiner Brust macht das Atmen schwierig. Katie. Meine Katie. Wer war dieser Mann? Was macht er mit ihr?

Ich versuche, ruhig und vernünftig zu klingen. »Du hättest Kinder haben können. Ihr hättet adoptieren können, eine künstliche Befruchtung probieren.« Ich sehe wieder zum Bildschirm, aber die Tür zu dem, was vermutlich eine Art Kammer oder Technikraum ist, bleibt geschlossen. Warum hat keiner etwas bemerkt? Überall sind Leute. Ich sehe U-Bahn-Arbeiter in Neonwesten, und ich möchte so dringend, dass meine Tochter die Tür aufmacht, dass sie schreit, irgendwas tut – um das zu stoppen, was in diesem Moment mit meinem kleinen Mädchen geschieht.

»Neil weigerte sich.« Melissa starrt auf den Bildschirm, sodass ich ihre Augen nicht sehe. Ich kann nicht sehen, ob sich in ihnen irgendein Gefühl spiegelt oder sie genauso tot sind wie ihre Stimme. »Er sagte, dass er ein eigenes Kind will, nicht das von einem anderen.« Sie stößt ein verbittertes Lachen aus. »Schon witzig, bedenkt man, wie viel wir uns um deine gekümmert haben.«

Auf dem Bildschirm geht das Leben weiter wie immer; Leute geraten sich gegenseitig in den Weg, suchen nach ihren Oyster-Karten, eilen zu ihren Bahnen. Doch für mich ist die Welt stehengeblieben.

»Du verlierst«, sagt sie, als würden wir Karten spielen. »Zeit zu bezahlen.« Sie nimmt das Messer auf und gleitet mit einem Finger über die Klinge.

Ich hätte Katie nie gehenlassen dürfen, egal was sie sagte. Ich dachte, dass ich ihr eine Chance gebe, doch ich habe sie in die Gefahr geschickt. Melissa hätte versucht, uns beide zu töten, aber wäre es ihr gelungen, wenn wir gemeinsam gegen sie gekämpft hätten?

Und jetzt bringt sie mich sowieso um. Innerlich fühle ich mich bereits tot, und ein Teil von mir wünscht sich, dass sie es beendet, dass die Dunkelheit, die seit Katies Verschwinden an meinen Blickrändern lauert, sich endgültig über mich senkt.

Mach schon, Melissa. Töte mich.

Mein Blick fällt auf den Stiftebecher auf Melissas Schreibtisch – den Katie für sie im Werkunterricht gemacht hat – und Zorn überkommt mich. Katie und Justin haben Melissa angebetet. Für die beiden war sie eine Ersatzmutter, der sie vertrauten. Wie kann sie es wagen, uns so zu verraten?

Im Geiste schüttle ich mich. Falls Katie stirbt, wer ist dann für Justin da? Ich zerre wieder an den Fesseln, drehe meine Hände in entgegengesetzte Richtungen und empfinde den Schmerz als pervers angenehm. Er lenkt mich ab. Nach wie vor sehe ich zum Bildschirm, als könnte ich telepathisch jene Tür auffliegen lassen.

Vielleicht ist Katie nicht tot. Vielleicht wurde sie vergewaltigt oder verprügelt. Was wird mit ihr, sollte ich nicht mehr da sein, wenn sie mich am meisten braucht? Ich darf nicht zulassen, dass Melissa mich umbringt.

Plötzlich fühle ich kühle Luft auf einem winzigen Stück frisch befreiter Haut.

Ich lockere das Klebeband. Ich kann mich befreien.

Hektisch überlege ich und lasse dabei den Kopf auf die Brust sinken, um Melissa glauben zu machen, dass ich aufgebe. Meine Gedanken überschlagen sich. Die Türen sind verriegelt, und die einzigen Fenster im Küchenanbau sind die riesigen Oberlichter, die zu hoch für mich sind. Wenn ich verhindern will, dass Melissa mich umbringt, kann ich das nur auf eine Art: indem ich sie zuerst töte. Die Vorstellung ist so lächerlich, dass mir schwindlig wird. Was ist denn mit mir los? Wie wurde ich zu einer Frau, die darüber nachdenkt, ob sie jemanden töten kann?

Aber ich kann Melissa töten. Und ich werde. Meine Beine sind zu stramm gefesselt, um sie zu befreien, was bedeutet, dass ich mich nicht schnell bewegen kann. Das Klebeband an meinen Handgelenken habe ich so weit gelockert, dass ich vorsichtig eine Hand herausziehen kann. Dabei muss ich aufpassen, nicht die Oberarme zu bewegen. Ich bin überzeugt, dass mir mein Plan – sofern man es so nennen kann – ins Gesicht geschrieben steht. Deshalb sehe ich zum Bildschirm. Auch wenn ich nicht mehr hoffe, Katie zu sehen, warte ich verzweifelt auf irgendeine Bewegung an der Tür.

»Das ist seltsam«, sage ich, ehe ich darüber nachdenken kann, ob ich meine Gedanken lieber für mich behalten soll.

Melissa sieht zum Monitor. »Was?«

Nun sind meine Hände beide frei, doch ich lasse sie auf meinem Rücken.

»Dieses Schild.« Ich nicke zur oberen linken Ecke des Bildschirms. »Oben an der Rolltreppe. Das war eben noch nicht da.« Es ist ein gelbes Klappschild, das vor nassem Boden warnt. Da muss etwas ausgelaufen sein. Aber wann? Nicht, solange ich hinsah.

Melissa zuckt mit den Schultern. »Dann hat jemand ein Schild aufgestellt, na und?«

»Das hat keiner aufgestellt. Es ist einfach aufgetaucht.« Ich weiß, dass das Schild nicht dort war, als Katie die Rolltreppe hinaufkam, denn dann wäre es für eine Sekunde vor ihr gewesen. Wann es aufgetaucht ist ... tja, da bin ich nicht sicher, aber ich habe den Blick höchstens ein paar Sekunden vom Bildschirm abgewandt, seit Katie verschwand. Und jedes Mal, wenn jemand in einer Neonweste erschien, habe ich ihn aufmerksam beobachtet und gebetet, dass er in den Raum geht, in dem Katie ist.

Ein Anflug von Besorgnis schimmert in Melissas Augen auf. Sie beugt sich näher zum Bildschirm. Das Messer hält sie noch in der rechten Hand. Meine Hände sind nun frei, und langsam bewege ich eine von ihnen – erst zur Stuhlseite, dann Millimeter für Millimeter nach unten zu meinen Beinen. Dabei behalte ich Melissa im Blick. In dem Augenblick, in dem sie sich bewegt, setze ich mich gerade auf und lege die Hände auf meinen Rücken. Aber es ist zu spät; sie hat die Bewegung aus dem Augenwinkel mitbekommen.

Schweißperlen treten mir auf die Stirn, rinnen mir über das Gesicht und brennen in meinen Augen.

Ich weiß nicht, was Melissa dazu bringt, zur Küche zu sehen, aber es ist klar, dass sie erkennt, was ich getan habe. Ihr Blick wandert zum Messerblock, zählt die Messer. Eines fehlt.

»Du hältst dich nicht an die Regeln«, sagt sie.

»Du auch nicht.«

Ich beuge mich nach unten, packe den Messergriff und fühle einen stechenden Schmerz, als die Klinge beim Rausziehen in meinen Knöchel schneidet.

Das ist es, denke ich. Das ist die einzige Chance, die ich bekomme.

50

Der Streifenwagen raste mit Blaulicht und Sirene die Marylebone Street entlang und vermied nur knapp einen Zusammenstoß mit einem Touristen-Bus, als sie an Madame Tussauds vorbeikamen. Kelly hörte den beiden Officers vorn zu, die über den Lärm des Martinshorns hinweg irgendein Spiel im Old Trafford diskutierten.

»Wie Rooney den verschießen konnte, ist mir ein Rätsel. Würde ich jemandem dreihundert Riesen die Woche bezahlen, würde ich verdammt nochmal dafür sorgen, dass der auch gerade schießen kann.«

»Unter Druck bringt er es nicht, das ist das Problem.«

Die Ampel am Euston Square sprang auf Rot. Der Fahrer drückte zusätzlich zum Lärm der Sirene auf die Hupe, und die Wagen vorn wichen zu den Seiten aus, um sie durchzulassen. Sie bogen nach Bloomsbury ab, und Kelly drehte ihr Funkgerät auf und wartete auf das Update, das sie alle so dringend wollten. Es kam, als sie sich dem West End näherten. Kelly schloss die Augen und ließ für einen Moment den Kopf an die Sitzlehne sinken.

Es war vorbei. Zumindest für Katie Walker.

Kelly beugte sich zwischen die beiden Vordersitze vor. »Sie können jetzt wieder langsamer fahren.«

Der Fahrer hatte es schon gehört, schaltete die Sirene ab und drosselte auf ein normales Tempo, da sie jetzt nicht mehr in Eile waren. Es galt nicht mehr, jemanden zu retten.

Am Leicester Square setzten die beiden Officers Kelly vor dem

Hippodrome ab, und sie lief zur U-Bahn-Station, wo sie ihren Ausweis einer gelangweilt dreinblickenden Frau vor den Ticketsperren zeigte. Kelly war durch einen anderen Eingang gekommen als beabsichtigt und sah sich ein wenig orientierungslos um.

Da.

Die Tür zum Wartungsraum war unten abgestoßen, wo Leute sie mit den Füßen aufgeschoben hatten, und mit einem Plakat beklebt, das Fahrgäste anhielt, verdächtige Gepäckstücke zu melden. Ein Schild sagte der Öffentlichkeit, dass sie hier keinen Zutritt hatte.

Kelly klopfte zweimal und ging hinein. Zwar wusste sie, was sie drinnen erwartete, dennoch bekam sie Herzklopfen.

Der Raum war dunkel und fensterlos. Auf einer Seite befand sich ein Schreibtisch mit einem Metallstuhl, auf der anderen waren Schilder aufgestapelt. Ein gelber Rolleimer mit schmierig grauem Wasser stand in der Ecke. Neben ihm hockte eine junge Frau auf einer Plastikkiste und hielt einen Becher Tee in den Händen. Auch ohne den selbstbewussten Schmollmund von dem Foto auf der Website war Katie sofort zu erkennen. Ihr gesträhntes Haar fiel ihr lang über die Schultern; und der weiße Daunenmantel ließ sie fülliger wirken, als sie war.

```
Weiß.
18 Jahre alt. Langes blondes Haar, blaue
Augen.
Jeans, Halbstiefel, schwarzes T-Shirt mit
V-Ausschnitt, weite, in der Mitte gegür-
tete graue Strickjacke. Weißer, knielan-
ger Steppmantel, auch mit Gürtel. Schwarze
Handtasche mit vergoldetem Träger.
Konfektionsgröße 34-36.
```

Hinter Katie lehnte ein breitschultriger, dunkelhaariger Mann an der Wand. Er trat vor und streckte Kelly seine Hand hin.

»John Chandler, verdeckter Ermittler der British Transport Police.«

»Kelly Swift.« Sie hockte sich hin. »Hi, Katie, ich bin Kelly, einer der Detectives, die diesen Fall bearbeiten. Ist alles okay mit Ihnen?«

»Ich denke schon. Ich mache mir Sorgen um Mum.«

»Es sind schon Beamte unterwegs zu ihr.« Kelly drückte sanft Katies Arm. »Sie haben das richtig gut gemacht.« DC Chandlers Funknachricht, dass Katie in Sicherheit war, war schnell die Bestätigung dessen gefolgt, was Kelly vermutet hatte: Zoe wurde von Melissa West festgehalten, Besitzerin mehrerer Cafés in London, einschließlich des Espress Oh!

»Es war schrecklich.« Katie sah zu John auf. »Ich wusste nicht, ob ich Ihnen glauben sollte oder nicht. Als Sie mir ins Ohr flüsterten, wollte ich weglaufen. Ich dachte: ›Was ist, wenn er gar kein Undercover-Polizist ist? Was, wenn das nur eine Lügengeschichte ist?‹ Aber ich wusste, dass ich Ihnen vertrauen musste. Ich hatte Angst, dass Melissa erkennt, was los ist, und Mum etwas tut.«

»Sie haben das großartig gemacht«, sagte John. »Eine oscarreife Vorstellung.«

Katie versuchte zu lächeln, aber Kelly sah, dass sie immer noch zitterte.

»Viel schauspielen musste ich ja nicht. Obwohl Sie mir gesagt hatten, was kommen würde, war ich in dem Moment, in dem Sie mich hier reingezerrt haben, sicher, dass Sie lügen. Ich dachte, das war's. Game over.«

»Tut mir leid, dass wir Ihnen das zumuten mussten«, sagte Kelly. »Wir wussten, dass unsere Videoüberwachung gehackt wurde, aber wir konnten nicht einschätzen, in welchem Ausmaß, also hatten wir keine Ahnung, wie viel zu sehen war. Als wir Ihr Profil auf der Website sahen, war uns klar, dass wir Sie aus der U-Bahn und weg von jedem schaffen mussten, der Ihnen etwas tun wollte, ohne Melissa wissen zu lassen, dass wir ihr auf der Spur sind.«

»Wie lange müssen wir hier noch warten? Ich möchte zu Mum.«

»Tut mir leid, wir brauchten die Bestätigung aus dem Kontrollraum, dass sie die Übertragung ausgeschaltet haben.«

Craig hatte schnell auf Kellys Sorge reagiert, dass Melissa sehen könnte, wie Katie und DC Chandler den Wartungsraum gemeinsam verließen. Er hatte den Live-Feed gegen eine Aufnahme vom Vortag um die gleiche Zeit ausgetauscht, als der Betrieb am Leicester Square ungefähr gleich stark gewesen war und das Risiko entsprechend gering, dass Melissa etwas merkte. Kelly hoffte, dass er recht behielt. »Jetzt ist alles gut. Wir können hier rausgehen, ohne dass sie uns sieht.«

Als sie die Tür öffnete, knisterte Kellys Funkgerät.

»Wir brauchen einen Krankenwagen in der Anerley Road«, kam eine blecherne Stimme. »Dringend!«

Katie riss die Augen weit auf.

»Sagen Sie Bescheid, dass sie ohne Sirene kommen und warten sollen, wenn sie an der Adresse sind.«

»Reine Vorsichtsmaßnahme«, sagte Kelly schnell, als der

jungen Frau die Tränen kamen. Sie drehte ihr Funkgerät leiser, bis fast nichts mehr zu hören war. »Ihrer Mum geht es gut.«

»Woher wissen Sie das?«

Kelly öffnete den Mund, um noch mehr Plattitüden von sich zu geben, schloss ihn jedoch gleich wieder. Tatsächlich wusste sie nicht mal, ob Zoe Walker noch lebte.

51

Überall ist Blut. Es sprüht unaufhaltsam aus Melissas Hals auf ihren Schreibtisch und färbt ihre Bluse dunkelrot. Die Finger ihrer rechten Hand erschlaffen, und das Messer fällt klappernd zu Boden.

Ich fange an zu zittern. Als ich nach unten sehe, stelle ich fest, dass ich auch blutbedeckt bin. Mein eigenes Messer halte ich noch fest in meiner rechten Faust, aber der Adrenalinrausch, den ich spürte, als ich zustach, ist versiegt. Mir ist schwindlig, und ich bin desorientiert. Wenn sie jetzt auf mich losgeht, denke ich, kann ich sie nicht aufhalten. Ich habe keine Kraft mehr übrig. Mit der freien Hand greife ich nach unten, ziehe das Klebeband von meinen Knöcheln und werfe den Stuhl um, weil ich eilig von Melissa wegwill.

Doch sie rührt sich nicht. Mit beiden Händen drückt sie auf ihren Hals, als könne sie so das Blut stoppen, das ihr zwischen den Fingern hindurchrinnt. Sie öffnet den Mund, aber es kommt nichts als ein raspelndes Blubbern heraus, bei dem roter Schaum auf ihre Lippen tritt. Dann versucht sie aufzustehen, doch ihre Beine wollen nicht, und sie schwankt auf dem Stuhl, als würde er sie wiegen.

Ich vergrabe mein Gesicht in den Händen. Zu spät wird mir bewusst, dass sie voller Blut sind, das ich nun auf meinen Wangen verschmiere. Es bildet einen dumpfen Schatten am Rande meines Sichtfelds und verströmt einen metallischen Gestank, von dem mir schlecht wird.

Ich sage nichts. Was sollte ich auch sagen?

Tut mir leid?

Tut es nicht. Ich bin voller Hass.

Genug Hass, um die Frau zu erstechen, die ich für meine Freundin hielt. Genug Hass, um ihr jetzt ungerührt zuzusehen, wie sie nach Luft ringt. Genug Hass, dass ich dabeistehen kann, als ihre Lippen blau werden und das Pulsieren des Blutstroms zu einem ruhigen, beinahe nicht mehr wahrnehmbaren Rhythmus abebbt. Ist das Blut eben noch im weiten Bogen aus ihrem Hals gesprüht, fließt es nun nur träge aus der Wunde. Melissas Haut nimmt einen Grauton an. Ihre Augen sind das einzige Lebendige in einer sterbenden Hülle. Ich suche nach Reue, nach Wut, doch ich sehe keine. Sie ist schon tot.

Sie fällt, aber nicht auf die Knie. Sie torkelt nicht, hält sich nicht am Schreibtisch vor sich fest, wie in einem Film, und greift nach mir, um mich mit sich nach unten zu reißen. Sie fällt wie ein Baum, kracht rückwärts auf dem Boden und knallt mit dem Kopf auf, sodass ich mir idiotischerweise Sorgen mache, es könnte ihr wehtun.

Und dann ist sie still. Ihre Hände sind seitlich von ihr gespreizt und ihre Augen weit offen. Sie wölben sich leicht aus dem aschfahlen Gesicht.

Ich habe sie getötet.

Erst jetzt setzt Bedauern ein, allerdings nicht wegen des Verbrechens, das ich begangen habe, oder auch nur wegen dieses Anblicks – eine Frau, die in ihrem eigenen Blut ertrinkt. Ich bereue es bloß, weil sie sich nie für ihre Taten vor Gericht verantworten muss. Am Ende hat sie doch noch gewonnen.

Ich sinke auf den Boden und fühle mich auf einmal, als sei auch aus mir alles Blut gewichen. Der Hausschlüssel ist in Melissas Tasche, aber ich will ihre Leiche nicht anfassen. Obwohl es keine Lebenszeichen mehr gibt – ihre Brust hebt sich nicht, kein Todesrasseln aus ihrer Lunge –, traue ich ihr zu, plötzlich wieder zum Leben zu erwachen und meine Handgelenke mit ihren blutigen Händen zu packen. Sie liegt zwischen mir und dem Schreibtisch, und ich sitze und warte, dass ich aufhöre zu zittern. Gleich werde ich vorsichtig um sie herumgehen müssen, um den Notruf zu wählen und ihnen zu sagen, was ich getan habe.

Katie. Ich muss ihnen von Katie erzählen. Sie müssen zum Leicester Square. Ich muss wissen, ob sie noch am Leben ist, und sie muss erfahren, dass es mir gut geht, dass ich sie nicht im Stich gelassen habe ... Ich stehe zu schnell auf und rutsche auf der Blutlache aus, die den gesamten Boden zu bedecken scheint. Ein Blutstreifen teilt den Computerbildschirm, auf dem ich immer noch die Überwachung sehen kann. Die Tür zu dem Wartungsraum ist nach wie vor geschlossen.

Als ich das Gleichgewicht wiederfinde, höre ich fernes Sirenengeheul. Ich warte, dass es verklingt, aber stattdessen kommt es näher, wird lauter, bis es in meinen Ohren schmerzt. Ich höre Rufe, dann hallt ein Krachen durchs Haus.

»Polizei!«, höre ich. »Bleiben Sie, wo Sie sind!«

Ich bleibe, wo ich bin. Selbst wenn ich wollte, könnte ich mich nicht bewegen.

Donnernder Lärm dringt aus dem Flur, und mit einem mächtigen Knall fliegt die Küchentür auf und schlägt gegen die Wand dahinter.

»Hände hoch!«, brüllt jemand. Ich denke, wie schwachsinnig es ist, das von der toten Melissa zu verlangen, doch dann begreife ich, dass sie mich meinen. Langsam hebe ich die Hände. Sie sind voller Blut, genauso wie meine Arme und meine Kleidung.

Die Officers tragen dunkle Overalls und Helme mit geschlossenen Visieren, an deren Seite in weißen Buchstaben POLICE steht. Zuerst sind es zwei, aber auf das Kommando des einen hin folgen schnell zwei weitere.

»Verstärkung!«

Die ersten beiden kommen auf mich zu, bleiben jedoch mehrere Schritte vor mir stehen. Die anderen bewegen sich schnell durch den Raum und rufen sich Anweisungen zu. Woanders höre ich weitere Polizisten. Schnelle Schritte werden von »Gesichert!«-Rufen unterbrochen, die bis zu uns dringen.

»Sanitäter!«, brüllt jemand. Zwei neue Officers kommen herein und laufen zu der Stelle, an der Melissa liegt. Einer von ihnen presst die Hände auf die Wunde an ihrem Hals. Ich verstehe nicht, warum sie versuchen, ihr Leben zu retten. Wissen sie denn nicht Bescheid? Wissen sie nicht, was sie getan hat? Es ist sowieso zwecklos, denn sie lebt längst nicht mehr.

»Zoe Walker?« Es ist einer der beiden Polizisten vor mir, der meinen Namen sagt, aber wegen der Helme kann ich nicht erkennen, welcher von ihnen. Ich sehe von einem zum anderen. Sie haben sich ungefähr zwei Meter voneinander entfernt aufgestellt, sodass der eine, wenn ich geradeaus blicke, auf zehn Uhr ist, der andere auf zwei Uhr. Und ihre Haltung ist exakt spiegelverkehrt: ein Fuß leicht vorgestellt, die Hände oberhalb der Hüften und nach vorn geöffnet, nicht bedrohlich, aber jederzeit zugriffsbereit. Hinter ihnen sehe ich zwei Sanitäter neben Melissa knien. Sie haben eine durchsichtige Plastikmaske auf ihr Gesicht gelegt, und der eine pumpt ihr in regelmäßigen Abständen Sauerstoff in den Mund.

»Ja«, sage ich schließlich.

»Lassen Sie die Waffe fallen.«

Sie verstehen es völlig falsch. Es war Melissa, die das Messer hatte. Melissa hatte mir die Klinge an die Kehle gehalten, bis die Haut aufplatzte. Ich mache einen Schritt nach vorn.

»Lassen Sie die Waffe fallen!«, sagt der Police Officer wieder, diesmal lauter. Ich folge seinem Blick hinauf zu meiner rechten Hand, wo die silberne Klinge durch den Blutfilm blitzt. Wie von selbst lösen sich meine Finger, als hätten sie gerade erst bemerkt, was sie halten, und das Messer schlittert über den Fußboden. Einer der Officers kickt es weiter weg von mir und schiebt sein Helmvisier nach oben. Er sieht kaum älter aus als meine Kinder.

Nun kann ich endlich sprechen. »Meine Tochter ist in Gefahr. Ich muss zum Leicester Square. Können Sie mich da hinbringen?« Meine Zähne klappern, und ich beiße mir auf die Zunge. Mehr Blut, nun mein eigenes. Der Officer sieht seinen Kollegen an, und der hebt auch sein Visier. Er ist viel älter, hat einen ordentlich getrimmten grauen Bart unter freundlichen Augen mit vielen kleinen Fältchen in den Winkeln.

»Katie geht es gut«, beruhigt er mich. »Sie wurde von einem unserer Officers icers abgefangen.«

Der Rest von mir beginnt zu zittern.

»Es ist ein Krankenwagen unterwegs, der bringt Sie ins Krankenhaus, damit Sie versorgt werden, okay?« Er sieht zu seinem jungen Kollegen.

»Schock«, erklärt er, dabei fühle ich keinen Schock, sondern ungemeine Erleichterung. Ich blicke an den Officers vorbei. Ein Sanitäter kniet neben Melissa, fasst sie aber nicht an, sondern schreibt etwas auf.

»Ist sie tot?« Ich will hier nicht rausgehen, bevor ich sicher bin. Der Sanitäter sieht zu mir.

»Ja.«

»Gott sei Dank.«

52

»Nicht besonders feierlich«, sagte Lucinda mit Blick zu der Packung Erdnüsse, die Nick aufgerissen und in die Tischmitte gelegt hatte.

»Verzeiht, Mylady, dass es nicht Euren gewohnten Maßstäben entspricht«, sagte Nick. »Ich bin allerdings nicht sicher, ob das Dog and Trumpet Kaviar und Wachteleier serviert. Aber natürlich sehe ich gerne auf der Spezialitätentafel nach, wenn Eure Ladyschaft das wünschen.«

»Haha. Das meinte ich nicht. Ich fühle mich nur irgendwie niedergeschlagen. Als hätte ich einen Dämpfer bekommen.«

»Geht mir genauso«, sagte Kelly. Es war so hektisch gewesen: die Fahrt mit Sirene und Blaulicht, um zu Katie Walker zu gelangen, gefolgt von der nächsten Fahrt zu Zoe, wo die Polizeiwagen mit quietschenden Bremsen vor Melissas Haus hielten. Der Krankenwagen, der am Ende der Anerley Road auf Abruf stand; die wartenden Sanitäter, die ihren Job erst machen konnten, als drinnen alles gesichert war. In den letzten Stunden, dachte Kelly, war ihr Puls vermutlich nie unter hundert gewesen. Doch jetzt war sie geschafft.

»Das ist bloß die Ernüchterung, die mit der Beruhigung einsetzt, sonst nichts«, sagte Nick. »Ihr werdet morgen wieder munter, wenn die harte Arbeit richtig losgeht.«

Es war unglaublich viel zu tun. Mit dem Zugriff auf Melissas Computer konnten die Leute vom Cyber Crime schnell die Website schließen und hatten die gesamte Mitgliederliste. Die Leute indes aufzuspüren – und herauszufinden, welche Verbrechen begangen wurden – würde um einiges länger dauern.

Die Nachfrage beim Handelsregister hatte ergeben, dass Melissa West für insgesamt vier Cafés in London als Inhaberin eingetragen war: Melissa's, Melissa's Too, Espress Oh! und ein bisher namenloses Lokal mitten in Clerkenwell, das eindrucksvolle Umsätze verbuchte, obwohl es dort weder eine Spüle noch einen Kühlschrank oder Koch- und Backvorrichtungen gab.

»Geldwäsche«, hatte Nick erklärt. »Coffee-Shops sind ideal, weil so viele Leute bar bezahlen.«

»Was glauben Sie, wie viel der Ehemann wusste?«

»Ich schätze, das erfahren wir, wenn wir ihn hier haben.« Neil West war aktuell noch in Manchester, um dort für eine Anwaltskanzlei ein mehrere Millionen Pfund teures IT-System einzurichten. Sein Terminkalender war praktischerweise parallel zu dem seiner Frau geschaltet und von ihrem Computer aus leicht einsehbar. Dort hatten sie gelesen, dass Neil am nächsten Tag am Flughafen London City eintreffen sollte, wo ihn die Polizei schon erwarten und festnehmen würde. Auf seinem Computer oben im Arbeitszimmer des Hauses waren Dateien mit Verweisen zu allen Firmen gefunden worden, für die er gearbeitet hatte, zudem umfangreiche Kontaktlisten. Die Firmen, bei denen Gordon Tillman und Luke Harris angestellt waren, hatten beide schon Verträge mit Neil gehabt, und es bestand Grund zu der Annahme, dass sich noch mehr Verbindungen zwischen Neils Kontaktlisten und der Mitgliederliste von findtheone.com auf Melissas Computer ergeben würden.

»Denkt ihr, sie hätte ihn zurückgelassen, damit er den Dreck wegräumt?«, fragte Lucinda. Zoe hatte ihnen von Melissas Plänen erzählt, das Land zu verlassen, und Cyber Crime hatte entdeckt, dass sie sich online Flüge nach Rio de Janeiro angesehen hatte.

»Vermutlich, ja«, sagte Nick. »Ich glaube nicht, dass Melissa West sich für irgendwen außer sich selbst interessiert hat.«

Kelly dachte an das, was Katie ihr erzählt hatte. Die Bitterkeit in Melissas Tonfall, als sie darüber redete, wie sie sich um Zoes Kinder gekümmert hatte; dass sie keine eigenen Kinder bekommen konnte. »Ich glaube, das hat sie, und ich denke, das war ein Teil des Problems. Die Website einzurichten war rein geschäftlich, aber Zoe und Katie da mit reinzuziehen? Das machte es ein bisschen persönlicher.«

»Ich hasse es, dass sie damit durchgekommen ist«, sagte Lucinda und griff nach den Erdnüssen.

»Ihr wurde in die Halsschlagader gestochen, und sie ist verblutet«, sagte Nick. »Das würde ich nicht gerade als Davonkommen bezeichnen.«

Kelly lächelte zynisch. »Sie wissen, was Lucinda meint. Melissa hat Zoe und Katie Walker durch die Hölle geschickt, ganz zu schweigen von den Hunderten Frauen, die nicht mal ahnten, dass sie in Gefahr waren. Ich hätte sie auch gerne auf der Anklagebank gesehen.« Kellys Telefon leuchtete auf, und sie wischte übers Display, um es zu entriegeln, bevor sie desinteressiert die Nachrichten durchging, die sie jetzt garantiert nicht beantworten würde.

»Was ist das denn hier? Wird hier gefeiert oder getrauert?« Diggers erschien am Tisch, und Kelly setzte sich auf –

481

ein unauffälliges Pendant zum Strammstehen. Es war das erste Mal, dass sie ihn seit ihrem Anpfiff wiedersah, und sie mied jeglichen Blickkontakt mit ihm.

»Darf ich Ihnen einen Stuhl holen, Sir?«, fragte Lucinda.

»Ich bleibe nicht. Ich bin nur vorbeigekommen, um Ihnen einen Drink auszugeben. Sie haben alle großartige Arbeit geleistet. Ich hatte schon den Commissioner am Apparat, der uns zu dem Ergebnis gratuliert. Gut gemacht!«

»Danke, Chef«, sagte Nick. »Dasselbe habe ich ihnen gerade gesagt.«

»Und was Sie betrifft ...« Diggers sah Kelly an, die merkte, dass sie rot wurde. »Wie ich höre, schulden wir Ihnen eine Menge Dank.«

»Es haben alle an diesem Fall gearbeitet«, sagte Kelly, die ungern aufsah, dann jedoch froh war, echte Wärme in Diggers Zügen zu erkennen. »Zufällig war ich da, als sich die letzten Puzzleteile zusammenfügten. Das war alles.«

»Tja, das kann man so oder so sehen. Auf jeden Fall haben Sie sich als wertvolle Ergänzung des Teams erwiesen. Also, was trinkt wer?«

Der DCI ging zur Bar und kehrte mit einem Tablett voller Getränke und noch einer Tüte Nüsse zurück. Für sich hatte er nichts geholt, und Kelly erkannte, dass sie ihre Chance verpasste, wenn sie jetzt nicht fragte.

»Sir, muss ich wieder zurück zur BTP?« Noch während sie es aussprach, wurde ihr bewusst, wie sehr ihr davor graute. Nur zu gern hätte sie weiter in einem Team mitgearbeitet, das sie nach ihren Leistungen beurteilte, statt auf den alten Tratsch zu hören.

»Drei Monate waren vereinbart, nicht wahr?«

»Ja, aber ich dachte, da Melissa tot ist und die Website blockiert ...« Kelly wusste, dass noch einiges zu tun war – Laura Keens Mörder lief noch frei herum, und Cathy Tannings Stalker war bisher auch nicht gefasst. Im Hinterkopf hatte sie allerdings immer noch den Anschiss, den sie in Diggers' Büro kassiert hatte. War das die Gelegenheit, die er brauchte, um ihre Abordnung zu beenden?

»Drei Monate«, sagte Diggers brüsk. »Sie können Neil Wests Befragung leiten, und dann unterhalten wir uns ernsthaft über Ihre weitere Laufbahn. Vielleicht wird es Zeit für einen Neuanfang in einer neuen Einheit, was?« Er zwinkerte ihr zu, schüttelte Nick die Hand und verschwand.

Vor lauter Erleichterung kamen Kelly die Tränen. Sie blinzelte sie weg und nahm ihr Telefon auf, um sich durch ihre Apps zu scrollen und so abzulenken. Sie sah sich ihre Facebook-Newsseite an, die voller Fotos von geschmückten Tannenbäumen und winzigen Schneemännern war. Ein Status-Update von Lexi fiel ihr ins Auge.

Ein paar mehr Falten, hatte Lexi gepostet, *aber immer noch die alte Durham-Gang!*

Gemeinsam mit ihren Freunden hatte sie ein Foto von damals nachgestellt und beide Bilder nebeneinander gepostet, was eine Flut von Kommentaren ausgelöst hatte. Auf jedem der Bilder war Lexi diejenige mit dem strahlendsten Lächeln, und Kelly musste unweigerlich schmunzeln.

Tolle Fotos, tippte sie. *Du hast dich kein bisschen verändert.*

53

Matt fährt vorsichtig, nimmt jede Kurve langsam und kriecht über die Temposchwellen, als hätte ich mir was gebrochen. Im Krankenhaus haben sie darauf bestanden, mich gründlich zu untersuchen, obwohl ich immer wieder sagte, dass Melissa mich – bis auf den Schnitt am Hals, der nicht mal genäht werden musste – nicht angerührt hat.

Ich wurde in ein Bett neben Katie gelegt. Sie haben sie wegen Schock behandelt; ansonsten war sie unversehrt. Die Stationsschwester gab es auf, uns trennen zu wollen, und öffnete schließlich den Vorhang zwischen unseren Betten, damit wir uns sehen konnten. Wir waren gerade mal eine halbe Stunde da, als Isaac durch die Stationstüren gerannt kam. Von seiner üblichen Selbstsicherheit war nichts zu sehen.

»Kate! Geht es dir gut? Ich bin so schnell gekommen, wie ich konnte.« Er setzte sich auf ihre Bettkante, ergriff ihre Hände und musterte ängstlich ihr Gesicht und ihren Körper. »Bist du verletzt?«

»Mir geht es gut. Es tut mir so leid wegen der Vorstellung heute Abend.«

»Mach dir deshalb keine Sorgen! Ich kann nicht fassen, was du durchgestanden hast.«

»Aber die ganzen Karten ...«

»Die erstatte ich. Vergiss das Stück, Katie. Das ist nicht wichtig. Du bist wichtig!« Er küsste sie auf die Stirn, und

zum ersten Mal sah er nicht so aus, als würde er etwas vor-
spielen. Er mag sie wirklich, dachte ich. Und sie ihn.

Als er aufsah, begegneten sich unsere Blicke, und ich
wünschte, der Vorhang wäre doch noch da. Ich konnte seinen Gesichtsausdruck nicht deuten und wusste nicht, ob
meiner alles sagte, was ich sagen wollte.

»Das war eine ziemlich heftige Nummer«, murmelte er.

»Ja.«

»Ich bin froh, dass Sie es hinter sich haben.« Er stockte
und betonte, was als Nächstes kommt: »Hoffentlich können Sie das alles jetzt vergessen. Das Geschehene hinter sich
lassen.« Falls Katie sich fragte, warum ihr Freund so mit ihrer Mutter redete, ließ sie es sich nicht anmerken. Isaac hielt
meinen Blick, als wollte er sichergehen, dass ich ihn verstand. Ich nickte.

»Das hoffe ich auch, danke.«

»Fast da«, sagt Matt. Simon, der auf der Rückbank des Taxis
neben mir sitzt, legt einen Arm um mich. Ich lehne meinen
Kopf an seine Schulter.

Im Krankenhaus habe ich ihm gesagt, dass ich dachte, er
wäre derjenige, der hinter der Website steckte. Ich musste,
weil mich die Schuldgefühle auffraßen.

»Es tut mir so leid«, sage ich jetzt.

»Du brauchst dich nicht zu entschuldigen. Ich kann mir
nur ansatzweise vorstellen, was du durchgemacht hast. Dir
muss es vorgekommen sein, als könntest du keinem mehr
vertrauen.«

»Das Notizbuch und diese Ringbuch-Blätter ...« Mir fallen die kurzen Einträge wieder ein, die ich gesehen habe:

die Namen der Frauen, ihre Kleidung. Wie überzeugt ich war, dass ich die Beweise für ein Verbrechen in Händen hielt!

»Notizen für meinen Roman«, sagt Simon. »Ich entwerfe Charaktere.«

Ich bin froh, dass er es so gelassen nimmt. Dass er kein bisschen gekränkt wirkt, weil ich ihm so etwas Entsetzliches unterstellt habe. Auf der anderen Seite von Simon sieht Katie aus dem Fenster, als wir uns Crystal Palace nähern. Justin sitzt vor mir auf dem Beifahrersitz neben Matt. Nur Isaac ist nicht hier, sondern in die Stadt gefahren, um sich der enttäuschten Theaterbesucher anzunehmen und ihnen zu versichern, dass sie das Stück morgen sehen könnten, wenn Katie unbedingt wieder auf die Bühne will.

Wie kann es sein, dass alles aussieht, als wäre nichts gewesen?

Am Straßenrand häuft sich grauer Schneematsch, der auch die Gehwege verdreckt, und es tropft von den Dächern. Ein bedauernswert mitgenommener Schneemann steht auf dem ummauerten Pausenhof der Grundschule, seine Möhrennase längst verloren. Leute gehen aus, während andere erst von der Arbeit heimkehren, beim Gehen auf ihre Telefone sehen und die Welt um sich herum ignorieren.

Wir fahren an Melissas Café vorbei, und ich kann nichts dagegen tun, dass ich nach Luft ringe und mir ein winziger Schrei entfährt. Wie oft habe ich dort nach der Arbeit noch einen Tee mit ihr getrunken oder ihr morgens bei den Vorbereitungen für den Mittagsansturm geholfen. Drinnen brennt eine Lampe, und die Tische und Stühle sind nicht aufgestapelt, sodass sie im ganzen Raum dunkle Schatten werfen.

»Willst du nicht hingehen und richtig abschließen?«, frage ich Justin. Er sieht mich an.

»Ich will da nicht reingehen, Mum.«

Das verstehe ich. Ich will es auch nicht. Allein schon in der Anerley Road zu sein beschleunigt meinen Puls, und eine frische Hasswelle brandet in mir auf, weil Melissa mir die Erinnerungen an einen Ort verdorben hat, an dem ich so gerne gelebt habe. Nie hätte ich gedacht, dass ich von hier wieder wegziehen würde, doch jetzt frage ich mich, ob wir das nicht sollten. Ein Neuanfang für Simon und mich. Natürlich auch mit Platz für Katie und Justin. Ja, ein neues Kapitel für uns alle.

Wir fahren am S-Bahnhof vorbei, und mich holt das Bild von Katie ein, die auf den Eingang zugeht und hinauf zu den Kameras sieht. Sie war verängstigt, aber entschlossen, es zu schaffen. Entschlossen, mich zu retten.

Ich sehe zu ihr und frage mich, was in ihr vorgeht, doch ihr Profil verrät nichts. Sie ist so viel stärker, als ich sie eingeschätzt hatte.

»Und was passiert jetzt?«, fragt Matt. Es war alles vorbei, bis ich ihn anrief. Als er ins Krankenhaus kam, um uns abzuholen, fand er Katie und mich in einer bizarren Kleiderauswahl vor, die Simon hastig von zu Hause gebracht hatte. Die Polizei hatte alle Sachen beschlagnahmt, die wir bei Melissa anhatten. Sie erklärten sehr einfühlsam, dass alles streng nach Vorschrift laufen müsse und ich mir keine Sorgen machen solle. Alles würde gut.

»Ich muss nächste Woche zu einer freiwilligen Verneh-mung«, antworte ich. »Dann sieht sich die Staatsanwalt-schaft alles an und entscheidet in wenigen Tagen.«

»Die klagen Sie nicht an«, hatte PC Swift mir versichert. So wie sie sich dabei über die Schulter umsah, vermutete ich, dass sie das eigentlich nicht hätte sagen dürfen. »Es ist vollkommen klar, dass Sie in Notwehr gehandelt haben.« Sie verstummte abrupt, als DI Rampello auf der Station er-schien, doch er nickte zustimmend.

»Reine Formsache«, erklärte er.

Als wir uns dem Ende der Anerley Road nähern, sehe ich einen Polizisten in fluoreszierender Jacke an der Straße stehen. Eine Reihe von Verkehrshütchen sperrt eine Spur ab, und der Polizist winkt die Autos durch. Matt fährt so nahe an unser Haus heran, wie es geht. Er steigt aus, öff-net die hintere Tür und hilft Katie heraus. Dann legt er einen Arm um sie, als er mit ihr zum Haus geht. Justin folgt ihnen, wobei sein Blick auf das blauweiße Absperr-band der Polizei fixiert ist, das vor Melissas Haus im Wind flattert.

»Schwer zu glauben, was, Schatz?« Ich löse mich aus Simons Arm und nehme Justins Hand. Er sieht mich an. So ganz hat er noch nicht begriffen, was heute geschehen ist.

»Melissa«, beginnt er, findet jedoch keine Worte. Ich weiß, wie er sich fühlt, denn auch ich tue mich schwer da-mit, es in Worte zu fassen.

»Ich weiß.«

Wir warten an der Pforte, bis Simon da ist und die Tür

aufschließt. Ich sehe nicht zu Melissas Haus, doch auch so kann ich mir die weiß verhüllten Gestalten in ihrer wunderschönen Küche vorstellen.

Wird Neil dort wohnen bleiben? Inzwischen müsste das Blut getrocknet sein, denke ich, und sich dunkler gefärbt haben. Die Ränder jedes Spritzers dürften zu Flocken zerfallen sein. Jemand muss das alles saubermachen, und ich male mir das Schrubben und Bleichen aus. In den Fliesen wird für immer ein Schatten von der Frau bleiben, die dort gestorben ist.

Meine Haustür schwingt auf. Drinnen ist es einladend warm. Mich beruhigen der vertraute Jackenstapel auf dem Treppengeländer und die unordentliche Schuhsammlung neben der Fußmatte. Simon tritt beiseite, und ich folge Katie und ihm hinein.

»Dann lasse ich euch mal allein«, sagt Matt. Er dreht sich zum Gehen, aber Simon hält ihn zurück.

»Möchtest du noch etwas mit uns trinken?«, fragt er. »Ich denke, wir können alle einen Drink vertragen.«

Matt zögert nur kurz. »Klar. Das wäre super.«

Ich warte in der Diele, ziehe meinen Mantel aus und vergrößere den Jacken- und Schuhhaufen. Justin, Katie und Matt gehen zum Wohnzimmer durch, und ich höre Matt fragen, wann wir den Tannenbaum aufstellen und ob die Kinder sich dieses Weihnachten etwas Bestimmtes wünschen. Simon kommt mit einer Flasche Wein und Gläsern aus der Küche. Die dünnen Glasstiele hat er sich zwischen die Finger einer Hand geklemmt, sodass die Kelche bedenklich aneinanderstoßen und klimpern.

»Kommst du rein?«, fragt er und sieht mich besorgt an.

Er ist merklich unsicher, wie er mir helfen soll. Ich lächle und verspreche, gleich da zu sein.

Die Tür ist noch einen Spalt offen, und ich öffne sie etwas weiter, so dass mir die kalte Luft ins Gesicht bläst. Trotzdem zwinge ich mich, nach nebenan zu sehen, zu Melissas Vorgarten mit dem flatternden Absperrband.

Nicht um mich an das zu erinnern, was passiert ist, sondern daran, dass es vorbei ist.

Dann schließe ich die Tür und gehe zu meiner Familie.

Epilog

Melissa hat das Expansionspotenzial nie wirklich erkannt. Konnte oder wollte es nicht kapieren. Das war die einzige Sache, über die wir uns jemals gestritten haben. Ansonsten war sie ziemlich schlau: bereit, mit mir zusammenzuarbeiten und an mich zu glauben, als keiner sonst es tat.

Alles sei gut so, wie es ist, hat sie gesagt. Wir würden viel Geld verdienen. Warum ein Risiko eingehen? Aber ich wusste, dass da noch viel mehr drinsteckte, und es war nervig, dass sie so stur war. Tolle Geschäftsfrau!

Sie sah sich gerne als Mentorin, aber Tatsache ist, dass sie mich dringender brauchte als ich sie. Ohne mich hätte sie ihre Spuren nie so erfolgreich verwischen können.

Melissa war nichts ohne mich.

Katie in einem Katz-und-Maus-Spiel durch London zu jagen war meine Idee.

Die beiden hätten keine Ruhe gegeben, und die Polizei kam immer näher. Eine letzte Nummer noch, *sagte ich zu Melissa.* Mach das, und du kannst mit deinen 80 Prozent nach Rio verschwinden, wo du nie gefunden wirst. *Es war eine gute Partnerschaft, doch jetzt wurde es für uns beide Zeit weiterzuziehen.*

Oh ja, 80 Prozent.

Im Verhandeln war Melissa gut. Knallhart. Dabei war ich es, der die Anzeigen geschaltet, sich ins CCTV-System gehackt und die Kunden angesprochen hat – mit ein wenig Hilfe von

Neils Adressbuch. Und was habe ich für das alles bekommen?
Beschissene 20 Prozent!

Mach das, *sagte ich zu Melissa.* Zieh dieses Spiel durch und verschwinde. Tu es für mich. Tu es, weil ich dir geholfen habe, und jetzt bist du dran, mir zu helfen.

Und das tat sie.

Ich sah Katies Profil auf dem Bildschirm und wusste, dass das Spiel angefangen hat. Mein Puls ging hoch, und ich fragte mich, ob Melissa aufgeregt war. So etwas hatten wir noch nie gemacht, aber es fühlte sich richtig an. Gut.

Was Katie angeht ... Das war nur ein fairer Ausgleich. Nicht nur für ihr dauerndes Hecheln nach Aufmerksamkeit, sondern auch dafür, dass sie immer der Liebling war. Dass sie nie in Schwierigkeiten kam, nie von der Polizei nach Hause gebracht wurde oder von der Schule flog.

Und auch für sie *war Zahltag.*

Zoe.

Der Lohn dafür, dass sie Dad verlassen hat, obwohl er alles für sie geopfert hatte. Der Ausgleich dafür, dass sie mich von meinen Freunden weggezerrt hat. Der Preis dafür, dass sie einen Mann fickte, den sie gerade erst kennengelernt hatte, noch bevor sie geschieden war, und ihn dann in unser Haus holte, ohne sich darum zu kümmern, was ich dachte.

Ja, es war Zeit für eine Gegenrechnung. Mit freundlichen Grüßen von deinem dich liebenden Sohn.

Jetzt glauben sie alle, dass sie das Spiel gewonnen haben, weil Melissa tot ist. Sie denken, es ist vorbei.

Sie irren sich.

Das ist erst der Anfang.

Ich brauche Melissa nicht, brauche keine Anzeigen in der Gazette *und keine Website.*

Ich habe ein Konzept, ich habe die technischen Mittel, und ich habe eine Adressliste von Kunden, die alle an der Art von Service interessiert sind, den ich ihnen anbiete.

Und natürlich habe ich dich.

Hunderttausende von dir, die jeden Tag das Gleiche machen.

Ich sehe dich, aber du siehst mich nicht.

Bis ich gesehen werden will.

Danksagung

Es ist eine allgemein bekannte Tatsache, dass das zweite Buch ein heikles Unterfangen sein kann. Dieses hier hätte es ohne die Unterstützung, die Anleitung und die praktische Hilfe von vielen netten Menschen überhaupt nicht gegeben. Mein aufrichtiger Dank geht an Guy Matthew, David Shipperlee, Sam Blackburn, Gary Ferguson, Darren Woods und Joanna Harvey für ihre Hilfe bei der Recherche. Sämtliche Fehler gehen allein auf meine Kappe, und ich habe mir einiges an dichterischer Freiheit herausgenommen. Ein besonderes Dankeschön an Andrew Robinson, der so viel Zeit für mich opferte, dass ich ihn die Geschichte aufnahm.

Ich danke Charlotte Beresford, Merilyn Davies und Shane Kirk für die Plot-Diskussionen und das Mitlesen, und Sally Boorman, Rachel Lovelock und Paul Powell, dass sie so fleißig bei der Wohltätigkeitsauktion für Figurennamen mitgeboten haben.

Das Leben eines Autors ist ein einsames. Umso dankbarer bin ich, dass meines so enorm bereichert wird von den Gruppen auf Twitter, Instagram und Facebook, deren Mitglieder jederzeit bereit sind, mich mit aufmunternden Worten, virtuellem Schampus und Vorschlägen für Meerschweinchennamen zu versorgen! Sowohl im Internet als auch im realen Leben erstaunt mich immer wieder, wie großzügig die Krimiszene ist. Mehr Unterstützung kann man sich gar nicht wünschen. Ja, Autoren sind ein tolles Völkchen!

Ich schätze mich glücklich, von der besten Agentin in der Branche repräsentiert zu werden, Sheila Crowley, und ich bin wahnsinnig stolz, eine Curtis-Brown-Autorin zu sein. Ein großer Dank an Rebecca Ritchie und Abbie Greaves für ihre Unterstützung.

Ohne das Talent und das Wissen meiner Lektorin, Lucy Malagoni, wäre ich keine halb so passable Autorin. Es ist eine Freude, mit dir zu arbeiten! Das Team von Little, Brown ist hervorragend, und ich danke Kirsteen Astor, Rachel Wilkie, Emma Williams, Thalia Proctor, Anne O'Brien, Andy Hine, Kate Hibbert und Helena Doree für ihren Enthusiasmus und ihr Engagement.

Es sollte einen Preis für die Familien von Autoren geben, die mit Stimmungsschwankungen, Abgabeterminen, verkohlten Abendessen und zu späten Fahrten zur Schule leben müssen. Da ich keine Orden verleihen kann, geht nur mein herzlicher Dank an Rob, Josh, Evie und George. Ihr seid das Licht meines Lebens und macht meine Bücher überhaupt erst möglich.

Und schließlich danke ich von ganzem Herzen den Buchhändlern, Bibliothekaren und Lesern, die *Meine Seele so kalt* zu einem Erfolg machten. Ich bin euch allen sehr dankbar und hoffe, dass euch dieses Buch ebenso gut gefällt.